新文京開發出版股份有限公司

NEW WCDP

新世紀・新視野・新文京 ─ 精選教科書・考試用書・專業參考書

中興國文

序言

　　因應全球社會議題日益複雜，為促使學生具備理解與分析資訊的能力，以及對議題的敏銳度，使其整合跨領域知識，提出具體證據及個人見解，並將之化作新形式的敘事方式來表達。因此，本書是以人文為核心精神，結合新媒材、新知識和語文表達三面向，符合社會既有規定與法律規範，透過理解法律、閱讀科學知識，並扣合本校學術專業作為撰述的基礎，將知識與人文精神回饋到新形式的敘事方式。全書分作四個單元，「認識及定位自己」、「善待在地的環境」、「尊重接觸的生命」、「關懷我們的社會」，次第開展，提昇學生的思辨性與面對真實情境問題的能力，化作實際的表述。

第一單元：認識及定位自己

　　首先，就「文化傳統下知識份子的自我辨證」觀察，可先透過司馬遷〈太史公自序〉來予理解，描述自己的家族以及自己的生命歷程與志業的結合，也提出旅行與研究結合的學術精神，並揭示「通古今之變，究天人之際」的理想，以生活世界為基礎，深入認識生活世界之外的「變」，理解不同時代的人們的特殊性與共同性。范曄〈班超傳〉記載班超「投筆從戎」之事跡，原為著名史學家，但外在異族威脅下，使他立志效法傅介子、張騫立功西域，重新定位自己，成就大業。玄奘《大唐西域記》選，玄奘為釐清學習佛法時遭遇的疑惑，決意排除萬難前往印度，訪求佛教經典、參訪佛陀聖蹟，其不畏艱辛探求真理的意志、觀察體解異國民情的努力，是年輕學子放眼世界、實踐理想的極佳典範。女性作家李清照〈金石錄後序〉亦在動亂中重新思索自我生命，以及她對於傳統文化所展現的開闊格局以及世界性的關懷，藉此開拓同學們更深廣的人文精神。孟瑤〈以天地為家－談器度〉，導引同學以擴大自己胸襟來自許，開發個人的價值，不放過任何學習的機會，尤其是女性同學更應該注重自己的器度，讓自己更加茁壯。

　　其次，從「感性／知性思維與自我身分認同」檢視，在我們經歷了啟蒙之後，隨即面對的

就是社會文化之間的衝突與辯證，林文月〈說童年〉描述童年對於身分認同的心態調整，閱讀他人的歷史經驗，瞭解並尊重多元的群體文化，進而可回顧自我生命歷程，明白人生發展與社會變遷的關係。楊秋忠〈我的求學及研究的足跡〉，回顧楊忠秋院士的求學歷程與研究軌跡，反思自己的成長歷程，期望同學自我覺察並認識及定位自己。瓦歷斯‧諾幹〈關於「我」這個命題的辯證〉，思考原漢之間的族群問題，有助於跨越本有的族群認同，擴展視野。柯裕棻〈行路難〉，深刻思索負笈到他鄉求學會遇到何種困境，迎接考驗與蛻變，進而實踐自己理想。

第二單元：善待在地的環境

環境孕育萬物生命，而生命包含物象與物質層次，透過莊子〈逍遙遊〉探討生命如何超脫空間的有限性，展現出一種自適超然的懷抱，面對萬物生命必然所存的困厄、衝突得到心靈的調養，才能以仁心與慈心善待環境。余光中〈埔里甘蔗〉、〈惠蓀林場〉，前者是引發余光中生根寶島的甘蔗；後者則是描寫中興大學惠蓀林場的風貌，其中有山水，也有臺灣冷杉和蟬鳥等生物的呈現。吳晟〈雨豆樹下的負荷〉引導同學能夠真正認識校園自然生態。楊秋忠〈宇宙自然與人生的奧妙〉則是期許同學靜心觀察，覺察大自然與人生的內在聯繫，反思個我存在與宇宙自然間的道理，定能領悟出自己的意識能量。蔡佳珊〈「龍貓教授」王升陽與森林秘密世界！白千層舒緩殺菌土肉桂抗氧化，寶藏挖不完〉，本校王升陽教授著眼樹木乃至森林生態的功能與貢獻，克服過於偏頗功利主義與道德至上的觀點，以科學精神務實申論森林為人所用的對策，展現出「善待」的智慧。蔡雅瀅〈淺談台塑集團告莊秉潔教授案〉，透過本校莊秉潔教授的訴訟案，思索環境保護與經濟發展的權衡議題，學術研究的專業對具公益性事項所提出的呼籲該如何看待。方力行〈海洋與台灣〉、廖鴻基〈帶你回花蓮—偽虎鯨〉，台灣四面環海，有豐富且壯麗的海洋景色及資源，而身為台灣島民卻對此自然環境，不僅陌生亦缺乏關懷，前者呈現在地臺灣本身的海島地理特性，勾勒臺灣生命資源與海洋間緊密的依存關係；後者描述出沒在台灣東部外海的魚族，及其面臨人類破壞生態的生命困境，亦有為海洋請命之意。

第三單元：尊重接觸的生命

　　動物是與人類生活在共同環境下的個體，具有生命及意志，人是動物中的一類，唯最具靈性，應負起與時俱進及維繫環境和諧的責任，閱讀吳聲海〈淺山、自然、食蛇龜〉，本校吳聲海教授詳細介紹有關食蛇龜的生活棲息與生殖繁衍等動科知識，觸發我們思考人類文明與衍生的環境開發對動物生存權的破壞之議題。邵廣昭〈海鮮吃得對，有助於海洋保育〉，全球海洋亦面臨生物滅絕和資源枯竭的危機，包括台灣在內倚賴海洋生活的人民，更需要立即改變原來的行為和立場，善待海洋。劉克襄〈年輕的探索者—小狸〉，記錄著街貓出生後對於生命探索以及發現街貓所面臨的生命困境，引導同學思考和關注流浪動物問題。陳美汀〈與石虎在山林間同行：石虎的野化訓練、野放與監測〉，協助我們了解石虎生活型態，更能體察瀕危物種復育的重要性與實踐方式，期許同學學習尊重多元生命，以維護環境生態永續為己任。黃宗潔〈動物咖啡廳的療癒假象：寵物是家人，還是可取代的物品？〉，寵物是城市空間中常見的伴侶動物，由牠們的處境思考人、動物、環境之間的關係，開展動物議題思辨。吳海音〈科評《苦雨之地》我們的未來裡有沒有雲豹？〉，以書評的方式，開展已被宣告滅絕的雲豹的了解與關懷，思考人與動物之共生關係。

第四單元：關懷我們的社會

　　《詩經・七月》，描寫古代豳地農民四季的生活，夾敘雜事，用來點染風土人情，是一幅古代社會生活百態全景圖。《漢樂府詩選》，從樂府中選讀三篇，〈公無渡河〉陳講老人面臨的生活困境；〈孤兒行〉記錄的家庭暴力；〈戰城南〉控訴的戰爭殘酷，促使同學關懷社會當中各種議題。劉義慶《世說新語》選中的〈木猶如此〉、〈王戎喪兒〉、〈阮籍母喪〉、〈子猷弔弟〉皆觸及生離死別的感傷與應對的方式。杜甫〈茅屋為秋風所破歌〉探討在天災頻繁、社會正義多有蒙蔽的環境中，如何建立理想社會。蔣渭水〈臨床講義〉心懷仁民，故為「台灣」

這名病患進行診斷，發現她患有二百年的長期慢性中毒症，是世界文化時期的低能兒，急需治療，否則病入膏肓，隨時死亡，藉此觸發同學關注臺灣社會各種議題。鄭愁予〈清明〉由這慎終追遠的日子，作為期許同學能夠時常關心親人，而不是在特定的節日才讓親人收到自己關愛。簡媜〈鎏銀歲月〉探討生老病死，連結現今社會「長期照護」議題，由死亡回顧人存在的價值及意義。張輝誠〈我的心肝阿母〉文中記敘下他和母親有趣且生動的對話與互動，實提供了青年世代與銀髮世代新的互動模式，共築和樂的社會。

　　以上四單元選文，讓同學重新契會自己，結合自身經驗與學術專業，視野擴展至環境、生命以及社會各層面，運用跨領域知識解構高度複雜多元之議題，並將此課程之文學體悟、語文應用落實在數位媒材以及社會議題當中，奠定社會關懷與專業知識的基礎，才能真正福益於社會。

第一單元　認識及定位自己

- 壹、司馬遷〈太史公自序〉 2
- 貳、范曄〈班超傳〉 11
- 參、玄奘《大唐西域記》選 21
- 肆、李清照〈金石錄後序〉 30
- 伍、孟瑤〈以天地為家——談器度〉 38
- 陸、林文月〈說童年〉 46
- 柒、楊秋忠〈我的求學及研究的足跡〉 58
- 捌、瓦歷斯‧諾幹〈關於「我」這個命題的辨證〉 68
- 玖、柯裕棻〈行路難〉 74

第二單元　善待在地的環境

- 壹、莊子〈逍遙遊〉 86
- 貳、余光中〈埔里甘蔗〉、〈惠蓀林場〉 93
- 參、吳晟〈雨豆樹下的負荷〉 102
- 肆、楊秋忠〈宇宙自然與人生的奧妙〉 108
- 伍、蔡佳珊〈「龍貓教授」王升陽與森林秘密世界！ 白千層舒緩殺菌土肉桂抗氧化，寶藏挖不完〉 116
- 陸、蔡雅瀅〈淺談台塑集團告莊秉潔教授案〉 131
- 柒、方力行〈海洋與台灣〉 141
- 捌、廖鴻基〈帶你回花蓮——偽虎鯨〉 147

第三單元　尊重接觸的生命

- 壹、吳聲海〈淺山、自然、食蛇龜〉 　157
- 貳、邵廣昭〈海鮮吃得對，有助於海洋保育〉 　167
- 參、劉克襄〈年輕的探索者──小狸〉 　182
- 肆、陳美汀〈與石虎在山林間同行〉 　189
- 伍、黃宗潔〈動物咖啡廳的療癒假象：寵物是家人，還是可取代的物品？〉 　204
-　陸、吳海音〈科評《苦雨之地》：我們的未來裡有沒有雲豹？〉 　216

第四單元　關懷我們的社會

- 壹、《詩經‧七月》 　229
- 貳、漢樂府詩選 　239
- 參、劉義慶《世說新語》選 　246
- 肆、杜甫〈茅屋為秋風所破歌〉
　（附）祁立峰〈居住正義──杜甫〈茅屋為秋風所破歌〉〉 　252
- 伍、蔣渭水〈臨床講義〉 　265
- 陸、鄭愁予〈清　明〉 　272
- 柒、簡媜〈鎏銀歲月〉 　287
- 捌、張輝誠〈我的心肝阿母〉 　299

第一單元 認識及定位自己

- 司馬遷〈太史公自序〉

- 范曄〈班超傳〉

- 玄奘《大唐西域記》選

- 李清照〈金石錄後序〉

- 孟瑤〈以天地為家─談器度〉

- 林文月〈說童年〉

- 楊秋忠〈我的求學及研究的足跡〉

- 瓦歷斯・諾幹〈關於「我」這個命題的辨證〉

- 柯裕棻〈行路難〉

壹、司馬遷〈太史公自序〉

選文理由

作者描述自己的家族，及自己的生命歷程與志業的結合。提出旅行與研究連結的學術精神，並具有「究天人之際，通古今之變」的理想。

經由「通古今之變」，引導同學跨越時空的障礙去「通」。以生活世界為基礎，深入認識生活世界之外的「變」，理解不同時代的人們的特殊性與共同性，思索這對同學的生命有何意義。本文期望透過司馬遷的例子，讓同學反省自己的家族、生命與志業，並將自己的志業，從薪水升遷提升到世界宇宙的層次。

導讀

一、題解

本文錄自瀧川龜太郎《史記會注考證》，頁 1335～1339（臺北：宏業書局，民國 61 年 6 月再版）。《史記》記載黃帝到漢武帝二千多年間的史事，作者融攝了六經、《左傳》、《國語》及先秦諸子等前代留傳下來的史料，加上當代的人物事蹟，及作者親身的經驗，寫成一部五十二萬多字的空前鉅著。其中有客觀史事的呈現，也有作者對人物是非的評價；內容甚為豐富，可說兼具「史事」及「史識」的一部偉大著作。至於其中文字的優美流暢及表情達意的善巧，更成為後代古文家取法的對象。《史記》共一百三十卷，每卷自成一篇，包含五個部分：本紀十二，記載歷代帝王的大事政蹟；表十，按年代列出歷史上發生的重要事件；書八，記載天文地理及禮樂典章制度等；世家三十，記載諸侯及將相事蹟；列傳七十，記載歷代名人事蹟。

〈太史公自序〉是《史記》的最後一篇，記載作者的家世及司馬談之〈論六家要指〉、《史

記》產生的因緣及各篇的寫作動機與內容大要，可說是《史記》一書的總論及目錄。作者首先指出，其遠祖乃顓頊時司天的南正重及司地的北正黎，到了周宣王時，失其守而為司馬氏，歷代掌管周史。東周時，司馬氏失官到晉國，後分在衛、在趙及在秦三支。晉中軍隨會奔秦，而司馬氏入少梁，少梁後更名夏陽。在秦者名錯，曾與張儀爭論伐蜀，秦惠王從之，派遣司馬錯率軍伐蜀，攻下蜀後，被任命為蜀郡太守。錯之孫靳為武安君白起的部屬，與白起大破趙國長平軍。靳之孫昌，為秦的主鐵官。昌子無澤，為長安四市之一市長。無澤生喜，為五大夫，乃作者的祖父。喜生談，為太史令，是作者的父親。後來作者為尊其父，都稱他為太史公，並用以自稱。

司馬談學天官於唐都，受易學於楊何，習道論於黃子，相當博學。黃生好黃老之術，這是道、法結合在政治上的運用。司馬談憂心學者各習師書，惑於所見，於是論述陰陽、儒、墨、名、法、道德六家之大要，對前五家之優劣，皆有所評論，惟獨對道家多所稱美。他說：「道家使人精神專一，動合無形，贍足萬物，其為術也，因陰陽之大順，采儒、墨之善，撮名、法之要，與時遷移，應物變化，立俗施事，無所不宜，指約而易操，事少而功多。」以為道家採取各家之優點，同時具備各家所無之獨特優勢，能因時制宜，最適合人生的修養及政務的操作。漢朝初年採黃老治術，司馬談所以有這樣的說法，正合於當時的學術走向。從漢武帝採董仲舒復古更化之議以後，漢朝便以儒術治國，所以作者與其父親在思想的立足點上有所不同。

本文只選錄〈太史公自序〉全篇中間述論《史記》產生的因緣這一部分。文中提到作者有深厚的古文根柢及遊歷天下之實際經驗。作者父親臨終之前，以不能達成史書之寫作為憾，希望作者能完成其心願，寫一部效法孔子《春秋》精神的史書。作者謹奉父命，繼志述事，所以《史記》之寫作，立基於禮義，而能褒善貶惡。後來遭逢宮刑，更讓他發憤著述，以期「述往事，思來者」，即詳述史實，作為後人的殷鑑。在〈報任少卿書〉中說他作史乃是想要「究天人之際，通古今之變，成一家之言」，希望這部書能「藏諸名山，傳之其人，通邑大都」。現在看來，作者的目的已經達成。

二、作者簡介

作者司馬遷，字子長，西漢之左馮翊夏陽（今陝西韓城縣芝川鎮）人。生於漢景帝中五年，卒於漢昭帝始元元年（145 ～ 86 B.C.），年六十。遷出生於夏陽縣之龍門，在龍門山南耕牧。十歲，隨父談至長安，居茂陵顯武里，從諫議大夫孔安國誦古文，於是熟背《尚書》、《左傳》、《國語》等古書。二十歲時奉武帝命，搜尋天下遺書，於是周遊名山大川，探訪名勝古蹟，得山川浩瀚之氣，後發為文章，自是汪洋無涯。元朔五年，遷二十二歲，回長安，補博士弟子員。次年，歲課得高第，仕為郎中。三十四歲，隨從武帝至雍行郊祭，到隴西，登崆峒山。三十五歲時，奉命從將軍李息西征巴蜀以南。次年正月，武帝封禪泰山，遷往行在所報命。父談本隨武帝行，因病留在周南，故遷在河洛之間省父，談執遷手而泣，鄭重勉之著史。三十八歲時，遷繼父為太史令，研讀歷史記載及國家藏書處之書，考論編次其文字。後來屢次隨武帝巡遊。四十二歲時，太初元年，奉勅與壺遂、公孫卿等共訂太初曆，改革曆法，總其成，採用夏正，為我國曆法之一大改變。天漢二年，李陵兵敗被俘，遷為其降匈奴事辯解。忤武帝意，以為其毀謗右師將軍李廣利，而為李陵遊說，下獄論罪。次年，遷四十八歲，遭受宮刑；再次年，太始元年六月，大赦出獄，復為太史，升中書令，頗為尊寵，但已無心於政治，更加發憤完成史書之寫作。五十五歲時任安因戾太子事件被判腰斬，求救於遷，遷有〈報任少卿書〉，表示自己無能為力，其中言及所寫史書體例及篇數，知《史記》此時已草創完成。後經修改，始為定稿，前後凡二十餘年。其所創紀傳之體例，為我國歷代正史所依循。書中有〈項羽本紀〉，世家以吳太伯為第一，並有〈孔子世家〉及游俠、酷吏之列傳，皆有其深微之涵意。其書在遷死後始稍出，至今盛傳不衰。班固《漢書‧司馬遷傳》說：「自劉向、揚雄博極群書，皆稱遷有良史之材，服其善序事理，辨而不華，質而不俚，其文直，其事核，不虛美，不隱惡，故謂之實錄。」可知當時的學者就給司馬遷相當高的評價，後代更是讚賞有加。

太史公既掌天官，不治民，有子曰遷。遷生龍門，耕牧河山之陽。年十歲，則誦古文。二十而南游江淮，上會稽，探禹穴，闚九疑，浮於沅、湘，北涉汶、泗，講業齊魯之都，觀孔子之遺風，鄉射鄒、嶧，戹困鄱、薛、彭城，過梁、楚以歸。於是遷仕為郎中，奉使西征巴、蜀以南，南略邛、笮、昆明，還報命。是歲，天子始建漢家之封，而太史公留滯周南，不得與從事，故發憤且卒。而子遷適使反，見父於河、洛之間。

太史公執遷手泣曰：「余先，周室之太史也，自上世嘗顯功名於虞、夏，典天官事，後世中衰，絕於予乎！汝復為太史，則續吾祖矣。今天子接千歲之統，封泰山，而余不得從行，是命也夫，命也夫！余死，汝必為太史。為太史，無忘吾所欲論著矣。且夫孝始於事親，中於事君，終於立身。揚名於後世，以顯父母，此孝之大者。夫天下稱誦周公，言其能論歌文、武之德，宣周、邵之風，達太王、王季之思慮，爰及公劉，以尊后稷也。幽厲之後，王道缺，禮樂衰，孔子脩舊起廢，論《詩》、《書》，作《春秋》，則學者至今則之。自獲麟以來，四百有餘歲，而諸侯相兼，史記放絕。今漢興，海內一統，明主賢君，忠臣死義之士，余為太史而弗論載，廢天下之史文，余甚懼焉，汝其念哉！」遷俯首流涕曰：「小子不敏，請悉論先人所次舊聞，弗敢闕。」卒三歲，而遷為太史令，紬史記石室金匱之書。五年，而當太初元年十一月甲子朔旦冬至，天歷始改，建於明堂，諸神受紀。

太史公曰：「先人有言：『自周公卒，五百歲而有孔子。孔子卒後，至於今五百歲，有能紹明世，正《易傳》，繼《春秋》，本《詩》、《書》、《禮》、《樂》之際。意在斯乎？意在斯乎？』小子何敢讓焉！」

上大夫壺遂曰：「昔孔子何為而作春秋哉？」太史公曰：「余聞董生曰：『周道衰廢，孔子為魯司寇，諸侯害之，大夫壅之。孔子知言之不用，道之不行也，是非二百四十二年之中，以為天下儀表。貶天子，退諸侯，討大夫，以達王事而已矣。』子曰：『我欲載之空言，不如見之於行事之深切著明也。』夫《春秋》上明三王之道，下辨人事之紀，別嫌疑，明是非，定

猶豫，善善惡惡，賢賢賤不肖，存亡國，繼絕世，補敝起廢，王道之大者也。《易》著天地、陰陽、四時、五行，故長於變；《禮》經紀人倫，故長於行；《書》記先王之事，故長於政；《詩》記山川、谿谷、鳥獸、草木、牝牡、雌雄，故長於風；《樂》樂所以立，故長於和；《春秋》辯是非，故長於治人。是故《禮》以節人，《樂》以發和，《書》以道事，《詩》以達意，《易》以道化，《春秋》以道義。撥亂世反之正，莫近於《春秋》。《春秋》文成數萬，其指數千，萬物之散聚，皆在《春秋》。《春秋》之中，弒君三十六，亡國五十二，諸侯奔走不得保其社稷者不可勝數。察其所以，皆失其本已。故《易》曰：『失之豪釐，差以千里。』故曰：『臣弒君，子弒父，非一旦一夕之故也，其漸久矣。』故有國者不可以不知《春秋》，前有讒而弗見，後有賊而不知。為人臣者不可以不知《春秋》，守經事而不知其宜，遭變事而不知其權。為人君父而不通於《春秋》之義者，必蒙首惡之名；為人臣子而不通於《春秋》之義者，必陷篡弒之誅、死罪之名。其實皆以為善，為之不知其義，被之空言而不敢辭。夫不通禮義之旨，至於君不君，臣不臣，父不父，子不子。夫君不君則犯，臣不臣則誅，父不父則無道，子不子則不孝。此四行者，天下之大過也。以天下之大過予之，則受而弗敢辭。故《春秋》者，禮義之大宗也。夫禮禁未然之前，法施已然之後；法之所為用者易見，而禮之所為禁者難知。」

壺遂曰：「孔子之時，上無明君，下不得任用，故作《春秋》，垂空文以斷禮義，當一王之法。今夫子上遇明天子，下得守職，萬事既具，咸各序其宜。夫子所論，欲以何明？」太史公曰：「唯唯，否否，不然。余聞之先人曰：『伏羲至純厚，作《易》八卦；堯、舜之盛，《尚書》載之，禮樂作焉；湯、武之隆，詩人歌之；《春秋》采善貶惡，推三代之德，褒周室，非獨刺譏而已也。』漢興以來，至明天子，獲符瑞，建封禪，改正朔，易服色，受命於穆清，澤流罔極。海外殊俗，重譯款塞，請來獻見者，不可勝道。臣下百官，力誦聖德，猶不能宣盡其意。且士賢能而不用，有國者之恥；主上明聖而德不布聞，有司之過也。且余嘗掌其官，廢明聖盛德不載，滅功臣、世家、賢大夫之業不述，墮先人所言，罪莫大焉！余所謂述故事，整齊其世傳，非所謂作也。而君比之於《春秋》，謬矣！」

於是論次其文七年，而太史公遭李陵之禍，幽於縲紲。乃喟然而歎曰：「是予之罪也夫！是予之罪也夫！身毀不用矣！」退而深惟曰：「夫《詩》、《書》隱約者，欲遂其志之思也。昔西伯拘羑里，演《周易》；孔子戹陳、蔡，作《春秋》；屈原放逐，著〈離騷〉；左丘失明，厥有《國語》；孫子臏腳，而論兵法；不韋遷蜀，世傳《呂覽》；韓非囚秦，〈說難〉、〈孤憤〉；《詩》三百篇，大抵賢聖發憤之所為作也。此人皆意有所鬱結，不得通其道也，故述往事，思來者。」於是卒述陶唐以來，至于麟止，自黃帝始。

鑒賞

本文計分六段，首段述說司馬談為太史，掌天官，司馬遷傳家學。同時看出司馬遷古文根柢深厚，且足跡遍天下，為以後《史記》的寫作，奠定穩固的基礎。次段載司馬談臨終前對司馬遷懇切叮嚀，表示自家祖宗嘗典天官，有功名，且為周太史，本當發揚祖業，但已力不從心。希望司馬遷能繼其遺志，填補孔子《春秋》之後的歷史空缺，並且論述漢興以來的君臣事跡，揚名後世，光耀祖宗，以為孝子。司馬遷承諾完成其父之心願，於是在父亡之後，開始閱讀史料，為寫史作準備。第三段引司馬談之言，謂史本於經，希望司馬遷繼孔子作《易傳》、修《春秋》之後，成為五百年一出之名士，司馬遷則表示不敢推辭。第四段藉答壺遂之問，表示本身的學問根柢在六經，而《春秋》褒貶是非，存亡繼絕，撥亂世反之正，為王道之大者，可謂為禮義之大宗，故自己即效法《春秋》之精神以作史。第五段表示《春秋》能采善貶惡，推三代之德，不只在刺譏。而漢興以來明天子之聖德與賢大夫之功業，自己有責任將它表彰出來，所以自己之作史，有其必要。第六段寫作者省察前代之聖哲，大抵在殷憂困厄當中，藉著述以遂其志之思；於是自己在遭李陵之禍後，更加發憤以完成史書之著作。並說明所作史書年代之範圍。

司馬談對春秋大義體會甚深，本欲繼《春秋》之後寫史。後隨武帝封禪泰山而中途病倒，他因不得從行而感到遺憾，連歎「命也夫」；其實他不能完成寫史的心願才是最大的遺憾。司馬談的祖先是周朝的太史，於是他自覺地要發揚祖業，以盡大孝，所以平日即注意史料之收集，

並且對寫作的大方向已經確定，現在眼看生命將終，壯志未酬，所以將它歸於命。命是人生的無可奈何處，尤其是人在身處逆境或遭遇不幸時最容易感受到。幸而司馬談有一能繼承他志業的兒子司馬遷，在他病重時，藉著赴泰山報命的機會，剛好在半途上探望他，讓司馬談可以將自己的心聲完全表白，並且鄭重吩咐其子一定要完成他的遺志。司馬遷謹承父命，並且相信自己一定辦得到，請求他父親寬心，這便可以減低司馬談未能如願寫史的缺憾。由此看來，他的命還算不錯。

司馬談對兒子非常用心栽培，除了親自教導外，還讓司馬遷拜當時第一流的學者為師。加上司馬遷自己天資聰穎，努力向學，所以在年輕時便奠定下了厚實的文史基礎。因為奉命廣蒐遺書的特殊機緣，得以遍行天下，縱覽天下名山大川，開闊自己的胸襟。在曲阜親眼看到孔子的遺物及諸生習禮的盛況，讓他「低迴留之，不能去云」，而有「雖不能至，然心鄉往之」的崇敬之情，而立志效法之。效法的具體作法，就是將六經要旨，尤其《春秋》大義納入以後要寫的史書中，使它成為一部兼具文化傳承及臧否善惡的著作。《春秋》終於魯哀公十四年之獲麟，《史記》亦止於漢武帝元狩元年之獲白麟，可見司馬遷欲繼春秋的心意。司馬遷對孔子忻然向慕，可見他的思想是儒家型的；《史記》的寫作，也是以儒家禮義的精神一以貫之。如果他的父親不先死，由司馬談所寫繼《春秋》之後的歷史，必然是以道家無為作為寫作的指導綱領，那麼所呈現出來的史書面貌，必然與現在的《史記》有很大的不同。這對中國以後的史學影響很大，似乎冥冥當中自有定數，這一定數現在看來應當是正面的成分居多。

司馬遷回答壺遂時，雖說要把漢興以來明天子的聖德與賢大夫的功業表彰出來，否則便是自己的失職而有罪過；其實漢興以來的天子哪全是英明，而大夫哪全是賢能？只是因為身在當代，表面上不非議他們而已，這是君子的忠厚，也是保護自己的作法。《史記》寫完之後，一時不敢公開於世，就是因為當中有很多對當代人物的批評及司馬遷自己的價值判斷，可能觸犯忌諱；直到他死後，才逐漸流傳開來。如果司馬遷只是為迎合時人、歌功頌德，而不是有所堅持、是非分明，那麼《春秋》的精神將蕩然無存，《史記》的價值也必定大打折扣。

　　司馬遷在眾人噤聲的情況下，挺身而出，公然為李陵的投降辯護，這正是儒家「自反而縮，雖千萬人吾往矣」的大勇表現。因而觸犯武帝，處以最為殘忍、最是羞辱之腐刑；其不滿、憤懣之情是可以想見的。這種委屈，司馬遷時常藉著歷史人物、事蹟的敘述表露出來，而在〈報任少卿書〉一文中全盤宣洩，最為動人。有人認為寫史書當平心靜氣，不能帶有個人些微的不滿。但如果我們同情地理解司馬遷的遭遇，應當是可以諒解的。

　　司馬遷在受刑之後，本來認為已經身毀不用，而說這是自己的命。但又想到前代的聖哲之士，都是在遭逢困厄當中，反而更加奮勵，而寫下傳世不朽的著作。於是他決心不向命運低頭，化悲憤為力量；即使後來平反甚至升官亦未嘗動搖，以全副的生命，從事《史記》的撰寫，終於不負其父之付託，達成自己的理想。而自己的精神生命也因而在歷史的長河中，永垂不朽。這是一個善處逆境而致成功的典型，最值得吾人歌頌與效法。如果司馬遷一路官位亨通，是否有如此大的動力以完成此一曠世鉅作，實在很難說。李陵事件對他所受的重大打擊，正是促成他發揮生命潛能的一大機緣。由此看來，順境對人而言未必好，逆境對人而言未必不好，只看我們如何去面對它、利用它而已。

問題討論

1. 作為一位成功的史學家，要具備那些條件？

2. 司馬遷的思想，與司馬談有何異同？

3. 司馬遷說他效法《春秋》以作史，請問他有沒有做到這一點？

4. 這篇文章哪一段讓你最感動，為什麼？

5. 這篇文章對於你的寫作有何啟示？

6. 人在遭逢困厄逆境時，要抱持怎樣的態度？

7. 人生往往禍福相倚，亦即眼前之禍未必是真正的禍，而福也未必是真正的福，請舉出自己所見所聞一兩則，或親身經歷以驗證之。

延伸閱讀

1. 司馬談〈論六家要指〉。

2. 司馬遷〈報任少卿書〉。

3. 王充〈命義〉。

作文寫作

1. 試作自傳一篇。

貳、范曄〈班超傳〉

選文理由

〈班超傳〉記載了後漢時期班超「投筆從戎」之事跡。班超是著名史學家班固胞弟,為人有遠大志向而不計較細節。早年家貧,曾為官府抄書掙錢養家。但他不甘於當個小小的抄書郎,於是立志效法傅介子、張騫立功西域,成就大業。果然,在西域的三十一個歲月中,班超不但建立了自己的功名,更替漢朝解除了歷代以來一直潛在的異族威脅。班超的鴻鵠之志,可供吾輩小子仿效。

導 讀

一、題 解

〈班超傳〉描述的是東漢時期,朝廷平定了「王莽之亂」,政權再次回歸劉氏。此時匈奴發生了嚴重的分裂,日逐王比自立為南匈奴單于而向漢朝稱臣,北匈奴單于則持續跟大漢作對。北匈奴的策略是聯合西域諸小國,不時對漢朝發動小規模襲擊。面對國家的外患,中原有識之士都想藉由馳騁沙場、拒戎狄於千里之外來報效國家。而班超(西元 32 ~ 102 年),正是在這種背景之下出現的一代名將。

其實早在漢高祖劉邦建立劉氏政權時,就已開始採取和蕃的策略,盡量避免與北方強大的匈奴正面衝突。到了文、景二帝,更是採取休養生息的做法,以發展經濟、建設為首要任務。武帝時期,由於國力強盛,加上劉徹好大喜功,終於和異族爆發了大大小小、為數不少的戰事。如何正確處理這個問題,關係到漢朝政治經濟的發展,甚至影響到漢朝和西域各國的經濟交流,因此歷任皇帝都相當重視大漢和邊境各國的互動。

班超出生在東漢初年光武帝時期，他年少時曾替官府抄寫文件以賺取微薄的生活費，但他不滿現狀，於是立志效法傅介子、張騫立功西域，結果卻遭到旁人取笑。後來班超果然以他非凡的政治和軍事才能，在西域待了長達三十一年，最終揚名立萬，被封「定遠侯」。班超在西域的三十一年中，採取「斷匈奴右臂」的策略，他的做法很簡單，就是爭取多數小國認同、逐步分化瓦解匈奴勢力，最後達成解除國家隱憂的目的。班超不但維護了大漢王朝的天威，甚至使西域五十餘國一一納質臣服、匈奴從此一蹶不振。

總之，〈班超傳〉生動的記載了班超在西域的戎馬生活與傳奇的一生。文字典雅、敘事流暢，是一篇相當不錯的傳文。惟本傳乃班超與梁慬的合傳（詳見《後漢書卷四十七·班梁列傳第三十七》），傳文過長，且為了呼應單元主題，這裡只節選班超年少立志，最終實現夢想的部分。

二、作者簡介

范曄（西元 398～445 年），字蔚宗，南朝宋順陽（今河南省淅川縣東南）人，晉豫章太守范寧之孫，南朝宋侍中范泰之子，因過繼給堂伯范弘之，得襲封武興縣五等侯。

范曄年輕時曾投入劉裕子義康部下為冠軍參軍。劉氏代晉稱帝，封義康為彭城王，曄入補兵部員外郎，後出為荊州別駕從事。元嘉五年（428 年），范泰去世，曄因父喪去官。服闋後，出任征南大將軍檀道濟部下司馬，領新蔡太守，後遷尚書吏部郎。元嘉九年（432 年）冬，范曄因在彭城太妃喪葬期間聚會酣飲，開窗聽挽歌為樂，被貶為宣城太守；後復遷左衛將軍、太子詹事。元嘉廿二年（435 年）九月，因與散騎侍郎孔熙先兄弟等謀立劉義康為帝，遭丹陽尹徐湛之告發，於十二月以謀反罪處死，時年四十八。

范曄少承家學，博學多才。據《宋書》本傳載：「（曄）少好學，博涉經史，善為文章，能隸書，曉音律。」曄一生以「仁為己任，期紓民於倉卒。」（見《後漢書·荀彧傳論》）是以無意於文名，「常恥作文士」。然而所著《後漢書》，體大思精，內容含十紀、十志（未成）、八十列傳，乃《漢書》以後記載自東漢光武帝劉秀至獻帝劉協近二百年史事的重要史書。范曄

所著〈列女傳〉、〈文苑列傳〉、〈逸民傳〉、〈黨錮傳〉、〈宦者傳〉等，或填補舊史空闕，或反映一代風尚，足稱良史。

由於范曄生前未完成全書，後人南朝梁劉昭為之作注時，取司馬彪《續漢書》之八志補入，遂成今本一百二十卷。本文節選自楊家駱主編《後漢書卷四十七·班梁列傳第三十七》（臺北：鼎文書局，1975 年），而稍作訂正。

本 文

班超，字仲升，扶風平陵人，徐令彪之少子也。為人有大志，不修細節；然內孝謹，居家常執勤苦，不恥勞辱。有口辯，而涉獵書傳。

永平五年，兄固被召詣校書郎，超與母隨至洛陽。家貧，常為官傭書以供養。久勞苦，嘗輟業投筆歎曰：「大丈夫無他志略，猶當效傅介子、張騫立功異域，以取封侯，安能久事筆研間乎？」左右皆笑之。超曰：「小子安知壯士志哉？」其後行詣相者，曰：「祭酒，布衣諸生耳，而當封侯萬里之外。」超問其狀。相者指曰：「生燕頷虎頸，飛而食肉，此萬里侯相也。」久之，顯宗問固：「卿弟安在？」固對：「為官寫書，受直以養老母。」帝乃除超為蘭臺令史。後坐事免官。

十六年，奉車都尉竇固出擊匈奴，以超為假司馬，將兵別擊伊吾，戰於蒲類海，多斬首虜而還。固以為能，遣與從事郭恂俱使西域。

超到鄯善，鄯善王廣奉超禮敬甚備，後忽更疏懈。超謂其官屬曰：「寧覺廣禮意薄乎？此必有北虜使來，狐疑未知所從故也。明者睹未萌，況已著邪？」乃召侍胡詐之曰：「匈奴使來數日，今安在乎？」侍胡惶恐，具服其狀。超乃閉侍胡，悉會其吏士三十六人，與共飲，酒酣，因激怒之曰：「卿曹與我俱在絕域，欲立大功以求富貴。今虜使到裁數日，而王廣禮敬即廢；如今鄯善收吾屬送匈奴，骸骨長為豺狼食矣。為之奈何？」官屬皆曰：「今在危亡之地，死生從司馬。」超曰：「不入虎穴，不得虎子。當今之計，獨有因夜以火攻虜，使彼不知我多少，

必大震怖，可殄盡也。滅此虜，則鄯善破膽，功成事立矣。」眾曰：「當與從事議之。」超怒曰：「吉凶決於今日。從事文俗吏，聞此必恐而謀泄，死無所名，非壯士也。」眾曰：「善。」

初夜，遂將吏士往奔虜營。會天大風，超令十人持鼓藏虜舍後。約曰：「見火然，皆當鳴鼓大呼。」餘人悉持兵弩夾門而伏，超乃順風縱火，前後鼓噪。虜眾驚亂，超手格殺三人，吏兵斬其使及從士三十餘級，餘眾百許人悉燒死。明日，乃還告郭恂。恂大驚，既而色動。超知其意，舉手曰：「掾雖不行，班超何心獨擅之乎？」恂乃悅。超於是召鄯善王廣，以虜使首示之，一國震怖。超曉告撫慰，遂納子為質。還奏於竇固，固大喜。具上超功效，並求更選使使西域。帝壯超節，詔固曰：「吏如班超，何故不遣而更選乎？今以超為軍司馬，令遂前功。」

超復受使，固欲益其兵，超曰：「願將本所從三十餘人足矣，如有不虞，多益為累。」

是時于寘王廣德新攻破莎車，遂雄張南道，而匈奴遣使監護其國。超既西，先至于寘。廣德禮意甚疏。且其俗信巫，巫言：「神怒何故欲向漢？漢使有騧馬，急求取以祠我。」廣德乃遣使就超請馬。超密知其狀，報許之，而令巫自來取馬。有頃，巫至，超即斬其首以送廣德，因辭讓之。廣德素聞超在鄯善誅滅虜使，大惶恐，即攻殺匈奴使者而降超。超重賜其王以下，因鎮撫焉。

時龜茲王建為匈奴所立，倚恃虜威，據有北道，攻破疏勒，殺其王，而立龜茲人兜題為疏勒王。明年春，超從間道至疏勒，去兜題所居槃橐城九十里，逆遣吏田慮先往降之。勅慮曰：「兜題本非疏勒種，國人必不用命。若不即降，便可執之。」慮既到，兜題見慮輕弱，殊無降意。慮因其無備，遂前劫縛兜題。左右出其不意，皆驚懼奔走。慮馳報超，超即赴之，悉召疏勒將吏，說以龜茲無道之狀，因立其故王兄子忠為王，國人大悅。忠及官屬皆請殺兜題，超不聽，欲示以威信，釋而遣之。疏勒由是與龜茲結怨。

十八年，帝崩。焉耆以中國大喪，遂攻沒都護陳睦。超孤立無援，而龜茲、姑墨數發兵攻疏勒。超守槃橐城，與忠為首尾，士吏單少，拒守歲餘。肅宗初即位，以陳睦新沒，恐超單危，不能自立，下詔徵超。超發還，疏勒舉國憂恐。其都尉黎弇曰：「漢使棄我，我必復為龜茲所滅耳。誠不忍見漢使去。」因以刀自剄。超還至于寘，王侯以下皆號泣曰：「依漢使如父母，

誠不可去。」互抱超馬腳，不得行。超恐于寘終不聽其東，又欲遂本志，乃更還疏勒。疏勒兩城自超去後，復降龜茲，而與尉頭連兵。超捕斬反者，擊破尉頭，殺六百餘人，疏勒復安。

建初三年，超率疏勒、康居、于寘、拘彌兵一萬人攻姑墨石城，破之，斬首七百級。超欲因此匣平諸國，乃上疏請兵曰：「臣竊見先帝欲開西域，故北擊匈奴，西使外國，鄯善、于寘即時向化。今拘彌、莎車、疏勒、月氏、烏孫、康居復願歸附，欲共并力破滅龜茲，平通漢道。若得龜茲，則西域未服者百分之一耳。臣伏自惟念，卒伍小吏，實願從谷吉效命絕域，庶幾張騫棄身曠野。昔魏絳列國大夫，尚能和輯諸戎，況臣奉大漢之威，而無鈖刀一割之用乎？前世議者皆曰取三十六國，號為斷匈奴右臂。今西域諸國，自日之所入，莫不向化，大小欣欣，貢奉不絕，唯焉耆、龜茲獨未服從。臣前與官屬三十六人奉使絕域，備遭艱厄，自孤守疏勒，於今五載，胡夷情數，臣頗識之。問其城郭小大，皆言「依漢與倚天等」。以是效之，則蔥領可通；蔥領通，則龜茲可伐。今宜拜龜茲侍子白霸為其國王，以步騎數百送之，與諸國連兵。歲月之間，龜茲可禽。以夷狄攻夷狄，計之善者也。臣見莎車、疏勒田地肥廣，草牧饒衍，不比敦煌、鄯善閒也。兵可不費中國而糧食自足。且姑墨、溫宿二王特為龜茲所置，既非其種，更相厭苦，其勢必有降反。若二國來降，則龜茲自破。願下臣章，參考行事，誠有萬分，死復何恨？臣超區區，特蒙神靈，竊冀未便僵仆，目見西域平定，陛下舉萬年之觴，薦勳祖廟，布大喜於天下。」

書奏，帝知其功可成，議欲給兵。平陵人徐幹素與超同志，上疏願奮身佐超。五年，遂以幹為假司馬，將弛刑及義從千人就超。

先是莎車以為漢兵不出，遂降於龜茲，而疏勒都尉番辰亦復反叛。會徐幹適至，超遂與幹擊番辰，大破之，斬首千餘級，多獲生口。超既破番辰，欲進攻龜茲，以烏孫兵彊，宜因其力，乃上言：「烏孫大國，控弦十萬，故武帝妻以公主，至孝宣皇帝，卒得其用。今可遣使招慰，與共合力。」帝納之。八年，拜超為將兵長史，假鼓吹幢麾，以徐幹為軍司馬，別遣衛侯李邑護送烏孫使者，賜大小昆彌以下錦帛。

李邑始到于寘，而值龜茲攻疏勒，恐懼不敢前，因上書陳西域之功不可成，又盛毀超擁愛妻，抱愛子，安樂外國，無內顧心。超聞之，歎曰：「身非曾參而有三至之讒，恐見疑於當時矣。」

遂去其妻。帝知超忠，乃切責邑曰：「縱超擁愛妻，抱愛子，思歸之士千餘人，何能盡與超同心乎？」令邑詣超受節度。詔超：「若邑任在外者，便留與從事。」超即遣邑將烏孫侍子還京師。徐幹謂超曰：「邑前親毀君，欲敗西域。今何不緣詔書留之，更遣他吏送侍子乎？」超曰：「是何言之陋也！以邑毀超，故今遣之，內省不疚，何恤人言？快意留之，非忠臣也。」

明年，復遣假司馬和恭等四人將兵八百詣超，超因發疏勒、于寘兵擊莎車。莎車陰通使疏勒王忠，啗以重利，忠遂反從之，西保烏即城。超乃更立其府丞成大為疏勒王，悉發其不反者以攻忠。積半歲，而康居遣精兵救之，超不能下。是時月氏新與康居婚，相親，超乃使使多齎錦帛遺月氏王，令曉示康居王。康居王乃罷兵，執忠以歸其國，烏即城遂降於超。

後三年，忠說康居王借兵，還據損中，密與龜茲謀，遣使詐降於超，超內知其姦而外偽許之。忠大喜，即從輕騎詣超。超密勒兵待之，為供張設樂。酒行，乃叱吏縛忠斬之。因擊破其眾，殺七百餘人，南道於是遂通。

明年，超發于寘諸國兵二萬五千人，復擊莎車，而龜茲王遣左將軍發溫宿、姑墨、尉頭合五萬人救之。超召將校及于寘王議曰：「今兵少不敵，其計莫若各散去，于寘從是而東，長史亦於此西歸，可須夜鼓聲而發。」陰緩所得生口。龜茲王聞之，大喜，自以萬騎於西界遮超，溫宿王將八千騎於東界徼于寘。超知二虜已出，密召諸部勒兵，雞鳴，馳赴莎車營，胡大驚亂奔走，追斬五千餘級，大獲其馬畜財物。莎車遂降，龜茲等因各退散。自是威震西域。

鑒賞

本文共分五個大段落，主要呈現班超從「立志」到「實現夢想」的過程。五個大段落由十六個小段落所組成。下面進行細部分析：

首段由「班超，字仲升」至「後坐事免官」止，共兩個小段，主要敘述班超的家世、為人，以及隨兄班固至洛陽後投筆立志的過程。次段由「十六年，奉車都尉竇固出擊匈奴」至「令遂前功」止，共三個小段，敘述班超奉竇固命隨郭恂出使西域鄯善國，不巧匈奴亦遣使至此，班

超急中生智、當機立斷，於深夜鳴鼓縱火，斬殺匈奴及其從士三十餘人，另有百餘人被火燒死，遂使鄯善王廣納子為質。三段由「超復受使」至「疏勒復安」止，共四個小段，敘述班超二度出使西域，再次運用智謀，鎮撫雄張南道的于闐王廣德、協助疏勒人復國並立其故王兄子忠為王。

四段由「建初三年」至「非忠臣也」止，共四個小段，敘述新帝初立，班超率領疏勒、康居、于闐、拘彌等國的士兵，一舉攻破姑墨石城，本欲招慰烏孫大國，共同襲擊龜茲，結果衛侯李邑因懼怕龜茲，盛毀班超擁妻抱子，安樂國外，所幸漢章帝知班超忠義，未採信李邑之言。末段由「明年，復遣假司馬和恭等四人將兵八百詣超」至「自是威震西域」止，共三小段，敘述班超再次聯合疏勒、于闐等國之兵，襲擊莎車國，經過三年周旋，終於打通南道。南道通後，班超再次聯合于闐等，二度襲擊莎車，並用謀略擊破趕來支援的龜茲、溫宿、姑墨、尉頭共五萬大軍，莎車遂降，龜茲等各自敗退，而班超從此威震西域。

西漢時期，匈奴兵力強盛，數度侵犯大漢疆土，甚至聯合西域各國，共同對抗中原。武帝時期，漢中人張騫曾應募出使西域月氏國，結果被匈奴拘留長達十餘年；到了昭帝時，樓蘭國（即本文之鄯善國）幫助匈奴與漢朝作對，義渠人傅介子願往刺之，殺樓蘭王而還。傅介子幼年好學，曾棄觚（木簡）而嘆曰：「大丈夫當立功絕域，何能坐事散儒？」（《西京雜記》卷三）長大後果然實現了「投筆從戎」的夢想，被封義陽侯。然而他的心願雖了，國家的憂患卻未解，匈奴仍然藉由聯合西域各國箝制漢朝。當時通往西域的大道主要有南北二道，根據本文的記載，「龜茲王建為匈奴所立，倚恃虜威，據有北道」，「于闐王廣德新攻破莎車，遂雄張南道，而匈奴遣使監護其國。」不管北道還是南道，都落入匈奴的掌控之中，漢朝的聯外管道形同封鎖。

這時出現了一顆閃亮的明星，他從小就嚮往傅介子、張騫的功業，曾投筆立志，願赴往沙場，殺敵封侯於千里之外。這人就是東漢時期徐令班彪的次子，著名史學家班固的胞弟班超。

班超是一位難得的將才，他不但智勇雙全，而且膽識過人，即使面臨突發狀況，仍能保持清醒頭腦，冷靜沈著的思考下一步該如何走。例如首次出使西域至鄯善國，鄯善王廣本待之甚厚，不久卻態度一百八十度的轉變，班超馬上猜到應該是匈奴的使者到了，這時必須馬上採取行動，否則便會坐以待斃。班超知道從事郭恂是個「文俗吏」，不足以議事，因此當機立斷，

先斬後奏，於夜間率眾擊殺匈奴來使，明早才向郭恂報告。郭恂知道後大為震驚，隨即臉色轉變，班超馬上猜到他是為了功勞的問題而心生忌恨，於是答應他功勞共享，郭恂才轉憂為喜。從以上一事可見，班超不但機智過人，而且能跟同袍共享戰果，展現出其身為將才的氣度。

永平十七年（74 年），班超再度出使西域，雖距離上次的「夜襲匈奴」事件僅僅一年，但這時的他已是真正的領袖了。雖然他的任務非常艱巨，因為他必須面對兩隻當道猛虎：雄張南道的于寶和佔據北道的龜茲；而這兩隻猛虎都與匈奴友好。班超所帶去的隨從只有三十餘人，但他卻運用智謀，採取逐個擊破、斷匈奴右臂的策略。首先除去于寶的巫師，讓向來迷信鬼神的于寶王廣德大為惶恐，因而鎮撫該國。數年後更聯合已臣服的于寶、疏勒、康居、拘彌等國二度攻擊莎車，使莎車降服，徹底的打通南道，甚至擊敗了來援的龜茲、溫宿、姑墨、尉頭等國的五萬大軍，追斬五千餘級，重創了佔據北道的龜茲。此時的班超「威震西域」，並於不久的未來打通北道，降服龜茲，使西域五十餘國一一臣服，最終被封「定遠侯」，現實了當年的理想。

如果班超當年沒有「立志」，他的未來會是什麼樣子？如果他「立志」了卻沒有身體力行，他又會成為什麼樣的人？我們常說：「人類因夢想而偉大。」其實還可以倒過來說：「夢想因人的努力而有價值。」班超，正是一位因努力而讓夢想變得有價值的人。

以下是全文的結構：

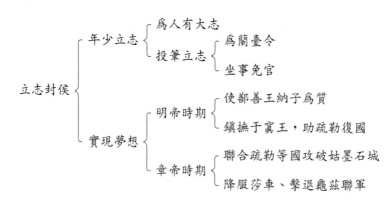

立志封侯
- 年少立志
  - 為人有大志
  - 投筆立志
    - 為蘭臺令
    - 坐事免官
- 實現夢想
  - 明帝時期
    - 使鄯善王納子為質
    - 鎮撫于寶王，助疏勒復國
  - 章帝時期
    - 聯合疏勒等國攻破姑墨石城
    - 降服莎車、擊退龜茲聯軍

問題討論

1. 俗話說：「人類因夢想而偉大。」請問「夢想」是什麼？「夢想」有這麼重要嗎？沒有「夢想」會怎樣？為什麼？

2. 小時候，老師總是告訴我們，你們現在立志向上，將來就有可能當總統、當行政院長。時過境遷，年輕一輩的你們是否還需要立志當國家領袖？甚至是否還需要「立志」？「立志」本身是否還有價值？為什麼？

3. 或曰：「鄙人平生無大志，但求溫飽而已矣。若能當個現世阿斗，享盡榮華，又有何不可？」您對這種想法有何高見？可否從正反的角度加以辯證？

延伸閱讀

1. 漢·司馬遷〈項羽本紀〉，選自日·瀧川龜太郎《史記會注考證》，臺北：唐山出版社，2007。

2. 漢·劉向〈鄒孟軻母〉，選自清·梁端《列女傳校注》，臺北：中華書局，1972。

3. 沈從文《沈從文自傳》，臺北：聯合文學出版社，1987。

4. 李明儀《名人成長勵志故事》，臺北：讀品文化出版社，2012。

5. 童格拉·奈娜《你的人生沒有不可能！勇敢改變，不要被自己打敗：12 個積極思考、實現夢想的勵志小語，你一定可以飛得更高更遠》，臺北：八方出版社，2012。

作文寫作

1. 請問你小時候的夢想是什麼？現在的夢想又是什麼？（如果沒有，請先暫訂一個）請以「夢想就在不遠處」為主題，敘述自己追求夢想的過程以及夢想本身的微妙變化。

2. 請先觀賞張柏瑞執導的電影《志氣》（2013），然後以此為主題，跟自己的生命作結合，撰寫一篇屬於自己的心情故事。

參、玄奘《大唐西域記》選

選文理由

　　《大唐西域記》是玄奘法師西行求法，遊歷中亞、西亞、南亞後，依據沿途見聞撰寫而成的作品。玄奘為釐清學習佛法時遭遇的疑惑，決意排除萬難前往印度，訪求佛教經典、參訪佛陀聖蹟。其不畏艱辛探求真理的意志、觀察體解異國民情的努力，是年輕學子放眼世界、實踐理想的極佳典範。

導讀

一、題解

　　《大唐西域記》是中國古代傑出的歷史暨地理文獻，與馬可波羅的《東方見聞錄》、日僧圓仁的《入唐求法巡禮行記》並稱「亞洲三大旅行記」。全書凡十二卷，內容含括玄奘西行所經的一百多國、得自傳聞的三十多國。詳細記述各地山川地勢、風土民情、物產氣候、神話傳說。使讀者既能一窺七世紀時中西亞、南亞諸國的風貌，亦能藉由書中有關佛教史蹟、人物活動的記載，認識印度的宗教發展、佛教的緣起消長。此外，《大唐西域記》見證了古代中國與異域的往來，為中外交流史提供了可貴的研究素材。

　　本篇節選自《大唐西域記》卷七的婆羅痆斯國。同卷收錄恆河中游流域的戰主國與吠舍厘國。婆羅痆斯國，一名瓦拉納西（Varanasi），是印度教的聖城，也是諸多印度古老神話的起源地。佛陀於婆羅痆斯國都城東北的鹿野苑，首度為五比丘宣講佛法，史稱「初轉法輪」。是以，婆羅痆斯國亦是佛教徒的聖地之一，於佛教史上具有重要意義。本篇摘錄婆羅痆斯國的地理人情、鹿野得名由來、佛陀初轉法輪、烈士池傳說等記述，透過玄奘典麗流暢的文筆，帶領讀者體會其西行取經十七年的零光片羽。

二、作者簡介

玄奘（600～664）[1]，俗名陳褘，生於洛陽緱氏縣（今河南省偃師縣），是唐初著名高僧。幼年聰敏好學，十一歲時已能背誦《維摩詰經》、《妙法連華經》；十三歲時於洛陽剃度出家；十九歲時離開洛陽，前往長安。因隋末唐初戰亂紛起，由漢中南入成都。玄奘於成都聽道基、寶邏講授佛法，並受具足戒（大戒），成為完全的僧人。爾後數年，玄奘潛心研習佛法，訪師請益，卻無法釐清內心諸多困惑，因而萌生遠赴佛教發源地印度的決心。慧立原著，彥悰補《大慈恩寺三藏法師傳》卷一記載：「法師（玄奘）既遍謁眾師，備餐其說，詳考其義，各擅宗途，驗之聖典，亦隱顯有異，莫知適從。乃誓遊西方，以問所惑。並取《十七地論》，以釋眾疑，即今之《瑜珈師地論》也」，清楚揭示玄奘西行的動機。

貞觀元年（627）八月，玄奘踏上西行求法的旅程。由長安出發，穿越甘肅、新疆，繞經西域諸國，歷經千辛萬苦，抵達印度。玄奘於當時佛教中心摩揭陀國的那爛陀寺停留五載，向住持戒賢法師學習《瑜珈師地論》等經籍，並鑽研梵語、參訪古蹟，充實所學。貞觀十五年（641），玄奘攜帶六百五十七部佛教經典啟程返國，於貞觀十九年（645）正月抵達長安。同年應召前往洛陽謁見唐太宗，授命撰寫專書，紀錄西域諸國形勢。翌年七月，完成《大唐西域記》，進呈太宗。

此外，從貞觀十九年至麟德元年（664）的十九年間，玄奘率領學問僧們從事佛經翻譯工作。生涯總計完成七十五部一千三百三十五卷譯作，為中國佛教的傳播與發展奠定重要基礎。

1　一說玄奘生於 602 年，享年 63 歲。享年 65 歲說，按道宣《續高僧傳》卷四《玄奘傳》所載。道宣與玄奘同輩，兩人長期同事譯經，關係密切，故其記載應具一定可信度。（參見章巽芮《大唐西域記導讀》，巴蜀書社，1989 年）。

婆羅痆斯國

（一）

婆羅痆斯國，周四千餘里。國大都城西臨殑伽河，長十八九里，廣五六里。閭閻櫛比，居人殷盛，家積巨萬，室盈奇貨。人性溫恭，俗重強學。多信外道，少敬佛法。氣序和，穀稼盛，果木扶，茂草靃靡。伽藍三十餘所，僧徒三千餘人，並學小乘正量部法。天祠百餘所，外道萬餘人，並多宗事大自在天，或斷髮，或堆髻，露形無服，塗身以灰，精勤苦行，求出生死。

大城中天祠二十所，層臺祠宇，雕石文木，茂林相蔭，清流交帶。鍮石天像，量減百尺，威嚴肅然，懍懍如在。

大城東北婆羅痆河西有窣堵波，無憂王之所建也，高百餘尺。前建石柱，碧鮮若鏡，光潤凝流，其中常現如來影像。

（二）

婆羅痆河東北行十餘里，至鹿野伽藍，區界八分，連垣周堵，層軒重閣，麗窮規矩。僧徒一千五百人，並學小乘正量部法。大垣中有精舍，高二百餘尺，上以黃金隱起作菴沒羅果，石為基陛，甎作層龕，龕匝四周，節級百數，皆有隱起黃金佛像。精舍之中有鍮石佛像，量等如來身，作轉法輪勢。

（三）

伽藍垣西有一清池，周二百餘步，如來嘗中盥浴。次西大池，周一百八十步，如來嘗中滌器。次北有池，周百五十步，如來嘗中浣衣。凡此三池，並有龍止。其水既深，其味又甘，澄淨皎潔，常無增減。有人慢心，濯此池者，金毗羅獸多為之害；若深恭敬，汲用無懼。浣衣池側大方石上，有如來袈裟之鞹，其文明徹，煥如雕鏤，諸淨信者每來供養。外道凶人輕蹈此石，池中龍王便興風雨。

池側不遠，有窣堵波，是如來修菩薩行時，為六牙象王，獵人剝其牙也，詐服袈裟，彎弧伺捕，象王為敬袈裟，遂捵牙而授焉。

捵牙側不遠，有窣堵波，是如來修菩薩行時，愍世無禮，示為鳥身，與彼獼猴、白象，於此相問，誰先見是尼拘律樹，各言事翰，遂編長幼，化漸遠近，人知上下，導俗歸依。

其側不遠，大林中有窣堵波，是如來昔與提婆達多俱為鹿王斷事之處。昔與此處大林之中，有兩群鹿，各五百餘。時此國王畋遊原澤，菩薩鹿王前請王曰：「大王狡獵中原，縱燎飛矢，凡我徒屬，命盡茲晨，不日腐臭，無所充膳。願欲次差，日輸一鹿。王有割鮮之膳，我延旦夕之命。」王善其言，回駕而返。兩群之鹿，更次輸命。提婆群中有懷孕鹿，次當就死，白其王曰：「身雖應死，子未次也。」鹿王怒曰：「誰不寶命！」雌鹿歎曰：「吾王不仁，死無日矣。」乃告急菩薩鹿王。鹿王曰：「悲哉慈母之心，恩及未形之子！吾今代汝。」遂至王門。道路之人傳聲唱曰：「彼大鹿王今來入邑。」都人士庶莫不馳觀。王之聞也，以為不誠，門者白至，王乃信然。曰：「鹿王何遽來耶？」鹿曰：「有雌鹿當死，胎子未產，心不能忍，敢以身代。」王聞歎曰：「我人身，鹿也。爾鹿身，人也。」於是悉放諸鹿，不復輸命，即以其林為諸鹿藪，因而謂之施鹿林焉。鹿野之號，自此而興。

（四）

伽藍西南二三里，有窣堵波，高三百餘尺，基趾廣峙，瑩飾奇珍，既無層龕，便置覆鉢雖建表柱，而無輪鐸。其側有小窣堵波，是阿若憍陳如等五人棄制迎佛處也。初，薩婆曷剌他悉陁（唐言一切義成。舊曰悉達多，訛略也。）太子踰城之後，棲山隱谷，忘身殉法。淨飯王乃命家族三人，舅氏二人曰：「我子一切義成捨家修學，孤遊山澤，獨處林藪，故命爾曹隨知所止。內則叔父、伯舅，外則既君且臣，凡厥動靜，宜知進止。」五人銜命，相望營衛。因即勤求，欲期出離。每相謂曰：「夫修道者，苦證耶？樂證耶？」二人曰：「安樂為道。」三人曰：「勤苦為道。」二三交爭，未有以明。

於是太子思惟至理，為伏苦行外道，節麻米以支身。彼二人者見而言曰：「太子所行非真實法。夫道也者，樂以證之，今乃勤苦，非吾徒也。」捨而遠遁，思惟果證。太子六年苦行，

未證菩提，欲驗苦行非真，受乳糜而證果。斯三人者聞而歎曰：「功垂成矣，今其退矣。六年苦行，一旦捐功！」於是相從求訪二人，既相見已，匡坐高談，更相議曰：「昔見太子一切義成，出王宮，就荒谷，去珍服，披鹿皮，精勤屬志，貞節苦心，求深妙法，期無上果。今乃受牧女乳糜，敗道虧志，吾知之矣，無能為也。」彼二人曰：「君何見之晚歟？此猖蹶人耳。夫處乎深宮，安乎尊勝，不能靜志，遠詗山林，棄轉輪王位，為鄙賤人行，何可念哉？言增忉怛耳！」

菩薩浴尼連河，坐菩提樹，成等正覺，號天人師，寂然宴默，惟察應度，曰：「彼鬱頭藍子者，證非想定，堪受妙法。」空中諸天尋聲報曰：「鬱頭藍子命終已來，經今七日。」如來歎惜：「斯何不遇？垂聞妙法，遽從變化！」重更觀察，營求世界，有阿藍迦藍，得無所有處定，可授至理。諸天又曰：「終已五日。」如來再歎，愍其薄祐。又更諦觀，誰應受教，唯施鹿林中有五人者，可先誘導。如來爾時起菩提樹，趣鹿野園，威儀寂靜，神光晃曜，毫含玉彩，身真金色，安詳前進，導以彼人。斯五人遙見如來，互相謂曰：「一切義成，彼來者是。歲月遽淹，聖果不證，心期已退，故尋吾徒。宜各默然，勿起迎禮。」如來漸近，威神動物，五人忘制，拜迎問訊，侍從如儀。如來漸誘，示之妙理，雨安居畢，方獲果證。

（五）

施鹿林東行二三里，至窣堵波，傍有洄池，周八十餘步，一名救命，又謂烈士。聞諸先志曰：數百年前，有一隱士，於此池側結廬屏蹟，博習伎術，究極神理，能使瓦礫為寶，人畜易形，但未能馭風雲，陪仙駕。閱圖考古，更求仙術。其方曰：「夫神仙者，長生之術也。將欲求學，先定其志，築建壇場，周一丈餘。命一烈士，信勇昭著，執長刀，立壇隅，屏息絕言，自昏達旦；求仙者中壇而坐，手按長刀，口誦神咒，收視反聽，遲明登仙。所執銛刀變為寶劍，凌虛履空，王諸仙侶，執劍指麾，所欲皆從，無衰無老，不病不死。」

是人既得仙方，行訪烈士，營求曠歲，未諧心願。後於城中遇見一人，悲號逐路。隱士睹其相，心甚慶悅，即而慰問：「何至怨傷？」曰：「我以貧窶，傭力自濟。其主見知，特深信用，期滿五歲，當酬重賞。於是忍勤苦，忘艱辛。五年將周，一旦違失，既蒙笞辱，又無所得。以此為心，悲悼誰恤？」隱士命與同遊，來至草廬，以術力故，化具肴饌，已而令入池浴，服

以新衣,又以五百金錢遺之,曰:「盡當來求,幸無外也。」自時厥後,數加重賂,潛行陰德,感激其心。烈士屢求效命,以報知己。隱士曰:「我求烈士,彌歷歲時,幸而會遇,奇貌應圖,非有他故,願一夕不聲耳。」烈士曰:「死尚不辭,豈徒屏息?」

於是設壇場,受仙法,依方行事,坐待日曛。曛暮之後,各司其務,隱士誦神呪,烈士按銛刀。殆將曉矣,忽發聲叫。是時空中火下,煙焰雲蒸,隱士疾引此人,入池避難。已而問曰:「誡子無聲,何以驚叫?」烈士曰:「受命後,至夜分,昏然若夢,變異更起。見昔事主躬來慰謝,感荷厚恩,忍不報語;彼人震怒,遂見殺害。受中陰身,顧屍歎惜,猶願歷世不言,以報厚德。遂見託生南印度大婆羅門家,乃至受胎出胎,備經苦阨,荷恩荷德,嘗不出聲。洎乎受業、冠、婚、喪親、生子,每念前恩,忍而不語,宗親戚屬咸見怪異。年過六十有五,我妻謂曰:「汝可言矣!若不語者,當殺汝子。」我時惟念,已隔生世,自顧衰老,唯此稚子,因止其妻,令無殺害,遂發此聲耳。」隱士曰:「我之過也!此魔嬈耳。」烈士感恩,悲事不成,憤恚而死。免火災難,故曰救命;感恩而死,又謂烈士池。

鑒賞

本篇節選自《大唐西域記》卷七的婆羅疴斯國。選文內容可分為四個部分:

首段介紹婆羅疴斯國的概況。婆羅疴斯國方圓四千多里。氣候溫和,莊稼豐足。居人生活富庶,民風溫良恭謙。由內文的「多信外道,少敬佛法」、「伽藍三十餘所,僧徒三千人,並學小乘正量部法。天祠百餘所,外道萬餘人,並多宗事大自在天」,可知玄奘造訪的婆羅疴斯國既是佛教聖地,也是印度教信仰虔誠的國度。玄奘以流麗文筆勾勒都城中的宏偉天祠與東北方的巍巍佛塔。塔前石柱常現如來影像的傳說,隱隱透露了幾許佛教色彩。

第二、三段聚焦於都城東北方的鹿野伽藍。玄奘概述鹿野伽藍的規模、建築,而後介紹如來曾盥浴、滌器、浣衣的三個水池。水池均有龍王棲居其中,「有人慢心,濯此池者,金毗羅獸多為之害;若深恭敬,汲用無懼」,揭示出佛教修行講求的謙卑為懷。最後,玄奘記述了鹿

野得名的由來。相傳釋迦牟尼與提婆達多生前都是鹿王，各自統領五百餘匹鹿。兩鹿群需每日輪流提供一鹿給該地國王充當膳食。一日，提婆鹿群中輪到懷孕的雌鹿犧牲。雌鹿為保胎兒性命，向釋迦牟尼鹿王請願。鹿王深感同情，決定以身代之。國王備受感動，赦免鹿群，不再要求進貢。自此，這裡稱為施鹿林，一名鹿野。玄奘藉由古蹟傳說的介紹，側寫釋迦牟尼的慈悲仁心，展現「不為自己求安樂，但願眾生得離苦」的精神。

第四段記述佛陀初轉法輪的事蹟。鹿野西南二、三里處，是阿若憍陳如等五人迎接佛陀之處。五人同為佛陀侍從，勤奮修道，期望有日開悟證果，但因遲遲未見成效，相繼離去。佛陀在菩提樹下悟道後，思索可以度化之人，決定前往施鹿林開導五人。五人相約不予理會，卻受佛陀的神威感動，起身拜迎問候。經佛陀說法開導，五人修得正果，成為佛陀最早的弟子。佛陀在此講授的是「苦集滅道」的四聖諦，解說世間痛苦的普遍存在、起因與滅苦之法，透過修道除惡，始能超脫六道輪迴，離苦得樂。

第五段的故事背景位於鹿野東方二、三里的救命池，一名烈士池。傳說數百年前，有位隱士施行成仙之法，委託烈士手持長刀，立於池旁壇場角落，徹夜禁語。烈士在昏沉之中，夢見自己轉世投胎、結婚生子，鑒於隱士的交代，始終不發一語，直到妻子殺死幼子，才驚呼出聲。為此，隱士的修仙之路功虧一簣，烈士羞愧憤恨而死。烈士的夢境，是擾亂修行的魔障，也側面反映出修道成仙需超脫七情六欲、割捨親子之情。這個故事影響了唐朝牛僧儒《玄怪錄·杜子春》的創作，並被明朝馮夢龍、日本芥川龍之介改寫成《醒世恆言·杜子春三入長安》、〈杜子春〉[2]。儘管故事情節、主題略有變動，但對修仙試煉面臨的情感掙扎均多所留意。顯見，此一議題在不同時空背景下皆能喚起讀者的關注。

本篇以清婉典雅的文筆介紹印度宗教聖地婆羅疮斯國。藉由風光景物、神話傳說的細膩描繪，使讀者深刻領略佛國聖地的莊嚴肅穆、認識佛教相關傳說及思想，參與一場充實豐富的西

2　〈杜子春〉是芥川龍之介的短篇小說。1920 年發表於雜誌《赤い鳥》。

行之旅。玄奘不辭千里探求佛法、詳盡分享異國見聞、積極獻身佛典翻譯的精神,值得後世讀者敬仰仿效。

問題討論

1. 在求學過程中,你如何處理遭逢的疑難困惑?你是否曾不畏辛勞探尋問題的解答?請分享你的個人經驗與體會。

2. 古代印度施行種姓制度,將人劃分為:婆羅門、剎帝利、吠奢、戍陀羅。這種嚴格的等級規制雖有助維持社會秩序、削弱外來文明的同化,卻帶來不同階級間的歧視與衝突。對此你有何看法?當今社會因貧富差距造成階級複製的情況,你又如何看待這個現象?

3. 一般認為唐朝牛僧儒《玄怪錄‧杜子春》的故事原型來自《大唐西域記》的烈士池傳說。明朝馮夢龍的《醒世恒言‧杜子春三入長安》、日本芥川龍之介的〈杜子春〉亦為其衍生作品。請比較三作的主題異同,並說明你較喜歡何者?為什麼?

延伸閱讀

1. 吳承恩著,徐少知校,周中明、朱彤注《西遊記校注》,里仁出版,1996。

2. 馬可波羅《馬可波羅遊記》,商周出版,2010。

3. 圓仁《入唐求法巡禮行記》,佛光出版,1998。

4. 赫曼‧赫賽《流浪者之歌》,遠流出版,2013。

5. 松尾芭蕉《奧之細道》,聯經出版,2011。

6. 伊塔羅‧卡爾維諾《看不見得城市》,時報出版,1993。

7. 伊本‧巴杜達《伊本‧巴杜達遊記:給未來的心靈旅人》,台灣商務,2015。

1. 請以人物為主題進行古蹟巡禮，仿效《大唐西域記》作一書寫。

玄奘 《大唐西域記》 選

肆、李清照〈金石錄後序〉

選文理由

此文描述李清照夫婦一生辛勤蒐集圖書器物以及這些器物在北宋末年的變亂中散失的經過，同時也展現了深厚的夫妻之情。然而這篇帶有作者自傳性質的散文，也鋪展了李清照這位女性文學家在亂離中的曲折生命史，以及她對於傳統文化所展現的開闊格局以及世界性的關懷，藉此可開拓同學們更深廣的人文精神。

導 讀

一、題 解

〈金石錄後序〉為趙明誠《金石錄》一書的序文。趙明誠生前已寫了「前序」，李清照的序文置於書後，即稱「後序」。

《金石錄》，趙明誠著，內容著錄其一生所見之上古至隨唐五代以來鍾鼎彝器之銘文款識及碑銘墓誌等石刻文字，全書共三十卷。此書所收錄的金石文物傾注了李清照與趙明誠夫婦畢生的心血，是以這篇後序是一篇帶有自傳性的散文，介紹了李清照與趙明誠夫婦收集、整理金石文物的經過和《金石錄》的內容與成書過程；並回憶婚後三十四年間的憂患得失。李清照把她對丈夫趙明誠的情感，傾注於行文中，娓娓道來，婉轉細密，真摯感人。

西元 1101 年，李清照 18 歲時與長她三歲的太學生趙明誠結婚。1126 年（靖康元年）宋室南渡後，輾轉流寓江南。1129 年，趙明誠獨往就任湖州知事，後於農曆八月十八日卒於建康（南京）。其後，李清照個人生活亦幾經曲折，顛沛流離，與丈夫共同收藏的文物亦失於戰火或遭遇賊盜，所存或無十之二、三。是以，李清照作〈金石錄後序〉時，回憶往事，百感交集。

二、作者簡介

李清照（1084～約1155；宋神宗元豐七年～宋高宗紹興五年之後），南宋女詞人，自號易安居士，齊州章丘（今山東濟南）人。父李格非為當時著名學者，夫趙明誠為金石考據家。早年生活優裕，與趙明誠致力於書畫金石的搜集整理。1126年（靖康元年）宋室南渡後，流寓南方，不久趙明誠病死；之後輾轉流離於杭州、越州、金華一帶，晚境更加孤苦。李清照的一生，以靖康之變為分界點，其詞作風格也因此呈現前後期之別，前期多悠閒生活的描寫，後期多悲嘆身世，情調較為感傷。李清照工詞，詩文亦佳。著有《漱玉詞》、《李清照集》。

本　文

右《金石錄》三十卷者何？趙侯德父所著書也。取上自三代，下迄五季，鐘、鼎、甗、鬲、盤、匜、尊、敦之款識，豐碑大碣、顯人晦士之事蹟，凡見於金石刻者二千卷，皆是正偽謬，去取褒貶，上足以合聖人之道，下足以訂史氏之失者皆載之，可謂多矣。嗚呼！自王播、元載之禍，書畫與胡椒無異；長輿、元凱之病，錢癖與傳癖何殊？名雖不同，其惑一也。

余建中辛巳，始歸趙氏。時先君作禮部員外郎，丞相作吏部侍郎，侯年二十一，在太學作學生。趙、李族寒，素貧儉。每朔望謁告出，質衣，取半千錢，步入相國寺，市碑文、果實歸，相對展玩咀嚼，自謂葛天氏之民也。後二年，出仕宦，便有飯蔬衣練，窮遐方絕域，盡天下古文奇字之志。日就月將，漸益堆積。丞相居政府，親舊或在館閣，多有亡詩、逸史，魯壁、汲塚所未見之書，遂盡力傳寫，浸覺有味，不能自已。後或見古今名人書畫，一代奇器，亦復脫衣市易。嘗記崇寧間，有人持徐熙〈牡丹圖〉，求錢二十萬。當時雖貴家子弟，求二十萬錢，豈易得耶？留信宿，計無所出而還之。夫婦相向惋悵者數日。

後屏居鄉里十年，仰取俯拾，衣食有餘。連守兩郡，竭其俸入，以事鉛槧。每獲一書，即同共校勘，整集籤題。得書畫彝鼎，亦摩玩舒卷，指摘疵病，夜盡一燭為率。故能紙札精緻，字畫完整，冠諸收書家。余性偶強記，每飯罷，坐歸來堂烹茶，指堆積書史，言某事在某書某卷、

第幾頁第幾行，以中否角勝負，為飲茶先後。中即舉杯大笑，至茶傾覆懷中，反不得飲而起。甘心老是鄉矣，故雖處憂患困窮，而志不屈。

收書既成，歸來堂起書庫大櫥，簿甲乙，置書冊。如要講讀，即請鑰上簿，關出卷帙。或少損汙，必懲責揩完塗改，不復向時之坦夷也。是欲求適意而反取憀慄。余性不耐，始謀食去重肉，衣去重采，首無明珠翡翠之飾，室無塗金刺繡之具，遇書史百家字不刓闕，本不訛謬者，輒市之儲作副本。自來家傳《周易》、《左氏傳》，故兩家者流，文字最備。於是几案羅列，枕席枕藉，意會心謀，目往神授，樂在聲色狗馬之上。

至靖康丙午歲，侯守淄川。聞金人犯京師，四顧茫然，盈箱溢篋，且戀戀，且悵悵，知其必不為己物矣。建炎丁未春三月，奔太夫人喪南來。既長物不能盡載，乃先去書之重大印本者，又去畫之多幅者，又去古器之無款識者，後又去書之監本者，畫之平常者，器之重大者。凡屢減去，尚載書十五車。至東海，連艫渡淮，又渡江，至建康。青州故第尚鎖書冊什物，用屋十餘間，期明年春再具舟載之。十二月，金人陷青州，凡所謂十餘屋者，已皆為煨燼矣。

建炎戊申秋九月，侯起復知建康府。己酉春三月罷，具舟上蕪湖，入姑孰，將卜居贛水上。夏五月，至池陽。被旨知湖州，過闕上殿，遂駐家池陽，獨赴召。六月十三日，始負擔，捨舟坐岸上，葛衣岸巾，精神如虎，目光爛爛射人，望舟中告別。余意甚惡，呼曰：「如傳聞城中緩急，奈何？」戟手遙應曰：「從眾，必不得已，先去輜重，次衣被，次書冊卷軸，次古器，獨所謂宗器者，可自負抱，與身俱存亡，勿忘也。」遂馳馬去。途中奔馳，冒大暑，感疾，至行在，病痁。七月末，書報臥病。余驚怛，念侯性素急，奈何病痁。或熱，必服寒藥，疾可憂。遂解舟下，一日夜行三百里。比至，果大服柴胡、黃芩藥，瘧且痢，病危在膏肓。余悲泣，倉皇不忍問後事。八月十八日，遂不起。取筆作詩，絕筆而終，殊無分香賣履之意。

葬畢，余無所之。朝廷已分遣六宮，又傳江當禁渡。時猶有書二萬卷，金石刻二千卷，器皿、茵褥，可待百客，他長物稱是。余有大病，僅存喘息。事勢日迫，念侯有妹壻任兵部侍郎，從衛在洪州，遂遣二故吏，先部送行李往投之。冬十二月，金人陷洪州，遂盡委棄。所謂連艫渡江之書，又散為雲烟矣。獨餘少輕小卷軸書帖，寫本李、杜，韓、柳集，《世說》、《鹽鐵

論》，漢、唐石刻副本數十軸，三代鼎鼐十數事，南唐寫本書數篋，偶病中把玩、搬在臥內者，歸然獨存。

上江既不可往，又虜勢叵測，有弟迒，任敕局刪定官，遂往依之。到台，台守已遁。之剡，出睦，又棄衣被，走黃巖，雇舟入海，奔行朝。時駐蹕章安。從御舟海道之溫，又之越。庚戌十二月，放散百官，遂之衢。紹興辛亥春三月，復赴越。壬子，又赴杭。

先侯疾亟時，有張飛卿學士，攜玉壺過視侯，便攜去，其實珉也。不知何人傳道，遂妄言有「頒金」之語。或傳亦有密論列者。余大惶怖，不敢言，亦不敢遂已，盡將家中所有銅器等物，欲赴外廷投進。到越，已移幸四明。不敢留家中，並寫本書寄剡。後官軍收叛卒，取去，聞盡入故李將軍家。所謂「歸然獨存」者，無慮十去五六矣。惟有書畫硯墨可五七簏，更不忍置他所，常在臥榻下，手自開闔。

在會稽，卜居土民鐘氏舍。忽一夕，穴壁負五簏去。余悲慟不得活，重立賞收贖。後二日，鄰人鐘復皓出十八軸求賞，故知其盜不遠矣。萬計求之，其餘遂牢不可出。今知盡為吳說運使賤價得之。所謂「歸然獨存」者，乃十去其七八。所有一二殘零不成部帙書冊，三數種平平書帖，猶復愛惜如護頭目，何愚也邪！

今日忽閱此書，如見故人。因憶侯在東萊靜治堂，裝卷初就，芸籤縹帶，束十卷作一帙。每日晚吏散，輒校勘二卷，跋題一卷。此二千卷，有題跋者五百二卷耳。今手澤如新，而墓木已拱，悲夫！昔蕭繹江陵陷沒，不惜國亡而毀裂書畫；楊廣江都傾覆，不悲身死而復取圖書。豈人性之所著，生死不能忘歟？或者天意以余菲薄，不足以享此尤物邪？抑亦死者有知，猶斤斤愛惜，不肯留人間邪？何得之艱而失之易也！

嗚呼！余自少陸機作賦之二年，至過蘧瑗知非之兩歲，三十四年之間，憂患得失，何其多也！然有有必有無，有聚必有散，乃理之常。人亡弓，人得之，又胡足道？所以區區記其終始者，亦欲為後世好古博雅者之戒云。

紹興二年玄黓歲，壯月朔甲寅，易安室題。

鑒賞

此文文體雖屬序跋，但就內容而言，實屬自傳，是李清照晚年一篇自傳色彩濃厚的散文。她從女性的視角，見證了一個大時代的亂離，也呈現了自己波折起伏的人生。全文以《金石錄》成書過程及其他書畫文物的收藏為主要線索，歷敘日常生活的種種，寫出夫婦二人共同的收藏嗜好，以及遭逢亂離後的天人永隔及大量收藏品由蒐羅而散佚的情形，不勝悲涼，情意感人。

全文以倒敘法展開，敘事層次分明，計分四個部分。第一部分說明《金石錄》其書的概況；其次，再以「得之艱而失之易」為主軸，說明金石書畫的蒐羅（第二部分）與散佚過程（第三部分），最後（第四部分）交代作序緣由。

首先，第一部分（第 1 段），先概說本序文的對象《金石錄》作者為夫婿趙明誠及此書收錄的內容。

其次，第二部分（第 2 ～ 4 段），述往事，說明金石書畫的蒐羅之艱。李清照追憶當年與趙明誠結為秦晉之好的經過，以及婚後夫婦二人共同投入收集書畫文物的癖好，顯示夫婦二人志同道合的可貴。由於李清照夫婦二人具有相同的收藏癖好，也為閨房增添不少知性的趣味。同時，夫婦二人為求精神生活之充實，不惜降低物質生活享受，李清照也為此縮衣節食，簡約生活。然而，隨著趙明誠的收藏癖漸趨「病態」發展，李清照也開始意識到為物所困的局限，心情亦有所轉折，但大體言之，他們仍是令人羨慕的知識伴侶。直到國難發生、轉徙江南，這些充實他們夫婦二人的書畫文物的處理，才真正變成了必需嚴肅面對的問題。

接著，第三部分（第 5 ～ 10 段），訴流離。李清照與趙明誠夫妻切磋金石書畫文物的美好生活，隨著宋室南渡、金兵南下而出現重大轉折。其中呈現了李清照夫婦二人與書畫文物的悲歡流離，特別感人。李清照與趙明誠隨宋室南渡、逃離故地南下之前，費盡心思整理所有收藏的金石書畫文物，棄擲許多重大者或有複本者，計載書十五車離去，其餘則鎖屋留存十餘間。然而隨著金人陷青州，十餘屋的收藏「皆為煨燼」。不久後，趙明誠病重，臨終前仍念念不忘隨身的收藏文物。趙明誠亡故後，獨身的李清照抱病獨自護持猶存身邊的書畫二萬卷、金石刻

二千卷及其他文物，曾轉託他人保管，但仍舊隨著金人陷洪州「盡委棄」、「散為雲煙矣」。從此，僅剩少量較輕質的書畫文物「歸然獨存」。此後，李清照仍不斷顛沛轉徙於各地，其間因故所剩收藏品盡入某位將軍家，所謂「歸然獨存」者，大約「十去五六矣」。其後，李清照寄居民家，所餘金石書畫文物終究不敵惡人欺盜而快速散佚，所謂「歸然獨存」者，大約「十去其七八」。至此，李清照只能守護極少量猶存身邊的收藏品，並自嘲「何愚也邪！」令人不勝唏噓。

　　最後，第四部分（第 11 ～ 12 段），交代作序緣由。李清照在趙明誠亡故六年後，重閱此書並為之作序，思及當年顛沛流離中痛失諸多藏品，不禁感慨萬千，自問是否「天意以余菲薄，不足以享此尤物邪？」並慨嘆所有金石書畫文物「何得之艱而失之易也！」然而，回首三十四年間的憂患得失，雖不免傷感，最終體悟有無散聚，乃人生之常理。

　　簡言之，本文以史傳筆法，敘述女性個人的生命史與家國大歷史的互涉，展現了女性視角下所見證的大歷史亂離，突破女性局限於閨閣的生命經驗與視野。同時，本文也展現了女性視角下的男性形象，尤其是妻子對丈夫的描寫特別與眾不同。李清照不只寫夫婦二人的恩愛，也寫出夫婦相處之間的真實面貌。李清照與趙明誠向以志同道合的恩愛夫妻知名於世，這篇序文又是見證夫婦二人相處情形的重要文獻。然細讀此文可發現李清照於字裡行間所流露的真實情感，從「我們」到「我」的變化，以及她自承「余性不耐」、「余意甚惡」及「『獨所謂宗器者，可自負抱，與身俱存亡，勿忘也。』遂馳馬去。」等文句，似可體會到夫婦間情感的細微變化及李清照的微詞。此外，趙明誠的收藏癖好，「請鑰上簿」、「或少損汙，必懲責揩完塗改」、「是欲求適意而反取懊憟」等，亦可看出其收藏癖已非常人所及，對妻子亦有所防備與責備，幾乎已近「病態」。文末，李清照在回首往事時，體悟萬事萬物之有無聚散的常理，申明自己之不為物所困與趙明誠一生為物所困的區別。綜合以上李清照對於趙明誠所流露的微詞，似可據此證明他們夫婦的感情並不如想像中的美好。然而一段真正健康、理智而成熟的感情，必然能夠容納這些缺點、不足，甚至不堪的存在。易言之，愛的最深處往往是溫柔的慈悲，李清照必然以其最深刻的愛去面對這段感情中的種種樣貌，即使看透了趙明誠的收藏癖已幾近病態，

對他的行徑亦有某種不耐及不滿，但李清照依舊以最深刻的愛包容對方，這才是真正的愛情。是以，美滿夫妻的神話，其實應當平實以對，以人性化的視角看待他們夫婦相處中的不諧之處，方為正道。是以，細讀此序文，應當能讀出李清照字裡行間蘊藏的真實情感，以及她身為女性特有的細膩感受。因此，此序文展現了一般男性撰寫的自傳文中少見的女性情感，特別難得。

問題討論

1. 李清照在序文中，以金石書畫文物之收藏由聚而散、由得而失，發出了「得之艱而失之易」的慨嘆。試說明李清照與趙明誠之收藏癖好的正面與負面價值？並說明一個人面對收藏文物這件事的態度，應當如何較佳？可以參考其他有收藏癖好的藏書家的故事一起討論，如民國學者鄭振鐸就是一位具有藏書癖好的學者、作家。

2. 李清照與趙明誠夫婦因志同道合而結為秦晉之好，共同的收藏嗜好也豐富了他們的閨房生活，精神層面的生活品質令人羨慕。然而夫婦如此生活，似乎必需縮衣節食，以追求更高層次的精神享受。試問這種捨棄物質享受、純粹追求精神生活的富足，其利弊得失為何？

3. 李清照與趙明城夫婦以志同道合而結合，婚後更沉浸於共同的收藏興趣。做為妻子的李清照寫作此序文，似乎並沒有為夫諱（為已亡故的夫婿趙明誠說好話），反而展現比較真實的妻子的聲音。試問：就女性自覺的角度言之，李清照發出這種突破傳統常規的「叛逆」聲音，其意義何在？是否破壞了一般人對於夫婦兩人感情甚篤的好印象？

延伸閱讀

一、李清照相關專書

1. [宋] 李清照著；王學初（仲聞）校注：《李清照集校注》，台北：里仁書局，1982 年 5 月。

2. [宋] 李清照著；徐北聞主編：《李清照全集評注》，上海：上海古籍出版社，1990 年 12 月。

3. [宋] 李清照著；徐培均箋注：《李清照集箋注》，上海：上海古籍出版社，2009 年 11 月。

4. 徐培均：《李清照》，台北：萬卷樓圖書公司，1992 年 7 月。

5. 于中航編著：《李清照年譜》，台北：台灣商務印書館，1995 年 11 月。

6. 陳祖美：《李清照評傳》，南京：南京大學出版社，1995 年 9 月。

7. 康震：《康震評說：李清照》，台北：木馬文化出版社，2010 年 4 月。

8. 木溪：《一代詞后李清照：傳奇才女的婉約詩詞與蒼涼人生》，台北：野人出版社，2014 年 4 月。

9. [美] 艾朗諾著；夏麗麗、趙惠俊譯：《才女之累——李清照及其接受史》，上海：上海古籍出版社， 2017 年 3 月。

二、李清照相關的影音文獻

1. 傳紀影片《李清照》，西安電影製片廠，1981 年。

2. 電視劇《清風明月佳人》，2008 年。

3. 《百家講壇——李清照》，台北：沙鷗出版，2012 年 6 月。

作文寫作

1. 請以〈我的藏書癖〉或〈我的藏 O 癖〉為題，撰寫一篇能夠呈現自己因收藏癖而展現的獨特性格。

2. 請參考李清照與趙明誠（其實並不算太完美）的愛情故事，以〈我所（不）知道的愛情〉為題，撰寫一篇能夠呈現你對愛情的獨到觀點的作文，闡述何謂真正的完美愛情？可舉知名人士的愛情故事為範例以印證你的論述。

伍、孟瑤〈以天地為家——談器度〉

在講求女男平等的現當代，女性大多已無需再像晚清民初的前輩們頻頻向男性要求平權了。但做為一位現代女性仍有許多重要的功課，第一課題莫過於提昇自己的內涵，開拓自己的胸襟。是以，孟瑤此文引古語「器小易盈」，說明女子修身最重要的便是展開自己的胸襟，擴大自己的容量，多出門，多交朋友，多遊覽名山大川。胸襟夠大，便能容物，這是她對於年輕女孩子們的期許，也是我們選擇這篇散文的重要原因。

一、題 解

做為一代「亂離人」的孟瑤，於風雨飄搖的 1949 年抵臺，旋即於次年正式展開寫作生涯。其首篇文章為 1950 年刊登於《中央日報》的〈弱者，妳的名字是女人？〉，造成不小迴響。其後於《中央日報》發表專欄「給女孩子的信」，計二十篇，日後集結成書，風行一時。是以「女性散文」系列可說是孟瑤早年來台後首先為讀者所接受的代表作品，其中所觸及的女性存在議題，幾乎可說是孟瑤一生創作的最主要關懷所在。

連載於《中央日報》的專欄「給女孩子的信」緣起於孟瑤任教臺中師範學校的經驗。當時孟瑤與一群未滿二十歲的年輕女孩談論做人做事的心得，尤其是讀書與婚姻議題。這些話題使她與學生的距離被拉近了。孟瑤自承寫作動機正是有系統的保存她對女學生的訓誨，而《中央日報》的邀稿便直接促成了這二十封信的誕生；自此亦給孟瑤莫大的寫作信心。

全書主題由二十封信組成，論題遍及讀書、健康、器度、交遊、婚姻、家庭與事業、女

德、人生信念、性格修養等多項議題。全書大致可分為三大類，一是女性的身心健康：〈人生幾何──談惜時〉、〈舉翅千里──談健康〉、〈藝術起源於遊戲──談消閒〉、〈與天地競爭──談朝氣〉等四篇；二是女性的婚姻與人我關係：〈肝膽相照──談交遊〉、〈情之所鍾──談婚姻〉、〈魚與熊掌──談家庭與事業〉、〈豐潤自己的生命──談群居與獨處〉等四篇；三是女性的自信與器度：〈智慧的累積──談讀書〉、〈以天地為家──談器度〉、〈駕扁舟以探大海奧秘──談勤儉〉、〈風度與容止──談女德〉、〈擇善而固執──談人生信念〉、〈愛與美──談性格修養〉、〈機智的抉擇──談鎮定〉、〈行為的規範──談取與予〉、〈有為者當如是──談好勝與嫉妒〉、〈更上一層樓──談自知與自信〉、〈小不忍則亂大謀──談感情與理智〉、〈爭強取勝、精益求精──談勇敢與驕傲〉等十二篇。可見孟瑤對女子教養所秉持的正面態度，務使現代女子成為身心健全、家庭與事業和諧、自信又有器度的女子，其關懷面向既廣且深。

二、作者簡介

孟瑤（1919～2000），本名揚宗珍。1942 年畢業於中央大學歷史系，旋即任教重慶私立廣益中學，並與大學同學張君締婚。1944 年舉家遷成都，任教於四川省簡陽女子中學。1945 年抗戰勝利，辭去簡陽女中教職，乘木船溯長江三峽返鄉。

1949 年 2 月遷台，初期任教於嘉義民雄中學，旋即應聘於省立台中師範學校，並開始創作。孟瑤正式展開寫作生涯的首篇文章〈弱者，妳的名字是女人？〉，刊登於 1950 年 5 月 7 日《中央日報》「婦女與家庭」版（武月卿主編）第五十九期。用父親所取的別號「孟瑤」為筆名，自此立足於文壇。其後又在《中央日報》發表專欄「給女孩子的信」，這二十篇散文於 1953 年 9 月結集出版單行本，即本文出處。

1955 年轉任臺灣師範大學國文系講師，1959 年升任副教授。1962 年 1 月赴新加坡南洋大學任教。1966 年 8 月回國任教臺灣師範大學國文系。

1968 年開始任教於中興大學中文系，1975 年 7 月升任中興大學中文系主任。1979 年 8 月積勞成疾，自中興大學中文系退休，告別長達 37 年的教學生涯。

1991 年 3 月，隱居佛光山「佛光精舍」。1993 年 3 月，應兒孫之請下佛光山，遷回臺中。1996 年 3 月，遷居臺北次子家頤養。2000 年 10 月 6 日病逝臺北三軍總醫院。

由此簡歷可知，孟瑤開始在台灣文壇發出女性的聲音之際，已然身兼妻子、母親、教師等多重角色以及新增的作家身分。是以，孟瑤在家庭與職場中所顯現的生命關懷，已然十分可觀。

本 文

一個把家當作天地，把家當作世界的人，其容量之褊小，眼光之狹隘，是非之混淆當為自然之理。因為她與社會和人群的關係都太簡單了！很不幸，過去的女人，就是用這種方式來打發歲月的。

古語云：「器小易盈。」往日女人的生活圈子小，與人群的關係簡單，自然胸襟容量就不會大。這情形的繼續發展，就造成女人性格上不能容物的缺點。只是時至今日，時代變了，女人不但要有廚房，還要有辦公室；不但要有親屬，還要有朋友；不但要有家庭，還要有國家社會。因為她們的天地遼闊了，所以與人群的關係也複雜了！假若我們還是拿過去的容量來容納今日的一切，顯然是不夠的。我們要能對宇宙兼收並蓄，就必須先有一個能容納這一切的「大器」。所以，要作一個時代的女兒，修身的第一課，莫過於展開自己的胸襟。擴大自己的容量，多出門，多交朋友，多遊覽名山大川。看看天地之大，可以容我；看看我胸襟之大，也可以容物。想想往日的婆媳之爭，多麼可恥。想想過去的片言之辯，多麼可笑！家是太小了，我不應該只接受它的容納，也不應該只容納它。我欣賞池水的清澈，也嚮往東海北溟之大，郭林宗說袁叔度：「汪汪若萬頃之波，澄之不清，擾之不濁，器度深廣，難測量也。」這正是我們要學習的胸襟，我要以天地為家，以萬物為友。

一個永遠生長在井底的青蛙，當然不會明白天地的遼闊；一個永遠侷促於家中的女人，也就永遠不明白宇宙的偉大。因為這些無論是有形或者無形的壁壘，太能阻止她們的視線了。所看到範疇小，所照顧到的地方也自然有限。在女人的性格上，我們不能不承認細心是長處，但

「因小失大」又不能不說是缺點。過去，這缺點影響所及，並不嚴重，因為她們所接觸所管理的範圍小而簡單，細心處理，反顯特長；今日則不然，女人的生活圈子，無疑地在日漸擴張中，複雜的關係也在與日俱增著。假若我們還是坐井觀天，豈不可笑？所以除了家的周遭外，我們更需要把「家」外的一切看得遠，看得大，更要看得真。

生活的圈子小，所待處理的事物自屬簡單，簡單到可以只憑經驗，不用腦力；假若生活的圈子擴大，待處理的事務也就因之而複雜，當然除了經驗而外，還需要使用明確的觀察力與判斷力。所以一個除開家以外，還想把握更遼闊更廣大視野的女孩子，是非之辨不能不有。任何事物來到我面前，請允許我首先理智起來，用犀利的目光，直入核心，對的就是對的，錯的就是錯的，決不容我有絲毫好惡存諸其間。能作到這一點，處理私事也好，處理公務也好，治國也好，理家也好，我自能把握一個不移真理，而不為外力所左右。

把一株溫室的花朵，突然搬到大自然中去，讓它任情地接受驕陽或狂風的考驗，假若它還依戀自己過去的一套生活習慣的話，結果便只有快速地枯萎下來；否則就必須放棄過去的嬌憜，另產生一種能適應新環境的生存能力，才能欣欣向榮。現代的女孩子，就好比那株剛由溫室中移植出來的花朵，要想生存，首先就要對過去的弱點無所顧戀。多讀書以充實你的內在；多與大自然接觸，以放開你的視野；多與朋友交往，以廣大你的胸襟；多觀察事物，以培養你的是非。這樣，你才不會因驕陽的炎威而感到羸弱，你才不會因狂風的欺凌而感到孤寂。

鑑賞

誕生於 1919 年的孟瑤，有幸於 1942 年完成中央大學歷史系學士學位，這樣的經歷正好展現了不同於一般民初女孩子的命運。民國早期，「北北大，南中大」是譽滿中國南北的兩大名校，由此可見孟瑤的聰慧與才學。而有幸在戰亂中完成新式大學教育的孟瑤，以教師為業。1950 年代來台後，持續教學，並開始寫作。孟瑤與其他同樣在 1949 年前後由大陸渡海來台的女作家，皆有類似的背景（大學畢業、教師或公務員、作家），豐富了台灣現當代文學史上

1950 年代的文學創作榮景，在反共與戰鬥文藝的官方政策之下，女作家們書寫自己的文學，自成一方豐美的園地，是以「1950 年代的女作家現象」是台灣現代文學史上重要的一章。

1950 年代寫作《給女孩子的信》的孟瑤，尚處青年階段，同時身兼教師、妻子、母親、作家等多重身分，面對一群年輕的師專女學生，她自然感同身受，極欲將自己身為女子的過來人心情，與年輕的女學生分享，這篇〈以天地為家——談器度〉正是《給女孩子的信》的第四信，其知性氛圍與正面態度極為明確，可見孟瑤對於女孩子的期許。

孟瑤首先提及過去的婦女把家庭當做唯一的天地，因此生活圈狹小，人際關係簡單，因此女性具有胸襟容量不夠大，性格上不能容物的缺點。古語「器小易盈」正是此意。

其次，孟瑤指出「時代變了，女人不但要有廚房，還要有辦公室；不但要有親屬，還要有朋友；不但要有家庭，還要有國家社會。」她明確指出女性的天地必需拓展至家庭以外，同時女性「要能對宇宙兼收並蓄，就必須先有一個能容納這一切的『大器』」。如此便點出了本文主旨，即女性應具備以「以天地為家」的器度。器度，正是一名新時代的女性修身的第一課。因此，孟瑤鼓勵她的女學生們，「多出門，多交朋友，多遊覽名山大川。」如此才能看「以天地為家，以萬物為友。」由此可知孟瑤相當重視女孩子的「器度」。

接著，孟瑤繼續申論，若女性永遠局限於家中，如井底觀天之蛙，視線被阻止了，自然永遠不明白世界的遼闊。但今日女性的生活圈子已日漸擴張中，「更需要把『家』外的一切看得遠，看得大，更要看得真。」誠為的論。

再者，孟瑤認為現代的女性，生活圈擴大了，處事應具備明確的觀察力與判斷力，因此「還想把握更遼闊更廣大視野的女孩子，是非之辨不能不有。任何事物來到我面前，請允許我首先理智起來，用犀利的目光，直入核心，對的就是對的，錯的就是錯的，決不容我有絲毫好惡存諸其間。」她指出女性若能以理性明辨是非，無論公私，都能把握真理。可見孟瑤強調女性應有一定的理性，才能掌握廣闊的天地。

最後，孟瑤指出過去的女性如同溫室中的花朵，而現代的女孩子就是剛由溫室中移植出來的花朵。現代女性要想生存，首先必需揮別過去的弱點。因此，孟瑤的建議是「多讀書以充實

你的內在；多與大自然接觸，以放開你的視野；多與朋友交往，以廣大你的胸襟；多觀察事物，以培養你的是非。」這樣的女孩子，才能既有堅強的心志，又有豐盈的內在，女孩子的器度正是如此。

除了此篇散文，《給女孩子的信》中另有幾篇值得參閱。

第一信〈智慧的累積──談讀書〉，孟瑤認為女子培養讀書習慣特別重要：「習慣培養興趣，興趣支持習慣，你才能發現，在我們日常柴米油鹽，你爭我鬥的現實世界以外，還有一個多麼廣闊、沉寂、奧秘、或者是穆肅的天地，足夠我們流連忘返。」同時，讀書使人們老得有智慧，否則便容易在生兒育女、相夫教子的生活中，忘記充實自己。

第十封信〈風度與容止──談女德〉，孟瑤認為女人的成長不只倚賴讀書，更強調良好的道德規範，並且能揉合舊傳統與新觀念，以提出適合當今潮流的作法。因此她仔細推敲班昭《女誡》的「四德」，並將班昭《女誡》中不合時宜者進行調整，其中便提及女人的才華不應只在主持家務上，女性也應努力充實內涵。

第十七封信〈更上一層樓──談自知與自信〉，孟瑤提及人生不僅是個大舞臺，也是個大機器，個人的角色是大是小，完全靠自知與自信。孟瑤認為女孩子們應該學會自知與自信：「人生是一座舞臺，你必須學會怎樣把你自己當作一個演員，同時又作這一個演員的觀眾，當你在臺上有把握（自信）發揮自己的精彩演技時，同時不要忘了坐在臺下寫出一份最客觀最嚴正的批評（自知），指出一切瑕疵與優異，然後，以自知作靈魂，以自信作衣冠，使這個出色的演員來演出這幕出色的戲。」孟瑤對女子的自知與自信有更高的期待。

綜合以上，孟瑤對於現代女孩子的期許大致呈現的是較知性的一面，而孟瑤對這些年輕女孩子們的絮語／期許，未嘗不是孟瑤的自我認同的投射嗎？孟瑤藉由「給女孩子的信」專欄（及結集專書）建構了一個女性的「想像的共同體」。在此想像空間裡，孟瑤以其一貫的謙抑態度，認為自己與這些年輕的女孩子們對話，其實只是親切的家常，並非什麼說教的文字。無論如何，《給女孩子的信》之風行數十年是不爭的事實。此書不僅是當年的暢銷書，也是至今為止的「長銷書」，未曾絕跡於書市，可見其書之影響力極大。

問題討論

1. 〈以天地為家——談器度〉指出女孩子的器度大小，與其生活空間、職業身分有關。今日
   世界上有許多舉足輕重的女性展露頭角，如英國的佘契爾夫人或緬甸的翁山蘇姬，其生平
   事跡分別被拍成電影《鐵娘子》與《以愛之名：翁山蘇姬》，請欣賞這兩部影片，並試著
   說明這兩位女性的器度如何？

2. 今日女孩子的世界多不再局限於以「家」為主，可以拓展的職業與空間已經十分多樣了。
   但女性在職業及空間上的表現，仍不可避免地會有不平等或歧視的現象，視舉出三個例子
   加以說明。

3. 〈以天地為家——談器度〉指出一位現代的女孩子要成為「大器」，必需「多出門，多交
   朋友，多遊覽名山大川」，試以此說明「工作」、「交友」與「旅行」之於女性的意義，
   與男性有何不同？

延伸閱讀

一、孟瑤文本

1. 孟瑤：《給女孩子的信》（臺中：中興文學出版社，1953 年 9 月初版；臺中：晨星出版社，
   1982 年 9 月初版）。

2. 孟瑤：〈弱者，你的名字是女人？〉，《中央日報》，第 7 版「婦女與家庭」，1950 年 5
   月 7 日。

3. 孟瑤：《鑑湖女俠秋瑾》（臺北：中央婦女工作會，1957 年 10 月）。

4. 孟瑤：《女人·女人》（臺南：中華日報社出版部，1984 年 9 月）。

5. 孟瑤：《風雲傳——兩宋的英雄兒女》（女詞人李清照部分）（臺北：天衛出版社，1994
   年 7 月）。

二、孟瑤研究

1. 吉廣輿編選：《孟瑤讀本》（臺北：幼獅文化公司，1994 年 7 月）。

2. 吉廣輿：《孟瑤評傳》（高雄：高雄市立文化中心，1998 年）。

3. 朱嘉雯：〈亂離娜拉——孟瑤〉，《追尋，漂泊的靈魂——女作家的離散文學》（臺北：秀威資訊公司，2009 年 2 月）。

4. 羅秀美：〈女學生·女教師·女作家——琦君與孟瑤的學院生涯考察與文學接受情形〉，《從秋瑾到蔡珠兒——近現代知識女性的文學表現》（臺北：臺灣學生書局，2010 年 1 月）。

5. 羅秀美：〈小說家之外的孟瑤——從「女性散文」與「孟瑤三史」論其文學史定位〉，《興大人文學報》第 50 期，2013 年 3 月，頁 197-240。

6. 應鳳凰，〈孟瑤：生平年表〉，「五〇年代文藝雜誌及作家影像庫」http://tlm50.twl.ncku.edu.tw/wwmy2.html（2010 年 9 月 5 日確認）。

三、其他女作家的絮語散文

1. 冰心《寄小讀者》。

2. 謝冰瑩《綠窗寄語》。

3. 張秀亞《凡妮的手冊》、《少女的書》。

4. 艾雯《生活小品》。

5. 葉曼《葉曼隨筆》。

作文寫作

1. 以〈器度〉為題，談論器度之於女性的人生之意義為何。

2. 採訪一位有器度的知名女性，撰寫她的人生故事，並寫下你對她的看法及從中得到的啟示。

3. 閱讀一位有器度的知名女性的傳記或相關著作，寫下你對她的看法以及從中得到的啟示。

陸、林文月〈說童年〉

選文理由

　　臺灣是個多元文化並存的社會，這多元文化的背景因素與認同差異，可能來自於族群血緣，也可能來自於歷史經驗。許多生長在 1920 ～ 1940 年代的長輩們，他們的童年經歷過戰火，在這本來應是無有憂慮，受到呵護的成長年紀，可能就歷經奔逃流離，時時面對生命的威脅；戰爭平息，也可能遭遇語言、身分轉換的適應問題。而本篇作者回憶童年，於戰後「身分」轉換的經歷。由此除了可以閱讀他人的歷史經驗，瞭解並尊重多元的群體文化，進而可回顧自我生命歷程，明白人生發展與社會變遷的關係。

導讀

一、題解

　　〈說童年〉選自林文月散文集《讀中文系的人》，作者描述自己童年生長於上海，面對戰爭與時局變化下的個人遭遇與適應過程。而這親身經歷「國籍轉換」與「認同」上的內心衝突，其實是許多年紀相近的臺灣人，走過那樣一個歷史關卡，永遠無法忘懷的記憶，但是，作者因為成長環境的特殊性（日治時期，在上海日本人社區的臺灣人），又使這段記憶更加添許多「複雜的徬徨感」，就像淺灰色的暗影，畫在原本應當明亮的幼小心田：

　　在日本小學讀書，在家裡也講日語，從來不知道自己與同學的差異在哪裡？可是，為什麼我再怎麼努力，就是只能當副班長？那個二等兵的冷漠表情，又透露著什麼樣的訊息？

　　戰爭結束了，我們家已經插上青天白日旗，我還來不及明白這天大變化的道理，卻覺得家裡的氣氛越來越緊張，母親為什麼不許我們問父親的去處呢？家裡怎麼忽然闖進拿著槍的人，將所有的房間貼上封條呢？

就要回到臺灣了，那父母口中的故鄉，迎著我的是成排的大王椰，迎風飛舞，這是我從未見過的「異國情調」。此後的生活，竟是要與說著「臺腔日語」的同學一起學國語（華語）。

在戒嚴體制猶然嚴密的 1977 年，作者不隨波歌頌當權者的豐功偉業，也不矯情於種種特定立場的意識矛盾，能夠平實道出自身的經歷與感受，著實珍貴。所以，閱讀此篇，除了可以瞭解他人的歷史經驗，並可學習尊重群體文化裡的多元（異質）面貌，進而回顧自我生命歷程，明白人生發展與社會變遷的關係。

二、作者簡介

林文月（1933～），臺灣彰化人，出生於上海閘北（時為日本人聚居區），是《臺灣通史》作者連橫的外孫女。1946 年隨雙親回到臺灣，1952 年考入國立臺灣大學中文系就讀，得遇恩師臺靜農指引，進入中國古典文學研究之門，其後續入研究所深造，開始在《文學雜誌》等刊物發表論文。畢業後，任教於母校，並成為六朝文學的重要研究者，尤其著力於山水、宮體、田園、遊仙等各類詩作的探討。1969 年前往京都大學人文科學研究所研修，不僅開拓中、日比較文學研究的新領域，其文學創作之路，也從散文集《京都一年》展開。1972 年著手翻譯日本古典小說《源氏物語》，歷經五年完成，被學界認定是該書最佳譯本，其中對於「和歌」的巧妙翻譯，更是為人所稱道。1993 年自臺大退休，但文學創作、翻譯與研究仍持續不輟，曾於美國史丹佛大學、加州大學等校擔任客座教授，而 1999 年的《飲膳札記》則開展出寫作「飲食文學」的新亮點。綜合歷年來重要著作，尚有《澄輝集》（評論集）、《讀中文系的人》、《遙遠》、《午後書房》、《擬古》等。

本文

「咦？你的臺灣話為甚麼講得這樣好？」這是我跟人用臺語會話的時候，常聽到的恭維。但是，如果我告訴他：我本來就是臺灣人，是一個道道地地的臺灣人——父親是彰化縣北斗鎮人，母親是臺南市人，別人又會驚訝地重新打量我說：「不像嘛，一點兒都不像！」

我這個年紀的本省人，多多少少都還記得一些日本話，有時候我跟日本人或只會說日本話的人（譬如日本華僑）用日語會話，也往往會聽到：「你的日本話很漂亮，完全沒有臺灣腔。」之類的恭維。

　　我不知道一個人應該長得怎麼樣才像臺灣人，可是我知道別人說我臺灣話講得不錯，正表示我這個臺灣人講出來的臺語實在不十分標準；人家以為我不是臺灣人，卻能說一口「流利」的臺語，所以才會如此誇獎我。至於說到我的日語不帶臺灣腔，則又可能意味著我另有一種別的腔調也說不定。

　　這些話語我經常聽到，所以平時總是不置可否笑笑而已，若要解釋起來，實在有些麻煩，勢必要牽涉到我的童年和我的生長背景。然而，前些日子，與一些朋友談及此事，竟覺得有些情緒激動起來，想要溫習一下逝去的童年，同時也藉此給自己一個比較客觀的分析和答案。

　　別人對我產生那種奇怪的印象，其實是有緣由的。

　　我雖然是一個道道地地的臺灣人，卻不是一個土生土長的臺灣人。我出生在上海。我家八個兄弟姊妹當中，除了弟弟因避民國二十六年的「上海事變」而於東京出生外，其餘七人都誕生於上海。雙親很早便從臺灣遷居於上海。抗戰結束以前，父親一直任職於日本「三井物產株式會社」的上海支店，所以我們幾個兄弟姊妹，先後都在上海市江灣路的家生長。

　　當時的上海，四分五裂。我們住的是日本租界閘北地區。那裏面的日本人佔著很大的人口比例。他們有許多就學年齡的子女，所以設有日本小學多達九所，其中一所專為朝鮮人而設。那時的臺灣人，依據馬關條約，也算是日本人，但是閘北地區的臺胞子女大概沒有朝鮮人多，因此日人並沒有特別為我們開辦一個小學，卻令我們按學區劃分，與日本兒童共同上學。我八歲時，先進入「第一國民學校」，次年因學生人數增多，新設立「第八國民學校」，便與附近的日本學童們重新被分配到那所新開的小學讀書。直到抗戰勝利，我小學五年級以前的教育，都是在那裏接受的。

　　我家鄰近的臺灣人不多，所以當時「第八國民學校」，全校只有我和妹妹兩個臺灣學生。老師和同學總是以奇特的眼光看待我們。我們因為從小與日本孩童一起長大，語言習慣都頗為

日本化；父母則因為我們還幼小，也就沒有灌輸我們臺灣如何割讓給日本的歷史，所以我們根本無由了解何以自己與別的同學有差異。我們在家裏大部分是講日本話，跟父母偶爾講極有限的臺灣話，和娘姨（上海人稱女傭為娘姨）則全部講上海話；可是在外面，我們絕不說臺灣話和上海話（當時在閘北的臺灣人都不得不如此）；即使這樣，大家還是以奇特的眼光看我們。

記得那時最愁學校舉行母姊會一類的活動，因為我的母親在那些日本媽媽們當中總是顯得十分與眾不同，尤其她把那一頭長髮在頸後挽一個髻，那是一般上海中年婦女的標準髮型，沒有一個同學的母親梳那種頭髮。每回母親來學校，我總是儘量躲開她，很怕她同我打招呼講話。可是，偏偏有時校方會邀請家長們進入教室參觀上課情形。有些同學的母親會穿一身華麗的日本和服來，那真讓做子女的感到很光采；可是，母親的來臨，卻徒增我的困窘，因為同學們會指指點點，猜測那是誰的媽媽？使我羞愧得幾乎想衝出教室門外。雖然我是班上唯一的臺灣人，平常這個差別還不太明顯，只有在母親來校時，就像用放大鏡照射似的，我會變得十分怪異奇特起來；而且這種事總是餘波盪漾，使我好幾天都成為大家竊竊私議的中心。

小時候，我相當好強用功，品行也優良。做一個小學生，最高的榮譽莫過於當班長，因為只有最優秀的學生才有資格當班長。父親勉勵我們時，也總以當班長期許我們。那時很流行在學校操場上溜冰。溜冰鞋賣價很貴，我常常夢想擁有一雙自己的溜冰鞋。父親答應說，如果我能榮任班長，便買一雙送給我做獎品。有了這個目標，我更加努力讀書，而我的成績也果真超出班上所有日本同學之上；然而那位日本男老師卻只讓我當副班長，因為我是臺灣人。我也就始終沒法子得到一雙發光的溜冰鞋了。

戰爭快結束時，盟軍的飛機常來轟炸上海的日本租界。有時一天之中會聽到好幾次警報，得要躲好幾次防空壕。當時閘北的各個日本學校都有日軍駐紮著，所以防空壕裏經常都會有日本兵與學生老師混雜在一起的情形。有一回，我們在防空壕裏躲避許久，警報不解除，外面卻無甚緊張氣氛。無聊之餘，有一個年輕的二等兵便逐一詢問學童們的籍貫以解悶。有人來自東京，有人來自大阪，也有來自九州鄉下地方的......，輪到我吞吞吐吐說是臺灣人時，那個二等兵竟楞住了，許是他一時弄不清楚這個陌生的地名吧；繼而想起甚麼似的，他的眼神忽然變得

很奇特，表情變得很冷漠；頓時，先一刻那種「他鄉遇故知」的熱烈氣氛完全消失了。我至今猶記得那個日本兵臉上的表情變化，也一直忘不了自己當時的屈辱和憤怒。「臺灣人有甚麼不好？臺灣人和東京人、大阪人有甚麼兩樣！」我心裏很想這樣大聲叫喊，但是我不敢；事實上，我只是紅著臉低下頭而已。

日本小學生往返學校都排隊走路。我們經常會在路途上遇見中國孩童；雙方總是像仇敵似的，往往一方叫喊：「小東洋鬼子！小東洋鬼子！」，另一方又叫喊：「支那仔！支那仔！」。氣氛緊張時，甚而會互相撿地上的小石子亂扔。我也曾經跟著喊過「支那仔」，也曾經對中國孩子投過石子。因為我那時以為自己也是日本孩子。

有一次放學途上，走過每日必經的「六三園」，那是一個整潔可愛的小公園，我們看到一個日本憲兵，不知何故，正對一個中國孕婦拳打腳踢。我們都止步，好奇地圍觀；沒有一個人同情那個哭叫哀嚎的女人，大家反而歡呼拍手。當時大概是認為中國人——無論男女老幼都是壞人，而日本人全都是好人的吧。

戰爭接近尾聲時，局勢相當紊亂。各級學校都被日本軍隊佔用，我們也就不再上學了。鄰居們各組小團體，將附近的學童們集合在一起，使大家每天仍有幾小時見面的機會；其實，那時已經沒有心境讀書，這種安排，無非是由家長們推選代表，輪流看顧精力旺盛而又調皮搗蛋的孩童們罷了。我和弟妹便與「公園坊」、「永樂坊」的日本孩子們一處嬉戲著，並不怎麼費心去理會大人世界裏所醞釀著的事情。

民國三十四年八月，日本宣布無條件投降。我們那一區的日本居民，有一天被召集到廣場上。一個表情肅穆的里長模樣男人叫大家安靜，因為無線電臺要廣播「天皇陛下」的重要聖旨；他並且要大家低首恭聆。不多久，日皇沉痛地宣布日本戰敗，向盟軍無條件投降。先是一陣騷動，接著，我聽見此起彼落的啜泣聲，後來又逐漸變成一片哀號聲。男人在哭，女人在哭；大人在哭，最後，孩子們也在哭。不知甚麼時候開始的，我發覺自己竟也跟著大家好似很悲傷地哭起來。

接著而來的是一片混亂的日子。日本租界裏天旋日轉。那裏面的日僑，一下子從天之驕子，變成了喪家之犬，開始匆匆忙忙遷返他們的家鄉。有些上海人卻乘勢搬運日本人遺留下來的家具物品等，甚至還有一些不肖之徒衝入尚未遷走的日人住宅裏，肆意搶劫。

我和弟妹們躲在二樓浴室的小窗口前，好奇地偷窺街上緊張而混亂的景象。我家門口插著一面簇新的青天白日滿地紅的中國國旗，所以很安全。不過，父母還是不准我們出去。從大人口中得悉：我們不再是日本人，我們現在是中國人了；我們沒有打敗戰，我們是勝利了。其實，我們並不明白這個天大的變化。我們真的來不及明白這個道理。

然而，實際上我們的安全也沒有維持多久。等日本人走光後，有些地痞流氓開始轉移注意力到我們頭上來。他們說我父親曾在日本人的「三井」做事；罵我們是「東洋鬼子的走狗」。氣氛越來越緊張。一天夜裏，父親和母親去找一位住在法租界的朋友，而把我們暫時交給一位年長的堂兄照顧。第二天中午，母親單獨回來。她不許我們探問父親的情形。

兩三天後，有一個中年人和一個少年闖入我們家來。那個男人手中有一支手槍——那是我生平第一次親眼見到的真手槍。當時母親正好購物回來，手裏提著一些果物。見了那兩人，她嚇得雙手發軟，整袋東西撒了一地板。我們也都很駭怕，可是沒敢叫出聲來。大家手拉手，緊緊的。陌生人命令我們只准帶臥具和簡單的日用品，把我們全家大小趕到樓下的客廳，樓上所有的房間都被他們用長長的封條封住了門。以後的事情，我記不大清楚。那兩個人好像大聲而嚴厲地用上海話說了一些恐嚇的話才離去。

大約有數日工夫，我們一家人委屈地擠在客廳裏起居。母親的臉色十分凝重，脾氣也變得焦躁起來。我們只好小心謹慎，以免挨罵。堂兄忙進忙出，似乎負責聯絡甚麼事情，時而與母親輕聲商談；我們也不敢去偷聽。不過，我和弟妹們常乘大人不注意時，溜上樓去看看那些緊閉的房門，和貼在門上的封條。真奇怪，自己的家，卻有一種陌生而神秘的氣氛。但說實在的，我們當時並不覺得怎麼難過，反而感到異常興奮刺激，彷彿自己變成偵探小說裏頭的人物一般。

過了一星期光景，那幾張寫著潦草毛筆字的封條被堂兄撕去了。父親也從法租界回家。事情究竟是如何解決的呢？我們小孩無由得知；我至今也沒有弄清楚。

後來，湯恩伯將軍來到上海。上海市的臺籍居民組織了一個同鄉會，派代表到坐落於北四川路的前日本海軍陸戰隊，去拜會湯將軍。他們要物色一個十來歲的女孩任獻花的角色。大概由於父親也是代表之一，所以我被選上了。那天一清早，父親一再提醒我獻花的禮儀。戰戰兢兢完成任務後，湯將軍好像還笑著摸摸我的短髮。而當時我身上穿著的，仍是那一套整潔的日本小學制服呢；只是，胸前沒有佩帶「第八國民學校」的徽章罷了。

日本人撤退後，上海的「三井」自然也解散關閉了。我的舅舅因為參加政府收復臺灣的工作，於民國三十四年十月，先行返臺。舅母帶著表弟從重慶來到上海。姨母一家人也自南京來滬。三十五年二月，我們三家人共乘一船回臺灣。

離開上海時，天寒地凍。咖啡色的揚子江上，飄蕩著一層冰涼涼的霧。母親身上穿著虎皮大衣禦寒，我們大家也都穿好幾件厚毛衣。可是，船靠妥基隆碼頭時，卻見一幅熱天景象。有些光著腳的男孩子背著木箱，在叫賣「枝仔冰」。岸上的人全都講臺灣話，用好奇的眼光瞪視甲板上的我們；而我們對這個陌生的家鄉，也覺得十分新鮮興奮。

從基隆乘坐舅舅來迎的汽車到臺北，路途雖遠，我們卻絲毫不覺得疲倦。對於生長在上海的我來說，此地抬頭可見的青翠山巒，毋寧是頗具吸引力的，而三線道上成排的大王椰，迎風飛舞，則更是前所未見，簡直充滿異國情調。「這就是我的家鄉嗎？」「這是我的家鄉！」我心裏反覆不停地自問自答。我終於回到一個真正屬於自己的地方，回到一個與別人都無差別的環境了。最高興的事，莫過於此。

然而，我當真不再與別人都無差別了嗎？事實卻未見得如此。把家安頓後，父母最操心的便是我們幾個孩子的學校了。初來時，我們住在東門町（即今仁愛路一帶），弟妹們都進入「東門國小」，沒有問題；唯獨我最麻煩，因為那年我理當讀六年級，而附近各小學的六年級生都已畢業升學（大概是光復之初，仍沿用日本學制，採春季開學的辦法）。幾經打聽，始知只有在萬華的「老松國小」還有六年級班。我只好每天從東門步行，經過被轟炸而尚未修復的總統府，再穿越鐵路，去那所小學讀書。路程遠，已令我疲倦厭煩，而陌生的環境，語言的隔閡，更使怕羞的我視上學為畏途。

當時「老松國小」的六年級只有兩班：一是男生班，一是女生班。頭一天去上學，級任老師特別向班上的同學介紹，說我來自上海，希望大家待我友善。於是，下課後，所有「友善」的眼光都集中在我身上。同學們說的臺灣話，我聽不懂，她們說的日本話，又帶濃重的臺灣口音，同樣使我似懂非懂。那種年紀的女孩子特別好奇，她們對於我這個唯一來自內地的臺灣人，有許多不可思議的奇怪問題，又對於我的一舉一動都特別注意品評，就好像我是來自另一個星球的人似的。那時候，本省人喜歡叫外省人為「阿山仔──」表示來自唐山的人，同學們便管我叫做「半山仔」。

我雖然是在上海長大的「半山仔」，但受的是日本教育。我會講上海話，可是不會說國語，也不認識多少中國字。光復之初，本省籍的國文老師多數是前一天去國語補習班，第二天便來教學生，而上課時則用臺灣話解釋國話。這使我的學習十分困難，何況我到班上時，別的同學已經大體學會注音符號，而我卻連ㄅㄆㄇㄈ都不認得。上學不久就逢考試，這真教人難堪。我回家請求母親讓我休學，母親說甚麼都不答應，百般勸慰我。猶記得第一次在「老松國小」考國文，成績是三十分，我從來沒有考過這樣低的分數，也真成了難忘的回憶呢。

以後的日子，我加倍努力讀書，同時也努力跟大家學習帶北部腔調的臺灣話。逐漸的，我和別人的差距減少到最低限度；這才感覺自己真正融入了生活的環境裏。半年以後，北二女中招考新生──那年秋季班，北一女中沒有招生，我幸而錄取。

我想，一個人的童年應止於中學生活的開始，所以我童年的回憶記實，也該在此結束。

其實，跟許多人一樣，我的童年也有不少溫馨甜蜜的故事，只是較別人多了一種複雜的彷徨感。這是由於我生在一個變動的時間裏，而我的家又處在幾個比較特殊的空間裏；時空的不湊巧的交疊，在我幼小的心田裏投下了那一層淺灰色的暗影。那種滋味實在不好受，到現在都無法澈底忘卻。不過，我知道自己已經邁過了那一層淺灰色；一切甜蜜的與悲辛的，都已經隨時光的流轉成為往事了。

我慶幸自己畢竟有一個完全屬於自己的環境，以及不必再感到彷徨的現在。還是千真萬確的事實。

鑒賞

　　本文從日常生活的經驗談起，作者指出自己能用流利的臺語或日語與人交談，經常讓她人感到驚訝，甚至聽到許多恭維的話。何以如此？解釋開來，往往有些麻煩，因為這和自己特殊的生長經驗有關。而此篇「說童年」的時空聯繫，也就由此跨向二十世紀三十年代的上海閘北。然後，點出自己當時生長於當地的特殊身分：日治時代的臺灣人，因父親任職於日本「三井物產株式會社」上海支店，所以和兄弟姊妹都生長在上海。這使作者的童年也必然經歷三個階段，而成為這篇文章描述童年面對身分認同，切身遭遇與心態調整的三個段落：

　　一、出生至日本戰敗前，依馬關條約的國籍認定，自然算是日本人，就讀於日本開辦的「國民學校」，與僑居上海的日本兒童共同學習，無論在家或上學都講日語，未曾懷疑自己不是日本人。但是，有三件事情讓作者年幼的心靈無法釋懷，一是母親參加母姊會時的髮式，居然成為同學們竊竊私議的話題；二是自己的成績一直是班上第一名，卻永遠只能當副班長，也就得不到父親的獎勵（一雙夢寐以求的溜冰鞋）；三是有一回躲空襲，一位二等兵隨口問問大家的籍貫，當她說出「臺灣」時，那種「他鄉遇故知」的親切感忽然消失，尤其是永遠忘不了對方表情的變化，這使作者好想喊：「臺灣人有什麼不好？臺灣人和東京人、大阪人有甚麼兩樣！」

　　不過，這種難以釋懷的感覺，並未成為質疑自己身分的敲門磚，日常生活之中，依舊和日本同學上課、嬉戲，甚至曾經一起向中國孩子對罵、互丟石子。1945 年 8 月日皇宣布投降的那一天，還跟著鄰居、同學一起悲傷哭泣。不久，開始有上海的不肖之徒，衝入日僑居住區肆意搶劫。這原本是驚恐的情勢，作者卻點出當時天真的童年心境：好奇地從家裡的小窗偷窺街上混亂的景象。而家門口插上一面簇新的青天白日滿地紅的中國國旗，似乎成了安全的保障。接著，還從大人的口中得知：自己不再是日本人，現在是中國人了！可是，當時真是不明白這天大變化的道理啊！

　　二、戰後的上海經驗，原本好奇著天大變化的心態未能持續多久，有些地痞流氓開始注意到作者家裡，因為父親過去在日本「三井」任職，被指為「東洋鬼子的走狗」，氣氛越來越緊張。

一天夜裡，父母外出找朋友，次日母親單獨回家，卻不准孩子們探問父親的情形。兩三天後，有人帶著槍衝進家裡，作者生動地描繪當時母親的驚恐、癱軟的情景，全家人被喝令集中在樓下客廳，樓上所有的房間被長長的封條封住了。

在緊張恐懼的氣氛裡，大人們由凝重而焦躁，孩子們竟然感到異常興奮刺激，作者和弟妹還趁人不注意，偷溜上樓看看那些被封閉的房門，彷彿成了偵探小說的人物。過了一星期光景，父親忽然回家，樓上的封條被表哥撕去，究竟如何解決這個危機，作者至今還弄不清楚。後來，上海的臺灣同鄉要挑一個小女孩向國軍將領獻花，作者被選上了，那天她穿著整齊的日本小學制服，戰戰兢兢的完成任務，只是制服上沒有佩帶原來的校徽。或許，這一個小小差別，正是時局轉換的過程中，孩子們對於身分改變的最深刻印象。

三、回到臺灣，作者用上海的天寒地凍，江上冰涼涼的薄霧，還有大家身上穿的厚毛衣，對比初抵基隆時的熱天景象，光著腳的小男孩背著木箱賣「枝仔冰」，顯示自己初臨這個「陌生故鄉」的興奮之情。接著，以臺北三線路上迎風招展的大王椰，還有可望遠處的山巒等「異國風情」，表現童年純真好奇的態度。然而，內心不斷自問自答：「這就是我的家鄉嗎？」「這是我的家鄉」能回到真正屬於自己，與他人無有差別的環境，已是這個小學生內心最大的盼望，而這個回到家鄉的興奮卻隱含著深刻的不安。

果然，身為一個「半山仔」，在語言隔閡（臺灣話聽不太懂，臺灣同學說的日語又有濃重的臺灣口音）、環境陌生、上學路途遙遠、同學注目眼光等因素下，竟使六年級的她視上學為畏途。不過，天賦不服輸的個性，反而在此激出加倍用功的學習態度，除了學習國語（華語），也努力學北部腔的臺灣話，終於能夠減低與同學的差異，感覺自己真正融入生活的環境裡。半年後，甚至可以考取北二女的初中部（當年北一女沒有招生）。因此，這段力爭上游的過程，對作者而言其實是力爭認同、融入環境的過程。

說完身分認同，切身遭遇與心態調整的三個段落，作者指出自己的童年雖然也有許多溫馨的回憶，卻較他人多了「複雜的徬徨感」，緣於生長在變動的時間，而家庭又在幾個特殊的空間裡。這難免在幼小心田投下「淺灰色的暗影」，滋味實在不好受！不過，這樣的經歷或許也

讓人學得珍惜，作者在結尾處特別強調：「我慶幸自己畢竟有一個完全屬於自己的環境，以及不必再感到徬徨的現在。」言語雖輕，意味深長，完全扣住回憶童年的真切慨嘆。

此外，本文透過童年回憶的方式來呈現時代，也可以見到以「兒童」為描述中心的特殊性。畢竟，面對時局的變化，兒童的感受和成人是有些不同的：成人可能有許多因為信仰、情感或政治、家庭的實際考量，表現出其因「立場」而來的態度與作為；兒童卻可不顧（或說不懂）這些先入為主的概念，從實際遭遇的事項中，表現內心的好惡、新奇、懷疑、恐懼等感受。而作者在回憶童年的過程中，經常清楚表述這個現象，甚至藉此產生襯托、對比的效果，讓展現時代變局對於一個家庭的影響得以真實展現。

問題討論

1. 請指出林文月童年面對身分認同，切身遭遇與心態調整的重要事項，討論這些事項的背景因素，乃至於這些因素對於臺灣社會可能的影響。

2. 林文月童年面對時局變化、尋求認同的態度為何？請從成長與適應的角度，來談談這樣的態度對於人生有何影響？對照自己的經歷，有何感想與啟示？

3. 從小聽長輩（特別是祖父母輩）回憶童年，是否曾經聽到他們談到戰爭，談到時局變化，談到求學環境改變（如語言改變、學校文化改變）等事情？跟林文月所遭遇的，有什麼不同或相似的地方？

4. 因時局變化、移民先後等緣由，臺灣不同「族群」的人其實走過不同（甚至對立）的歷史經驗，卻也造就了多元豐富的文化環境，林文月〈說童年〉在尊重文化差異的認知上，給了我們何種啟示？

延伸閱讀

一、童年與歷史

1. 鄭清文〈偶然與必然——鄭清文短篇小說全集序〉，《鄭清文短篇小說全集》，麥田，1998。

2. 邱坤良《南方澳大戲院興亡史》，印刻，2007。

3. 龍應台《大江大海一九四九》，天下，2009。

4. 周志文《家族合照》，印刻，2011。

二、童年的情味

1. 琦君《青燈有味似兒時》，九歌，2004。

2. 簡媜《月娘照眠床》，洪範，2006。

3. 詹宏志《綠光往事》，馬可孛羅，2008。

三、兒童眼光中的歷史

1. 嶺月《聰明的爸爸》，文經社，1993。

2. 周姚萍《臺灣小兵造飛機》，天衛文化，1994。

3. 馬景賢《小英雄當小兵》，天衛文化，2005。

4. 李潼《我們的祕魔岩》，天衛文化，2012。

作文寫作

1. 寫作一篇回憶童年的文章，描述生活中的快樂與悲傷，指出最難忘的事、影響最深遠的事，還有面對課程學習、人際關係等問題時，如何克服困難的往事。

2. 試著寫作一篇文章，藉由回顧自我生命歷程，探索自我成長與社會變遷的關係。也可以援引父母、老師、同學或親友的經驗作對照。

3. 不同的事物或許正代表著不同的時、空環境，也許是老照片，也許是老歌，也可能是街上的日本料理店或川菜館、越南小吃，當然還可能是牆上的塗鴉、捷運站裡的街舞，請舉一項或幾樣事物，來談談其與歷史、社會、文化的關係。

柒、楊秋忠〈我的求學及研究的足跡〉

　　你還記得自己如何從幼年、童年，走到現今青少年嗎？對個人特質發展而言，最具有決定性的成長關鍵時期，即是青少年時期。本文藉由回顧楊秋忠院士的求學歷程與研究軌跡，讓同學反思自己的成長歷程，其中有哪些重要事件，無論滿意或失落，當中有沒有值得探究之處？期望同學自我覺察，認知這些念頭、情緒與想法從何而來，進一步釐清個人的個性、能力、慾望，歸納分析心志所向，並能夠在大學生涯中，放手一搏，散發出耀眼的光芒。

一、題解

　　本文選自楊秋忠：《科技與藝文人生：自然無限刹那與永恆》，作者回顧求學與研究的軌跡，在童年時期長期接觸與觀察自然，了解其本質與奧妙，奠定未來志在生命科學的志向。隨著年齡成長，歷經小學、中學、大學、中央研究院、美國留學等求學歷程，每個階段或有挫折，作者總能以正向勉勵自我的態度視之；或有貴人相助，作者始終保持感謝與謙遜之心，上述事件都成為作者生命歷程中重要的轉捩點，持續在生命科學領域發光發熱。最後，回臺任教之時，加入教授會，參與學校事務，開創制度，為學校改革事務發聲。

二、作者簡介

　　楊秋忠，中央研究院院士，中興大學土壤環境科學系講座教授。楊院士於中興大學修讀植物學，後於中興大學「糧食作物研究所」攻讀碩士學位，再前往美國夏威夷大學「農藝及土壤學系」深造，取得博士學位，之後繼續在同所大學「農業生化系」展開博士後研究，歷經一年

半的時間完成研究，回到中興大學土壤學系任教，其研究領域為「土壤環境微生物及生化」、「微生物及有機質肥料」、「土壤肥料與作物關係」、「有機廢棄物及生物復育處理技術」，著有《土壤與肥料》、《科技與藝文人生》等專書，學術期刊論文數百篇，專利 28 項，技術轉移 38 項。

本文

我的求學歷程

童年：出生在農村窮鄉僻壤的台灣南投縣國姓鄉水長流（往惠蓀林場的路邊）。童年生活在底層社會，人人生活窮困，見到鄉村人生百百樣，是命乎？是緣乎？也許都是。對我而言，鄉下的成長歷程，讓我見到自然的形色，聽到自然的聲音，聞到自然的氣息，吸到自然的養分，接觸自然的本質，洞察自然的奧妙。童年時代與鄉村土地及自然為伍，養牛的樂趣，野果充飢，自製玩具，無憂無慮，坐石望天，行山水間，天生天長，其樂無窮。

小學：國小（1955-1961）讀南投縣國姓鄉長流國小，光腳班就如下圖 1 所見。在 1952 年村子裡有小學，但教室不足，我國小一年級時，要走 40 分鐘到日據時代留下來的警察局教室上課，不知為何全班同學經常被老師處罰舉椅子，於是我就不去警察局教室上課，就跳班走到國校後方林家大院子樹下的乙班上課，沒有教室，小朋友是坐在小石頭上課。國小三年級時，來了一位陳正可老師，發現全班不會國語拼音，才開始教國語拼音。因當年台灣光復不久，鄉下國小師資困難。我很認真，但數學很差，連雞兔腳的數學習題也算不清楚。

圖 1　國小年級乙班師生合影（何老師）44.6.21（圓圈是我）

國小五年級時鄉下來了一位退伍軍人，指著我向我的父親說：「這個孩子給我教好嗎？」我的父親一口氣就回答說：「好呀！」，於是他就每週日上午到我家來上課，他就是潘傑克老師。上英文課的教材很特別，是用毛筆寫英文字在大白單光紙上教我。當時家中吃飯是沒一起在桌上吃飯，小孩們在廚房夾了菜就到處走動吃飯，潘老師要我的父親讓全家一起在一桌上吃飯，吃飯時要我說：「老肺吃飯、爸爸媽媽吃飯、弟弟妹妹吃飯」，大家才能開始吃飯。當時潘老師發現我六年級了握筷子的方式不正確，握筷子的手勢是反面夾菜的方式，於是教我正確握筷子夾菜的方式。到了初中時期受潘傑克恩師的鼓勵，啟動我求學時代認真無怠，一心一意，求知若渴，以求翻身。初中（1961-1963）讀南投縣國姓初中，每天上下學要走 40 分鐘的路，邊走邊看書，都是最早到學校，畢業時是第二名，當時總是輸給一位同班的女同學，後來第一名的同學就是我人生的最佳伴侶洪桂英。

　　中學：1963 年初中畢業時，想考不必交學費的師範學校，畢業後可以教小學的老師，但我沒考上師範學校，於是只好上高中讀吧！但是最後卻是教大學的教授，其實人生「塞翁失馬，焉知非福」也是常事。台中市的高中聯考，我以最後一名進入台中市二中（現雙十國中），若少 0.5 分就會到私立中學，但畢業時我是第一名。第二名是與我同租房的黃調貴同學，我們一起床就開始讀書，不常說話，很認真，在學校倆個人很有默契，他為人謙和，現在黃同學已經是國泰人壽保險公司的董事長。我在高中時期的努力，能從最後一名爬到第一名，讓我知道：

人不怕出身低，天道酬勤，並以「有志者事竟成」為信念，追求第一及創造人生為奮鬥目標。「有志者事竟成」正是我人生的伴侶洪桂英在初中畢業紀念冊上的贈言（如圖2）。

圖2　我人生的伴侶洪桂英同學在初中畢業時送我的相簿上的贈言。

大學：民國55年高中畢業參加大學聯考進入中興大學植物系後，即決定了我人生旅程的方向，志在生命科學的專業生涯。回想在大一第一學期的普通植物學課，啟動了出國求學的夢想。在大二及大三時參與野外植物採集，對大自然的生命與環境有深刻體悟，並且大二至大三是生物基礎學科（如生理、生化、分類學及微生物等），都是重要的學術訓練期，對我以後的研究發展有深遠的影響。到了大四對我而言，已確定走向學術工作的規劃。

我在大學一年級的日記中寫下：我來自鄉下，有如一粒原石，再經磨鍊，將會成為發光發亮的人生。尤其大一植物學的謝政隆老師是美國博士，讓我燃起出國讀書的念頭，認為唯有認真讀書，才能申請到獎學金出國讀書的機會。大學畢業還摸不到出國之路，那時植物學系沒碩士班，於是去考農藝學系的糧食作物研究所碩士班。正巧農學院農藝學系的主任胡兆華教授想收我們理工學院植物學系的學生，特別修改入學考試科目與農藝學系考研究所的科目有不同，讓植物學系的畢業學生容易進到農藝學系的糧食作物研究所。我所幸考入糧食作物研究所就讀，研究所期間受教於孫雄指導教授，孫教授是一位很開放的老師，開啟我的研究及創新之門，並引導我去宜寧高中教書，學習口語及教學能力。

大學（1966-1970）讀中興大學植物學系，當一年義務軍人為預官少尉（1970-1971），碩士（1971-1973）讀中興大學糧食作物研究所，碩士後就前往中央研究院植物研究所擔任助理研究員（1973-1975），所幸獲得美國東西文化中心獎學金，就讀於夏威夷大學農藝及土壤學系（1975-1979），博士後研究在夏威夷大學農業生化學系（1979-1980），1980 年 8 月以教育部獎勵歸國學人於國立中興大學土壤學系任教至今。在 1995 年擔任系主任時將土壤學系改為土壤環境科學系。

因為植物系四年期間所奠定的良好生命科學專業基礎，到本校農藝的研究所（原名糧食作物研究所）碩士班及美國夏威夷大學農藝及土壤系博士班的培養過程中，讓我的碩博士學位都能順利完成。

回憶大學的求學過程，個人認為最重要的事是大學要訓練一生興趣及專業學術的基礎，從微觀及宏觀去觀察自然及欣賞自然，進而專注研究及保育自然。年輕人除了專業培養外，在成長的過程中必須學會專注、進取、負責及熱心的做事態度。每個人生的道路上，難免有困境之時，克服困境需要培養樂觀奮鬥的精神，以「堅強志遠」為信念便能克服。

中央研究院：當我碩士班研究所畢業前，在農場一個偶然的機會，獲知中央研究院植物所周昌弘博士有需要一位助理研究員，於是第二天就搭上台鐵北上，去見周昌弘博士，終於獲得擔任助理研究員，在周老師的研究室學到獨立及挑戰創新的精神。因我住宿舍，於是我晚上有空幫忙其他研究室加班的助理，讓我學到其他研究室的許多技術，增長了我的研究廣度。在研究院二年期間見識到台灣最高學府的研究及內涵，奠定了研究信心及實力。

在中央研究院研究的第二年，我申請到直屬美國國會的東西文化中心（East West Center）的獎學金出國，當我出國前，潘傑克老師送我一雙皮鞋說：「你應該不會再見到我了，但你知道，送你皮鞋是什麼意思嗎？」潘老師送我八字箴言：「腳踏實地，實實在在。」這八個字，一直銘記於心，成為我學研及工作的座右銘。出國期間真的就與難得的恩師永別，他的後事由我的父母料理。此八字箴言正是我以後研究奮鬥的土壤精神。

美國留學：出國留學要生活費用，我身上只帶了 300 美金，那還是我的夫人的標會的錢，幸好每月東西文化中心的獎學金有 250 美金可以過活。獎學金是供我就讀於夏威夷大學農藝及土壤系碩士班，我選在 Dr.D.P. Batholomew 的研究室研究。因為我在台灣已經有碩士學位，但夏威夷大學該系是以核定我要再讀一次碩士班。由於該系沒有台灣人的教授，不知中興大學的程度，審查時還是以修碩士班入學，為克服其間有一段心情低潮期，以當時的心情寫出一首「自勵曲」來鼓勵自己，發表在同學會出版的「華夏期刊」，「知行」是當時我的筆名，以示知道就要做到，內文寫道如下（圖3）：

自勵曲　知行

人生道路多崎嶇，需要信心及毅力，堅強忍耐永勵進，

奮鬥人生最美麗。人生處世也不易，居處執事要誠敬。

開拓胸襟謙德行，生命才能放光明。

以吾恩師潘傑克來書與友共勉。

並附上潘傑克老師的書信，用毛筆寫道「蘇軾之留侯論」古文一則：古之所謂豪傑之士者，必有過人之節。人情所不能忍者，匹夫見辱，拔劍而起，挺身而鬥，此不足為勇。天下有大勇者卒然臨之而不驚，無故加之而不怒。此其所挾持甚大，而其志甚遠也。其中小插圖是想念家所畫的家（如圖3右下角）。

在美國夏威夷大學所幸2年後，申請到延長2年為博士班獎學金，於是我繼續從碩士班轉為博士班，之後2年完成博士學位。在攻讀博士學位時，對我影響很大的是四個月的實習（field study），我規劃到美國本土9個大學及美國農部圖書館，當年沒有網路，圖書是唯一資訊來源，周遊了加州大學 UC-Davis、加州州立大學、奧克拉荷馬大學 -Stillwater、佛羅里達大學、威斯

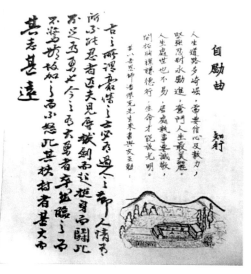

圖 3 「華夏期刊」第 10 期第 29 頁

(知行是當時的筆名)

康辛大學 -Madison、密西根州州立大學、馬里蘭大學、奧勒岡州州立大學等。讓我見識到著名教授的研究精神及研究室的發展，學習如何成為一流的教授及研究方向與挑戰，讓我體悟到：行千里路，勝讀萬卷書。之後，回到台灣教書及研究中，要多接近智者善者，又讓我體悟到「良好的」人際關係很重要：貴人一言度，勝行千里路。故曰：貴人難逢，頓悟昇華一點通。

教授會改變了我

　　台灣在 1987 年 7 月 15 日解除戒嚴，是我回國後的第 7 年，當時學校正需要改革的時期。學校早有教授會的存在，教授會的理事長的選舉制度，是將全校教師列為候選人，不是自我提名的制度。正逢本系莊作權主任擔任理事長時， 邀我擔任總幹事，因此，我開始參與學校事務，年輕氣盛，滿懷理想地提出許多學校要改革的事務及方向，受到學校的重視，並將教授會的理事長提升成為學校行政會議的列席者，但沒有投票權。1989 年 5 月 4 日教授會首創出刊「教授會通訊」（圖 4），及開創集思廣義的溝通及問答欄、問卷調查及建議欄，為學校改革事務發聲。教授會的年會參加踴躍，與會有 200 多教師參加盛大空前（圖 5）。

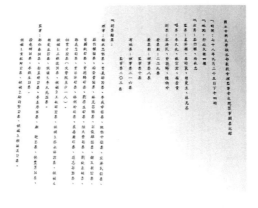

圖 4　1989 年「教授會通訊」創刊號
（刊頭是我的毛筆字）

圖 5　1989 年 9 月 25 日「教授會」理監事選舉紀錄
（大會參與人數 229 人）

－－國立中興大學出版中心授權

分析

　　本文以作者的求學歷程與研究軌跡為主軸，敘寫每個階段的重要事件對自己的影響。學成歸國之後，加入教授會，提倡制度改革，為學校發展盡一己之力。

　　童年時期，雖然出身底層社會，但毫無埋怨環境資源的缺乏，反倒是放開心胸，以純粹孩童本心，接觸形形色色的大自然，為往後的志業開啟契機。小學階段，因地處偏遠，學習資源缺乏，學習效率不佳，直到遇見貴人潘傑克老師，教導作者英文學業以及矯正生活習性，更是在潘老師的鼓勵下，認真學習，建立閱讀習慣，運用零碎時間讀書，直到初中畢業。

　　初中畢業時，作者第一志願原為師範學校，畢業後可以教小學，但未能如願錄取，只好轉向高中就讀，卻沒想到最後是在大學教書，作者為此事件下一個註腳：「塞翁失馬，焉知非福」。當下的挫折難免失落，卻也可能是展開人生另一條路的契機。

　　高中時期成績並不理想，但憑著努力不懈，取得第一名的成績，這也讓作者印證了「人不怕出身低，天道酬勤」、「有志者事竟成」的格言佳句。事實證明沒有遙不可及的目標，端看自己是否戰戰兢兢，奮鬥到底。

　　大學階段進入中興大學植物學系就讀，大一就寫下「我來自鄉下，有如一粒原石，再經磨練，將會成為發光發亮的人生」勉勵自己，明確學習目標，廣泛閱讀與實作，大四確定未來職涯發展方向，投入生命科學領域專業研究。回首大學時期求學歷程，作者除了感謝恩師之外，認為此階段是一生興趣與專業學術的基礎，必須培養專注、進取、負責、熱心之做事態度，遇到困境切勿退縮，要以「堅強志遠」的信念突破。

　　作者在碩士班畢業之前曾到中央研究院工作，學到獨立與挑戰創新的精神，亦增加研究的廣度，奠定留美深造基礎。出國前夕受到潘傑克老師的勉勵話語「腳踏實地，實實在在」，日後成為作者努力奮鬥的土壤精神。留美階段，起先遭逢低潮，作者以筆名「知行」自勉，以示「知道就要做到」。此時影響作者最深的是為期四個月的實習，遊歷美國大學與圖書館，印證「行千里路，勝讀萬卷書」的道理。

　　回臺任教之後，作者體會到人際關係的重要性，得出「貴人一言度，勝行千里路」、「貴人難逢，頓悟昇華一點通」之結論。1987 年正逢學校改革之時，加入教授會參與學校事務，力倡制度革新，影響深遠。

　　此文讓我們讀到的不僅是作者求學心路歷程，而是生命中或有高峰亦有低谷，如何覺察內心，反躬自省，奮鬥向前，開闢一條屬於自己的康莊大道。

問題討論

1. 作者認為大學是培養一生興趣與專業學術的基礎，你贊同這樣的說法嗎？

2. 在你的生命歷程中，有沒有對你影響重大的人、事、物？

3. 社會快速變遷，問題越來越複雜，單一科系知識已無法解決新問題，你覺得大學應該要怎麼念？

延伸閱讀

1. 楊秋忠，《科技與藝文人生：自然無限 剎那與永恆》，臺中：國立中興大學出版中心，2020。

2. 〈放牛小孩變土壤專家 興大紀錄楊秋忠院士奮鬥歷程〉：https://ppt.cc/fk492x。

3. 「興大人物誌第三集楊秋忠院士」：https://video.nchu.edu.tw/media/2220。

4. Tasha Eurich，《深度洞察力》，臺北：時報文化，2018。

5. James Clear，《原子習慣》，臺北：方智，2019。

主題書寫

1. 回顧你的生命歷程，有沒有影響你的重大事件？當中有什麼得與失？仔細梳理後，寫下你的看法。

捌、瓦歷斯・諾幹〈關於「我」這個命題的辨證〉

選文理由

　　此詩反顯標舉「部落自治，重返原鄉」的文字獵人瓦歷斯・諾幹對自身主體性的多層次辨證。因此選讀瓦歷斯・諾幹〈關於「我」這個命題的辨證〉有助於我們進行跨族群的歷史理解，並讓我們發展出多樣性的觀點，重新辨析自我主體在不同場域中所鋪展出的意義光譜。

導 讀

一、題 解

　　〈關於「我」這個命題的辨證〉選自《文學台灣》第21期（1997年1月）。《文學台灣》是戰後的重要本土文學刊物，長期關注臺灣文學、本土文化，瓦歷斯・諾幹的原住民作家身分，使他在《文學台灣》上獲得不小的關注。本文屬於現代散文，瓦歷斯・諾幹刻意以「辨證」代替「辯證」，乃是要強化為文中的族裔辨識性，思索原、漢民間的關係。全文分為三小節，分別以「提問」、「回答」、「回答」的形式，表達原住民文化在面對漢人文化時的困境。文中流露出對原住民同胞的關懷，以及身為山林之子的自信。

二、作者簡介

　　瓦歷斯・諾幹，詩人、散文家，漢名吳俊傑，泰雅族北勢群（Pai-Peinox）人，出生於臺中縣和平鄉自由村雙崎（Mihu）部落；1980年臺中師專（今臺中教育大學）畢業，現為國小教師。擅長新詩、散文、報導文學及文化論述，是臺灣原住民族漢語文學的指標性作家之一。

　　瓦歷斯・諾幹於1985年開始發表「部落記事」、「部落記載」等一系列觀察臺灣原住民族議題的散文及論述，並且積極參與原住民的報刊雜誌《原報》、《南島時報》及《山海文化

雙月刊》的編輯撰述工作。寫作期間他頻繁前往各族的各部落社會進行調查報導，鼓勵新生世代的原住民投入於各該部落的文史踏查工作。1994 年舉家遷回部落定居，此後致力於為部落發聲、重新挖掘部落歷史與文化。著有散文集《番刀出鞘》、《戴墨鏡的飛鼠》、《番人之眼》等，詩集《泰雅・孩子・台灣心》、《伊能再踏查》、《想念族人》等。

本文

1. 我是誰

自從神話降臨大地，把每一塊石頭、樹木、動物、海河交給人類，我們便以微弱的呼吸發聲，用不同的音調辨認自己的系譜，我是 Atayal？我是 Amis 我是 Bu-nun 我是……

你是 Ada-yar 我是國家你是 A-mis 我是國家你是 Bu-nun 我是國家……你是番人我是文明人你是番人我是人你是山地人我是高等人……今天我是原住民你仍是國家，我是原住民你仍是文明人。

我看見所有的少數民族紛紛走出自己的神話，試圖用緊閉的嘴唇練習發音，我是……

2. 你是

來到卑南平原遇見少年，「你是誰？」少年不知問話的意思只好回答：「Pujumami（我來自卑南）。」日後我們便稱之為卑南、彪馬、普優馬……等不一而足。

來到平地獵取靈魂而不幸被擒獲的山林之子，我們以其腳趾粗壯、分離而直呼「雞爪番」；又以臉上刺黑性喜獵頭而驚呼「黥面番」、「獵頭番」。它們是縱橫中央山脈自稱人為 Tajar 的人類。

從鵝鑾鼻望向太平洋，我們總會看到暢快奔馳於海面的一群陌生人，它們頭髮蓋頂如鍋、身著一片遮陰布，住在東面不遠的小島上，在夕陽下閃閃亮出赭紅的色澤，我們稱它紅頭嶼。因為不敢親臨寂寞的孤島，我們善體民心的周有基大人只在圖錄上將它收進文明的版圖。

這就是我們的歷史。我們所相信的歷史……並且，樂此不疲。

3. 我是

「我是突破石頭的孩子。」一位 Ada-yar 少年便匆匆走進山林的巨石之中。有一隻美極的 Si-liq 鳥盤旋天空，我們彷彿還聽得見那孩子離去時的尾音：Pinsbugang ──

「我是太陽與陶壺的孩子。」鰲黑的少年走進一只陶壺內，百步蛇環伺其間，彷彿是守護神，他們一同走進大小鬼湖。

「我是海。」一下子，我們就看見那少年化成一條飛魚，奔馳在洶湧的海面上。飛魚的翅膀上，因為負載輕快的神話而微微昂揚起來。

我看見我們的少年一一成為祖靈的神話，並且自在地歌舞者（案：應是「著」）。

鑒賞

瓦歷斯・諾幹〈關於「我」這個命題的辨證〉以「辨證」為題，即凸顯了本文帶給讀者的思考性，透過三個小節──分別是：「我是誰？」、「你是」、「我是」──以不同的面向，提供讀者思考原住民與漢人關係的空間，也讓讀者反思漢人「國家」思維所帶給原住民的壓迫。

瓦歷斯・諾幹長期關注原住民權益以及文化保存問題，他在不同的散文或新詩中表現了原住民在漢人社會生活下的困境，以及資本主義、商業運作帶給部落的傷害。而在這篇散文中，瓦歷斯・諾幹選擇較抽象的方式來辨證「自我的認同」問題，因此本文篇幅雖短，卻關懷深遠，發人省思。

第一小節中以「我是誰？」提出問題，這也是一系列辨證的開端。我們可以看到作者使用了許多了刪節號（「......」），來表示停頓、沉默，在閱讀上帶來的效果是讓讀者產生了懸念，進而想問接在「我是」之後是什麼呢？這是不是代表「我是誰」是一個無解的問題呢？在二段裡頭，出現了「你是」、「我是」的對答，看似是上述問題的回答，其實是把問題丟向更須深刻思索的氛圍。「我是國家」，然而「你是」許多不同的原住民族，顯示出漢人的國家觀念與

原住民族群觀念的差距。漢人自古以來「普天之下，莫非王土」的思維將沒有國家觀念的原住民收編，以現代化的國家管理方法逼其效忠、愛國，本身即是一種極為荒謬的暴力手段，更迫使原住民「走出自己的神話」，以漢人為他們取的名字命名。

第二小節以「你是」為名，即是模擬漢人本位的思考方式：在「我們漢人」看來「你是」「雞爪番」、「黥面番」、「獵頭番」，或「卑南、彪馬、普優馬」等名。這裡也讓我們思考，所謂的命名其實是一種權力運作的方式，唯有上位者才有命名下位者的權力。我們看到原住民自傲的文化，被漢人簡化、命名，成為沒有主體性的族裔，這在「我們的歷史」上屢見不鮮。

第三小節以「我是」為名，則反以原住民的立場發聲，自信地說出「我是突破石頭的孩子」、「我是太陽與陶壺的孩子」、「我是海」，描述了原住民的山海神話，以及與自然的和諧關係，並以期許原住民重回自身文化為結尾。

在這篇散文中，瓦歷斯‧諾幹企圖呈顯原住民文化的豐富，不能將之命名、化約成「某某族」。過往各種劃分方式，本身就是漢人國家觀念下的舉動，但我們記得，早在漢人來到這座島嶼之前，原住民便自在地生存於此，他們沒有一統的國家觀念，只有部落之分；他們的自然觀念其實更是「超越」國家，所以他們也沒有土地所有權的觀念。我們應當反思，在我們輕易喊出「某某族」的時候，其實背後蘊藏了複雜的文化脈絡，並試著對原住民予以關懷、尊重。

問題討論

1. 瓦歷斯‧諾幹如何透過「你」跟「我」的不同,來凸顯原住民文化與漢人文化的差異?

2. 作者在本文中使用拼音來呈現原住民族的名字,例如「Pujumami」,即是中文中的「卑南」。請問這跟我們習慣用中文名字來稱呼有何不同?作者的用意為何?

3. 瓦歷斯‧諾幹原本有漢名,其後才恢復為現在的原住民名字,這與〈關於「我」這個命題的辨證〉有何關聯?

延伸閱讀

1. 新詩:席慕蓉〈蒙文課〉。

2. 新詩:莫那能〈恢復我們的姓名〉。

3. 小說:拓拔斯‧塔瑪匹瑪〈最後的獵人〉。

4. 小說:夏曼‧藍波安〈冷海情深〉。

5. 佚名〈印地安酋長致美國總統的一封信〉。

作文寫作

1. 瓦歷斯‧諾幹以對話的方式,從轉換不同的人稱,回答同一個問題,以凸顯主題。請你試著也以對話的方式,模擬問答,試著將相同的議題,從不同的角度切入作答。

2. 我們仔細閱讀會發現,瓦歷斯‧諾幹在〈關於「我」這個命題的辨證〉中是將兩個對立的觀點,擺在一起,造成閱讀上的「刺激」。因此,在作文時可以挑選社會上較具正反兩觀點的議題來練習問答,例如死刑存廢、墮胎的合理性等等。

1. 請你試著在文章中分別設想揣摩「植物」與「植物人」的處境。我們社會上習慣使用植物人來稱呼那些大腦已經完全或大半失去功能，意即已經失去意識，但尚存活的人。請試著設身處地思考這樣的稱呼是否適當？作文的焦點可以擺在植物與植物人之間，少了一個「人」字，內在所存的辯證意義。意即所謂的植物人，也是跟你我一樣的「人」。

瓦歷斯・諾幹〈關於「我」這個命題的辯證〉

玖、柯裕棻〈行路難〉

有別於本單元中的男性作家，在書寫中展現出的鴻鵠大志及突破困難勇往直前的氣慨，本篇選文以纖細的女子心情出發，不但娓娓道來女性研究生在海外求學的心境轉變，亦道出了女性學術工作者在理應是壯志飛揚的學術路上所面臨的諸種挑戰。

導 讀

一、題 解

本文為柯裕棻在《青春無法歸類》（2003）裡所收錄的文章，青春一書從都會女性與消費生活的角度出發，寫出了身為都會女性對於單身生活的觀察、見解、嘲諷、提醒與感動。本文更是細膩地描繪出單身女子為追尋不同的人生，隻身處於冬日大雪紛飛、荒涼的麥城；為了獲得學位、追求學術成就，選擇面對孤獨的無奈心境。如此的孤獨有著諸多層次，首先是需要面對人在異鄉、脫離過往舒適圈所導致的人際關係的孤獨，再者是專注於學術追求所導致的情感上的孤獨，如何兼顧學術、日常與感情生活的平衡，成為現代人、尤其是女性在面對社會傳統價值與性別角色時，不得不去思考的問題。〈行路難〉亦是少數以女性角度出發來書寫有關學術追求的散文，壯志飛揚的過程中，難以避免地要歷經許多「行路難」，而這一路走來的遭遇與心情轉折，亦十分值得有志於學術的年輕學子參考。

柯裕棻的〈行路難〉雖然是描寫海外留學生活，卻與留學生文學的演變脈落相異。學者朱芳玲認為台灣留學生文學有兩個傳統，一個是承繼自晚清、民初五四運動「救亡圖存」的傳統，另一個是殖民地人民到當時的殖民母國日本的留學傳統。前者基本上決定了留學生文學的主軸，自五四運動到三、四〇年代，許多重要作家都曾負笈海外，海外留學生活在如魯迅、錢

鍾書、冰心及郁達夫等作家作品中都可得見，後兩者的書寫中尤其寫出了留學生對於海外進步生活的嚮往與對母國的相對落後感到慚愧不忍的心情。其後的留學生書寫則受到二戰後冷戰情勢所左右，美國為拉攏國民黨主持下的台灣，資助大量的台灣留學生到美國留學，白先勇、於梨華及張系國等都是在這波留美熱潮下遠赴美國求學的留學生，這股留學夢的背後除了是追求美好生活的美國夢之外，也代表著當時的台灣對於國族、歷史、語言與認同的掙扎。到了七〇年代，書寫中的「失根」與對於身為「異鄉人」的失落的描寫更為顯著，台灣留學生如張系國、聶華苓等紛紛轉向更深層的國家民族認同等主題；八〇年代在本土化與民主化風潮下，留學生已經轉向對在美華人生活的描寫而走向「移民文學」的範疇。九〇年代後期留學美國的柯裕棻承襲其原先在台灣的都會女子的纖細筆調，雖然文章主題觸及了留學海外者無可迴避的共同挑戰──無止盡的孤獨，柯裕棻文中所描寫的個人在留學生涯中的挑戰與挫折，很明顯地與前述留學生文學的發展脈落並不相符。

二、作者簡介

柯裕棻，台灣女作家。台灣台東縣人。輔大大眾傳播系畢業後，曾從事記者、平面廣告創意設計等工作，後選擇赴美國威斯康辛大學麥迪遜分校攻讀研究所，師事知名文化研究學者約翰費斯克，獲得傳播學博士學位之後返國任職於政治大學大眾傳播系，專長為文化研究、媒介批評、台灣電視研究。柯裕棻成長過程中深受張愛玲、紅樓夢、唐人傳奇與明清小品影響，也大量閱讀日本作家如夏目漱石、志賀直哉、芥川龍之介等日本經典作品，將書寫視為「自我的背棄與重建」的過程，作品風格清麗節制，特別是擅長記憶書寫，作家廖玉蕙曾盛讚柯裕棻的作品《洪荒三疊》有如「如海潮般的文筆，讀其文章如行雲流水」。紀大偉讚賞柯的反差書寫有如「脂粉論」：「『脂粉』軟而『論』硬，『脂粉』暖而『論』，『脂粉論』是個矛盾語──柯裕棻的文字充滿黑色幽默，既軟又硬，既暖又冰。」。作品曾獲華航旅行文學獎、時報文學獎的肯定，著有散文《青春無法歸類》、《恍惚的慢板》、《甜美的刹那》及短篇小說《冰箱》等作品，《冰箱》也被選入文化部閱讀時光系列，由王明台導演從中選出四篇作品重新編劇。

本文

不過是幾年前一個冬天的黃昏稍晚，當日黃昏短暫，匆匆下過小城那一年的第一場大雪。那是一座年年冰封五個月的小城，可是年年沒有人確實做好心理準備，因此第一場雪總是措手不及，如此倉皇進入冬天已成慣例。

那個黃昏我必須走上一座斜坡旁聽一堂關於尼采的課，我記得非常清楚當晚的主題是憤怒。我在鬆厚的新雪上趕路，薄暮中整排坡道的路燈突然亮起，直達斜坡之頂。四下無人無聲，新降的雪色如同完美的和絃那樣至情至性掩人耳目，使人不辨方位，如果沒有這排金花也似的路燈，恐怕我當晚難以堅持意志走上那片斜坡。

我不記得那晚我們講了尼采什麼，我反而記得那個老師身著苔綠色的大毛衣，整個人綠草草彷彿剛剛步出春天的溫室。那綠色的感覺如此奇特，以致於日後只要想起尼采的憤怒，我就直覺那樣的憤怒一定是那樣微妙的綠色。然而如果當天黃昏稍早我沒有循著路燈堅持走上斜坡，那麼稍晚那段關於憤怒之綠的莫名記憶將徹底從生命中錯過。

這是一段無足輕重的小事，人生四處充滿了如此難言的片段。下課後我走同樣的斜坡回家，夜色又冷又沉壓得雪成了冰，舉步艱難。我行經稀疏的松樹林，莫名其妙心生恐懼，我害怕人生如同暗夜行路，初始循著光亮往上前行，記取一些無法言喻的玄妙經驗，然後再往下徐行，這光怪陸離的一切旋即拋在腦後，無法重來。

結果，因為當時的恐懼太過清晰，我將一切記得清清楚楚，幾年之後那個黃昏成了我研究所生活最明確的隱喻。說穿了，就是學習行路以及獨處。

二十幾歲時人生的課題相當複雜，既要迅速累積也要適時放手。出國唸博士像一場賭局，必須把在台灣的一切放下，拿自己堅持的理想和孤注一擲的青春和人生對賭，要是成了，也許有個未來，要是失敗了，到了三十歲仍一無所有。那幾年裡，我不置可否地談了幾次不算深刻的戀愛，如今想起來，那些感情摻雜於垂雲凹佈的學業主題之中顯得微不足道，黯淡而且左支右絀，對於愛情以及它的能量和蘊藏我無心也無力深究，因為手中的籌碼有限，而時間如沙子一般從指縫中溜走，從早到晚坐在桌邊，書怎麼都唸都唸不完，我真怕空手而回。

研究生的日子一不小心就會過分簡單，起床，早餐，讀書，午餐，讀書，晚餐，洗澡，讀書，寫論文，焦慮，睡覺，焦慮。間或穿插圖書館，超市，咖啡屋。除了上課之外，一個研究生完全不需要開口說話，沒有課的時候，沒有事就沒有話。日子簡單得像一條傾斜的線，往內心軟弱的方向滑去。

　　出國唸書的研究生歲月尤其孤獨，週身的社會網絡既不深刻也不固定，生活和心靈的錨完全繫乎學業，別無所求。由於這種成敗未卜的生活使人極度專心、焦慮和敏感，不論原來的個性如何，研究生很容易變得喜怒無常或者長期抑鬱。長久以往，生命裡其他的人便逐漸遭到驅逐，因為在一個滿腦子只有抽象事物的人眼中看來，身邊實質存在的個體都太過密質而無法超越，難以理解，畢竟，有頁碼的書比不透明的人容易多了，唸書尚且來不及，哪兒有時間處理人呢。

　　那是一段奇異的歲月，獨處是理所當然，恐懼又如影隨形，人生之中重大的煩憂都是抽象的思考和縹緲的未來，如此活在浩邈學海裡，只有一言難盡的憂鬱，一切固實的事物都化於空中，雖然日子依舊持續春去秋來，可是因為從來沒有明確的起點和結束，記憶中開始獨處的那一天已經過去許久，未來總是尚未發生，人則是活在一點一點的片刻裡，與過往熟悉的秩序脫節。人像是偏離軌道的小星體，不知不覺就獨自走上了一條偏僻的路徑，兩旁的風景越來越陌生，諸事俱寂。這樣走上一陣子，就再也再也沒辦法回頭進入原有的秩序，不能習慣喧鬧和群體。

　　最後，一種奇特的孤獨會環繞著你，你從未如此深切感到自我的存在，因為他人都不再重要，你只剩下自己。

　　那個城裡每年都會傳說類似這樣的事：冬天裡，小城開始下雪後，每一棟建築都開了暖氣。有個研究生許多天沒去上課，老師以為她退選，同學以為她休學。一個月過去沒有人知道她的下落，也沒有人在意。後來，某一棟學生公寓的學生抱怨，他們那層樓的溫度特別低，可能是某一戶的窗子沒關嚴。徹查之後發現，這位不去上學的研究生在她房裡早就死了，因為窗子始終開著，氣溫非常低，她躺在床上一個月，結了霜，變成淺藍色。

有過隻身留學經驗的人大概能約略明白，這個傳說的恐怖之處不在於死亡的狀態，而在於這個傳說之後隱含的既渺小又巨大的孤獨。一個人脫離了所屬的社會關係，在異鄉又生不了根，身邊也容不下任何人，房門一關，整個世界排拒在外。

其實這樣的孤單過幾年也就習慣了，其中自有一種愛彌麗‧迪瑾遜式的靜美，習慣之後，騷動不安的靈魂能夠從這種惟心的孤獨中得到非比尋常的安歇。

然而一旦畢了業，學位拿到了，回到台灣，生命中多年懸掛的難關終於渡過，又立刻面臨另一場動盪。這個生命歷程的轉變本質相當特殊而且唐突，在社會位置而言，是從邊緣位置回到結構內部，從異文化的疏離回到熟悉的自文化，從一無所有變成「知識精英」。換句話說，幾乎是一夕之間從窮學生變成教授，昨天還是個端端不安的研究生，今天突然成了高等教育的一份子。離開台灣時，還是個年輕的孩子，七年之間絲毫不覺得自己曾經滄海桑田，直到回到台灣才發現，七年原來是這樣翻天覆地的長度，有這樣一去不回的意義。

我彷彿是童話故事裡的人物，意外地遊了龍宮，回到世上，打開寶盒，光陰的無限意涵在那一刻全部顯現，在瞬間如電光一閃，荏苒百年。於是，一個人突然從理所當然單身的研究生轉為莫名其妙單身的中產階級。我還覺得單身生活真是再自然不過了，週邊的眼光卻不這樣看我，我才恍然明白，社會位置換了，期待當然也換了，我才剛剛完成一個階段任務，又得盡力符合社會的下一個要求。

剛開始教書的時候我才忽然體會原來這是一種含表演性質的職業，這個事實引起的莫大焦慮和沮喪更甚於研究所生涯。一個早上的課足以將人氣力耗盡，下午聲音啞得一句話也說不出來。我從一個冷凝的極端盪到另一個熱烈的極端，兩個極端之間的承續關係不大，背反的關係多些。

這種轉變從外在環境上而言不太明顯。人一直留在校園裡，改變的衝擊不至於難以承受。只是，留學的七八年裡，我的人生經驗是不斷往內探求的過程，彷彿藉由知識將自己壓縮成一個密度極大但是體積極小的黑洞；教書卻是反向進行，教學倫理要求人像太陽一樣發光放熱，這個職業需要在短時間之內與大量的人互動，需要不停說話、溝通、解釋、不厭其煩的表演、

寬容並且隨時充滿熱誠，同時必須具有將抽象的事物轉化為簡單語詞的能力，種種的職業特性與研究生生涯恰恰相反，從前的生活可以任性地拒人於千里之外，教書卻是從對人的基本熱愛與關切開始，必須做到「幼吾幼以及人之幼」。

回國教書之後的某一個春天，寒假剛過，校園裡的杜鵑明媚燦爛。早上八點鐘我在辦公室裡收到一封分手的電子郵件，才想起我已經因為疲倦而和他漸行漸遠。我想我應該痛哭一場或者立刻回信說點什麼，或者，我也可以打越洋電話過去自我辯護或大吵一架。可是鐘聲響了，馬上就得上課了，五十個學生正等著我告訴他們未來與希望。我感到胸口梗著一塊東西難以吞嚥，呼吸急促，窗外陽光刺眼，它的溫暖非常嘲諷，它若是更亮一點我的眼淚就要掉了。

我去上了課，盡量做到妙語如珠，並且該講的笑話都講了，我想我看起誠以及寬容。幾小時慢慢兒撐過去，我感到心子裡有個密實的東西隱隱發熱，也許是過去的自己正緩慢疼痛，一切都難以挽回，而且該做的事這樣多，明明是黑洞卻要裝成太陽，我沒有多餘的氣力再去關心另一個人。終於下課的時候，頭疼欲裂，我在盥洗室的鏡子裡看見自己的臉，左頰一道粉筆灰像不在場的眼淚。我沒在講台上垮掉，我也沒有回信或打電話，因為我累壞了，而且嗓子也啞了。

那天中午我在春陽曝曬中回家，鳥語花香，我極度疲累簡直要融化在路邊。有那麼一刻，我寧願回到雪地的黃昏裡行路。

常常有人問我為什麼選擇單身。我想，如果情勢使得每段感情都分手了結，一個人自然就單身了，非常簡單。

鑑賞

儘管今日或許有更多可能的人生選擇，但追求更高的學位一直都是許多同學、或許也能說是許多家長對於子女的期待。讀書以出人頭地，讀書以換取更高的社經地位的觀念自古以來早已深植於華人社會。台灣從早年的「來來來，來台大，去去去，去美國」的口號開始，追求更高的學位以獲得更好的職位，透過海外留學以追求美好他方生活，是很多人成長過程中都不陌生的「人生目標」；出國獲得學位，進而留在美國就職，對當時的許多人而言就是一條通往完滿人生的捷徑。

柯裕棻的〈行路難〉通篇流露出了留學的行路難，在選擇告別熟悉的社會、負笈他鄉求學、獨自面對未知的孤獨與艱難。柯裕棻筆下吐露的真相顛覆了這樣的既定概念，一開始就將讀者由留學夢與成功人生中拉回現實，在開頭的兩段中「年年沒有人確實做好心理準備」看似抒發對麥城年年大雪的不安，也同時暗指這一條充滿艱辛的「留學之路」，而這樣的無奈在次段看得更為清楚，「如果沒有這排金花也似的路燈，恐怕我當晚難以堅持意志走向那片斜坡」，這裡也暗喻著若非前方有一個值得堅定追求的目標以及環繞著此一目標而築起的理想道路，柯裕棻或許不會選擇走向留學之路。透過走向斜坡來到課堂，卻在多年後只留下了對於當年老師所穿著的「憤怒之綠」毛衣的強烈印象，卻不記得當年尼采的課堂上獲得了什麼？這種對於當年留學生活的破碎記憶，似乎是作者所展現出的對於當年選擇的質疑、一種錯過又如何的感慨。

這種留學生涯的孤獨對於感情纖細的柯裕棻的心靈衝擊自是十分巨大，從選擇離開既有的舒適圈到隻身的海外生活，到面對日常、課業壓力、論文寫作過程的煎熬，孤獨成為生命的困境，處理與面對孤獨成為作家需要面對的重大課題。其中，擔心學業不成加上與人的脫節與被社會孤立的孤獨感，三者構成為作家在海外生活的困境，柯裕棻以「日子簡單得像一條傾斜的線，往內心軟弱的方向滑去。」作為這段日子的寫照。對於人際關係的焦慮分別在「唸書尚且來不及，哪兒有時間處理人呢」與「一種奇特的孤獨會環繞著你，你從未如此深切感到自我的

存在，因為他人都不再重要，你只剩下自己。」兩段文字中得到印證；伴隨著結了凍、淺藍色屍身的「留學生之死」的都市傳說，柯裕棻娓娓道出了隻身一人走在學術之路的孤獨。

柯裕棻以《日本丹後國風土記》中浦島太郎打開的龍宮寶盒與「窮學生變成社會精英」來說明對於回國後身份轉變的期待。柯原以為如此的孤獨感與強大壓力在她獲得學位歸國、並成為人人稱羨的學院中的教授後可以稍稍緩解，但卻發現這是一種無止境的挑戰。人生的路途上，繼續充滿著包含著研究與教學的困境，但是強大的孤獨感仍在，不會因為回到熟悉的台灣而稍減，一封突然送達的分手郵件與強顏歡笑的教學演出，說明了作家認為「孤獨」才是人生重大且無力解決的困境。兩相對比之下，研究生的生活顯得單純而美好，「那天中午我在春陽曝曬中回家，鳥語花香，我極度疲累簡直要融化在路邊。有那麼一刻，我寧願回到雪地的黃昏裡行路。」呼應了本篇文章的主題行路難，作者柯裕棻透過行走人生之路上所面臨的艱難，寫出了立志追求學術之路的青年柯裕棻一路走來對於留學、感情、甚至是人生挑戰的觀察。

每個人的人生都會因為某個時間點的選擇，而走向不同的人生道路。每個人都曾想像自己從沒踏上的那條路，當現實之路走得不甚順遂之際，就動輒歸咎於當時的錯誤選擇。艷羨他人的成就進而去怨歎命運。然而，如此對於自我追求與目標實現並無助益，柯裕棻的書寫所呈現的是——每個人都有屬於自己的行路難，也唯有經過這段歷程的人，在日後細細回想時，才能寫出屬於自己的人生冒險紀錄。

問題討論

1. 在自我追求的道路上，你是否曾經歷過與作家柯裕棻類似的生命場景，過程當中是如何度
   過並排解，請說明。

2. 不僅是樂府詩題累積了為數不少的以〈行路難〉為主題的作品，當代作家如謝旺霖與柯裕
   棻兩位作者也深刻地展現出個人生命經驗裡的行路難，請分別就課文中的杜甫、謝旺霖與
   柯裕棻三人所面對的困境說明他們所面對的挑戰。

3. 柯裕棻以《日本丹後國風土記》裡浦島太郎的奇遇說明「天上三天、人間百年」的民間傳
   說故事，試試舉例出華語文學或當代電影戲劇中「恍如隔世」的故事，並以此為題進行短
   講。

延伸閱讀

1. 巴斯卡比松，《逐夢上學路》（Sur le chemin de l'école）（台北：佳映，2014 年）。

2. 吳爾芙，《自己的房間》（台北：天培，2008 年）。

3. 言叔夏，《白馬走過天亮》（台北：九歌，2013 年）。

4. 房慧貞，《像我這樣一個記者》台北：時報，2017 年）。

5. 鍾文音，《台灣百年物語三部曲》（台北：大田，2011 年）。

6. 白先勇，《紐約客》（台北：爾雅，2007 年）。

7. 張系國，《遊子魂組曲》（台北：洪範，1989 年）。

〈行路不難〉與〈我的 gap year 計畫〉

1. 作為學術與人生路上永遠的學徒，我們需要面對不同階段的人生挑戰，因此本課配合的作文題目為〈行路不難〉，請同學預想在往後壯志飛揚的歲月可能面臨的挑戰與解決對策；另外一個題目為〈我的 gap year 計畫〉，gap year 的概念源自西方，鼓勵青年在面臨人生重大關卡做出重大決定之前，能有一個靜下來思索人生的機會，透過計畫創作以鼓勵同學發揮創意去設計屬於自己的 gap year 計畫。

【第一單元】 認識及定位自己

本單元由古今人物對自我生命的思辨與認同,定位與未來發展之思索出發,引導同學思考自己一路而來的成長經歷、家族身世與同儕間的背景差異,並進而思索自身從小到大如何與他者接觸、開拓人際關係網絡,思考群／己之別,以及所謂的「網路／現實同溫層」的差異。換言之,從個人自我覺察出發,進一步融入這個新的群體與同溫層的歷程,因此在課文解讀、論述與引導同學之外,希望同學從自體出發,思考自身以及家族與中興大學、與台中的聯繫,並進行短講與闡述。

短講講題

此單元講述的核心概念為「對於自我的辯證、認同與定位」,由此所開展出的講題有「對你影響重大的人、事、物」、「大學一年級的學習規劃」、「讀□□系畢業後要作什麼」、「我與中興大學的因緣與記憶」,「走入／出我的『同溫層』」等題目。

近來不少文創計畫鼓勵新世代青年思索自己與鄉土的辯證關係,如雲門舞集鼓勵年輕世代出走的「流浪者計畫」,或是如「漂鳥計畫」訴求的年輕世代返鄉,讓年輕人回到土地,回歸「有土斯有民」的思維。因此,本單元設計這些題目,讓同學反思自己到底如何一路走來成為如今的模樣,進而思索如自身就讀的科系是否「有用」、進一步思考自己就讀大學、修讀大一各門學科的意義為何?有什麼具體規劃?另外若同學並非就近選擇中興就讀、選擇台中居住,那麼自身成長記憶與中興大學的關聯為何?此外新世代多以「同溫層」自稱,如臉書或 Dcard 也多以自身的學校、科系、所在區域作為分類、分眾、區別彼此的方法論,那麼對於網路與現實的在地空間,就成為同學思考自身定位與認同的重要切入點,希望同學能從此出發進行自我表述。

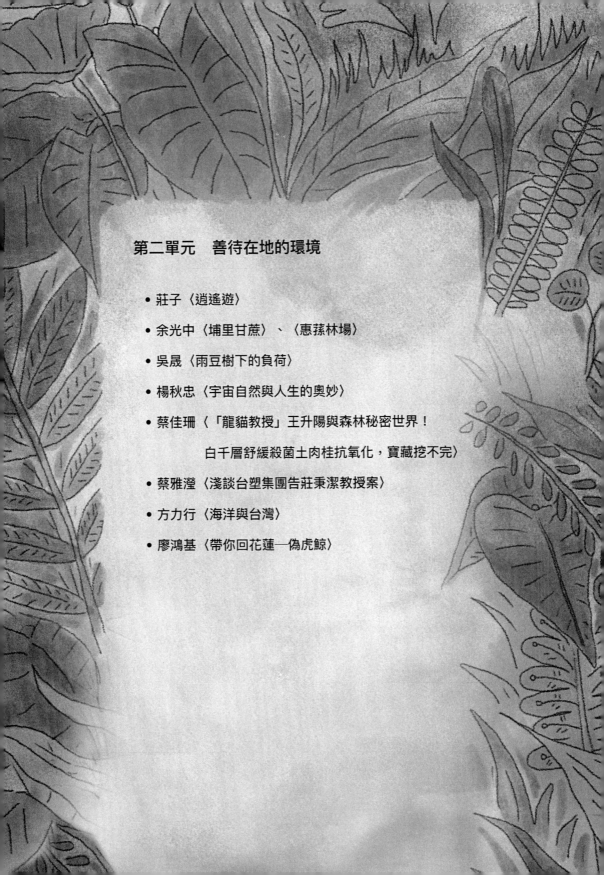

第二單元　善待在地的環境

- 莊子〈逍遙遊〉

- 余光中〈埔里甘蔗〉、〈惠蓀林場〉

- 吳晟〈雨豆樹下的負荷〉

- 楊秋忠〈宇宙自然與人生的奧妙〉

- 蔡佳珊〈「龍貓教授」王升陽與森林秘密世界！
  白千層舒緩殺菌土肉桂抗氧化，寶藏挖不完〉

- 蔡雅瀅〈淺談台塑集團告莊秉潔教授案〉

- 方力行〈海洋與台灣〉

- 廖鴻基〈帶你回花蓮—偽虎鯨〉

壹、莊子〈逍遙遊〉

選文理由

　　莊子的〈逍遙遊〉破除一般世俗的生命價值觀，開展出一個無限寬廣的精神境界。道家的生命智慧，或許可以提供現代人生不同的生命視野，另一種不同的生活感受。

導　讀

一、題 解

　　唐陸德明《經典釋文・序錄》云：「《漢書・藝文志》：《莊子》五十二篇，即司馬彪、孟子所注是也。言多詭誕，或似《山海經》，或類占夢書，故注者以意去取。其內篇眾家並同，自餘或有外而無雜。惟子玄所注，特會莊生之旨，故為世所貴。」《莊子》一書今傳有三十三篇即郭象注本，分為內篇七、外篇十五、雜篇十一，一般認為內篇思想連貫，文風一致，應為莊子之作，而外、雜篇則可能是莊子後學所為，全書則可視為莊子學派之作品。〈逍遙遊〉是《莊子》書的開篇之作，也可以說是莊子思想的總綱。陸德明《經典釋文・莊子音義》：「逍遙游者，篇名，義取閒放不拘，怡適自得。」明釋德清《莊子內篇注》說：「逍遙者，廣大自在之意。」本篇的主旨即在揭示莊子自由自在的人生理想。本篇選文依清郭慶藩《莊子集釋》本。

二、作者簡介

　　莊子（369 ～ 286 B.C.）《史記・老子韓非列傳》：「莊子者，蒙人也，名周。周嘗為蒙漆園吏，與梁惠王、齊宣王同時。其學無所不闚，然其要本歸於老子之言。故其著書十餘萬言，大抵率寓言也。作〈漁父〉、〈盜跖〉、〈胠篋〉，以詆訿孔子之徒，以明老子之術。畏累虛、亢桑子之屬，皆空語無事實。然善屬書離辭，指事類情，用剽剝儒墨，雖當世宿學，不能自解

免也。其言洸洋自恣以適己，故自王公大人不能器之。楚威王聞莊周賢，使使厚幣迎之，許以為相。莊周笑謂楚使者曰：『千金，重利；卿相，尊位也。子獨不見郊祭之犧牛乎？養食之數歲，衣以文繡，以入太廟。當是之時，雖欲為孤豚，豈可得乎？子亟去，無污我。我寧遊戲污瀆之中自快，無為有國所羈。終身不仕，以快吾志焉！』」

　　宋國約在今河南省商丘縣附近，為殷商之後裔。蒙原屬宋，及宋滅，魏、楚、齊互爭宋地，或者蒙併入楚國，楚置為蒙縣，漢時其地屬於梁國。莊子活動的年代約和魏惠王、齊宣王、楚威王等同時，與惠施為友，大略和孟子並時但卻不相知。老子之後，戰國時代流行的道家是崇尚君人南面之術的黃老之學，莊子則是屬於隱士之流的人物。

本文

　　北冥有魚，其名為鯤。鯤之大，不知其幾千里也。化而為鳥，其名為鵬。鵬之背，不知其幾千里也；怒而飛，其翼若垂天之雲。是鳥也，海運則將徙於南冥。南冥者，天池也。《齊諧》者，志怪者也。《諧》之言曰：「鵬之徙於南冥也，水擊三千里，摶扶搖而上者九萬里，去以六月息者也。」野馬也，塵埃也，生物之以息相吹也。天之蒼蒼，其正色邪？其遠而無所至極邪？其視下也，亦若是則已矣。且夫水之積也不厚，則其負大舟也無力。覆杯水於坳堂之上，則芥為之舟；置杯焉則膠，水淺而舟大也。風之積也不厚，則其負大翼也無力。故九萬里，則風斯在下矣，而後乃今培風；背負青天而莫之夭閼者，而後乃今將圖南。

　　蜩與學鳩笑之曰：「我決起而飛，搶榆枋而止，時則不至而控於地而已矣，奚以之九萬里而南為？」適莽蒼者，三湌而反，腹猶果然；適百里者，宿舂糧；適千里者，三月聚糧。之二蟲又何知！小知不及大知，小年不及大年。奚以知其然也？朝菌不知晦朔，蟪蛄不知春秋，此小年也。楚之南有冥靈者，以五百歲為春，五百歲為秋；上古有大椿者，以八千歲為春，八千歲為秋。而彭祖乃今以久特聞，眾人匹之，不亦悲乎！湯之問棘也是已。窮髮之北有冥海者，天池也。有魚焉，其廣數千里，未有知其修者，其名為鯤。有鳥焉，其名為鵬，背若太山，翼

若垂天之雲，摶扶搖羊角而上者九萬里，絕雲氣，負青天，然後圖南，且適南冥也。斥鴳笑之曰：「彼且奚適也？我騰躍而上，不過數仞而下，翱翔蓬蒿之間，此亦飛之至也，而彼且奚適也？」此小大之辯也。

故夫知效一官，行比一鄉，德合一君，而徵一國者，其自視也亦若此矣。而宋榮子猶然笑之。且舉世而譽之而不加勸，舉世而非之而不加沮，定乎內外之分，辯乎榮辱之境，斯已矣。彼其於世未數數然也。雖然，猶有未樹也。夫列子御風而行，泠然善也，旬有五日而後反。彼於致福者，未數數然也。此雖免乎行，猶有所待者也。若夫乘天地之正，而御六氣之辯，以游无窮者，彼且惡乎待哉！故曰：至人无己，神人无功，聖人无名。

堯讓天下於許由，曰：「日月出矣而爝火不息，其於光也，不亦難乎！時雨降矣而猶浸灌，其於澤也，不亦勞乎！夫子立而天下治，而我猶尸之，吾自視缺然。請致天下。」許由曰：「子治天下，天下既已治也，而我猶代子，吾將為名乎？名者實之賓也，吾將為賓乎？鷦鷯巢於深林，不過一枝；偃鼠飲河，不過滿腹。歸休乎君，予无所用天下為！庖人雖不治庖，尸祝不越樽俎而代之矣。」

肩吾問於連叔曰：「吾聞言於接輿，大而无當，往而不返。吾驚怖其言猶河漢而无極也，大有逕庭，不近人情焉。」連叔曰：「其言謂何哉？」曰：「『藐姑射之山，有神人居焉。肌膚若冰雪，綽約若處子；不食五穀，吸風飲露；乘雲氣，御飛龍，而遊乎四海之外；其神凝，使物不疵癘而年穀熟。』吾以是狂而不信也。」連叔曰：「然，瞽者无以與乎文章之觀，聾者无以與乎鐘鼓之聲。豈唯形骸有聾盲哉？夫知亦有之。是其言也，猶時女也。之人也，之德也，將旁礴萬物以為一，世蘄乎亂，孰弊弊焉以天下為事！之人也，物莫之傷，大浸稽天而不溺，大旱金石流、土山焦而不熱。是其塵垢粃糠，將猶陶鑄堯舜者也，孰肯以物為事！」宋人資章甫而適諸越，越人斷髮文身，無所用之。堯治天下之民，平海內之政，往見四子藐姑射之山，汾水之陽，窅然喪其天下焉。

惠子謂莊子曰：「魏王貽我大瓠之種，我樹之成而實五石。以盛水漿，其堅不能自舉也。剖之以為瓢，則瓠落無所容。非不呺然大也，吾為其無用而掊之。」莊子曰：「夫子固拙於用

大矣。宋人有善為不龜手之藥者，世世以洴澼絖為事。客聞之，請買其方百金。聚族而謀曰：『我世世為洴澼絖，不過數金。今一朝而鬻技百金，請與之。』客得之，以說吳王。越有難，吳王使之將。冬，與越人水戰，大敗越人，裂地而封之。能不龜手一也，或以封，或不免於洴澼絖，則所用之異也。今子有五石之瓠，何不慮以為大樽而浮乎江湖，而憂其瓠落無所容？則夫子猶有蓬之心也夫！」

惠子謂莊子曰：「吾有大樹，人謂之樗。其大本擁腫而不中繩墨，其小枝卷曲而不中規矩。立之塗，匠者不顧。今子之言，大而無用，眾所同去也。」莊子曰：「子獨不見狸狌乎？卑身而伏，以候敖者；東西跳梁，不辟高下；中於機辟，死於罔罟。今夫斄牛，其大若垂天之雲。此能為大矣，而不能執鼠。今子有大樹，患其无用，何不樹之於无何有之鄉，廣莫之野，彷徨乎无為其側，逍遙乎寢臥其下。不夭斤斧，物无害者，无所可用，安所困苦哉！」

鑒賞

〈逍遙遊〉是莊子思想裡的最高境界，這一篇說明了莊子自由自在的人生理想。怡適自得的生活態度，不是對外在環境的改變而主要是自我心靈意識的調適，莊子不是社會的改革者但卻是一位心靈的革命家，心靈的改造要來自於主體的自覺，從自覺主體產生的抉擇才稱的上是不受外鑠的「自由」、「自在」。〈逍遙遊〉全篇就在喻示自覺主體的形成與展現，前者透過「小大之辯」揭露工夫的歷程，後者則經由「人生四境」開展出四等的生命境界。依照這個主軸〈逍遙遊〉這篇文章，就內容來說約可以分為三個部分：

（一）從「北冥有魚」開始，到「此大小之辯也」為止，屬於本篇引論的部分。這是借鯤、鵬和蜩、鳩的對比，來說明大小的分別，天高才能翔大鵬，海深才能游巨鯤，對一般人來說「逍遙」並非一蹴可幾，要飛的越高，看的更遠，就要下更多的工夫。大鵬要三月聚糧，要等待六月海動才能振翅飛翔，這正說明了要遊於至大之域必須要蓄養深厚。

（二）從「故夫知效一官」起，到「故曰至人无己，神人无公，聖人无名」為止，是本篇的結論。莊子提出「人生四境」四種生命境界層次，來說明逍遙的旨趣。第一種生命境界我們可以稱之為「用世」，這是求為世俗所用，這是將自己的生命意義放在合乎社會所需要的需求中，其才德或可勝任一小官職，或者合乎地方鄉里所需，或可為國君所重用，甚至為一國百姓所信任，讓自己成為世俗要求中的理想品格，但在莊子看來這是用世俗的功名利祿來衡量生命的價值和意義。

第二種生命境界是「救世」，宋榮子不追求世俗的名利，毀譽不縈於心，有墨家的古道熱腸，要禁攻寢兵，解救世間的紛爭。宋榮子的境界很高，已經達到不為世俗的聲名所動，但他心中縈繫的是還有一個世界等待著去解救。

第三種生命境界是「離世」，列子御風而行，腳不點地，這代表著他已經不為世俗的功名利祿所拘絆，沒有用世之名，也不求救世之功，功名不立，遺世而獨立，列子的境界可以說是極高明了；但是乘風而行畢竟還是要依賴氣息的活動，這還是有待還不能無條件的自由自在。莊子用「風」來作比喻是很有意思的，風的行止完全是天機自然，〈齊物論〉說「天籟」是：「夫吹萬不同，而使其自己也，咸其自取，怒者其誰也？」風吹萬竅形成各種聲響，這些聲響其實是因為洞竅本身不同所以產生的音聲各異，風根本是無心的。所以，列子御風，行止怎麼還會有限制？不在於風而在自己。莊子認為列子差之一肩，尚有一己未破。

第四種生命境界是「即世」，這是莊子理想中最高的生命境界。「用世」的人求為世所用，這是取合於世俗的聲名，這不免於名之累；「救世」的人不慕世俗名利，但念茲在茲心存乎濟世，這仍不免於功之過。「離世」的人沒有功沒有名，但物我有對，還有一個世間要離，這亦不免於用己之患。莊子認為最高的境界是「无名」、「无公」、「无己」，這是從不同的面向來說明「無待」的逍遙之境，指的就是那種精神意識不受拘束的狀態。但「無待」不必和世俗的事物截然相對，世俗中聖人之所以稱為聖，是因為名聞於世，而莊子認為真正的聖人是無心於名而成其名，所以「無名」也可以成其名，「無功」可以成其功，「無己」可以成其己，逍

遙不在身分地位的不同，而在「無」的工夫上。易言之，這是「無待」者在現實世界中的化現，或被稱揚其名，或被讚頌其功，或者隱遁一己。因此，世俗的四等人、宋榮子、列子等，鐘鼎山林，或仕或隱，只要能達到「無待」皆可以逍遙。上文的「小大之辯」是超凡入聖的工夫，這裡的「即世」則是世間出世間打成一片，聖凡不二的境界，真正的逍遙是不拘時空，隨時隨地的自由自在。

（三）從「堯讓天下於許由」起，到最後「无所可用，安所困苦哉！」這是屬於舉證分論的部分。「堯讓天下於許由」是說明「聖人无名」之旨，「肩吾問於連叔」及「宋人資章甫」等則是申論「神人无功」之意，惠子和莊子的兩段故事，前者的「大瓠之種」段是申明「至人无己」之說，後者「吾有大樹，人謂之樗」段則是發揮無用之用的旨意，心無所礙，萬物皆能成其用，這就是無待的自在。末段無用之樹安立於無所有之鄉，也回應了本篇一開始鯤鵬變化的故事，在海則為鯤，在天則為鵬，不擇時不擇地，天地任逍遙的旨意。

問題討論

1. 請參考《史記·太史公自序》論六家要旨的文字，討論〈老子韓非列傳〉為何把老子、莊子、申不害、韓非並列為一傳？他們之間有何關聯？

2. 宋代《五燈會元》卷十七〈青原惟信禪師語錄〉有這樣一段故事：「吉州青原惟信禪師，上堂：『老僧三十年前未參禪時，見山是山，見水是水，及至後來，親見知識，有箇入處，見山不是山，見水不是水，而今得箇休歇處，依前見山衹是山，見水衹是水。大眾，這三般見解，是同是別？有人緇素得出，許汝親見老僧。』」請問這和本篇的「即世」之逍遙有何異同？

3. 郭象《莊子·逍遙遊注》說：「苟足於其性，則雖大鵬，無以自貴於小鳥，小鳥無羨於天池，而榮願有餘矣。故小大雖殊，逍遙一也。」這和莊子「小大之辯」的本義有何不同？

延伸閱讀

1. 《莊子》書中揭示的修養工夫有「心齋」、「坐忘」。〈人間世〉：「回曰：『敢問心齋。』仲尼曰：『一若志，无聽之以耳而聽之以心，无聽之以心而聽之以氣。聽止於耳，心止於符。氣也者，虛而待物者也。唯道集虛。虛者，心齋也。』〈大宗師〉：「顏回曰：『回益矣。』仲尼曰：『何謂也？』曰：『回忘仁義矣。』曰：『可矣，猶未也。』他日復見，曰：『回益矣。』曰：『何謂也？』曰：『回忘禮樂矣。』曰：『可矣，猶未也。』他日復見，曰：『回益矣。』曰：『何謂也？』曰：『回坐忘矣。』仲尼蹴然曰：『何謂坐忘？』顏回曰：『墮肢體，黜聰明，離形去知，同於大通，此謂坐忘。』」

2. 《莊子》書特別的表達方式有所謂的「三言」，即「寓言」、「重言」、「卮言」。〈寓言〉：「寓言十九，重言十七，卮言日出，和以天倪。寓言十九，藉外論之。親父不為其子媒。親父譽之，不若非其父者也；非吾罪也，人之罪也。與己同則應，不與己同則反；同於己為是之，異於己為非之。重言十七，所以已言也，是為耆艾。年先矣，而无經緯本末以期年耆者，是非先也。人而无以先人，无人道也；人而无人道，是之謂陳人。卮言日出，和以天倪，因以曼衍，所以窮年。不言則齊，齊與言不齊，言與齊不齊也，故曰无言。言无言，終身言，未嘗言；終身不言，未嘗不言。有自也而可，有自也而不可；有自也而然，有自也而不然。惡乎然？然於然。惡乎不然？不然於不然。惡乎可？可於可。惡乎不可？不可於不可。物固有所然，物固有所可，无物不然，无物不可。非卮言日出，和以天倪，孰得其久！」

作文寫作

1. 請以「活在當下」為題寫一篇散文。

2. 請以自省的角度，探索自己的內在，以「心」為題自由發揮。

貳、余光中〈埔里甘蔗〉、〈惠蓀林場〉

選文理由

　　余光中〈埔里甘蔗〉是其於 1980 年代抒解自身中國結意識後，所進行臺灣熱帶水果系列書寫的首篇。此詩以仙笛喻甘蔗，不只藉植物甜美意象傳達他認同臺灣鄉土的意識，還企圖從植物之「生根」到「結果」，隱喻臺灣對他精神生命的孕育。〈惠蓀林場〉收錄於同一部詩集的第二輯，輯中收錄許多余光中的台灣遊蹤。余光中遊賞中興大學的惠蓀林場，寫下林場中的高山與溪水、植物與鳥禽，簡單有味，道盡惠蓀林場的迷人面貌。此詩可說是余光中生根臺灣的旅行詩作或風土詩作，不只展現詩人對臺灣風土的認同，詩作主題也呈現了中興大學以農立校的特色，本校學子閱讀此詩更有親切感。

導讀

一、題解

（一）〈埔里甘蔗〉

　　〈埔里甘蔗〉為余光中收錄於《安石榴》之新詩作品。《安石榴》上接《夢與地理》為余光中第 16 本詩集，主要收 1986～90 年間之詩作。1985 年余光中移居高雄西子灣，開始他臺灣鄉土書寫時期。此時對於島嶼他已由過客轉為歸人情緒，定居高雄後首本詩集《夢與地理》已開始致力收納島嶼風光，創化臺灣意象。《安石榴》承續其後，由於現實生活體驗增廣，其鄉土風物書寫更見溫厚真純。

　　《安石榴》中特闢一輯收錄 1987～1989 三年寫的十首臺灣水果詩，分別為〈埔里甘蔗〉、〈初嚼檳榔〉、〈安石榴〉、〈削蘋果〉、〈蓮　霧〉、〈南瓜記〉、〈荔枝〉、〈水蜜桃〉、

〈葡萄柚〉、〈芒果〉。對比於余光中 1950 ～ 70 年代孺慕中國詩作〈白玉苦瓜〉，這一系列臺灣水果詩作語言清新，譬喻生動，音韻鏗鏘傳達了詩人對臺灣鄉土的活潑體驗。

（二）〈惠蓀林場〉

國立中興大學以農立校，學校轄有文山林場（新北市）、惠蓀林場（南投縣）、東勢林場（臺中市）、新化林場（臺南市）。此四座林場分布全台，可說是中興大學有別全台其他百餘所大專院校的特色之一。余光中〈惠蓀林場〉一詩寫於 1988 年，全詩以「山嶽的心底」為核心提問，鋪展詩行，由此呈顯惠蓀林場自然物象的雄偉，亦收錄於《安石榴》中。

二、作者簡介

余光中，福建省永春縣人。1928 年重陽節生於南京，傳統習俗認為農曆重九時佩戴茱萸可消災避禍，故余光中自稱為「茱萸的孩子」。余光中 1958 年旅美至愛荷華大學進修，隔年獲藝術碩士學位。

余光中曾於臺灣師範大學、政治大學、香港中文大學，1985 年至中山大學任教，至此定居高雄。現為中山大學榮譽退休教授。在創作上，余光中詩文皆擅，故曾戲稱自己右手寫詩，左手寫散文。著有詩集《蓮的聯想》、《白玉苦瓜》、《安石榴》、《夢與地理》等，以及散文集《左手的繆思》、《逍遙遊》、《聽聽那冷雨》等。除創作外，亦兼及文學評論、編輯和翻譯。

本 文

（一）〈埔里甘蔗〉

無論是倒啖或者順吃

每一口都是口福

第一口就咬入了佳境

卻笑東晉的名士

嚼來還是太拘謹

而真要啖得痛快

就務必冰得徹底

嚐到那樣的甜頭，幾乎

捨不得吐掉渣子

直到嚥最後的一口

還舔著黏黏的手指頭

像剛斷奶的孩子

看我，拿著甘蔗的樣子

像吹弄著一枝仙笛

一枝可口的牧歌

每一節都是妙句

用春雨的祝福釀成

和南投芬芳的鄉土

必須細細地咀嚼

讓一股甘冽的清泉

從最深的內陸

來澆遍我渴望的肺腑

冰箱卻冷冷地宣怖

已經，是最後一枝

但向北的高速公路

羊蹄甲，木棉花

發得正艷的西螺站頭

還有一千枝，一萬枝

——我的一千五喜美銀馬

躍躍在樓下回答

後記：東晉大畫家顧愷之倒啖甘蔗，自謂「漸入佳境」。我在西螺休息站買的埔里甘蔗，卻一節節去

　　　皮削好，無須漸入。南投是臺灣唯一的內陸縣，臺灣之有南投，正如人體之有肺腑。一千五喜

　　　美銀馬，是指一千五百西西的銀色喜美汽車。末二句的意思，是說作者恨不得立刻開車去西螺

　　　站，再買一袋甘蔗回來。七十五年四月於西子灣。

（二）〈惠蓀林場〉

究竟山有多深，林有多密

而一路探下谷去的

那一盤隱隱的小徑

究竟要轉多少個陡彎

才會落到山嶽的心底？

尾敏山頭和濁水山峰

在高處都昂然不答

而排成梳齒的臺灣冷杉

翠陰裏所有的鳥和蟬

也都參不出一個結論

說，林究竟有多密

而山啊究竟有多深

不料一拐過絕壁

卻在突來的水聲裏

被過路的水聲裏

被過路的關刀溪

隔着重重的樹影

在谷底的急灘上

一語道破

－－七七‧九‧十八

鑒 賞

一、〈埔里甘蔗〉

余光中〈埔里甘蔗〉為《安石榴》十首臺灣水果系列組詩的第一篇，自然有其獨特意義。其中臺灣中部縣市埔里、南投、西螺分別入詩，可見可初窺文本內試圖營造臺灣鄉土氛圍。細讀〈埔里甘蔗〉可以發現其詩語言自然有致，其中存在詩人深入淺出的詩心運作，以使詩語言能淡中見深、有味，不流於貧乏。

余光中對文學語言美學的探討上，曾提出應注意語言的「彈性」、「密度」、「質料」。而對於中國文字的創作，應試著將其壓縮、搋扁、拉長、磨利，把它拆開又併攏，折來又疊去，以試驗其在速度、密度和彈性的可能。這都在在呈現余光中對文學語言在運用上的詩學意識，此一意識亦可在〈埔里甘蔗〉一詩中看見。

全詩開頭表面以「吃甘蔗」破題，但實則在其中消化了「倒吃甘蔗」之典故。「倒吃甘蔗」典出《晉書‧顧愷之傳》：「愷之每食甘蔗，恒自尾至本，人或怪之。云：漸入佳境。」余光中認為以為「用典」能強化文章密度，既可增加文本內的意義觀點，有時更可奪胎換骨，轉化出新的語言面向與詩意進路。因此在首段，他便是藉此典故，使可能落於平實的嚼食甘蔗書寫，帶有活潑的趣味。其中的「舔指」、「不吐渣」等動作，都間接顯現埔里甘蔗沒有一段不甜，並暗示顧愷之「倒吃甘蔗」之舉完全沒有必要。

第二段則可見余光中設喻長才，該段主要是將甘蔗比喻成仙笛。此一奇喻巧擬的趣味性不只在以就外型上，讓讀者發現甘蔗與笛子之間的相似性。而更在於將嚼食甘蔗比喻成在吹奏音樂，將聽覺上愉悅的音樂經驗，與味覺上甜美的吃甘蔗經驗相互等同。

因此可以發現，余光中如何體會甘蔗之美，藉甘蔗笛子樂器之喻，將視覺、聽覺與味覺意象疊合，以表現不易描寫的飲食經驗，並使埔里甘蔗的甜美更具美感層次。不過該段也可以設下一個伏筆，詩人這樣寫到「已經，是最後一枝」彷彿曲罷而樂終，宣布自己不要再吃甘蔗了。但沒想到至最後一段，詩人如此寫到「——我的一千五喜美銀馬／躍躍在樓下回答」暗示自己如何欲罷不能，自我推翻原先的許諾，躍躍再返埔里大啖甘蔗。

綜觀全詩可以發現余光中早期〈白玉苦瓜〉（1974）那「鬱結」的中國思緒，在《安石榴》這一系列（1987～1989）臺灣水果詩中終於得到抒放，對於其所定居的台灣鄉土也終於由「深根」到得「結果」。

水果詩書寫是一種風景與風物書寫的整合，比起觀看風景，吃水果的過程，更是一種視覺與味覺的綜合體驗。果物是大地地力培育的成果，本身濃縮了大地的生命力量。果實不只是是大地鄉土生命力表現的形式，無疑更是一種生命力延續的見證。嚼食作為地產的果實，本身即是肉身對大地生生力量最實際的體驗。

果實是大地的成果，詩則是語言的結晶。因此詩人既將果實化為心靈記憶與身體營養的一部份，又轉成〈埔里甘蔗〉此詩作，無疑是品賞臺灣鄉土果實同時，將甜美的咀嚼經驗昇華為對臺灣鄉土的生命認同。

二、〈惠蓀林場〉

惠蓀林場乃是為記念 1966 年是時中興大學校長湯惠蓀登此一林場視察因公殉職，而將林場命名為惠蓀。惠蓀林場原為日治時期南投官有林，於 1916 年 8 月作為日本東北帝國大學農科演習林，戰後輾轉於 1949 年 8 月由臺灣省政府轉交中興大學前身的臺灣省立農學院至今（2017 年）。

余光中〈惠蓀林場〉以「山嶽的心底」為核心提問，詩人對「山嶽的心底」之提問，還意在交由天地物象回答。然則在擬人法操作下，雖詩人有問，但「尾敏山頭和濁水山峰／在高處都昂然不答」——天地卻未必答；「排成梳齒的臺灣冷杉／翠陰裡所有的鳥和蟬／也都參不出一個結論」——物象未必有解。天地在詩中雖為全知者，但有其個性；物象在詩中則與詩人一般並非全知者，時常有惑。

　　如果問答的詩行進路是一條河，在此顯然遭遇阻礙，亦形成詩意的婉曲跌宕。而進入全詩最後三分之一段落，透過「不料」作為引領，全詩從「過路的關刀溪」之奔流，尤其聲勢與聲響，間接得到答案。讀此詩，也逗人想細聽那關刀溪，轉就其河流樂聲以為聲納，揣想惠蓀林場天地萬物的遼闊空間。

問題討論

1. 作者主要以哪些感官經驗的層次來描寫埔里甘蔗的？

2. 甘蔗是植物也是食物，請你思考一下飲食經驗與生命主體間的關係？

3. 請以余光中的〈埔里甘蔗〉（1986）比較余光中另一首名詩〈白玉苦瓜〉（1974）兩者間的異同以及內在的情感意涵？

4. 余光中〈惠蓀林場〉為核心提問，就你的角度來看，那些意象與此核心提問產生感官連結？

5. 你曾到過中興大學的惠蓀林場嗎？你覺得余光中〈惠蓀林場〉與你的實際探訪經驗相符合嗎？

延伸閱讀

蘇軾〈食荔枝〉

羅浮山下四時春，盧桔楊梅次第新。

日啖荔枝三百顆，不辭長做嶺南人。

陳維糧〈一叢花・楊梅〉

江城初泊洞庭船，顆顆販勻圓。朱櫻素素都相遜，家鄉在，消夏灣前。兩崎蒙茸，半湖軍曆，籠重一帆偏。買來恰趁晚涼天。冰井小亭軒。妝餘欲罷春纖濕，粉裙上，幾點紅鮮。莫是明朝，有人低問，羞暈轉嫣然。

1. 余光中《白玉苦瓜》，臺北，九歌，2008 年。

2. 王潤華《榴槤滋味》，臺北，二魚，2003 年。

3. 行政院文化建設委員會：《閱讀文學地景・新詩卷》，臺北，聯合文學出版社，2008 年。

4. 行政院文化建設委員會：《閱讀文學地景・散文卷》，臺北，聯合文學出版社，2008 年。

5. 行政院文化建設委員會：《閱讀文學地景・小說卷》，臺北，聯合文學出版社，2008 年。

6. 李志薔、林明昌、亮軒、張昌彥、張恆豪、陳三資、陳儒修、黃玉珊、黃建業、解昆樺、熊啟萍、鄭順聰、應鳳凰、藍祖蔚：《愛、理想與淚光：文學電影與土地的故事》，臺北，遠景，2011 年。

7. 陳銘磻：《國門之都：人文地景紀行之桃園再發現》，臺北，聯合文學出版社，2016 年。

作文寫作

1. 余光中先生用詩歌頌埔里甘蔗的美味，請你也以你故鄉或臺灣特產為對象，透過多感官的摹寫方式撰寫一首詩。

2. 相較於一般人主要就形狀、甜度來認識水果，中醫則將水果分為寒涼溫熱，這些資訊提供我們對水果進行重新的想像。請你分析、感覺各種食物的品性，以擬人法編寫一個水果家族的小故事。

3. 地景書寫是自然環境、人文活動與書寫者的精神視野相疊合後，所構成的文學書寫。請擇一曾蒞臨過的美景勝地，描繪當下的風光與心境，如余光中先生叩問「山嶽的心底」般，藉景抒情，成一篇小詩。

寫作技巧小櫥窗

書寫引導：以多感官方式摹寫景物的方法

摹寫又稱「摹狀」、「摹況」，黃慶萱著《修辭學》即指出：「對自己感受到的各種境況和情況，特別是其中的聲音、色彩、形狀、氣味、觸感等，恰如其實地加以形容描述，叫做摹況。」[1] 在文學中，摹寫是基礎而常見的表現手法。作者透過文字的摹寫表達自我感官的知覺，以使讀者感同身受。

然而，由於多數大眾主要倚賴視覺觀察事物，因此在文字創作上也主要限制在視覺意象的摹寫，而偏廢了其他感官在表達上的可能性。事實上，若能有意識的運用各式感官知覺摹寫，本身既可使文本立體，更能養成寫作者的培養觀察力。我們不妨可以「中興大學生命現場景物」為例，分別就不同感官進行摹寫，例如：

(1)　視覺的摹寫：例如校園中不同花草樹木的形狀顏色。

(2)　聽覺的摹寫：例如上課鐘聲、老師的講課聲、中興湖的水鳥聲等等。

(3)　嗅覺的摹寫：例如花香、樹木的香氣等等。

(4)　味覺的摹寫：例如便利商店販賣的零食、戀人悉心準備的便當的滋味。

(5)　觸覺的摹寫：例如桌椅質感、跑道石子的感覺。

1　見黃慶萱著《修辭學》（台北：三民，2002 年），頁 67。

參、吳晟〈雨豆樹下的負荷〉

作者憂心兒子無法如期畢業，因而離開家鄉到中興大學督促兒子的課業。在將近一年的伴讀過程中，作者以自己過去的求學經驗，重新思考與檢討親子之間的互動模式，得出由兒子安排自己的人生才是最好的選項。最終於台一線路邊看到雨豆樹時，那一年伴讀的回憶全部湧上心頭。

導讀

一、題解

本文選自吳晟、吳志寧、林葦芸合著的《只有青春唱不停》，內容分為三個部分，第一部分名為「在體制內追求小變態」，由吳志寧執筆，自述音樂創作路上的心路歷程，有堅持也有徬徨，唯有「信念」才是實現夢想的動力；第二部分名為「雨豆樹下的『負荷』」，由吳晟側面敘寫兒子在音樂路上的艱辛與逐步實現夢想的點滴，但與父親的期待有所衝突，親子關係有時緊張對立，最終雙方都能妥協，將對立轉化為相互扶持；第三部份名為「只有青春唱不停」，由吳晟與吳志寧口述，林葦芸整理，內容敘述父子兩人在家庭、音樂、文學、社會運動等多方面的心得，有著懷抱理想、關懷社會的真摯情感。〈雨豆樹下的負荷〉描寫吳晟為了就近督促兒子吳志寧的課業，從彰化溪州老家搬到台中租賃套房伴讀的心路歷程。文中流露出父親對於兒子沉迷於樂團而耽誤學業的憂心，亦重新思考親子間的溝通模式，以及在微雨的春季隨課堂助教到文學院（中興大學綜合教學大樓）附近的廣場辨識樹木的情景，其中不乏對中興大學校園地景、生態的描寫。

二、作者簡介

　　吳晟，本名吳勝雄，彰化溪州人，屏東農專畢業。農專畢業後即返鄉定居，任教於溪州國中，現已退休。吳晟的文學創作萌芽甚早，十六歲開始寫作詩與散文，其創作主張為「寫臺灣人、敘臺灣事、繪臺灣景、抒臺灣情」，以素樸的現實主義寫作技巧，筆下文字堅實而富於感情，呈現早期台灣這塊土地的點點滴滴，尤以親情刻劃最為人津津樂道。曾獲優秀青年詩人獎、第二屆中國現代詩獎等多種獎項。吳晟曾言：「文學基本上是反映生活」，其自幼在農村成長，素材自然來自土地與農村人們，舉凡一九七〇年代臺灣農村土地變遷與人民價值觀的改變，皆與吳晟的詩作息息相關，著有詩集《飄搖裡》、《吾鄉印象》、《泥土》、《向孩子說》、《吳晟詩選》等膾炙人口的作品。

本文

　　初次認識雨豆樹，是在台中中興大學校園。

　　二〇〇〇年二月，我從任教的國中辦理退休，當時我最小的兒子志寧正就讀中興大學森林系二年級，念了幾個學期，修習通過的科目，總共只有十幾個學分，遠比不及格的科目少得多，眼看即將面臨退學命運，我決定「拋妻離鄉」，去和他同住，就近督促，試圖挽救他的課業。

　　志寧排行第三，剛考取高中時還編在資優班，成績並不亞於他的兄姊，卻因開始迷上樂團，分心太多，功課快速下滑，隔年被「打」到末段班，從此一蹶不振，連最低分的大學都擠不上，只好依循萬千落榜學子的老路，上補習班。

　　多熬了一年，加上媽媽及幾位親友義務課業輔導，熱心協助，聯考分數總算差強人意。填志願時，志寧是第三類組，卻一心一意要去都城就讀，便於「觀摩」音樂活動，不管什麼科系；我則私心期盼他接續並實踐我推廣種樹、護樹、造林的志願，強烈「鼓勵」他選擇森林系。經過好幾天的討論乃至「激辯」，志寧不忍違逆我，勉強接受我的「說服」。

但是我的「志願」，克制不了他的興趣。開學不久，他便「熱噴噴」參加熱音社，找到志同道合的伙伴組樂團。一年級學期末，就獲得全校性創作歌唱比賽第一名（自己作詞作曲、自己彈吉他、自己唱），更是不在乎課業。

我去和他同住，父子倆擠在一棟大樓的小套房，早上「提醒」他起床，陪他到校上學，我則去圖書館看書或寫字，等他中午下課一起吃午餐，下午亦復如是。

志寧選修的一些課程，我也很有興趣，其中有一門「樹木學」，徵得助教同意，我每一堂都陪志寧去上課。

台中中興大學前身是農學院，校區不乏高大老樹，樹木種類多樣，樹木學課程以校園植物為主要教材，教學方便。每次上完課，當天夜晚我就和志寧一起製作標本，記錄資料。

然而一個學期「緊迫盯人」，俗語說「管得住他的人，管不住他的心」，還是沒有效果。志寧大部份時間仍以練團為優先，沒多少心思放在課業上，多數科目還是不及格，包括樹木學。

我們父子倆平常相處都很貼心，唯獨碰到課業話題，總會按捺不住情緒而起衝突。陪伴志寧的第二個學期，學期中有一個夜晚，志寧又去練團（胡混的藉口嗎？）半夜才回宿舍，我壓住脾氣，又幽怨又感慨的說：「全台灣有哪位家長像我這樣苦心，拋妻離鄉來陪伴孩子讀書？」不料志寧也很「委曲」的回應我：「你為什麼不想想，全台灣現在的大學生，有哪位願意讓老爸和他同住，全天候管束？」我一下子愣住，才了解到原來志寧「讓」我和他同住，是多麼容忍的孝順行為。

以往每次衝突，我們都會相互妥協，調整彼此的「約束守則」，設法舒緩緊張關係。這一次，我沉默下來，不再爭辯、不再說教、也不再「協商」。整晚我重新冷靜檢討自己對待志寧的態度，思考了很多。

隔天終於下定決心「放手」，收拾行李回鄉，由他去安排自己的人生。留下一紙便條：志寧，好自為之，各自保重，我要回去陪老婆了。

其實，三個子女中，志寧的資質最像我，感性有餘、知性不足。回想我自己的求學過程，還不是「離離落落」？有什麼資格苛求於他？自己曾備嘗課業不順的折磨、苦痛，何忍強求於他？何不由他順著自己的興趣去發展？

我必須坦然承認，志寧和我的「才分」，只夠專注做一件事，根本沒有餘力分心兼顧另一領域。當年我讀屏東農專畜牧科，也是仰仗幾位好心老師的同情，非常勉強情況下才畢業。即使身為國中生物科退休教師，陪志寧去上課、做筆記的樹木學，又學得如何呢？很多樹木還不是只留下「似曾相識、卻記不起名字」的印象。

　　不過，將近一年陪公子讀書的日子，雖然「成效不彰」，總是多少增進一些辨認樹木的基礎知識，多認得一些樹木，尤其是某些樹影、某些氣氛組合而成的畫面，更深深留在記憶中，偶爾浮現。例如雨豆樹，以及雨豆樹下的上課情景。

　　應該是清明時節的春季，飄些微雨，「助教學長」帶著班上同學走到文學院大樓附近的一片廣場，在幾棵大樹下，助教開始介紹：這是雨豆樹、含羞草科落葉大喬木，類似大葉合歡。和含羞草一樣，夜晚葉片會閉合，葉片是樹木的身份證，我們先從葉講起，雨豆樹是二回偶數羽狀複葉，大葉互生，小葉對生；下雨之前，水氣飽和的關係，葉片紛紛閉合起來，這是很有趣的生態現象，因此英文名稱是 rain tree。各位看，就像現在⋯⋯。

　　我聽著講解，在一群年輕的大學生中，跟著仰望這幾棵雨豆樹，樹齡顯然已相當大，大概是中興大學創校之初就栽植的吧。樹形高挑優美，樹冠為極開展的大傘形，枝幹綠葉茂密⋯⋯。

　　望著望著，內心竟湧現一波一波蕩漾的美學感動。那天還學了什麼，似乎已無從搜尋，只鮮明記得雨豆樹的形象。

　　此後才注意到，台中市以及從台中到我家彰化溪州的台一線，有些路段栽植雨豆樹做為行道樹。每當經過這些綠蔭盎然的行道樹，總會在腦海中浮現陪伴志寧上課時，在雨豆樹下出神仰望的情景。

鑒賞

　　作者以「初次認識雨豆樹，是在台中中興大學校園」談起，訴說他與雨豆樹以及興大校園的邂逅。一位拋妻離鄉的父親與成績一落千丈的兒子，那一年共同在興大校園試圖找尋自己的定位。

接著作者談到志寧進入大學前的求學歷程，國高中時資質不錯，但因個人興趣迷上樂團，使得成績急速下滑，最後進補習班，勉強考取大學。即使考取大學，志寧還是希望隨著自己的興趣填寫就讀學校，這讓身為父親的吳晟非常擔憂，只好發動攻勢，才使志寧勉強接受他的「提議」。其實，在目前制式化的教育下，每個人對於自己的想法都有過度保護的現象，怕自己講不清楚或是理解他人話語有誤，而不敢勇於表達，造成許多不必要的誤解，這點值得同學深入思考。

雙方妥協的情況下，父子兩人開始共同生活，兒子去上課，吳晟就待在圖書館看書，甚至一同研修「樹木學」，如此「緊迫盯人」的方式，志寧的學業情況沒有好轉，原因在於大部分的時間與心思還是以音樂團練為主。這讓吳晟壓抑不住情緒，與兒子起了衝突，並說：「全台灣有哪位家長像我這樣苦心，拋妻離鄉來陪伴孩子讀書？」不料兒子竟回答：「你為什麼不想想，全台灣現在的大學生，有哪位願意讓老爸和他同住，全天候管束？」父子倆彼此約束著對方，都覺得這是為對方好，或是一種愛對方的表現，但卻都委屈了自己。一味遷就他人容易失去自我，每個人在求學生涯難免被管束，或被父母親雕塑成他們心中所想的學習者，但到了大學階段，總是希望自己可以規劃生活和人生，適時地向父母親溝通與清楚表達自己的想法，親子間的衝突或誤解必定減少許多。

藉由爭吵，作者回顧以往的求學經驗，察覺自己沒有立場要求兒子該做什麼、要做什麼，如果當年沒有考進農專，大概也不會有現今的成就，反過來想，正是農專的訓練，才讓自己有機會開創出屬於自己的天空。既然如此，何必限制志寧的發展？因而下定決心「放手」，收拾行李回鄉，由他去安排自己的人生。

最後，作者以這一年在興大校園學習的場景以及雨豆樹習性與樣貌作全文收尾，提及「陪公子讀書」的日子還是有所收穫，除了增進一些樹木基礎知識以及生態現象之外，更重要的是釐清了自己與志寧之間的相處模式。在生命的旅程上，不管扮演那個角色，學著「放手」，學著「釋懷」，學著「果敢」表達心中所想，是每個人都必須面對的人生課題，期許同學能適當且勇敢地說出自己的想法，以及在校園的生命場域裡找到自己人生的定位。

問題討論

1. 興趣與課業有時無法兼顧，你是否有類似經驗可以分享？

2. 在多元價值觀的現代生活中，強調的是尊重每個人的自主權利，鼓勵每個人勇敢表達自我的想法。然而，在親子互動過程中，孩子也會有自己的主張，挑戰父母自幼灌輸給他的單一價值思維模式。因此，假設你是吳志寧，你會用什麼樣的溝通模式，說服父母親支持你的想法？

延伸閱讀

1. 向陽《向陽詩選》，洪範，1999。

2. 林亨泰《林亨泰詩集》，春暉，2007。

作文寫作

1. 請你設定某一主題，描繪中興大學的校園環境，以突顯興大校園特色。

肆、楊秋忠〈宇宙自然與人生的奧妙〉

選文理由

人生短暫，生命對於宇宙來說也很渺小，但每個生命的存在卻是宇宙自然之核心，每個存在即是獨一無二之創造。然而，現今社會長久以來處於紛紛擾擾的景況，人們的心永遠起伏不定，隨時面臨難以掌控之情境，唯有大自然始終如一，保持中性狀態，古代聖者與當今賢者，都是從大自然與古聖之言悟出真理。德國哲學家尼采曾言：「一個人知道自己為什麼而活，就可以忍受任何一種生活」，若能追隨聖賢者腳步，跳脫紛擾，靜心觀察，覺察大自然與人生的內在聯繫，反思個我存在與宇宙自然間的道理，定能領悟出自己的意識能量。

導讀

一、題解

本文選自楊秋忠：《科技與藝文人生：自然無限剎那與永恆》，作者以科學家的角度，對哲學與藝文提出自己的想像空間，尤其是對宇宙自然與人生的奧妙答案追求，認為必須透過科學知識與自身頓悟，並融會貫通傳世經典《道德經》與《易經》中的善言記載，得出「宏觀的宇宙」、「微觀的自然」、「行觀的人生」三個層面，分別探討與分享獨到心得。

以「宏觀的宇宙」部分，作者引述《道德經》：「人法地、地法天、天法道、道法自然」為例，認為此種思考模式是探討自然奧妙的出發點，《易經》亦言「君子自強不息」，須由自我觀察與精進才能達到目標，且面對自然必須保有「謙遜」態度。「微觀的自然」部分，作者援引《道德經》：「道生一，一生二，二生三，三生萬物，萬物負陰而抱陽，沖氣以為和」，指出古文內容其實旨在說明現代科學的原子學說；而從宏觀角度來看自然的運行法則，許多現象都隱藏

著許多微觀奧妙之道。「行觀的人生」部分，以人為何而生及其目的與責任為提問，認為「天人合一」是重要概念，呼籲每個人都必須提升生活素質與群體關懷，傳遞知識與智慧的正能量方程式，為人類宇宙繼起負起責任。

二、作者簡介

楊秋忠，中央研究院院士，中興大學土壤環境科學系講座教授。楊院士於中興大學修讀植物學，後於中興大學「糧食作物研究所」攻讀碩士學位，再前往美國夏威夷大學「農藝及土壤學系」深造，取得博士學位，之後繼續在同所大學「農業生化系」展開博士後研究，歷經一年半的時間完成研究，回到中興大學土壤學系任教，其研究領域為「土壤環境微生物及生化」、「微生物及有機質肥料」、「土壤肥料與作物關係」、「有機廢棄物及生物復育處理技術」，著有《土壤與肥料》、《科技與藝文人生》等專書，學術期刊論文數百篇，專利 28 項，技術轉移 38 項。

本文

我自 1980 年從夏威夷大學回到國立中興大學之後，以校為家，經過 40 年的教學、研究與服務工作。我是科學家，深入科學研究的忙碌中，總是空出一點時間做自己有興趣的事情，在教研生活中，勾起一些生活創作，來活化自己。因為我愛好自然，對哲學及文藝上的思維就有很大的想像空間。科學以外還有一片天空嗎？尤其對宇宙、自然與人生的奧妙，更想去深入探討，為了想追求宇宙自然與人生的奧妙的答案，實在不容易，除了科學及自身的領悟以外，需要從古聖之言，或是用科學知識的融合貫通去尋求答案。尤其是道德經和易經的博大精深，我認為是古文明的遺產，值得深入結合來探討。在此特別將多年的心得分享給大家。

探討自然的奧妙，要從三個層面來思考，以宏觀的宇宙、微觀的自然及行觀的人生來探討：

1. 宏觀的宇宙浩瀚時空，

2. 微觀的自然運行法則，

3. 行觀的人生生活生存。

1. 宏觀的宇宙浩瀚時空

浩瀚時空的宇宙，何其大？又何其久？話說宇宙的誕生約在 150 億年前的宇宙大爆炸，宇宙大爆炸之前又是如何？宇宙大爆炸之後形成基本粒子開始，到恆星及行星的形成與運行，奇妙奇妙。時間及空間的無限，更覺得人類的渺小，要洞察宇宙自然，實在非常的困難，需要從無形及有形的角度，進入靜觀中思想的飛躍。

道德經說：「有物混成，先天地生。寂兮寥兮，獨立而不改，周行而不殆，可以為天下母。吾不知其名，字之曰道。」他的意思是說：道是渾沌中自然生成的，而早在天地之前就存在。寂靜而空虛，獨立長存，不息永恆。是萬物的根本。此文可以了解「道」是一種比天地先的無形的法則（虛）及體（實）所混成。道德經又說：「人法地、地法天、天法道、道法自然」，這種由內而外的思考模式很可能就是一個重要的出發點。易經更提到：君子以自強不息，需要從自己不斷的觀察及精進才能達成目標。

二千多年前的老子以「人法地、地法天、天法道、道法自然」之言，告訴人依循地球的法則、地球依循天際宇宙的法則、宇宙師法道的法則、道師法自然的法則。人、地、天是可實質辨識的體，人生活在地球上，也可以觀察浩瀚的天際，道與自然是形而上的思維，老子的「道」是天地之始，萬物之母，自然是無為，自然是宇宙總運行的總法則，其特質為自自然然的法則，謂之天然。最高自由度的運行，謂之多元，是無私無我的天然法則，是多樣多元的運行。從宏觀中可見自然真偉大，人類實在渺小，需要「謙遜」的面對宏觀的自然。

2. 微觀的自然運行法則

道德經說：「道生一，一生二，二生三，三生萬物，萬物負陰而抱陽，沖氣以為和」（帛書《老子》）。近百年來科技的發展，在看這一段經文，其實是在說明現代科學的原子學說的內容。古文今說更可以知道「道生一」的內涵就是在描述宇宙大爆炸的學說，從無生有的狀態，「一生二」進一步更說明現在科學「原子」學說的正負電荷二極，「二生三」就是元素中主要含有電子、質子、中子三種粒子，電子是帶陰（負）電，質子是帶陽（正）電，中子是不帶電（0），「三生萬物」就是說萬物是原子組成，內有電子、質子、中子三種十－０所組成。「萬物負陰而抱陽」也就是說萬物為原子所構成，電子的電（陰）抱著原子核的正電（陽），「沖氣以為和」就是說負電與正電相沖，元素及萬物之物質的內在正負要平衡為「和」，也就是說當一個原子失去電子的時候，他就是一個不穩定的情況，一個穩定的原子或是化合物一定是要陰陽的平衡才會「穩定」存在，即為「沖氣以為和」，這是現代化學的原子構造及運作的微觀基礎。古代沒有「原子」學說，古人所能了解道德經的深度是有限的，只能以看得到的東西來分陰陽，如太陽為陽，月亮為陰，或男人為陽，女人為陰等觀念，在微觀的洞察上是不足的。

自然真偉大：自然的運行法則真是奇妙無比，從物理宏觀現象來說，地球有公轉及自轉，是沒馬達在運行，且分秒不差。我們都知道任何機械有馬達，用久了就會有損害的問題，地球已 50 多億年了。地球平均線速度為每年 940,000,000 公里，即約每秒 29.79 公里＝ 107,280 公里／小時，這樣快的速度連太空梭都追不到，我們卻難察覺。

從生物化學的現象來說，您曾想過一個雞蛋孵化出一隻小雞的奧妙嗎？小雞是如何精密的打造出來呢？從每一個生化的過程及程序，就如人們建造一座大樓一樣不能有失誤，否則後果不堪設想。建造大樓需要有工程設計圖（包括結構圖、水電工程配置圖）及施工的工法及次序，還要準備所有的材料，缺一不可。雞蛋孵化出一隻小雞是生化的過程程序，也都需要就如所有建造大樓的工程設計圖（包括結構圖、水電工程配置圖）及施工的工法及次序，還要準備所有的材料。但我們打開雞蛋一看，只見到蛋白及蛋黃而已，那些小雞的設計圖（包括結構圖、血管、神經佈置配置圖）及生化的工法及次序在哪裡？生化科學上有一些答案，從基因中有其端

倪可尋，但其中的基因調控仍然有許多的未知生化之處。更奇妙的是雞蛋的母親也是不知所以然下，自自然然的生下了一個個相同的雞蛋，且內含深奧的密碼及生化工程布局。地球上無論是物理、化學及生物現象都隱藏著許許多多的微觀奧妙之道。

3. 行觀的人生生活生存

人為何而生？人生有何目的及責任？難免吾人仰觀宇宙天文、俯察地理、探究萬物之情，會有許多疑問。古書易經是中國文化流傳最古老最完整的「天人合一」的哲學思想，是我國傳統文化的基礎，可以幫助了解天文、地理、萬物之情。易經最常用為卜卦之書，囊括天文、地理、人事物主要都在 64 卦中的變動，是一本天人合一的運作系統。假設有一個茶杯從 10 樓高丟下去的時候，會發生怎麼狀況？易卜就會囊括 64 個機率，指示可能性的打碎的狀態。自然界是有形及無形的運作系統，易卜能斷天下之疑，我親自研究才知不可思議，其深奧之處難以用現在科學去探究。讓我們更知道在必變、所變、不變的大原則，通古今之變及立身處世的順與逆，從知變中修正所做的行為而歸於正，知易者如前人所言以「窮理盡興」，「守經達變」，「以通天下之志，定天下之業，斷天下之疑」，古代的人類為了解生活生存的運作系統，發揮天人合一的功能，以創造人類宇宙繼起的生命。

現代人類的物質科學發達，卻忽略有形及無形的奧秘，只重視物質生活，而忽略無形與精神生活，大多數人更不相信科學以外的無形系統（即非科學所知），導致缺乏道德倫理，人類間、社會間、國家間相互傷害的情節一再發生，其實傷害別人或環境，即是在傷害自己。自然界是真的存在有形及無形的綜合運作系統，因為自然界的系統還有眼睛看不到的無形系統，人在做，天（無形）在看。生為人基本上無法脫離有形及無形的關係，要提升人與群體生活素質需要：

1. 互助互惠，胸襟開擴（勿自私自利）

2. 良性競爭，而非鬥爭（勿內耗外鬥）

3. 倫理共榮，關心別人（要將心比心）

反之，將自做自受也。

人生有「五生」的關懷：

1. 生命：為愛己以珍惜

2. 生活：為愛人過日子

3. 生產：為人群多造福

4. 生態：為地球保環境

5. 生存：為人類爭永續

現代人的修習目標

我認為科學上以愛因斯坦的質能不滅的定義最為經典，質能方程式可以描述質量與能量的關係，能量（E）等於物體的質量 * 光速^2（公式 $E=mc^2$），光速是物質世界中被認定是最快的速度。若現代人要有通情達理的正能量，正能量方程式可以描述知識與智慧的關係，可以改寫正能量（E^+）等於知識（knowledge）* 智慧（wisdom）^{2}（公式 $E^+=kw^2$），智慧是人類最高的價值。人要有知識，知識是對人生所遇到的人、事、物等主題所確信的認識，是指透過經驗或推論，而能夠熟悉進而了解人、事、物等的事情，知識是愈多愈好。智慧則更重要，智慧是知識轉化為正能量的整體分析、思考、判斷、創造的能力。

質能轉換公式：$E=mc^2$

人生正能量公式：$E^+=kw^2$

－－國立中興大學出版中心授權

分析

文章以第一人稱的敘事視角，從作者的自身經驗談起，敘寫因愛好自然，且對哲學與文藝有所想像，指出在科學以外的領域當中，必須融會貫通科學知識、自身領悟、古聖之言來探討宇宙自然與人生的奧妙。

　　作者指出自然的奧妙必須從「宏觀的宇宙」、「微觀的自然」、「行觀的人生」三個層面探討。首先，「宏觀的宇宙」是由「浩瀚時空」的觀點切入，時間及空間的無限，要洞察宇宙實有困難，須藉由有形與無形的靜觀思想，才能窺知一二，故作者引述《道德經》與《易經》等古聖之言，得出人、地、天是可實質辨識的體，道與自然是形而上的思維，「道」是天地之始，萬物之母，自然是宇宙總運行的總法則，人從宏觀觀察浩瀚時空，才知曉人之渺小，面對自然始終必須抱持謙遜的態度。

　　「微觀的自然」是以「運行法則」概念述說，援引《道德經》之記載，結合百年來的科技發展學說，兩者可相互對照，歸納出自然運行的法則在科學上都有端倪可尋，但也有許多深奧未解之謎，只要不斷地仔細觀察，就能體會自然界多樣多元的奧妙之道。

　　「行觀的人生」落實到「生活生存」層面，自然界是有形及無形的運作系統，其深奧之處難以用科學知識詮釋，即使運用易卜斷疑，也難完全了解透徹。因此，我們只能在必變、所變、不變的大原則下，面對自然古今的變化無窮以及立身處世之順逆，逐漸修正自己的行事作為而歸於正中之道。然而，作者話鋒一轉，指出現今社會物質科學發達，人們只重視物質生活而忽略無形的精神生活，導致道德倫理乃至於社會國家相互傷害。對此，作者認為必須提升人與群體的生活素質，提出三個指引與「五生」關懷呼籲，試圖解決此種困境。

　　最後，作者以愛因斯坦的質能不滅之方程式為例，標榜出現代人的修習目標，即為人生正能量（E^+）等於知識（knowledge）＊智慧（wisdom）^{2}（公式 $E^+=kw^2$），知識是透過經驗或推論，熟悉且了解人、事、物等確信的認識；智慧則是知識轉化為正能量的分析、思考、判斷、創造之能力，兩者結合才能探求宇宙自然與人生的奧妙解答。

問題討論

1. 作者認為現代人重視物質生活，而忽略精神生活。就你的觀察，事實真的是如此嗎？請思考當中利弊，提出解決策略。

2. 文中指出提升人與群體的生活素質有三個指引與「五生」關懷，請舉出時下社會案例互證以及陳述你的看法。

3. 文中提及人類面對宇宙自然必須保持謙遜態度，但為了經濟需求與科學發展，往往忽略「永續經營」，你認為應抱持何種思維與心態，才能真正落實「永續經營」？

延伸閱讀

1. 楊秋忠，《科技與藝文人生：自然無限 剎那與永恆》，臺中：國立中興大學出版中心，2020。

2. 〈放牛小孩變土壤專家 興大紀錄楊秋忠院士奮鬥歷程〉：https://ppt.cc/fk492x。

3. 「興大人物誌第三集楊秋忠院士」：https://video.nchu.edu.tw/media/2220。

4. 〈喧囂過後，廚餘怎麼處理？──中興大學楊秋忠老師專訪〉，「科技大觀園」，https://ppt.cc/fFz3kx，2021.02.06。

主題書寫

1. 請搜尋古代典籍語句，並結合自身經驗、科系背景、社會時事等等，對經典語句重新詮釋。

伍、蔡佳珊〈「龍貓教授」王升陽與森林秘密世界！

白千層舒緩殺菌土肉桂抗氧化，寶藏挖不完〉

　　訴諸人性品質或科學推理所形成的智慧，有時落入盲人摸象的窘境。盲人以手觸之感之的歷程為真，唯據此真實，進一步詮釋為普遍真理，未曾仔細思量局部與整體的差別，往往落入偏執，同時陷入難以與他人溝通的「自視」。當然，其中最關鍵的命題恆是自覺，無法假設自身可能犯錯，卻自認通達圓熟，即使仍具備自我反省的工夫，這工夫恐怕只是形式上的冠冕。

　　因之，可以大膽假設宏觀的視野，執感性與理性兩端，既奠基於理性辨證的邏輯，兼攝感性直覺的生發與功能，客觀主觀各有利弊，勉力取利去弊，才算是回歸人的本質或原點。申言之，道德概念或許從不是抽象的範疇，科學大纛也不全然背離人性，將所知所學視為工具，這些工具是一體兩面？抑是各自為政？判斷存乎一心。

　　生存中諸多難題的顯現，取捨也是存乎一心。宣揚「善待在地環境」的目的，除了順應時代風氣，轉念斟酌，其實也是善待自身的一種實踐。志同道合的人為此理念，共享生命風景；緣分止於擦身而過的人，也能居中徜徉，各見天光；倘使偏重博學多聞的增益，透過本文，也能看見別開生面的專業分析；或者慵懶閒散，單純一睹「龍貓教授」的風采，隻字片語的提點，聊備一格。

一、題解

　　環境屬性，概略區分為人工與自然二類。然而，人類本是棲息環境的生物，所謂的「原始自然」，通常指者無人跡之處，或表示尚有少數「野蠻人」生活的聚落，寄生環境之中（通常

指野生的大自然場域），譬如熱帶雨林與罕見的原始部落。工業革命後，文明飆速競賽，各種征服自然凸顯人定勝天的事蹟，成為主流價值，也被視為國家實力的指標，譬如登陸月球，一方面標示太空工業的里程碑，一方面也是強國榮耀的標籤。

科學、科技力量的突飛猛進，人類企圖宰制環境的慾望相對擴大。二十一世紀大多數國家處於已開發或開發中國家之林，人類不再是遠古時期的野蠻人，身為萬物之靈，面對生存環境的作為，大皆一意孤行。或許有人察覺其中藏有疏失，仍選擇遮蔽，繼續創造／享受文明奇蹟，建立／順從英雄帝國。將環境擬人化的話，應會控訴現代人類比往昔的古人更「野蠻」吧！本文述及的森林，以木本植物為主的沉默生態，它陪伴人類的命運，將踏上何種奇幻旅程？美其名提升居住品質，砍伐森林資源，附以資本主義商業機制的推波助瀾，森林資源的汰換速度，百千倍於過往。人口增長伴隨的資源消耗，固是事實，然而，人類自身「需求」被刻意放大，或許才是惡性循環的根源。

所謂「樹在江湖，身不由己」，樹木鑲嵌在土壤中，難以遷徙，正好演示隨時被宰制的命運。一棵樹或一座森林的價值，只是人類生活背景的話，無寧成為更「殘忍」的生存定律。幸而知識系統不斷充實，人類猶能意識森林作為自然環境的基礎鏈結，不能無端滅絕。

返回善待在地環境的命題，面對環境本身所能提供的資源，如何永續經營，且讓人與環境的相處，臻於生生不息，是可努力追求的方向。本文述及樹木乃至森林生態的功能與貢獻，克服過於偏頗功利主義與道德至上的觀點，以科學精神務實申論森林為人所用的對策，展現出「善待」的智慧。原來，生態或環境保護的大哉問，並非節流一途，得以竟功。體悟不被「物化」的品格，與理解人與居住環境的均衡共生，皆是高貴的自我成長。降低物欲的目的，看似只是維護森林乃至各種環境資源的完備，其實深蘊思索人之為人的嚴肅課題。審視「善待」一詞所帶來的諸多反思，正是聚焦於人的存在價值，宜與環境平行思考。

人的存在與環境的存在，若能互蒙其利，將創造出雙贏的格局。於是，所謂「人定勝天」、「物盡其用」的缺漏，未必導致不可回復的遺憾。根本思之，在可勝天之處勝天，在物可盡用處盡用之，其中可與不可的思量，才是文明與文化相輔相成，相互砥礪，規模最佳對策，一同創造歷史的軌跡。

二、作者簡介

蔡佳珊（1975—），嘉義人。台灣大學心理研究所實驗認知組畢業，歷任《遠見雜誌》記者、《經典雜誌》撰述、《Net and Books》編輯，並曾暫離新聞職場十載歲月，選擇自由文字工作者的身分，從容處於時事之際，經營個人天地。2016 年於獨立媒體《上下游》擔任記者，側重食物與農業方面的報導，為台灣面臨的真實處境與嚴肅挑戰而發聲，希望透過深耕土地與庶民群像的生命故事，召喚守護環境的集體意志。2020 年以〈光電侵農大調查：直擊上百案場，揭發四大亂象〉之深入報導 (刊於上下游新聞市集，109.7.23)，獲「2020 年卓越新聞獎調查報導獎」，另著有《餐桌上的真食》、《台灣好果子》、《台灣綠食堂》等。自許「以筆從農的人」，視人為土地的一環，具有以農為生命根本的樸實價值觀，人文底蘊濃厚。

(作者資訊主要摘自 https://www.newsmarket.com.tw/blog/author/juliatsai2/，增補)

本文

「有人說王升陽你這人都在講砍樹的事，其實不是這樣子！」眼前這位挺著圓圓肚子的老師，外型和笑容令人不禁聯想到日本動畫裡的龍貓，談吐既幽默又臭屁，他就是中興大學森林系的特聘教授王升陽。

王升陽的研究室像林間小木屋，四面牆壁都鋪上木板，有如龍貓的樹洞。龍貓是森林的守護者，怎會成天在說砍樹？

圖 1 中興大學森林系特聘教授王升陽認為，森林需要保護，也需要有效利用（攝影／蔡佳珊）

森林「保育」跟「保存」不一樣！

森林不是應該要保育？砍樹不是罪惡嗎？保育和利用之間的平衡點在哪？什麼才是真正的森林永續利用？林木除了砍下來當木材，好像還有很多特別的產物，有哪些應用價值？最終極的問題是，人跟森林之間，究竟應該維持什麼樣的關係？

面對滿滿問號，王升陽開頭先釐清「保育」的定義：「在英文有兩個字，一個叫 conservation，一個叫 preservation。」前者是讓這些自然資源維持原有的生物多樣性條件下，同時為人類謀求最大福祉。後者是完全不動它，不去砍伐也不利用。

Conservation 是保育，preservation 是保存，適用的情況不同。「但是過去三、四十年來，台灣對森林自然資源利用的觀念，所謂的保育跟環境保護，都是 preservation，而不是 conservation。」王升陽指出，天然原始林和保安林，當然應該好好保存、不可擾動，但人工種植的「經濟林」，這些樹本來就是種來用的，但長年刻意忽略不去使用，反而造成水土流失、樹木老化等許多問題，「整個森林就壞掉了。」

圖 2　未經疏伐的人工林，樹木生長過密（王升陽提供）

圖 3 適當疏伐的柳杉林，林下生機盎然 (攝影／蔡佳珊)

從濫砍到不砍，被扭曲的台灣林業

王升陽舉例，一公頃的的地，開始造林時叫作「密植」，會種下三千棵樹。為何要密植？因為樹會彼此競爭，就會長高。「但是理想來說，成材後一公頃的森林應該只有六百棵左右，所以在整個育林的過程就要有『疏伐』的作業，」也就是砍去長得不好的樹，空間變大，留下來的樹就會長得更漂亮。

國民政府來台後曾靠林業支撐財政，但到了民國七十年代，因環保意識抬頭，政府立法全面禁止砍伐。雖禁伐天然林，但連帶人工林也停擺，等同放棄經營。「砍樹就是不環保」的意識深植人心。

「結果那三千棵就繼續長，每一棵都細細高高，上面葉子很密，就發生更嚴重的事情，陽光進不到地表，地表所有植物都不會長，變成裸露的泥土地。只要有大雨來，就沖刷得亂七八糟。」王升陽大嘆：這是不符合森林經營理論的！

每年進口木材可塞滿一條雪山隧道

而且樹木也會老化，吸收二氧化碳、排出氧氣的能力變弱，無形的生態功能也就降低了。且這樣的樹木「不成材」，經濟價值也變低。人工經濟林應該以農地的經營角度看待，適度疏伐、輪替，砍伐以後再造林，才能增加碳的吸存量，也才能永續利用。

但現實是，外國木材比國產材便宜許多。「如果不砍台灣的樹，從美國買一立方公尺的木頭來這邊，要排出一百公斤的二氧化碳！」這是價格無法反映的環境成本，更何況當前進口木材中還可能有 40% 是非法盜採而來，繼續用這些木材是不道德的。王升陽強調，「我們應該是自己的木頭不夠用才跟人家買才對，這是國際公民的責任。」

鄰國日本的木材自給率有 30%，反觀台灣的自給率只有 0.5%，一年要進口六百萬立方公尺的木材。那是多少？「雪山隧道一整條把它塞滿，就是六百萬立方公尺。」王升陽說，如果把自給率提升十倍，到 5% 就好，以我們目前二十幾萬公頃左右的人工經濟林面積，可以砍一百年砍不完。而且不是砍掉就沒了，還會再一直種下新苗。

「用更多的樹，種更多的樹」才是愛地球

保育森林資源，和促進林業發展，原來可並行不悖。孟子曾曰：「斧斤以時入山林，材木不可勝用也。」事實上，人從來就離不開森林，「森林資源的利用，和人類文明的發展，從來沒有斷過，」王升陽說。

原來每個日常生活細節，都有森林的存在。不單單是衛生紙，我們早上盥洗用的牙膏、洗面乳、乳液，裡頭就有纖維素，吃的維他命丸裡面 99% 也是纖維素。打開衣櫥，由嫘縈絲製作的布料，成分即是來自木材的再生纖維。人類疾病史上用量極高的藥物也是源自森林：阿斯匹靈的有效成分水楊酸，是從楊樹樹皮萃取出來；治療癌症的紫杉醇是來自於太平洋紫杉、喜樹鹼是由喜樹所分離。

所以王升陽說，他不是喜歡一天到晚講砍樹，而是你不可能不用樹。如果不用木頭，而用塑膠，那等於是把地底下儲存的石油拿出來消耗，遠不及使用可以依靠太陽能不斷再生的森林。當然，前提是要選擇使用合法開採、嚴謹經營的木材來源。「所以真正愛地球的森林資源，就是要用更多的樹，種更多的樹。」

國際知名的環保學者派屈克‧摩爾（Patrick Moore）在《綠色精神：林木即是答案》（Green Spirit: Trees are the Answer）書中所提觀念，即是如此。摩爾曾於 2011 年來台，看到荒廢經營的人工林，直呼太可惜，並直言台灣木材全靠進口既不環保也不明智。

強大研究團隊分析鑑定森林物質，開發醫療保健契機

所謂「林產物」（forest product），除了主產物木材，其實還包括許多副產物。自古以來人類利用的森林的副產物多到無法計數，包括漆樹的漆可作漆器、琥珀來自樹脂、宣紙防暈染而刷上松香、聖經中記載牧羊人去朝拜在馬槽誕生的耶穌基督所帶的伴手禮乳香、沒藥則是來自於樹木滲出物……而今科技發達，科學家得以更精細地從森林這座大寶庫中去分析萃取所含物質，這正是王升陽的研究專長。

他的「林木代謝體學暨天然藥物開發研究室」，研究成績驚人，師生聯手每年平均產出15 篇左右的國際學術論文。在略顯老舊的森林系系館中，竟有著細胞培養室、化學萃取室、養老鼠的動物房……另外還有三部昂貴精密的儀器：核磁共振儀（NMR）、液相層析質譜儀（LC/MS）、氣相層析質譜儀（GC/MS），打破常人對森林系的想像。

這個實驗室最主要的工作，就是分離純化天然物的成分，加以鑑定，再探討這些活性成分的作用機制和功效。「台灣的寶太多了！」王升陽過去精研過的植物包括白千層、土肉桂、月桃、山胡椒（馬告）、三葉五加等不及備載，累積許多令人振奮的發現。

圖 4 核磁共振儀 NMR，能分析出天然物成分的化學結構（攝影／蔡佳珊）

土肉桂、白千層，尋常樹木暗藏厲害成分

以台灣特有的土肉桂為例。「土肉桂的葉子磨成粉，跟肉桂是一樣的味道，」王升陽解說，肉桂是全球普遍使用的香料，咖啡、蘋果派、可口可樂都少不了它，但肉桂粉來自於樹皮，「把樹皮剝掉，這棵樹是不是就掛了？但我們的土肉桂用的是樹葉，摘葉成精，葉子採了會再長出來，樹還好好活著喔。」

再者，桂皮還含有高量的香豆素，會傷肝致癌，但在土肉桂則含量極低，極有潛力可取代桂皮。土肉桂葉不僅可以調節血糖和血脂，王升陽研究團隊還從中分離出兩個新化合物，具有顯著的抗氧化和抗發炎活性，而且簡單用熱水就可萃取出來。

國內常用來做行道樹和海岸防風林的白千層，葉子剪下來萃取精油，跟我們常用來舒緩和殺菌的澳洲茶樹精油，成分竟然幾乎一樣。原來兩者是同一屬的植物，目前雲林沿海已有農民投入產品開發。此外王升陽研究團隊還發現，精油蒸餾過後剩下的物質還可以再萃取出一個珍貴的成分，就是樺木酸，具有許多重要的醫療保健功用，可以抑制動物脂肪細胞的增生，還有抗癌功效。

圖 5 白千層的葉子萃取精油可舒緩殺菌，還有珍貴成份樺木酸（王升陽提供）

四分之一是特有種，台灣植物寶庫挖不完

「台灣的植物每四種就有一種是台灣特有種，」在王升陽眼中，台灣森林像是大寶庫，但要如何去篩選出有潛力的植物？

他解釋有兩個研究取向，一是系統性的篩選，就是從植物的分類科、屬、種來尋找。譬如著名的藥用植物人參是五加科的，那麼五加科一定還有跟它很相近的東西，於是他就把台灣的五加科植物都收集過來一一分析。

又如樟科多含芬芳性物質，薑科常可做香料，就可從本土的樟科和薑科植物去鑽研。他發現台灣的樟科植物如土肉桂、天台烏藥、紅果釣樟等，都有很好的藥理活性和保健活性。薑科的月桃屬植物，台灣就有 18 種，他開玩笑的說，「可以做到退休都研究不完月桃，」他首先研究的普萊氏月桃就發現可以抗發炎、抑制癌轉移並調節中樞神經系統。

另一個取向就是由民俗藥理學著手。「譬如五加皮藥酒，用的是刺五加，台灣沒有刺五加，但是有三葉五加，是台灣原生種。」王升陽從三葉五加中分離出一個成分木酚素 (Taiwanin E)，試驗發現可抑制人類乳癌細胞的增生，具有作為化療藥品的潛力。

圖 6 台灣有 18 種月桃，其中 12 種是台灣特有種 （王升陽提供）

「森林特產物」多目標永續利用，產品已到位，行銷是關鍵

許多植物是台灣獨有，固然是優勢，不過當發現有用的物質，要到國外推廣，也比較容易受到質疑。「要花很多力氣，集合很多研究報告才能說服人家。」王升陽說，尤其要走到新藥研發，想全球行銷，更是困難。

不過若是走保健食品或保養品，目前研究團隊與業界已有許多合作。譬如跟林務局合作里山計畫扶植原鄉產業，他發現馬告的成分可以防曬兼防蚊，月桃的精油可抗菌保溼，都已做成產品。「開發產品不是問題，必須要有人去做包裝和行銷，台灣就是沒有這樣的人。」

然而這些豐碩的醫療保健研究成果已經大大拓展了對森林資源利用的想像，台灣森林的價值除了木材之外，還有更廣闊的天地。這些「森林特產物」，或稱「非木材森林產物」，彰顯出更有效益的多目標永續利用森林的方式。

芬多精到底是什麼？把森林空氣抓回實驗室分析

漫步森林，深深吸一口氣，我們總會想像這口新鮮空氣中飽含了滿滿的芬多精。但是芬多精到底是什麼東西？這問題的正解，問王升陽就對了。他是國內第一個把森林空氣捕捉回實驗室，分析芬多精成分的科學家。

「芬多精的英文叫 phytoncide，phyton 就是拉丁文的植物，cide 就是致死，所以 phytoncide 的意思就是植物自己釋放的一些可以讓病原菌死亡的東西，」王升陽解釋，植物會自動產生化學物質來抵禦自然環境中對它的危害，而這些物質也可能有助於人類抵禦病原。

芬多精的組成物質以百千計，他的研究團隊分析了台灣各個重要森林遊樂區的芬多精，「每一座森林都不一樣，」春夏秋冬也有差異。奧萬大的楓林主要測得的是松烯，溪頭柳杉林是檸檬烯，而樟樹多的闊葉林散發較多的是芳樟醇。

王升陽實驗，給小鼠吸入芬多精，焦慮感明顯降低，在迷宮中也不急著出來，睡眠時數也增加了。人體實驗也發現，芬多精可以降低交感神經活動，提升副交感神經系統，令身心放鬆平靜。

那植物精油跟芬多精又有何不同？王升陽解說，精油是從植物萃取提煉出來、不溶於水，而芬多精是植物在自然環境下自動散發出來的物質，兩者可能含有類似的成分。

圖 7　王升陽的「林木代謝體學暨天然藥物開發研究室」設備精良，研究成果豐碩（攝影／蔡佳珊）

森林療癒和里山經濟，振興山村的未來

看不見的芬多精之外，森林給予我們的平靜力量還來自清新的負離子、舒適的溫度、柔和的光線和聲響，五感沈浸在森林中，身心靈都更健康。這些都可以透過科學方式驗證。日本就發展出「森林療癒」的研究與活動，同時還可振興山村，近年也在台灣萌芽。

「森林療癒和森林遊樂不一樣，」王升陽解說，森林療癒要有指導員的帶領，搭配會流汗的適當體力勞動，和林下的心理會談來紓解壓力，所以需要整合體能規劃師、心理師、營養師等專業才能達到療癒的目的。

森林擁有的寶貴價值無限，能療癒人，也能富裕人。在森林覆蓋的日本岡山，就有公司以木屑廢料做生質能源發電，成功發展「里山資本主義」。西粟倉村更因活化林業，成為地方創業聖地。原本凋敝的山村經濟開始活絡循環，人就回來了。

「再講下去，就要從外太空講到內子宮了。」說起森林與人的種種，妙語如珠的王升陽怎麼說都說不完。他笑嘻嘻地打發我去看那台像看起來像火箭一樣威武的核磁共振儀，又回到龍貓樹洞裡，繼續以研究守護森林。

圖 8　「樹木就是答案」，人類需追求與森林和諧共存的永續之道（攝影 / 蔡佳珊）

分析

　　從文類角度切入，報導文學與新聞寫作 (或稱新聞體) 的特徵重疊甚多，尤其人物專訪、專欄的呈現，幾無二致。新聞之定位，強調敘述客觀，能明確傳播訊息，至於文學性的強弱有無，只是斟酌的座標。衡量本篇，作者透過訪談介紹森林領域的專業知識，仍兼顧文采，同時報導文學的基本要求。本篇文字風格雖不若「新新聞」類型的寫法，刻意渲染主觀見解，但經營受訪者形象，詼諧有序，敘事深入淺出，分寸得宜，就閱讀立場而言，本篇的「新聞」本位，堪為範例。

　　本篇隸屬新聞類型，蓄意探討文學性，不免過苛。當然，本篇於文學性——審美功能的實踐，仍有值得褒揚之處。言歸正傳，一篇新聞的新聞價值，通常思考兩層，一是影響群體生活深遠，具備即時性更佳；二是媒體本身的態度或立場，本篇刊於網路獨立媒體《上下游》，其新聞部成立的宗旨概為：「以農業、食物與環境議題為主要關注對象，並聘請專職記者進行專

題報導，同時也邀請各界作者於該網站發表包含食物、耕作、農地保存、食育教育、綠能生活等主題文章，以交換分享多元訊息」（維基百科，2021/4/2 搜索引用），衡諸二端，本篇較側重後者，為廣義的「綠能生活」之一，且兼具科普教育的意義。

本篇結構分為十小節，每節字數四百字上下，照片相佐，是人物專欄的常見格式。標題醒目，每節字數精簡，以照片加深視覺衝擊，較能誘發大眾的閱讀動機。寫法上，如何將森林學問生活化，是一大挑戰，譬如第五節以林產物中的副產物切入，提及日常生活可見的漆器、琥珀、宣紙、聖經典故中的乳香等，漸次導引出王升陽教授的學術專長。原來，敘述峰迴路轉，仍扣緊本文人物。其中，有關「林產物」的概念，確實稍有隔閡，但若刻意引用法源，搬出依據《森林法》建置的《國有林林產物處分規則》，其中第 3 條：「林產物分為下列二種：一、主產物：指生立、枯損、倒伏之竹木及餘留之根株、殘材。二、副產物：指樹皮、樹脂、種實、落枝、樹葉、灌藤、竹筍、草類、菌類及其他主產物以外之林產物。」法源清楚且分類精確，固能增長知識，卻不利於新聞傳播。

審視第五節到第九節之標題，牽涉專業知識的脈絡格外明顯，如何適切敘述，無寧是一大挑戰，作者周旋專業術語與科普話語之際，取捨得宜，示範了新聞寫作的範例格式。新聞的最終目的是訊息傳播，而非知識體系、艱澀學問的傳播，後者是專精領域的考掘，需要特定人士投入，而新聞則帶有濃厚的社會屬性，強調基本常識的釐清與宣揚，企圖建立的是務實且清晰的文化廣度，能在大眾心中種下秧苗，便算踏出成功的第一步。從傳播角度來看，大眾善於遺忘，所以必須不斷更新知識疆界，成為必要的日常。本篇除了呈現受訪者的森林願景，也隱約透露作者的用心，一方面矯正看待森林的價值偏差，另一方面，更期許官方或民間取得森林「物盡其用」的共識，甚至具體政策，能為台灣未來的環境，開拓一片曙光。

問題討論

1. 觀賞電影《哪啊哪啊神去村》，探討台灣與日本面對「森林」價值觀上的差異。

2. 根據文中提及樹木「跨領域」的貢獻，請思索樹木延伸價值在其餘領域 (文中未提及) 可能帶來的創革？

3. 請分享個人善待在地環境的具體行動，或提供如何善待具體環境 (以森林為主) 的想法。

延伸閱讀

1. Jim Bell，魏嘉儀譯：《地球之書》，時報出版，2021 年 3 月。

2. Marc Martin，黃筱茵譯：《森林》，時報出版，2018 年 1 月。

3. 苦苓自然書寫三部曲：《苦苓與瓦幸的魔法森林》、《苦苓的森林祕語》、《熱愛大自然草木禽獸性生活》，時報出版，2017 年 6 月。

4. 李根政：《台灣山林百年紀》，天下雜誌，2018 年 12 月。

5. News98【張大春泡新聞】訪問上下游記者蔡佳珊談「環境與農業、友善農耕，我們吃下肚的食材安全問題」@2016.10.10 https://www.youtube.com/watch?v=BVNqclpP5AM。

6. News98【張大春泡新聞】訪問上下游（獨立新聞媒體）記者蔡佳珊談《餐桌上的真食：用腦決定飲食風景，吃出環境永續》@2016.12.30 https://www.youtube.com/watch?v=_tXL42MgORE。

7. 畫家蘇旺身 (伸) 筆下的迷樣世界 文 / 蔡佳珊《遠見》 2000-09-01https://www.gvm.com.tw/article/6427。

8. 巴西熱帶雨林裡的原始部落，與世隔絕 20000 年，視飛機為大鳥 https://kknews.cc/zh-tw/travel/g2aeo8m.html。

9. 蔡佳珊：〈光電侵農大調查：直擊上百案場，揭發四大亂象〉上下游新聞市集，109.7.23https://www.newsmarket.com.tw/solar-invasion/。

蔡佳珊〈「龍貓教授」王升陽與森林秘密世界！白千層舒緩殺菌 土肉桂抗氧化，寶藏挖不完〉

主題書寫

1. 依附森林生活的動物，如果也有主張居住正義的權利，當人類過度開發森林，影響動物的
   生存權，牠們將如何抗議？或者另有不同聲音？請以童話體裁，完成 1000 到 2000 字的書寫。

2. 請觀察自身居住環境，並檢核個人生活習慣，是否符合「善待」環境的意涵？以散文完成，
   並闡述個人見解。

陸、蔡雅瀅〈淺談台塑集團告莊秉潔教授案〉

選文理由

　　法律通常給予人艱澀而難以親近的印象，然而在日常生活中，舉凡買賣租賃、親屬繼承或是毀謗傷害，社會生活的諸多實踐與行為界限均與法律有所關聯。法律作為道德最後的防線，其本質實為人類為共同社會生活的秩序維持所做出的價值取捨，有其潛藏於後的規範本旨與正義的需求。而法學教育的基礎，除理解社會規範制定的背景緣由外，尚存有培養個人對事物分析、歸納與說理的論辯能力在其中。

　　選擇本文作為閱讀材料，即是希冀通過作者對系爭案例的評述，觀察其所採取的立場與觀點，以及她如何尋找相關的文獻材料與法律解釋以支撐個人的論述，形成個人的論理見解。

導讀

一、題解

　　本文為蔡雅瀅律師於 2013 年發表於《看守台灣》雜誌的評論文章。寫作緣起為中興大學環工系莊秉潔教授在國光石化開發期間，利用政府公開資訊，本於研究專業提出國光石化開發後的空氣污染影響推估。莊教授從六輕工業區開發經驗為例，判斷六輕長期排放重金屬、戴奧辛等致癌物，可能提高周邊居民罹癌風險；同樣的，國光石化的開發亦可能造成類似結果。在經過媒體報導之後，引起社會廣泛討論，國光石化的開發案亦宣告停止。其後台塑集團名下的台化纖維公司及麥寮汽電公司除對莊教授提出刑事毀謗罪的告訴外，尚要求登報道歉與四千萬的民事賠償。

　　此事引發學術界一片譁然，超過一千三百位教授聯署聲援，除憂心台塑提告造成寒蟬效應的不良影響外，亦對台塑提告的舉措是否侵犯了「具專業資格的人士在他們勝任的範圍內探索、

發現、發表及講授他所見的真理、除了鑑定真理的理性方法的管束之外，不受任何權力約束」的學術自由有所質疑。

環境保護與經濟發展的權衡向來是政府開發產業、制定公共政策時避無可避的議題。惟學者基於學術研究的專業對具公益性事項所提出的評斷與呼籲應如何定調？學術自由與妨礙名譽之間的界線為何，亦是值得深思的議題。

二、作者簡介

蔡雅瀅[1]，臺灣臺北人，輔大財經法律系，東吳人權所畢業。現為台灣蠻野心足生態協會專職律師，環境法律人協會理事。自然名「深山 ing」是「櫻」也是「鷹」，期許櫻的溫和燦爛、鷹的迅猛精準，期許自身能以櫻的面容撫慰承受苦難的靈魂、鷹的姿態面對欺壓良善的豪強。

蔡律師為知名環境法律師，曾參與過樂生、松菸環評訴訟、禁止旁聽環評案、中科三期、中科四期、湖山水庫等環境公益訴訟與非核運動等環保相關活動。其參與的「大潭藻礁律師團」曾獲「109 年台北律師公會優秀公益律師」團體獎。

本文

一、評論國光台塑提告

爭議不斷的國光石化（八輕）開發案，經歷二階環評 8 次初審會議、17 次專家會議[2]，眾多學者專家與公民積極投入，社會大眾的不斷討論，終於讓馬英九總統在 2011 年 4 月 22 日地球日，召開記者會宣布：「政府不支持國光石化在彰化投資」[3]。一場被視為公民力量扭轉

---

1 台灣蠻野心足生態協會專職律師、環境法律人協會理事

2 行政院環境保護署《環評書件查詢系統》彰化縣西南角（大城）海埔地工業區計畫環境影響評估報告書初稿 / 書件審查事件總覽 http://eiareport.epa.gov.tw/EIAWEB/Main3.aspx?func=10&hcode=0990422A&address=&radius（最後瀏覽日：2013/1/9）

3 總統府，〈總統主持記者會說明國光石化開發案事宜〉，2011/4/22 新聞稿 http://www.president.gov.tw/Default.aspx?tabid=131&itemid=24021

不當政策、啟發台灣民主的環境運動[4]，在國光石化董事長陳寶郎、總經理曹明雙雙轉任台塑集團[5]，擔任台塑石化股份公司（下稱：台塑石化）董事長、總經理、麥寮汽電股份有限公司（下稱：麥寮汽電）總經理後[6]，由台塑集團旗下台灣化學纖維股份有限公司（下稱：台化纖）、麥寮汽電開啟對參與反國光石化運動學者的 SLAPP 訴訟（Strategic lawsuit against public participation，反公眾參與的策略訴訟）[7]，以四千萬元鉅額民事求償與刑事告訴為手段，透過訴訟程序折磨公共議題參與者，藉此消滅各界批評石化污染的聲音。

台塑集團提告內容，包含莊秉潔教授於「國光石化」環評第 4 次初審會議、「彰化縣醫界反國光石化聯盟」新春茶會、環團抗議「國光石化」環評第 5 次初審會等場合之發言。該等言論既係針對國光石化（八輕）所為，縱以台塑六輕污染經驗為比擬對象，亦難認主觀上有誹謗台化纖或麥寮汽電之意圖，該二公司提起刑事誹謗罪告訴，顯不合理。且此種鉅細靡遺地追蹤、紀錄公眾議題參與者，在各種場合針對石化污染之言論，進而濫行興訟，確已對當事人及其家屬造成巨大的心理負擔[8]。

二、寂靜的專家會議

台塑集團另一半的提告內容，則為莊秉傑教授在「六輕工安環境監測及蒐證方法專家會議」之發言內容、與之相關的「雲林縣政府環境監測記者會」簡報內容，及媒體在記者會後引述莊教授評論之報導[9]。莊教授以學者身分受邀參加政府機關舉辦之專家會議、記者會，提出意見及回答媒體提問，實難認作係為破壞台化纖、麥寮汽電之名譽所為，反較像學者針對公眾關心的六輕工安事件及民眾健康問題，提出專業意見，協助政府與企業共同釐清疑點並解決問題[10]。

4　朱淑娟，〈國光石化停建 公民力量的最大展現〉《環境報導》，2011/4/23。

5　翁毓嵐，〈陳寶郎熬了 40 年 終於進台塑〉《時報周刊》第 1755 期 2011/10/14
　　王茂臻，〈中油轉戰 曹明接台塑化總經理〉《聯合報》2011/11/10

6　台塑石化股份有限公司網頁 / 董事會介紹 http://www.corpasia.net/taiwan/6505/irwebsite_c/index.php?mod=director

7　陸詩薇，〈感謝台塑那一記耳光〉《台灣法學雜誌》第 201 期第 53 頁參照，2012/06/01

8　朱淑娟，〈台塑為何緊掐一位學者告到底？〉《商業周刊》第 1311 期 2013/1/7

9　黃淑莉、高嘉和，〈學者公布環署統計數據 / 六輕排放一級致癌物砷、鎘 佔中區總排放量 4 成以上〉《自由時報》。2011/11/10。

10　【學術‧風險？】訪問場記，公視特約記者朱淑娟專訪中央研究院法律所研究員李建良〉《台灣法學雜誌》第 201 期頁 48、49 參照，2012/06/01

環保署設置「專家會議」的用意，原係為「共同確認背景事實與環境影響科學推論的正確性，落實資訊公開及決策過程之公眾參與」[11]；而「學術」的本質，應是一種相互辯證的過程，而非一方仗勢經濟實力，以訴訟威逼他人不得提出不利己方的評論。台塑集團挾雄厚財力，濫行對參與專家會議提供建議之學者興訟，恐將產生「寒蟬效應」，造成越來越少學者專家願意就企業污染環境、影響健康之問題與對策，提出建言。而當學者專家紛紛對企業造成之環境問題噤聲，最後受害的必定是環境與國民健康。

三、原告適格爭議

「六輕」係「台灣第六套輕油解裂廠」的簡稱，一般提到「六輕」，最常想到的除了「麥寮離島工業區」外，就是擁有輕油解裂廠之「台塑石化公司」。而台化纖、麥寮汽電僅為麥寮離島工業區 15 家公司 66 家工廠中的 2 家，卻跳出來控告評論「六輕」之學者妨礙名譽，遭質疑欠缺「原告適格」[12]。

妨礙名譽訴訟常具「雙面刃」性質，指控他人誹謗，欲箝制言論自由，有時反因而釐清他人評論之真實、合理性。雖台化纖、麥寮汽電主張：該二公司係六輕之主要投資者，具當事人適格[13]。卻不免令人懷疑：台塑集團不以擁有第六套輕油解裂廠之「台塑石化公司」，或集團旗下所有六輕投資公司[14]為共同原告，僅選擇其中兩家公司提告，是否欲設置「防火牆」，將論辯焦點限縮在該二公司，避免法院就污染事實之調查延燒至台塑六輕其他污染源？幸而法院審理過程中，並未拘泥於該二公司製造之污染，仍命原告完整提出六輕煙道放資料[15]。

---

11 環保署，〈專題：環保署進三年環境施政績效〉《環保政策月刊》2011/8 第 1 頁

12 詹順貴、陳彥君，〈台塑集團告莊秉潔教授侵權行為損害賠償案，替莊教授撰寫之答辯狀〉。
　　2012/5/4 http://thomas0126.blogspot.tw/2012/05/101-291-1.html

13 胡慕情，〈用兩分鐘抵抗虛假的永遠〉《我們甚至失去了黃昏 - 網誌》。
　　2012/5/3 http://gaea-choas.blogspot.tw/2012/05/blog-post_03.html

14 依台塑石化股份有限公司網頁，台塑六輕投資項目包含：台灣塑膠、南亞塑膠、台灣化纖、台灣醋酸、台塑石化、麥
　　寮汽電、台朔重工、台塑勝高、台塑旭、南中石化、中塑等 11 家公司。http://www.fpcc.com.tw/six/six_2-1.asp(最
　　後瀏覽日：2012/1/2)

15 鍾聖雄，〈台塑告學者案開庭 法官要求更多證據〉《公視新聞議題中心》。
　　2012/5/3 http://pnn.pts.org.tw/main/?p=41414

四、誹謗相關法律常識簡介

　　學習誹謗相關法律常識，無法阻止 SLAPP 訴訟的發生，因此類訴訟之提起，重在透過司法程序的折磨，遏阻公眾對企業不利之言論；縱訴訟結果，將因無理由而敗訴，訴訟過程的折磨，卻已達到恫嚇效果。但瞭解相關規定，仍有助於理解言論自由之範疇，進而更無懼面對 SLAPP 訴訟的恫赫。以下簡介誹謗相關法律常識：

　　（一）言論自由受憲法保障：

　　憲法第 11 條：「人民有言論、講學、著作及出版之自由」、釋字第 509 號解釋：「言論自由為人民之基本權利，憲法第 11 條有明文保障，國家應給予最大限度之維護，俾其實現自我、溝通意見、追求真理及監督各種政治或社會活動之功能得以發揮。惟為兼顧對個人名譽、隱私及公共利益之保護，法律尚非不得對言論自由依其傳播方式為合理之限制」。可知：言論自由受憲法保障，惟為為兼顧對個人名譽、隱私及公共利益之保護，得以法律為合理之限制。

　　（二）需有散布於眾之意圖：

　　刑法第 310 條第 1、2 項：「意圖散布於眾，而指摘或傳述足以毀損他人名譽之事者，為誹謗罪，處一年以下有期徒刑、拘役或五百元以下罰金。散布文字、圖畫犯前項之罪者，處二年以下有期徒刑、拘役或一千元以下罰金」。誹謗罪之構成要件，須行為人有「散布於眾」之意圖，如僅告知「特定人」或「向特定機關」陳述，並無散布於眾之意圖，則不構成犯罪[16]。指摘或傳述內容，須足以「毀損他人名譽」，若對名譽並無減損，亦不構成誹謗。是否毀損他人名譽，應依被指述者之條件及指摘或傳述內容，以一般人之社會通念為客觀之判斷[17]。若被

16　最高法院 75 年台非字第 175 號刑事判決「刑法第 310 條第 2 項之誹謗罪須行為人將足以毀損他人名譽之事，著為文字或繪成圖畫，散發或傳布於大眾始足當之，如僅告知特定人或向特定機關陳述，即與犯罪構成要件不符，本件依原確定判決認定之事實，被告顏某僅將妨害蕭女名譽之事，函送主管機關彰化縣政府教育局，係向特定機關為陳述，與散發或傳布於不特定之大眾者迥異，自與刑法第 310 條第 2 項之犯罪構成要件不符，第 1 審適用該法條論罪科刑，顯屬違法」。

17　臺灣高等法院臺南分院 99 年上易字第 343 號刑事判決：「必須行為人所指摘或傳述之事，具有足以損害被指述人名譽之具體事件內容，始有誹謗行為可言。至於是否足以毀損他人名譽，應就被指述人之個人條件以及指摘或傳述內容，以一般人之社會通念為客觀之判斷。」、臺灣高等法院 97 年上易字第 2905 號刑事判決：「刑法第 310 條第 1 項規定之誹謗罪，係以行為人主觀上具有誹謗故意，客觀上須有指摘或傳述不實之具體事實之行為，且該不實具體事實足以減損貶低他人在社會上之名譽地位者為其構成要件。」

指述者本已惡名昭彰，指述者僅為客觀之描述，並未減損其名譽，縱令被指述者不快，亦不構成誹謗罪。

（三）真實不罰原則：

刑法第 310 條第 3 項：「對於所誹謗之事，能證明其為真實者，不罰。但涉於私德而與公共利益無關者，不在此限」。所謂「能證明真實」，實務上，只要行為人主觀上有相當理由確信其為真實，非故意捏造，或非因重大過失或輕率而致陳述與客觀事實不符，即符合不罰之條件，並不以陳述內容確與客觀事實完全相符為必要[18]。

（四）真實惡意原則、合理評論原則：

刑法第 311 條：「以善意發表言論，而有左列情形之一者，不罰：一、因自衛、自辯或保護合法之利益者。二、公務員因職務而報告者。三、對於可受公評之事，而為適當之評論者。四、對於中央及地方之會議或法院或公眾集會之記事，而為適當之載述者。」

實務上就以「善意」發表言論，採「真實惡意原則」，即為避免陳述前須自我檢查，確信未罹法律責任後始得為之，產生「寒蟬效應」，降低公眾事務因經由公開討論而進步之機會，故基於故意或重大過失而以不實內容侵害名譽時，始負誹謗之責。若對具體事實有合理懷疑，而發表主觀意見，應推定係以善意為之。判斷重點在：是否針對與公眾利益有關之事項表達意見，而非以毀損被評論人之名譽為唯一目的[19]。

---

18 司法院大法官釋字第 509 號解釋：「行為人雖不能證明言論內容為真實，但依其所提證據資料，認為行為人有相當理由確信其為真實者，即不能以誹謗罪之刑責相繩，亦不得以此項規定而免除檢察官或自訴人於訴訟程序中，依法應負行為人故意毀損他人名譽之舉證責任，或法院發現其為真實之義務」、臺灣高等法院花蓮分院 96 年上易字第 144 號刑事判決：「所謂『能證明為真實』之證明強度，不必至於客觀之真實，只要行為人並非故意捏造虛偽事實，或非因重大之過失或輕率而致其所陳述者與客觀事實不符，皆應將之排除於誹謗罪之處罰範圍之外」、臺灣高等法院臺中分院 100 年上易字第 267 號刑事判決，亦採相同見解。

19 臺灣高等法院 97 年上易字第 2905 號刑事判決：「合理善意評論原則係出於衡平名譽權保護及言論自由保障之考量，為避免言論自由受到過度限制，倘無證據足證行為人係出於惡意發表評論，且行為人係對於具體事實有合理懷疑而發表其主觀意見者，即應推定其係以善意為之，此即所謂『實質惡意原則』」、臺灣高等法院 96 年上易字第 151 號刑事裁定：「判斷是否為『善意』，其重點應是在審查言論發表人是否針對與公眾利益有關的事項表達意見或作評論，其動機非以毀損被評論人的名譽為唯一目的，且基於言論自由係民主政治之核心價值，及憲法保障之基本權利，所謂非善意者應採『真正惡意原則』，亦即凡善意發表言論，如其發表或批評之內容為與公益有關之事務，不論其內容之真實性，亦不論其是否侵害到被評論者的名譽，均應受到憲法言論自由之保障。」、臺灣高等法院 87 年上易字第 7050 號刑事判決：「查如行為人所為評論係以攸關於公眾事務事實為基礎之情形，為期保障一般大眾對公眾事務的自由發抒評論以促使公共事務免於瑕疵，若限定表達者必須在陳述相關事實前均需做自我的事前檢查，確信確為真實未

依個人價值判斷所提出之主觀意見、評論或批判等評價，屬刑法第311條第3款免責事項，即所謂「合理評論原則」。就可受公評之事，縱批評用詞令被批評者感到不快，亦應認受憲法之保障，不能以誹謗罪相繩[20]。

（五）民事案件得類推刑事免責規定：

刑法第310條第3項「真實不罰」及同法第311條「合理評論」等阻卻違法規定，民事案件亦得類推適用；亦即於刑事上不構成誹謗罪者，民事上亦不構成侵權行為。尤其在涉及公眾領域之事項，得採為侵權行為是否成立之審酌標準[21]。

五、結語

言論自由受憲法保障，涉及公共事務之言論，更應受較高之保障，俾使意見能充分交流，促進政治民主及社會健全發展。台塑集團擁有雄厚資源，就他人之意見如有不同看法，大可以其他方式澄清、在學術上論戰，卻選擇以鉅額民事求償及刑事告訴威嚇。不僅引起一千多位學

權於法律責任後始得為之，則此『寒蟬效應』反降低公眾事務因經由公開討論而進步之機會，故必以在證明表意人係基於故意或重大過失而以不實內容侵害公務員名譽時，表意人始應就此誹謗言論負法律責任，此即美國聯邦最高法院在 NewYork Times Co. v. Sullivan 案件中所揭『真正惡意原則』」

20 臺灣高等法院97年上易字第2181號刑事判決：「我國刑法誹謗罪所規範者，僅為『事實陳述』，不包括針對特定事項，依個人價值判斷所提出之主觀意見、評論或批判，該等評價屬同法第311條第3款所定免責事項之『意見表達』，亦即所謂『合理評論原則』之範疇，是就可受公評之事項，縱批評內容用詞遣字尖酸刻薄，足令被批評者感到不快或影響其名譽，亦應認受憲法之保障，不能以誹謗罪相繩，蓋維護言論自由俾以促進政治民主及社會健全發展，與個人名譽可能遭受之損失兩相權衡，顯有較高之價值」

21 臺灣高等法院花蓮分院98年上易字第11號民事判決：「言論自由及名譽，二者均憲法保障之基本權利，發生衝突時，刑法第310條第3項『真實不罰』及第311條『合理評論』阻卻違法規定，應得類推適用。」、臺灣高等法院臺中分院99年上字第310號民事判決：「名譽固為民法第18條規定之人格權之一，而得為侵權行為之客體；依據憲法第11條規定，言論自由為人民之基本權利，國家應給予最大限度之維護。當名譽權與言論自由間產生衝突時，如以善意發表言論，對於可受公評之事為適當評論者，於刑事上不構成誹謗罪，民事上亦不構成侵權行為。臺灣高等法院95年上易字第1072號民事判決：「將『真實不罰』及『合理評論』，作為刑法誹謗罪之阻卻違法事由，以兼顧對個人名譽、隱私及公共利益之保護，則基於維護法律秩序之整體性，俾使各種法規範在適法或違法之價值判斷上趨於一致，自應認上開阻卻違法事由，在民事責任之認定上，亦有一體適用之必要。又陳述之事實如與公共利益相關，為落實言論自由之保障，亦難責其陳述與真實分毫不差，祇其主要事實相符，應足當之（最高法院96年度台上字第928號判決參照）」、最高法院97年台上字第1677號 民事判決：「維護言論自由可促進民主多元社會之正常發展，如不問行為人發表事實之有無，概行處罰，不免箝制言論自由，妨害社會進步；倘就公共利益有關之真實事項之宣布、或可受公評事項之適當評論亦受限制，未免過度保護個人名譽，兩相權衡，個人名譽權自有相當程度退讓之必要，始採行不罰之立法。此於民事侵害名譽權之侵權行為事件，對自願進入公領域之公眾人物，或涉及公眾事項領域之事項而言，如涉及個人名譽權及公共利益之衝突時，即非不得採為是否成立侵權行為之審酌標準。」

者連署聲援莊教授[22]，刑事部分更經北檢兩度不起訴。盼台塑集團能將訴訟資源，改用在提升

污染監測與防治，畢竟減少工安事故及做好污染防治，才是真正維護企業名譽的作法。

分析

本文為一法律案件之評述，係以「淺談台塑集團告莊秉潔教授案」為中心，從三個層面切

入本案。第一、二部分交代了政府停止「國光石化（八輕）」開發案的背景與後續訴訟的緣起，

定調莊秉潔教授在專家會議的發言內容性質，以及台塑興訟可能造成寒蟬效應的影響。第三部

分則論及當事人適格問題。所謂當事人適格，即就特定訴訟標的的法律關係，以當事人（原告

／被告）之地位實施訴訟，請求法院為本案判決之資格。從而，就作者角度來看，台塑僅選擇

旗下兩家公司為原告，顯然有設下防火牆以限縮辯論焦點的訴訟策略考量在其中。

第四部分則是在定調台塑對莊秉潔教授的提告為一「策略性訴訟」（SLAPP，Strategic

Lawsuit Against Public Participation）[23] 之餘，尚介紹了刑法毀謗罪之構成要件與言論自由之

界限與保障。毀謗罪所保護的法益，大法官釋字 509 條以為「係保護個人法益而設，為防止妨

礙他人之自由權利所必要。」與憲法 11 條的言論自由之意旨合參，即於不妨礙他人自由的限

度內，國民行為之言論均受到憲法 11 條所保障。接著提到刑法 301 條毀謗罪之構成要件，由

構成要件看來，行為人主觀上須有意散布非真實的內容於不特定多數人，造成他人名譽或社會

價值貶損之故意，並有客觀實行行為，且無阻卻違法事由始得成立。也就是說，行為人不需擔

負法律責任的情況，是以言論本身具有公益性為前提，於：第一、能證明毀謗之事為真實（即「真

實不罰」），第二、在善意合理的範圍內，陳述可受公評之事（即「合理評論」）。另外，散

布非真實內容的行為，除可能構成刑法上的毀謗罪以外，亦可能構成民法 184 條，「因故意過

失不法侵害他人權利者」之侵權行為，惟在實務認定上，民法得類推適用刑法免責事由之規定。

---

22 「捍衛學術言論自由 反對鴨霸財團欺壓研究學者」學者連署名單（截至 2012 年 12 月 21 日 10:00）計 1293 位 http://
protectsousachinensis.blogspot.tw/p/blog-page_20.html

23 這裡的策略性訴訟，係指美國法中的「針對公眾參與的策略性訴訟」，即當企業或政治人物因為事關公共利益的議題
而引發社會大眾批評時，被批評者企圖藉由提起訴訟，令批評者難以忍受繁複的訴訟程序以及其間所需的勞力、時間、
費用等等成本而放棄其批評。

至此，作者歸納出莊教授基於其學術專業所提出的研究成果與批評係有其公益性，應受到憲法言論自由之保護，從而台塑提出民事和刑事兩方面的求償，僅為策略性訴訟之考量，顯無正當理由的結論。

問題討論

1. 環境保護與生態永續發展為當代人類所無可避免的議題。已逝導演齊柏林《看見台灣》這部紀錄片，除保存了台灣山林之美以外，亦點出了台灣多年來在經濟發展過程中對於自然山林的破壞。近年來環保意識抬頭，六輕、藻礁等議題逐漸受到社會大眾所重視，惟環境保護與經濟發展向來是兩難的抉擇。請舉出一到兩項近年的環保議題，並附理由說明自身所採取的立場係以經濟發展為重，或是環境保護為先。

2. 憲法所保障的言論自由範疇，係在涉及個人名譽、隱私及公共利益之保護之時，法律始得為合理之限制。文中所提到的毀謗罪或公然侮辱罪等妨害名譽情形，即是立法者在權衡言論自由與個人法益保護之下所作出的立法。請試著從網路新聞或報章雜誌關於毀謗罪或妨害名譽罪的報導為例，思考日常生活間所發的言論，何者屬於言論自由的範疇，又何者可能構成妨害名譽呢？

延伸閱讀

1. 哈波・李（Harper Lee）著、顏湘如：《梅岡城故事（To Kill a Mockingbird）》，麥田出版社，2016 年。

2. 法蘭茲・卡夫卡（Franz Kafka）著、姬健梅譯：《卡夫卡孤獨三部曲：城堡、審判、失蹤者（Trilogy of Solitude ）》，漫步文化，2017 年。

3. 高爾（A I Gore）：《不願面對的真相（An Inconvenient Truth）》，商周出版，2007 年。

4. 約翰‧葛里遜（John Grisham）著、郭坤譯：《失控的陪審團（The Runaway Jury）》，足智文化有限公司，2021 年。

5. 卡謬著、張一喬譯：《異鄉人》，麥田出版社，2009 年。

主題書寫

1. 請以自身所知，或是曾參與過的環保活動，如植樹、淨灘或舊衣回收等，進行經驗寫作。

2. 議題寫作：請以「是否應通過安樂死」或「死刑的存廢與否」為題，尋找相關論文報導，梳理出正反兩方說法後，提出你自己的立場與選擇的理由。

柒、方力行〈海洋與台灣〉

選文理由

相信大部分人都有這樣的經驗：小時候背〈敕勒川〉，念到「天蒼蒼，野茫茫，風吹草低見牛羊」時，腦海總會浮現一片遼闊的大地。然而這種畫面對吾輩而言太遙遠了，因為環顧四周，我們所看到的並不是草原，而是海洋；每日所接觸到的也不是牛羊，而是豐饒的海產。

〈海洋與臺灣〉一文以海洋生態為重心，點出臺灣是「海洋之島」，擁有相當豐富的自然資源、人文及經濟資源。然而近年來，海洋生態卻屢遭人為的破壞，導致這曾是外國人眼中的「福爾摩沙」，面臨嚴重的生態浩劫。身為海洋生態學家的作者不禁要問：在這片土地上的政府與人民，對海洋的關心和瞭解有多少？投注其間的維護和管理又有多少？

因此，本單元「生命空間」選了〈海洋與臺灣〉一文，帶領同學進入我們所處的生命空間，讓同學瞭解本土臺灣及其生態議題，同時藉此反躬自省：身為臺灣的一分子，你能為臺灣做些什麼？

導 讀

一、題 解

〈海洋與台灣〉選自《人魚：我的水裡人生》（臺北：時報出版社，2010初版）。作者方力行是一位海洋生態學家，他把自己的成長經驗、對海洋生態的觀察和體會融入文學作品中，撰寫出這一部半自傳式的散文著作《人魚：我的水裡人生》。

方力行從小就熱愛海洋，因為熱愛海洋以及對海洋生態的瞭解，他戲稱自己為外型似人的一種無鱗、無鰓的「類水族」，雖在陸地出生，成長期卻回歸溪河湖海，意味著自己的後半生，

將與水為伍、為伴。〈海洋與臺灣〉一文以海洋生態為重心，點出臺灣是「海洋之島」，擁有非常豐富的自然資源、人文及經濟資源，但是在這片土地上的政府與人民，為了開發富裕生活的資源，任意地破壞海中的自然生態，對於海洋的知識和保護，卻沒有實質的進展。

二、作者簡介

方力行（1951～），臺北人，美國加州大學海洋生物化學博士。曾任國立海洋生物博物館館長、國立中山大學海洋資源學系教授兼系主任、中華民國珊瑚礁學會首屆理事長。目前擔任正修科技大學運動健康與休閒系講座教授。學術專長為珊瑚學、海洋生態學等。重要著作有《珊瑚學——兼論臺灣的珊瑚資源》、《臺東縣河川魚類誌》（合著）、《臺灣淡水及河口魚類誌》（合著）、《人魚：我的水裡人生》等，以及相關研究論文百餘篇。有「海洋之子」之稱譽。

方力行從小就喜愛釣魚，曾跟著父親跑遍北臺灣的所有釣場，他對魚類豐富的知識，就是在這個時期打下的基礎。建中畢業的他，本可錄取醫學系，卻因對魚類的熱愛，毅然決定就讀臺大動物系漁業生物組。據其回憶，剛上臺大的第一門主課〈漁業概論〉，因打瞌睡而被知名教授鄧光土博士當場以質問方式糾正。方力行坦率地說：「報告老師，因為您講的，我大概都知道了，所以就打瞌睡了。」鄧老師隨即問了幾個問題，方力行均能回答，可見當時的他，在起跑點上已經領先同儕。大學時期的寒暑假，方力行更跑遍了全省各地的水產試驗所，並曾跟隨「臺灣水產養殖之父」廖一久教授做研究，最終成了魚類生態研究的專家。不僅如此，日後還花了十年時間，籌建了國內第一座海洋生物專業博物館，並擔任首屆館長。

本文

小時候背書，念到「天蒼蒼，野茫茫，風吹草低見牛羊」，心中對天地之大，不勝嚮往，可是身邊見到的盡是驚濤裂岸、亂石崩雲的海天之色，海難道比陸地小嗎？青年的時候在國外念書，車在平原中開了一天，除了麥田，還是麥田，世界上還有比這個更大的空間嗎？回國後投身研究，生態做了做生理，生理做了做生化，生化做了做 DNA，DNA 中有數不盡的金銀財

寶，讓每一個人都暈頭轉向，難以自外，不過人對事情的觀感，永遠是外塑或隨著時代的價值而定嗎？還是它仍有不變的本質？那麼對臺灣呢？她是「金錢之島」？「科技矽島」？「政爭之島」？還是「情色之島」？

臺灣其實是不折不扣的「海洋之島」！在五至七百萬年前，就如從貝殼中誕生的維娜斯，在菲律賓海板塊和歐亞大陸板塊的推擠之下，從深邃的太平洋海底冉冉升起。新生的臺灣，當然是光禿禿的一片，但是海風帶來了陸上的植物，海流帶來了海中的魚蝦，海退讓大陸上的生物得以由陸橋進入臺灣，海進讓隔絕在臺灣的生物得以演進成新種，以致在今天這小小三萬六千平方公里的地方上，約有四千多種維管束植物、一千四百種苔蘚、四千八百種真菌、一萬八千種昆蟲、五百種鳥類、九十種爬蟲類、七十種哺乳類、三十種兩棲類、兩千五百種海淡水魚類、六百種海藻、兩百五十種珊瑚、兩千五百種軟體動物、一千種蝦蟹、一百五十種棘皮動物，以及許許多多我們還沒有注意，或是來不及研究、登錄的小型生物，這些豐富的生物資源，部分甚至占到全球同類物種的十分之一以上，相對於臺灣陸地面積所占有全世界大陸面積的渺小，約千分之零點二四而已，如不是拜海洋之賜，怎可能豐盈若此？

談完了自然資源，更應該看看海洋賜與臺灣的人文及經濟資源，南島民族的海洋遷移帶來了臺灣的先民文化，閩粵居民的海洋拓殖帶來了臺灣的近代文明，國民政府遷臺所憑藉的海洋阻隔，保障並使其得以經營島內半世紀來的生存發展，而近幾十年來由於海島型經貿活動所引入的美國、日本、歐洲，甚至香港、韓國的社會萬象與價值觀，更直接塑造了我們現有及新生中的文化型態，臺灣如果沒有海洋，怎麼會有現在的人文風貌？

經濟上海洋哺育臺灣的奶水更多，以民國八十七年為例，經由海路運輸的各種農工原料、貨品，是全部進出口貨物的九九‧二％，民國八十九年的漁業產值達到一百三十萬公噸，超過九百億元，占了全部農產值的二五％，而且是最主要爭取外匯的項目，我們的高雄港貨櫃吞吐量一度高居世界第二，遠洋漁業的鮪魚和魷魚捕撈量，則在全球第二到第六名之間徘徊，海洋對臺灣的恩澤，何其深厚？

　　但是捫心自問，在這片土地上的政府與人民，對海洋的關心和瞭解有多少呢？投注在其間的研究、保護、經營、管理的心力和財力又有多少呢？可能不及我們消耗她資源的千百分之一吧！長此以往，海洋又怎麼可能無窮無盡的支持我們的消耗呢？其實睜開眼睛看看，現今臺灣四周漁業的減產、海岸生態的破壞、海水的汙染、海洋生物的濫捕、海岸的侵蝕與沿海地層的沉陷……，無一不是顯而易見的警訊，但是除了喊得震天價響的「海洋國家」、「海洋文化」、「海洋領航」的口號，與吃喝玩樂的活動外，我們對海洋的知識和保護，實質上又有哪些進展呢？

鑒　賞

　　本文以臺灣的海洋生態與資源為綱領，描寫海洋提供臺灣人民極為豐富的資源，為本島居民創造了多元文化、經濟奇蹟，然而得到的回饋卻是資源的逐漸消耗和生態環境的持續破壞。

　　全文分五大段，按照內容結構可分為兩大部分，而以「敘──論」的方式寫成。首段至次段主要帶出臺灣是一個「海洋之島」，土地雖小，海域卻很大。次段描寫臺灣的誕生與形成，海風、海流帶來了足以傲視全球的生物資源。三、四段續寫海洋的恩賜，除了自然資源以外，還有人文及經濟資源：人文資源使臺灣成為多元文化的社會型態；經濟資源使寶島的貨櫃吞吐量一度高居世界第二……。末段抒發議論，認為政府與人民只會喊「海洋國家」、「海洋文化」、「海洋領航」的口號，與舉辦吃喝玩樂的活動，對於海洋資源的永續經營與海岸生態環境的維護卻沒有實質的進展。

　　從結構的角度分析，在本文第一部分「敘」中，作者主要以「凡──目」的方式呈現。先從小學課本中的大陸北方草原的景色下筆，再續寫青年時期在國外所見到的那片一望無際的麥田，這些土地再怎麼遼闊，都不可能超越海洋。而臺灣，正是四周環海的「海洋之島」。作為海島之國（凡），臺灣擁有十分豐富的資源（目），作者總共列舉了三項：一、自然資源；二、人文資源；三、經濟資源。有了這些資源，臺灣不但形成特有的新文化類型，而且還不斷地創造出經濟奇績。

第二部分是「論」。作者有自覺地反躬自問，海洋賜予這片土地上的政府與人民莫大的恩惠，結果得到的回饋卻是：「臺灣四周漁業的減產、海岸生態的破壞、海水的汙染、海洋生物的濫捕、海岸的侵蝕與沿海地層的沉陷……」只因政府與人民所投注在海洋生態的研究、保護、經營、管理的心力和財力，可能只有消耗她資源的千百分之一！這種因果關係是很明顯的。所以，對於海洋的知識和保護，政府與人民目前都有很大的進展空間。

整體而言，本文結構嚴謹、脈絡清晰，作者對於海洋資產非常熟悉，故而可以如數家珍，相較之下，人文與經濟資源的敘述就稍嫌薄弱。所幸本文的重點在於海洋的資源與生態，文末議論亦就此進行發揮，故而不失「先敘後議」的完整架構。

全文內容的結構分析如下：

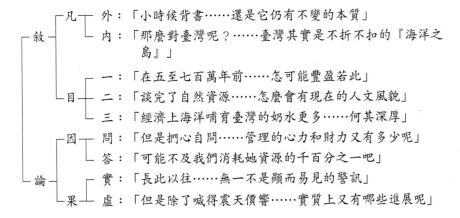

敘　凡　外：「小時候背書……還是它仍有不變的本質」
　　　　內：「那麼對臺灣呢？……臺灣其實是不折不扣的『海洋之島』」
　　目　一：「在五至七百萬年前……怎可能豐盈若此」
　　　　二：「談完了自然資源……怎麼會有現在的人文風貌」
　　　　三：「經濟上海洋哺育臺灣的奶水更多……何其深厚」
論　因　問：「但是捫心自問……管理的心力和財力又有多少呢」
　　　　答：「可能不及我們消耗她資源的千百分之一吧」
　　果　實：「長此以往……無一不是顯而易見的警訊」
　　　　虛：「但是除了喊得震天價響……實質上又有哪些進展呢」

問題討論

1. 何謂「生態文學」？能否說明它的起源、發展、代表作家及其相關著作？

2. 上個世紀末，臺灣創造了「經濟奇蹟」，高度的工業發展，為臺灣人民帶來了大量的財富。然而接踵而來的卻是山坡地的濫墾和河川的汙染，造成生態環境的嚴重破壞。您認為經濟發展與生態環境維護之間的關係是什麼？兩者如何取捨？

3. 或曰：「生態環境維護，與我何干？我既非海洋學家，亦非環保志工！」您對於這種論調
   有何看法？可有親身的經驗？

延伸閱讀

1. 劉克襄〈天下第一驛〉。

2. 陳列〈地上歲月〉。

3. 廖鴻基《討海人》。

4. 徐仁修《福爾摩沙‧野之頌》，遠流，2000。

5. 吳明益《迷蝶誌》，夏日，2010。

作文寫作

1. 設想自己是一位自然生態觀察員，針對中興大學校園的水鳥或鯉魚的生態撰寫一篇□□生
   態觀察日誌。

2. 先觀賞幾米的《微笑的魚》，然後把它改寫為屬於你的生命故事。

3. 試從其他生物的角度，觀看這個世界，書寫自己的內心想法。

捌、廖鴻基〈帶你回花蓮——偽虎鯨〉

選文理由

　　台灣四面環海，是典型的海洋國家。然而，對於海洋及海中生物的認知卻多有不足。本文以出沒花蓮沿海的偽虎鯨為考察對象，透過文字與圖像的交相補充，揭開鯨豚的神秘面紗。從作者獨特的海洋經驗、豐沛的研究熱誠，得以感受海洋的親近美好。期許學生以生態認識為起點，建立廣闊的海洋視角，學習尊重多元的生命存在，培養關心自然、親愛鄉土的情操。

導 讀

一、題 解

　　《鯨生鯨世》是廖鴻基在 1996 年 6 月 25 日至 9 月 5 日間執行「花蓮沿岸海域鯨類生態研究計畫」的寫作成果。全書收錄十篇散文，從漁船出港的〈啟程〉，沿途觀察記錄的八種鯨豚——花紋海豚、虎鯨、瓶鼻海豚、弗氏海豚、飛旋海豚、熱帶斑海豚、喙鯨、偽虎鯨，到入海與鯨豚同游的〈下水〉，作者以親切動人的筆調描繪海中的美麗生命、勾勒海上生活的多樣風貌，提供讀者觀看海洋的嶄新視角。

　　〈帶你回花蓮——偽虎鯨〉出自《鯨生鯨世》第九篇，以楊牧的現代詩〈帶你回花蓮〉為題。全篇記述 7 月 10 日「尋鯨小組」在距花蓮港約兩小時航程的水璉鼻外海偶遇偽虎鯨的經歷，結合自身觀察想像與討海人的固有印象，書寫不同於既有認知的偽虎鯨樣貌。

二、作者簡介

　　廖鴻基（1957 ～），台灣花蓮人，海洋文學作家。

　　自幼親近海洋的廖鴻基在兵役退伍後，曾赴印尼擔任養蝦場監工。離鄉背井的異國體驗，

開拓了不同的視野。返台後，參與地方社運及政治工作，卻因志性不符，在 1992 年毅然投入海上工作，成為職業討海人。同時，廖鴻基也著手記錄海上見聞與生活體驗，陸續榮獲「時報文學獎散文類評審獎」、「吳濁流文學獎小說正獎」，並出版首部著作《討海人》。

不久，廖鴻基將關心轉移至鯨豚研究，匯集學術單位、漁民、文字及影像工作者組成「尋鯨小組」，探察並記錄海洋生態。1998 年籌創「黑潮海洋文教基金會」，以「關懷台灣海洋環境、生態與文化」為宗旨，宣揚海洋保育的理念，協助民眾認識並珍惜海洋資源。隨著討海捕魚、觀察鯨豚的海上經歷，廖鴻基對海洋的情感日益深厚，更搭乘遠洋魷釣船穿越大半個地球出航作業。在為期 62 天一萬四千浬的航程後，重新思索海洋／陸地之於自身生命的意義，體悟：「我有兩個家，一個在陸地，一個在海上，一個穩固，一個漂泊，經常斷裂出去，偶爾彌縫回來……」，建構出海陸皆家的世界觀。

廖鴻基的代表作品有《討海人》、《鯨生鯨世》、《漂流監獄》、《來自深海》，合稱「海洋四部曲」。習以豐富真實的體驗、細膩獨特的觀察，呈現海洋與生命的真切美好。在台灣海洋文學的開拓上，貢獻良多。

本文

>……容許我將你比喻為夏天回頭的海涼，翡翠色的一方手帕帶著白色的花邊，不繡兵艦繡
>六條捕魚船……
>
>──節錄自楊牧先生「帶你回花蓮」

七月十日那天，船隻頂著烈日向南行駛到距花蓮港約兩小時航程的水璉鼻外海。南風習習，海岸山脈麓腳滾起一線白花，水色澄淨，如無遠、無瑕的一塊翡翠。

船長發現內側海域浮動幾根高大的黑色背鰭。一邊迴船接近，船長一邊嚷著：「不小哦──！不小哦──」。

船尖撥翻激情浪花急急前去。

大約五十公尺相距，一輪輪純黑、龐大的背脊浮露水面。我們心裡篤定，從這些特徵已經能夠辨別是「Black fish」──小虎鯨、領航鯨或是偽虎鯨之類的「黑魚」。

船隻靠得更緊，背脊、背鰭再次露出。這距離已經看得相當分明，細鐮刀狀背鰭，鰭尖後勾稍圓，身材頎長……毫無猶豫，身後傳來一聲真確的呼喊：「False killer」──偽虎鯨。

這種鯨類近海並不常見，尤其體型龐大，我們有著拾獲寶物的喜悅。牠們平均身長四到六公尺，重量約一千到兩千公斤，是種狹頭小尾體型修長的中型鯨。牠們並不懼怕船隻靠近，或者說並不在意船隻的侵擾，我感覺到牠們是欣然默許。資料上說，牠們對待船隻的態度是好奇的、爽朗的。

優雅、修長、沉穩及無法挑剔的純黑，是我對偽虎鯨的第一個印象。

俗名「殺人鯨」的虎鯨，已經夠冤枉地背負了「殺人者」的惡名。偽虎鯨，更深一層，牠的俗名 Flase killer 包含「虛偽的」及「殺手」雙重惡名。可能所有的鯨類俗名中，偽虎鯨這個名字最為醜惡。

外形上，偽虎鯨一點也不醜，牠沒有一般大型鬚鯨所呈現的痴肥臃腫體態，也不像小海豚般輕躍急躁，牠擁有個像是經常運動健身、筋肌結實勻稱的好身材，牠游水姿態不急不徐，一副穩重、內斂的神態，尤其淋著水光黑絲絨樣的軀體，讓人覺得神秘、典雅和高貴。

牠的惡名可能來自於牠一嘴尖銳的利牙，以及，牠和漁民間嚴重的漁獲衝突。

牠們是延繩釣作業漁民的最恨。

我曾經和一位老討海人聊天，他看到圖鑑上的偽虎鯨後，伸出指頭使力點在書頁上說：「對，對！就是這種，全身軀黑麼麼，頭圓圓，牠吃掉我十三條串仔（鮪魚），」他眼裡漸漸燒起了火光繼續說：「棍索（延繩釣漁繩）拉上來，串仔就剩下一粒粒頭殼，十三粒頭殼！」他指尖像匕首一樣一下下刺在偽虎鯨圖上。

「幹──一尾串仔兩、參萬元，十三粒咧，你講氣死人否──」

「有時陣餌鉤放下去，眼睛大大朵看著牠們整群游過來，啊──去了了啊！牠們會巡棍（緣著漁繩搜索漁獲），無湯留一尾給咱。」

「看到否，看到否，」他指出豎立在他船邊的一根尖刺長矛說：「只要一有機會，就用這一根刺牠。」

「不抓牠啦，抓牠要死，刺來洩恨的，不刺牠不消恨吶。」

「勿會死啦！血一路流啊，向外游去，一大群就會跟著游開。」

資料上說：「……贏得惡名，因為牠們從漁線上偷魚……」

牠們曾經被看到攻擊大翅鯨，也曾經被看到掠食小海豚，但是，牠們更常被看到和瓶鼻海豚及其牠小海豚和善地游在一起。

船隻跟住一對母子偽虎鯨，牠們穩穩游在船前，不閃、不躲、不迴擺，筆直穩定的領船前行。船邊四周，鬆散的範圍裡至少有四、五十支背鰭湧動。船隻像是融入牠們，也成為牠們家族的一員。

我們以穩健的速度整群往北游進。

「噗剌──」常常一聲巨大的喘氣煙霧噴在舷邊，就在舷牆下，一隻幾近船身長度的鯨體浮出在船邊換氣，好奇的和船隻旁行一陣後，滑過船尖離去。我們也都深重地喘了一口氣。

牠們的體色在水面下呈現褐紅色光澤，並且閃爍出青藍色亮點，浮上水面後，又恢復純黑顏色，無論水上、水下，那體色都美極了。何況，是如此近切、龐大。當牠們擦觸游過船邊，我可以感覺到牠們絲絨樣的光滑磨擦過我的皮膚；我可以感覺到海水的清涼和牠擾動的水流。

我感到歡喜，像是擁抱著牠游在水裡。那是內裡溫暖、外表清冷的一場接觸。

我站在船尖鏢台上，背後肅穆靜默，全是一陣陣擴嚓嚓快門聲，大家似乎都陶醉在這場無間距的接觸裡，貪婪的用快門捕抓感覺。偶爾，響起一聲驚呼：「啊娘喂──」那是換裝底片的空檔才得將滿漲心情渲洩的呼喊。

幾隻身體上有著像是傷口樣的紅色圓斑，紅黑對比是如此鮮明觸目，不曉得是附生物造成的傷口，還是牠們彼此互鬥玩耍時受的傷。我想起那位漁民指住的那根尖刺長矛，心頭有了疼痛的知覺。

船隻被帶領著繼續往北。

過去討海生涯裡，曾經在七星潭海灣裡見到過牠們一次。只有兩隻，浮停在水面上像是在睡覺休息，牠們頭尖埋在水下，背脊從頭頂噴氣孔浮露到背鰭位置，像兩根一長一短的黑色浮木。一大一小，應該是媽媽帶小孩，小朋友的身長不及媽媽的三分之一，是隻出生不久的小小朋友。

　　船速減到最慢，從牠們左後方悄悄靠近。二十公尺左右，我把離合器退掉，讓船隻慣性滑行接近。

　　那天風平浪靜，水面光滑如一盆大鍋水。媽媽輕輕顫動了一下，水面上一圈細紋漣漪漾開，媽媽已經警覺到船隻靠近。原來依偎貼緊在媽媽右側身邊的小朋友，顯得有點不安或是好奇。牠轉過身來，面對船隻好奇，又不安地快快轉身回去。

　　船隻緩慢接近。媽媽仍然沉著不動；小朋友反覆著迴轉動作，激起一圈圈浪痕。

　　水面反光閃熾，我看不到水面下小朋友的動作，但是，是那樣清晰的影像在我心裡，我能精準地描繪出小朋友水面下的躁急表情，描繪出媽媽嘴角沉穩的笑容，我彷彿也能聽到水面下牠們頻頻催促及沉沉安撫的對話。

　　三公尺距離，牠們就在船尖下。媽媽依舊沉著不動，似在觀察船隻上的動靜；小朋友終於停止迴轉動作，和媽媽並排頭顱靠著頭顱。

　　牠們生命相依的影像，在我腦子裡甜蜜、溫暖而且完整無瑕地結構出來。海水裡的親情纏繞總是特別動人。

　　船尖將要壓上牠們，牠們才併肩依偎著緩緩下潛，那是重量相擁的下沉，沒有舉尾，沒有漣漪水花，那是安靜從容地從我激動的心頭離開。

　　野柳海洋世界的表演明星中有一隻小偽虎鯨，比較起來，牠不像其牠明星瓶鼻海豚般老練、靈活，牠常常不聽話，表演錯誤，而被訓練員指責。由於牠身材碩大，感覺上，牠像大孩子樣的憨傻和純真。

　　據說牠還是小小朋友時就住進這個池子裡，並且常常被瓶鼻海豚們欺侮。現在，牠已經長得比瓶鼻海豚粗大，不再受欺侮。當表演結束後，牠回到舞台後的小池子裡，我看到牠常常浮

在水面不動。我想起那一對浮在七星潭海面的母子。不曉得牠會不會想念牠的媽媽？

　　船隻往北。

　　船隻跟上的那對母子，不慌不忙，穩穩游在船前。有時另幾隻游攏過去，形成三隻一組、四隻一組的隊伍……有時，又恢復兩隻一組，媽媽和孩子是永遠不會拆散的一組。

　　船前大約二十公尺，一隻偽虎鯨破水跳躍，那不是一般海豚的前進式跳躍，那是直挺挺像一根黑木電桿衝出水面。

　　全身幾乎都衝離了水面，那是多大的勁道啊！為了成就這優雅的一舉。

　　兩根微向後彎的狹窄胸鰭，像極了小朋友縮在胸前的兩片小手掌；修長的身體挺挺垂立彷彿僵凝在空氣中。彎頭，像分解動作似的，迴腰……牠在表演高難度的躍水特技……

　　一弧黑虹落下水面，喚出大片白花水漾。

　　這場接觸已經持續了兩個多小時，牠們沒有離去的意思，我們也捨不得離開。

　　不知不覺中，花蓮港港嘴已經浮現在眼前，像在微笑著招攬我們回去。海上不見船隻，只有微涼的海風和岸邊滾繡出的白線浪花。偽虎鯨黑色的背脊照樣湧動前行，彷彿要帶領我們回去花蓮港。

　　想起楊牧先生的那首詩──「帶你回花蓮」。

鑒賞

　　〈帶你回花蓮──偽虎鯨〉紀述「尋鯨小組」與偽虎鯨的相遇。按內容結構可分為三大部分：

　　首段介紹偽虎鯨的特徵。偽虎鯨，俗名 False killer，背負「虛偽」及「殺手」的惡名。因擅長依循漁繩搜索漁獲，造成漁民莫大損失，成為討海人眼中的仇敵，每每遭受尖銳長茅的攻擊洩恨。但看在結束討海生活而以賞鯨身分重新出發的作者眼底，偽虎鯨展現出優雅溫和、沉穩內斂的神態，不僅欣然默許船隻的侵擾，更常與瓶鼻海豚及其他小海豚和善地同游。對照第

四編〈奶油鼻子——瓶鼻海豚〉描寫海洋育樂世界裡的明星——瓶鼻海豚，在海上是如此野性機敏、凶悍火爆，不若表演場中的溫馴逗趣。可知，觀看者的視角影響事物形象的呈現，跳脫利害關係的泥沼，或能領略不同以往的景致。反之，和善親暱的背後也潛藏著危險神秘的可能。溫暖與殘酷、率真與凶狠，鯨豚多樣的風貌亦如海洋的變化莫測，包含著每份生命的繁複深刻。

次段描寫一對母子偽虎鯨的觀察。船隻穩健地跟隨鯨豚前行，在至近距離發現偽虎鯨身上有如傷口樣的紅色圓斑，想起老討海人揚著長茅，發洩漁獲遭奪的滿滿怨恨，心頭不由一疼。討海人的生活必然面對海中掠奪者的競爭，但在觀察人與魚的戰鬥中，作者顯然多添了幾許憐憫情懷。於是，當船隻以慣性滑行接近偽虎鯨母子時，母親的沉著穩重與小偽虎鯨的不安好奇，引發作者以豐富的想像力描摹水面下的親子互動與親情對話。相互依偎的圖景也令作者聯想起野柳海洋世界裡的小偽虎鯨。自幼住進海洋世界，飽受瓶鼻海豚欺侮的小偽虎鯨是否也會思念遠方的母親？離開遼闊的海洋，棲身窄小的水池，溫飽無虞卻以自由及親情為償。若說眼前所見「媽媽和孩子是永遠不會拆散的一組」，則獨自成長於海洋世界，活躍於表演舞台的小偽虎鯨又懷抱著怎樣的心緒？

末段始於一隻偽虎鯨的破水躍起，宛如黑木電桿衝出水面的優雅挺拔。在這場尋鯨之旅的尾聲，海上已不見任何船隻，「尋鯨小組」在偽虎鯨的墨黑色背脊引領下，朝著啟航的花蓮港前行。此情此景，彷彿楊牧的詩歌〈帶你回花蓮〉，依依不捨地告別海洋，歸返熟悉的故土。

在四千字左右的散文中，廖鴻基記述了鯨類生態研究的景況。生動細膩的文筆將偽虎鯨的形貌栩栩如生地再現紙面，溫柔多情的想像賦予海洋生物近似人類的情感。甜蜜繾綣的親情、孤單無依的處境，再再喚起讀者的共鳴。透過對海洋及海中生物的認識與理解，將有助建立大海與人類的良善關係。

廖鴻基〈帶你回花蓮—偽虎鯨〉

問題討論

1. 偽虎鯨因與漁民間的漁獲衝突而背負惡名，但由廖鴻基的描述，我們看到一個優雅沉穩、從容溫和的形象。事物的形象多取決於觀看者的視角，請就你對動物的觀察及互動，介紹一個有別普遍認知的例子。

2. 從貨輪傾倒廢油、工廠排放有毒液體、沙灘垃圾汙染、漁業資源濫捕，危害海洋生態的新聞層出不窮，請擇一議題進行介紹，並思考面對海洋生態浩劫，我們能做些什麼？

3. 你對海洋的印象是什麼？是孕育無數生命？是匯聚百川千流？是怒濤洶湧難測？是境地陌生神秘？請羅列五個有關海洋的印象。

延伸閱讀

1. 廖鴻基，《討海人》，晨星出版社，1996。

2. 夏曼‧藍波安，《冷海情深》，聯合文學出版，2010。

3. 王緒昂，《在鯨的國度悠遊》，晨星出版社，2003。

4. 張文亮，《有誰聽到座頭鯨在唱歌》，字畝文化出版社，2016。

5. 海明威，《老人與海》，麥田出版社，2013。

6. 郭強生編，《作家與海》，立緒出版社，2011。

作文寫作

1. 請以「海洋與我」為主題，書寫與海洋的回憶，記述對海洋的觀察與認識。

【第二單元】 善待在地的環境

物質文明過度發展，人類過度掠奪環境資源，極端氣候下形成的環境災難不斷發生，例如空氣、水質、廢棄物、毒化物等汙染；熱浪、乾旱、森林大火、風災、水患、土石流等災害，而臺灣地狹人稠及高度的經濟開發，使得自然環境加速惡化，上述災難不斷重演，影響我們的生活。為了環境的健康，我們必須大幅改變對待環境的方式，藉由本單元選文，引導同學思考環境議題，以及如何友善環境，永續經營臺灣這片美麗的土地。

短講講題

此單元講述的核心概念為「友善環境，永續經營」，由此所開展出的講題有「觀察大自然的省思」、「極端氣候對自己的影響」、「善待環境的理由」、「環境保護與經濟發展之權衡」，「海洋文化還是海鮮文化」等題目。

聯合國於西元 2015 年通過 2030 永續發展議程，提出 17 項全球邁向永續發展的核心目標（SGDs），藉此引領政府、地方政府、企業、公民團體等行動者，在未來 15 年間的決策、投資與行動方向，共同創建一個得以永續的方式進行生產、消費和使用從空氣到土地、從河流、湖泊和地下水到海洋的各種自然資源的世界（UN，2015）。因此，本單元設計這些題目讓同學思考究竟要抱持何種心態面對大自然？面對變化無窮的大自然又如何修正自己的生活模式？其次，環境是人類與萬物共同生活的空間，而隨著經濟發展，人與自然的衝突日益嚴重，有什麼確切的理由值得我們友善環境？若以永續經營為前提，有沒有環境保護與經濟發展雙贏的策略？另外，臺灣為海島國家，四面環海，但我們對於海洋的了解總是圍繞在飲食層次上，那麼如何建構從陸地上眺望海洋的方式，海洋文化與海鮮文化如何兩全，亦是值得辯證的議題。

第三單元　尊重接觸的生命

- 吳聲海〈淺山、自然、食蛇龜〉

- 邵廣昭〈海鮮吃得對，有助於海洋保育〉

- 劉克襄〈年輕的探索者—小狸〉

- 陳美汀〈與石虎在山林間同行〉

- 黃宗潔〈動物咖啡廳的療癒假象：寵物是家人，

　　　　還是可取代的物品？〉

- 吳海音〈科評《苦雨之地》：

　　　　我們的未來裡有沒有雲豹？〉

壹、吳聲海〈淺山、自然、食蛇龜〉

選文理由

　　龜，是生長於臺灣的人最熟知的動物之一，〈淺山、自然、食蛇龜〉一文便是帶領讀者就「龜」——這在臺灣與亞洲最常出現的動物，進一步來思考與檢視有關食蛇龜的棲息、繁殖與保育議題。

　　對大部份生長於臺灣的我們而言，很難想像「龜」這個再熟悉不過的動物會面臨瀕臨絕種的危機。如作者所言，六十年前的臺灣隨處可見食蛇龜出現在日常週遭。然而，隨著現代化的發展，食蛇龜的居住環境與生存條件卻隨人類文明的推進而越形限縮、甚至消失。

　　正是秉持著對於食蛇龜與其保育、生態議題的關注，作者在文中細心介紹了有關食蛇龜的生活棲息與生殖繁衍等動科知識，更語重心長地帶我們進一步去思考人類文明與衍生的環境開發對動物生存權的破壞。其中，作者思考生態保育政策在現實情境中卻可能存在的邏輯弔詭，讓全文在自然關懷的筆調下，更具批判力度。透過該文，讀者讀到的不僅是關於保育動物的生態議題，並能深切思考官方保育動物訴求與民間之間存在的諸多辯證難題，是為本文選入課本的原因之一。

導讀

一、題解

　　該文以食蛇龜為聚焦對象，透過了標題的「淺山」、「自然」與「食蛇龜」等三項關鍵詞，組成文章以食蛇龜為核心對動物保育議題的申說；並以此三項詞彙與內文申論脈絡在前後次序上的錯落對應，搭建起文章以環境、生態與動物為關鍵概念的敘寫架構。

　　就「食蛇龜」部份，文章談及食蛇龜的生活習性、飲食條件與繁殖處境，讓人一窺食蛇龜作為大自然生物的奧妙。「淺山」部份，陳述臺灣多元地形造就生態物種之豐富，直指「淺山」作為動物生存的最佳居住地，卻遭大量人為開發而導致人與動物爭地而生態斷層的危機。「自然」部份，既指「自然」這一天地本然的原初狀態，然文章涵蓋的「自然」課題更提出對人類在自然扮演之角色的檢視，呼籲人類作為自然演化一員，有必要以實際行動來善待「自然」，為「自然」永續負起責任。

二、作者簡介

　　吳聲海，兩棲爬蟲類研究學者、中興大學生命科學系副教授。

　　吳教授於臺灣大學修讀動物學，後留美，於密西根大學取得生物學碩士與博士學位，後職教中興大學生命科學系，研究領域為動物學、生態學、系統歸類與解剖。吳教授長年投入臺灣在地生態保育工作，不遺餘力於保育類食蛇龜及兩棲爬蟲類的生態調查，並參與自然生態永續與動物保育的推廣教育活動。

　　吳教授2006年受林務局委託於中興大學成立食蛇龜臨時收容中心，從事食蛇龜收治與野放復育工作。期間，吳教授建立原生龜收容前的檢傷分類制度，讓因獵捕而處於生存危機的原生龜得到救援與照顧。同時成立中興大學食蛇龜保育團隊，號召臺灣科技企業響應食蛇龜保育工作。

　　吳教授出席公益活動時曾指出，食蛇龜面臨最大危機為人為商業炒作、盜獵及走私；此外，環境的大量開發造成自然生態的壓縮，也是食蛇龜此類淡水龜減少原因。吳教授並合撰與翻譯了動物科普與大眾教育書籍，包括《水沙連的毛、介、蟲》（日月潭國家風景區管理處），合撰《雪山高山生態系：從鹿野忠雄踏上高山的那刻起》（內政部營建署雪霸國家公園管理處）與譯作《不期而育：談動物王國的興起》（Creatures of Accident: The Rise of Animal Kingdom）。2019年，吳教授辭世，「吳聲海教授紀念獎學金」成立，延續吳教授一生致力的生態保育理念。

食蛇龜這個種類，是英國人史溫侯在十九世紀中期於台灣採集到、並由大英博物館的研究員發表的新種。當時在台灣的淡水，稻田中到處可見食蛇龜泡在水中。國防醫學院毛壽先教授在「台灣龜之研究」書中（Turtles of Taiwan, 1971, 商務印書館。p. 59）提到一位曾姓（Tseng）獸醫師，1964 年為了研究寄生蟲到恆春採集獼猴、蛇類和烏龜等動物；當地村民帶路到山中一處林地，在被樹蔭遮蓋的溪流邊，一個早上採集了約一百隻的食蛇龜。

除了北極和高原地區的居民，全世界的人都認識烏龜；頭一次看到烏龜的人必定也對他們的特殊形態印象深刻。牠們的樣子實在和我們習慣見到的動物太不一樣：身體的背面和腹面被整片的硬殼包住、從硬殼中冒出可以伸縮的脖子和四肢；長久不吃不喝沒關係、沒有牙齒被咬著還很痛！然而，這群眾所週知的動物，全世界種類還不到三百二十種。除了海龜，世界上的龜鱉類種類幾乎是平均分布在非洲、亞洲、北美洲、中美洲、南美洲、和澳洲等地區，而以亞洲地區的種類最多，從印度向東的孟加拉、中南半島，向北的中國、韓國、日本，向南的菲律賓、印尼，亞洲地區的淡水龜和陸龜共有七十多種。

食蛇龜要八到十年成熟，每年可生三到五個蛋。成年雌龜可能兩年才生殖一次，龜卵只有一半可以孵出小龜，幼龜孵出後頭兩年的存活率只有兩成，怎麼算食蛇龜都不太容易成為常見的野生動物。然而對照五十年前恆春或是兩百年前的淡水的場景，我們可以推測從台灣頭到台灣尾，都有適合食蛇龜生活的環境。而六十年前的恆春，似乎更是滿地都是烏龜。

全世界的龜鱉類幾乎有一半的種類生存都受到威脅。又以亞洲種類受到最大的威脅。許多種類的族群似乎很多，即使常被人大規模捕捉，似乎也不會覺得數量上有減少。一般人在某一種動物數量減少後，就改捕另一種，對於各個種類在自然中減少或消失，不會有什麼感覺。此外，龜鱉類不叫、不跑、不飛、不動，平時就不引人注意，好像在野外也沒有什麼作為，因此就更不讓人關心了。

近年在野外調查食蛇龜的研究人員，若是見到一隻，都覺得是很奢侈的收穫。許多十幾二十年前曾經是適合的食蛇龜棲地，現今都不復存在或不再適合任何野生動物生存；過去可以

捕捉到許多個體的地方，現在用更密集的調查方法，可能僅能找到一兩隻成年的個體，更常有的狀況是一隻都找不到。

生物學家在比較各種動物的生殖特性後，了解易受到威脅的動物都具有某些特性：像是需要多年才成熟的、產卵少的、不照顧後代的、年幼個體存活率低的動物，就都是比較容易滅絕或是族群不容易成長的。大多數種類的烏龜就符合這些特性，這也似乎就註定著牠們不可能成為數量多的種類。

沒有外來干擾，動物的生殖策略即使不利於快速繁殖，只要給予時間，仍然可以讓牠們族類興旺。龜鱉類用來彌補其生殖方式的缺點是時間。五十年應該是各種烏龜正常可達到的壽命。成熟的龜可能連續幾年產的卵都沒有孵化成功，但是只要一隻成功長大就算回本，只要有兩隻就算是賺到。若是一隻雌龜一生會生殖三十次，要能夠賺到的機會不小；只要許多個體都賺到，就能讓族群數目增加。可是近年來的調查，卻很難見到年幼的個體。至今研究人員對於幼龜的生活習性，要比對成年龜更加不足，所以可能是因為捕捉方式或地點不對，而找不到幼龜。但是更可能的原因是食蛇龜長年的生殖都不成功，因此沒有新血加入；要是如此，就是一個很嚴重的問題了。

在自然界，本來就有些種類常見、有些種類數量少而罕見。罕見的種類並非就很容易絕種，常見的動物也可能會滅絕。像是美國的旅鴿，曾經是形成全世界最大鳥群的種類，不到五十年完全絕跡。台灣在荷蘭人統治的十七世紀期間，一年可出口鹿皮十餘萬張（絕大多數是梅花鹿），到了二十世紀梅花鹿也絕種了。許多現在被各國法律或國際條約認定的瀕臨絕種的生物，在幾百年前、甚至是幾十年前，都可能還是數量很多。這些瀕臨絕種的生物，許多種在生殖上都有比烏龜有更好的優勢，但是也沒有讓牠們可以免於滅絕。因此，我們要想，究竟有什麼原因讓這些生物變少、甚至絕種？

所有的龜鱉類，幼年期比較偏食有營養的食物（動物），等到體型變大，食量增加，才會吃更多的植物。任何種類的龜，包括一般認為是植時的陸龜，都不會拒絕有肉的食物。這是因為龜鱉類身體的骨骼（龜殼表面是鱗片，鱗片下都是骨板）佔了體重很大的比例，而構成骨骼的營養在植物中含量非常少。食蛇龜在自然環境中，吃植物、動物、死屍等，可以說牠們是雜

食或腐食的動物。下雨天出現的蝸牛、蚯蚓，地面散佈的果實、真菌，偶爾發現的幼鼠、蛇屍和鳥屍，都可以讓食蛇龜飽餐一頓。比起其他龜鱉類，食蛇龜似乎可以忍受比較低溫的環境，就連烏龜日常生活中不可或缺的曬太陽儀式，食蛇龜似乎也並不太熱衷，因為牠們待在樹林底下的時間遠超過在空曠地區。食蛇龜屬於亞洲地龜科的閉殼龜屬，地龜的種類和閉殼龜的其他種類，多生活在水中或常在水域環境出現；然而食蛇龜又是其中幾乎不用泡在水裡的種類，環境中的露水、雨水、和食物中含的水分就足夠牠們用。

讓動物滅絕的原因，是我們一人類。對於野生動物，最常聽到的問題是：可不可以吃？有什麼用？有沒有毒？值多少錢？卻很少聽到有人關心：噪音會不會讓白鼻心受驚嚇？砍了樹會不會讓八色鳥找不到地方生蛋？老鼠藥會不會毒死食蛇龜？

1970 年代，台灣是惡名在外的消費野生動物國家，那時每年進口許多的野生動物和產製品，引起國際輿論的關切。1989 年頒布了野生動物保育法，同時也列出國內應該被保護的野生動物，才讓國內野生動物族群逐漸恢復。近十年才開始出現的台灣產的食蛇龜被捕捉走私出國的案件，雖然平均每年只有一件的查緝案，但是被查緝到的數目卻逐年大幅成長，九年來已知被查緝到的食蛇龜個體已經超過六千隻。近年來不但有更多人收購，也有更多地方傳出有盜獵的狀況。諷刺的是，台灣從二十多年前的野生動物進口國，到今天成為出口國，是否可說是保育有成呢？

野生動物經營管理這個名詞，最早是為了讓人類可以利用（漁、獵）的野生動物可以永續被利用，連帶著促成了對於自然環境的維持和確保野生動物有健康的族群。到了二十世紀，有鑒於野生動物被超限利用，而有了保育這個觀念。到了今天，保育的標的不只是飛禽走獸游魚而已，凡是參與生態系統運作的所有生物和棲地都包括在內。

在各類被走私的動物中，龜鱉類是最不需要被照顧、也最不容易中途死亡的。然而這不代表牠們被捉到後都可以活下來。被查緝到的食蛇龜，從被捕捉、囤積、運送，撐到查緝、運送、點交，可能超過數個月。期間受感染、飢餓、脫水、受傷之苦；收容單位在接到食蛇龜後，常要面對百分之五十以上的死亡率。有幸存活的個體，還要長期滯留在缺乏經費和空間的收容場

所。即使終於熬到可以被釋放到野外，卻可能又再度捕捉，而出現在另一件被查緝到的走私食蛇龜之中。（2013年查獲到的走私案件中，包含三隻曾被查緝到的走私個體。在經過數年的收容生涯，在2013年初被釋放到野外。但不到半年，又出現在欲走私出境的一千多隻個體中。）

人類一定得利用我們稱之為『自然資源』的環境和生物。資源使用得當才會是再生和可延續的資源。但是不知道好好用、省著用，這些資源也可以很快就被耗盡。

不要詢問被走私的龜最後被賣到哪裡，也不用好奇食蛇龜值多少錢，更不必探究食蛇龜被用來做藥還是成為食物！在台灣的我們，應該要質疑的，更應該要求答案的問題是：依法被保護的動物，為什麼到處有人在抓卻沒人知道？獵捕、走私的一再發生，卻沒辦法嚇阻規模持續擴大的非法行為？原因有很多，像是人們對低海拔自然環境的無止境開發，責任機關對所轄自然環境的不聞不問，法院對違反野生動物保育法的犯行不願開罰，民眾普遍的不守法和缺乏環境意識。

我們偶爾可以聽到保育研究人士花了好幾年追蹤石虎、黑熊、熊鷹、黃魚鴞，想要從野外少之又少的野生動物身上，盡快瞭解牠們的生活習性。而這些研究的目的，根據政府機關的說法，是「提供未來經營管理參考」、「作為經營管理的依據」。

研究野生動物如何可以當作經營管理的參考？因為人類要使用，所以需要增加族群量、確保其生活棲地嗎？經營管理什麼？是讓野生動物數目增加、還是在野生動物太多時幫牠們節育？自然界不論是一年生一百隻或是三年才生一隻的動物，我們都不會在野外見到牠們獸口爆炸、也不會見到哪一種會絕種。研究野生動物的人至今無法讓動物增加，也沒辦法阻止這些動物滅亡。要保育野生動物，真正需要被經營管理的是人。

我們可以把台灣島依照海拔高度填成由淺而深的白、灰、黑三個顏色，黑色部分在台灣中央，是高海拔的山地；最外的白圈是圍著台灣海岸線的低海拔的平原和小丘陵；夾在期間的灰色，就是現在許多生物都面臨生存威脅的低海拔山地，或是所謂的淺山地帶。白色地帶曾經住著現已絕跡的梅花鹿，現在則幾乎全部成為人類活動的環境。黑色的高海拔山區，黑熊、水鹿等動物都幾乎在三十年前消失；野生動物保育法的頒布和高海拔保護區和國家公園的設立，多

少讓這些動物有了喘息的機會。而介於黑白之間的灰色地帶，因為氣候溫和、食物豐富、面積夠大，是更多野生動物生存的主要環境。但是現在生存最受威脅的野生動物，卻也都以此處為家。像是食蛇龜、台灣獼猴、石虎、水獺、穿山甲、食蟹獴、八色鳥等。水獺敵不過人的捕殺，早已在台灣絕跡；台灣獼猴是現代唯一繼續和人類周旋且偶爾可以攻城掠地的種類。其他的種類，隨著人的開發範圍逐漸擴大，都越來越少。而以食蛇龜被獵捕的數量和牠們本身的低繁殖率來看，非常有可能成為台灣下一個默默消失的保育類動物。

　　無論是造成野生動物族群減少或是滅絕的原因是棲地破壞和棲地消失、被利用（狩獵、食用、藥用、寵物、放生）、或是附帶傷害（農藥、滅鼠藥、寵物、外來種威脅），歸根究底都是人的作為（或是不作為）。政府和民間對於食蛇龜或其他野生生物和棲地，應該要有更積極的作為。近年來，維護環境的社區和組織相繼成立，是非常有用的保育方式。然而淺山保育最欠缺的是土地，企業若能把環境保護和生物保育也列為捐款的標的，收購或信託更大地區的淺山地帶成為保護區，可以更快達到目的。政府機關更應改變對自然環境無止境的利用的想法：大多情況下，自然環境要永續、要發展，反而應該是什麼都不做。

　　食蛇龜是近年因非法貿易而瀕臨絕種的野生動物，國際保育團體提出的解決之道在於加強執法、減少市場需求、以及結合和這些和野生動物共存的社區合作等三項工作。但是這三項在國內似乎都沒法做到。從執法層面來看，執法機關罕有認真辦理野生動物生存有關的實質工作；即使遭起訴，犯者也都被輕輕放下。至於減少市場需求，則因為市場在國外，政府根本沒有能力控制。雖然台灣現在有許多社區不乏有心人士在盡力，但往往犯法之人就是社區內居民，以致難以處理；如是外來盜獵者，也因執法者無法配合或無法以現行犯處置而無疾而終。

　　淺山環境是台灣島最重要的自然環境，有最高密度的野生動物；但也是被破壞速度最快、最嚴重的區域。雖然有越來越多的人意識到保護的急迫性，但至今尚沒辦法有大規模的作為，原因之一是各地社區注重的主題太過分散和瑣碎。每個地區想要保護的種類和環境都不同，但現在又都只能爭取同一來源的有限資源。各社區和團體若能討論出共同的大方向，形成一個更有說服力的大團體，才有機會保留住這個地帶。

吳聲海〈淺山、自然、食蛇龜〉

因為食蛇龜目前所存在的經濟價值（被炒作出來的短線價值），有人建議把牠們變成經濟動物來飼養繁殖，不但製造人民財富，也減輕對自然界野生動物的獵捕壓力。人類有文明至今，可以完全不用野外個體來繁殖的家禽家畜種類，用兩隻手的指頭就可以數完。為何如此？因為馴化繁殖不是一蹴而就的事情。至今任何爬蟲類的養殖，都需要不斷補充野生個體來補足繁殖的損耗，所以從不是永續的產業。這些野生動物，不可能承受持續的被捕捉，在成為永續產業之前，他們可能就在野外絕跡了。而那些想養殖的人，可能最終不會成功，或是去試另一個目標種類。但是自然失去的，是森林裡安靜無聲的食蛇龜。

十九世紀的淡水，六十年前的恆春，沒有人想到要去碰食蛇龜。二十一世紀的的淡水，田不見了，食蛇龜也沒了！沒有人記得烏龜曾經在那裡。現在的恆春，給人的印象竟然是當地人有下完雨就出去抓龜的習慣。再過六十年，也一樣沒人會記得烏龜曾經在那裡。

沒有人刻意去營造黑冠麻鷺和樹鵲的生活環境，但是三十年前這些在野外罕見的動物，現在漫遊在每個城市的綠地，人見到牠們還會減速踩剎車。食蛇龜漫步在森林中，不需要誰花錢幫牠做經營管理，只希望政府和企業在開發淺山時不要只會踩油門。

分析

該文敘述角度分為兩類，一為作者主觀陳述部份，另一為客觀知識傳遞的科普分享，並以框線格式標示。敘述脈絡上，文章從龜的概況談起，敘及食蛇龜之生物習性、再到分析其生存危機與闡述自然保育議題。

文章開首透過時間對照，提出龜在臺灣從普遍出現、再到面臨生存危機的現象。對作者來說，食蛇龜面臨絕種的原因必須先從認識該物種開始。故在文章前半部，作者細心詳解有關食蛇龜之生理結構、飲食條件與繁殖形態等資訊。其後，作者將闡論重心移至動物瀕臨絕種的外部原因，包括不肖商人走私販賣、人為對自然環境的大量開發、以及官方保育政策與現實執行時的落差。

作者申論兼備理性與感性，除了分享龜的動物習性與特性等，亦適時插入感性語言來喚醒讀者的同理心。就檢視動物保護議題上，作者不流於制式宣導，而是提出令人反思的言論，如其所謂：「對於野生動物，最常聽到的問題是：可不可以吃？有什麼用？有沒有毒？值多少錢？卻很少聽到有人關心：噪音會不會讓白鼻心受驚嚇？砍了樹會不會讓八色鳥找不到地方生蛋？老鼠藥會不會毒死食蛇龜？」真誠地流露出作者善待萬物的將心比心。正是站在考量動物本位的立場上，作者不將食蛇龜視為外於人類領域的動物，而是將人類與食蛇龜同視為大自然一員，前者並不優於後者，卻是仗其靈長之便而破壞後者代表的自然生態和諧。

對於食蛇龜瀕臨絕種的現象，作者延續了人類應負起責任的論述脈絡，依序闡述人類作為導致動物瀕臨滅絕與破壞自然的罪魁禍首。其一，商人因利益而違法獵捕食蛇龜。其二、儘管有法律明文保育動物政策，然而非法獵捕動物行為一再發生，不僅在於人類對低海拔環境的過度開發，更包括責任機關對所轄自然環境的漠視，以及法院對違法野生動物保育法相關犯行的忽視。故在作者看來，保育動物之責，絕非僅僅是將動物視為被管理對象，關鍵實在管理「人」，即讓人類理解其擔負自然保育的重大責任，才有可能還給大自然健康平衡的生態。

最後，作者明列提出動物保育的依循辦法，包括加強執法、減少市場需求與動物共存的社區合作。作者的呼籲下，〈淺山、自然、食蛇龜〉一文讓我們讀到的不僅是關於食蛇龜這一物種的動科知識，而是人類保護生態和諧與維持自然永續的重要，足以讓我們讀後反躬自省，人類從自然得到了這麼多，但我們又「還」給了自然什麼？

問題討論

1. 請指出文中就食蛇龜數量變少，並瀕臨絕種的原因？盡量列述、分類並說明。

2. 文章中提到食蛇龜繁衍習性的關係，導致其生殖產量日漸稀少。事實上，食蛇龜面臨繁衍困難的問題，與臺灣近年「少子化」問題或有對應。請提出你對於臺灣「少子化」的看法，並可能的話，提出原因與可供解決的辦法？

3. 「龜」這一物種，在中國文學與文化中為淵遠流長的重要動物。就你所聞，提出中國文學
   當中有關「龜」的相關典故、作品或習俗現象等。

延伸閱讀

1. 黃文山，《烏龜》，國立自然科學博物館，1999 年

2. 陳添喜，《在龜的國度—龜的生態與習性》，行政院農業委員會特有生物研究保育中心，
   2009 年。

3. 澎湖縣政府文化局，《龜鄉》，澎湖縣政府文化局，2012 年。

4. 朱孝芬，《野性再現：臺灣保育動物與域外保育行動》，台北市立動物園，2009 年。

5. 邵廣昭等著，《臺灣百種海洋動物》，海洋委員會海洋保育署，2020 年。

6. 上田莉棋，《別讓世界只剩下動物園：我在非洲野生動物保育現場》，臺北：啟動文化，2018 年。

主題書寫

1. 據你觀察，中興大學有否烏龜的足跡或蹤跡？如有，請就你的觀察，寫下一篇中興大學裏
   烏龜生態的自然記錄文。或嘗試以靜態攝像搭配短文，或以動態影像紀錄剪輯呈現亦可。

2. 許多童書與繪本以烏龜為對象。請嘗試發揮你的創意，就烏龜的特徵與習性，撰寫一篇以
   龜為對象而具童話風格或寓言性質的迷你小故事。

貳、邵廣昭〈海鮮吃得對，有助於海洋保育〉

選文理由

　　台灣四面環海，理論上島上的人民對於海洋環境及生物自具備一定的知識，事實上，從近年來台灣沿岸環境逐漸被破壞，生物無法在棲地生存而逐漸減少甚至消失，反映台灣人民對於海洋認識的不足和態度的偏差，而全球海洋亦面臨生物滅絕和資源枯竭的危機，更說明了包括台灣在內倚賴海洋生活的人民，更需要立即改變原來的行為和立場，善待海洋，雖然有維護海洋生物生存權益的利他精神，事實上更多的是視海洋為資源，維繫含括後代在內共同人類得以永續利用的利己立場。既為利己，在說明此觀點時便多著墨在利益的權衡上：今日種種行為將種下因，之後種種將成為之後結出的果，在因果的關係中展示人應當如何做，方能獲得良善的發展。

　　鑑於此，本課課文選用了台灣致力於海洋生物研究及保護的邵廣昭教授所撰寫的〈海鮮吃得對，有助於海洋保育〉一文，作者在文中除了依循上述的理路建構全文，道出在台灣的我們，應該如何於生活中最細微海鮮的選擇中，達到為保育海洋盡份一己的心力。另外，選擇本文入篇的主因，尚有二點考量，一是目標容易達成。此文與其他國文選文多考量文學形式的技巧和內涵的深度有別，而是以平實的文字、具體的說明，向讀者傳達專業的理論如何在生活中予以實踐，於是在本文中，也非以主張素食並非人人皆能接受的方式達成目標，而是在選擇海鮮時應留意能否會於保育的目的，並提供學理的基礎；二是建立基礎理念。台灣除了傍水之外，也依山而居，對海洋環境應友善對待，也代表對於山林環境也需具有相同的態度，於舉一反三下更能建構更完整而清楚的環境意識；而所以有的科學知識，必然伴隨更深刻的人文精神，在傳達科學的知識外，更在於能對人文加以反思，亦可以說科技的進步，能讓我們對於社會及其中的成員有更深刻瞭解，那麼文章的撰寫，就並非文學創作者獨佔的專利，而是每個現代溝通的有效橋樑。

導讀

一、題解

　　本文原刊於《科技報導》第 436 期 7~10 頁（2018 年 4 月）。海洋生物學家邵廣昭博士擔任中研院研究員時與同仁合作印製了《臺灣的海鮮指南》（2010 年底）摺頁，由於版面有限、文字簡短，進而撰寫本文以詳細解說「建議食用」、「想清楚再吃」與「避免食用」三類海鮮的食用原則。其後，邵廣昭博士再撰寫本文詳細說明前述指南摺頁的內涵，以其專業的海洋生物學原理，深入淺出地帶領讀者關注我們享用的海鮮是否符合生態保育的原則，是否吃到了稀有或瀕危物種？易言之，本文期待現代國民選購海鮮時應關注食物安全（food security）、永續海鮮（sustainable seafood）及綠色海鮮（green seafood）的概念，以便放心享受美味海鮮的同時，也能幫助海洋保育的推動。

二、作者簡介

　　邵廣昭（1951 －），魚類學家，中央研究院生物多樣性研究中心退休研究員。現任臺灣海洋大學海洋生物研究所榮譽講座教授、中央研究院數位文化中心顧問、國立海洋科技博物館藏及研究組諮詢委員等職。1972 年獲臺灣大學動物學系漁業生物組學士學位，之後進入臺灣大學海洋研究所海洋生物及漁業組就讀，跟隨張崑雄進行海洋潛水研究，1976 年獲得碩士學位。其後又進入美國紐約州立大學石溪分校生態與進化系博士班就讀，於 1983 年獲得博士學位。學術專長為魚類學、海洋生物學、海洋生態學、生物多樣性、生物多樣性資訊學、生物統計。

圖 1 中研院在 2010 年底印製及推廣《臺灣的海鮮指南》，
在「臺灣魚類資料庫」可免費下載，並附有有手機版。

(臺灣魚類資料庫)

臺灣海鮮選擇指南

　　為了推廣海洋保育，2010 年筆者和目前在海科館服務的廖運志博士合作編印了一份《臺灣海鮮選擇指南》（圖 1）的摺頁，迄今一轉眼已過了 8 年。出版後出乎意料地非常受到大家的歡迎。其中最常被消費者們問到的問題就是在摺頁中的海鮮，為什麼這一種可以吃（圖 2）或想清楚再吃（圖 3），而哪一種又要避免吃（圖 4）呢？於是我們在 2013 年的修訂版中，增加了各種海鮮為何被評為這三類的簡單理由，各舉了 5 點，並用 1~5 的編號予以註記。

　　建議食用：

1. 餌料來自天然或屬於植物性。

2. 野生的資源量尚稱豐富。

3. 屬於食物鏈中、底層生物。

4. 為洄游性生物。

5. 捕撈方式給環境影響較小。

想清楚再吃：

1. 養殖餌料需要來自小魚（魚粉或下雜魚）。

2. 撈捕的漁業管理未完善，需求增多或會帶來問題。

3. 屬於食物鏈高層的生物。

4. 為定棲性生物。

5. 撈捕方式破壞棲地或造成混獲。

避免食用：

1. 已經過度捕撈，野生數量遽減。

2 成長慢、資源不易恢復。

3~5. 同上（與想清楚再吃相同）。

　　因摺頁的篇幅有限，當時沒有進一步去做較詳細的解釋。而反觀在國際上，目前至少有 24 個以上的國家都有在推動永續海鮮（sustainable seafood）或是海鮮指南（seafood watch、seafood guide）。其中也有一些國家，如澳洲及香港，他們除了出版小小的摺頁之外，同時也另外編印了一本小冊子或是專書，來詳細說明為何要推行，以及每一種海鮮在做評選時候的科學評估的依據。筆者其實早在 3 年前即已致函世界自然基金會（World Wide Fund for Nature, WWF），希望在他們全球性海鮮指南的網站上，可以把臺灣版本的海鮮指南英文版也放上去，讓全世界的朋友都知道臺灣在海洋保育方面所做的努力也不落人後。但他們卻回信告知，希望我們能夠同時提供各種海鮮評等作更詳細的資料及說明。因此《臺灣的海鮮選擇指南》下一步應要進行的工作，除了物種的增修訂之外，還需要再去編撰每一種海鮮被評估為綠色、黃色和紅色的理由及科學的依據。在進行這項工作之前，我們應先參考目前在國際上所採用的一些海鮮指南評選的科學依據。譬如澳洲、美國、加拿大等，他們的內容其實大同小異。

　　世界自然基金會的海鮮指南網站上也有提供海鮮評估的表格，分成野生捕撈的漁業以及養殖漁業兩部分，供各界參考使用。但是其中的第一項問題相當專業及複雜，大多數的國家應該

都缺乏各種漁業或魚種資源生物學的深入評估，因此填寫不易。第一項為系群的狀態及生物學，包括該系群是否有做評估、是否有足夠的漁獲資料及過去的背景資料及適當的背景值來等。第二項為漁業對生態的影響，包括該漁業是否對瀕危或保育的物種有產生負面的衝擊或已經過漁，是否會產生誤捕、棄獲或捕獲幼體，是否會造成群聚或生態系之改變，對棲地是否造成破壞。第三項則為漁業管理，包括是否有妥善的管理系統、該漁業是否有在做評估、是否有以生態系為基礎的管理計劃、是否有漁業改善計劃（fishery improvement project, FIP），或該項漁業是否有申請海洋管理委員會（MSC）的標章的認證。

各類海鮮選擇原則

譬如在澳洲的手冊中，除了介紹 90 種當地常見的海鮮種類及其評等的理由之外，還說明了海鮮的來源、在購買前要如何詢問、什麼是海產標章、海鮮和健康的關係、流言的澄清、海洋背景值的下降、海洋保護區的好處、政府的管理策略、漁具及漁法的友善性以及水產養殖是否永續等問題，內容豐富，印刷精美，值得學習。以下係筆者就個人所得到的資訊，以條列的方式所做的扼要整理：

1. 海鮮的名稱應先求統一，以免雞同鴨講。物種有效的科學學名，雖然是全球統一的拉丁名，但多半只是在學界使用，而非一般的社會大眾。他們都只會用「俗名（common name）」或是「土俗名（vernacular name）」。在同一個國家裏，不同的地區或是行業也可能會對同一物種叫不同的名字，實不利於彼此間的溝通交流或教育宣導。在臺灣，一種魚的中文名稱在教科書和字典上用的名稱，多半和市面上所用的俗名不同。很多物種並不會分類細至種的階層，只會到科或屬的層級，兩者間很難對應，這也是目前官方漁業統計年報中魚種編碼應如何改進最為頭痛的問題。所以，一個國家在編印自己的海鮮指南時，最好先要統一各種海鮮的中文俗名。所幸目前在臺灣的《臺灣魚類資料庫》中已有建議各種魚類應該最優先使用的俗名為何。2015 年由漁業署出版的《臺灣常見經濟性水產動植物圖鑑》則涵蓋了海藻、貝類、甲殼類、頭足類及棘皮動物等及魚類，共 721 種的俗名。

2. 海鮮的來源是否符合永續的原則。譬如為了節能減碳，同一種的海鮮寧可購買國內自己的
   水產品，而非來自國外進口的海產；但如果只有國外才有的種類，最好能夠買已獲得國外
   生態標章認證的產品，如海洋管理委員會的標章。

3. 物種的生物及生態的特徵。

   (1) 物種成熟的年齡越晚，越要避免去吃。因為在牠們達到生殖年齡之前就可能被捕光了，
       以致於根本沒有機會去繁殖，那麼該物種族群或資源的恢復能力就會越少越慢。譬如
       黑鮪魚是 8~12 年成熟、石斑是 5~6 年，而鯖或鰺只要 1~2 年，那當然應以選擇鯖、
       鰺為優先。

   (2) 族群的復原能力越快越好。這是因為如果捕獲的速度大於族群的復原能力，則該族群
       很快會捕撈殆盡。但由於估計族群的恢復力不易，只能用監測該系群的漁獲量的變化，
       或是捕獲魚體平均体長的大小的變化來判斷資源是否有過度捕撈的現象。再來調整漁
       業管理的強度，譬如東北部的花腹鯖，漁業署從 2013 年起每年 6 月禁捕之後，5 年來
       鯖魚的體型變大了。但族群仍然不夠強壯，故有學者建議在牠們每年 2~3 月的產卵高
       峯也要禁捕，才能提高他們的產卵率。

   (3) 物種成長的速度愈慢愈不好，通常這和魚類的壽命有關。一般深海魚類壽命都比較長，
       因為水溫低、新陳代謝慢，所以成長速度也慢，族群的恢復能力就慢，一旦過漁就甚
       難恢復。

   (4) 愈稀有的物種愈不能吃，稀有到瀕危的程度就更不應該去吃了。自然界有許多物種是
       天生稀有，數量大概佔了一半以上。就算捕撈的量少，也足以影響到牠們繁衍的機會，
       進而造成物種的滅絕。而物種的滅絕都是從的減少開始。譬如龍膽石斑在野外數量
       就不多，因此寧可吃養殖的魚。許多的鯊魚都是稀有種或已列入瀕危，但是因為要捕
       撈少數幾種數量仍多的鯊魚，如水鯊，就會容易誤捕到其他稀有種的鯊魚，造成加速
       物種滅絕的問題。

   (5) 地理分布範圍愈狹窄的物種，愈容易受到過度捕撈而滅絕。譬如香港人特別喜歡吃，
       臺灣也有的紅斑魚（赤點石斑魚），只分布在日本南部、韓國和臺灣等地，就會因為

過漁而由區域性滅絕，進一步到造成全球性的滅絕。

(6) 有聚集產卵或是覓食習性的經濟性魚類更容易遭到過度捕撈的威脅，特別是一些有性轉變的魚類譬如石斑魚或笛鯛，乃至現已列入保育類的龍王鯛（蘇眉），牠們都有性轉變的本領，母魚在成熟之後，其中只有少數的母魚個體會變性為公魚。如果過度捕撈就會造成族群的性別失衡，讓繁衍成功的機會更低，如果沒有妥善的漁業管理，資源就會迅速的銳減。最近左澎湖南方四島東西吉之間的海域發現一些笛鯛魚類有聚集產卵的現象，這些海域最好能劃設完全禁漁區來確保資源的永續。

(7) 有大範圍遷移習性的魚類最好少吃。譬如會跨域洄游的旗魚、鮪魚，牠們遷移的範圍會經過許多不同的國家，這些魚類更難進行跨國合作及全面性的管理。

(8) 建議消費者多吃草食性的小型魚類，少吃肉食性的大型魚類。這是因為小型魚類通常壽命短，族群恢復力強，而大型的魚類壽命長、成熟年齡晚、族群恢復力慢的緣故。

(9) 多吃食物網下層而非上層的海鮮，因為大型魚類通常是食物網營養階層高的肉食性或掠食性魚種，牠平均要消耗掉下一層被掠食的魚類的 10 公斤，或是再下一層 100 公斤的小魚，才會增加它自已 1 公斤的體重，非常不划算。因此我們還不如直接去吃食物網下層的生物，還可以養活十倍或百倍的人口。這就是所謂的「底食原則」。也就是大家寧可去吃食物網下層的鯡、鯷、鯖、鰺或秋刀魚科，甚至於去吃海藻或是濾食性二枚貝類，如蚌及牡蠣等初級消費者的海產。他們不但沒有食物來源不足的問題，還可以過濾海水，使用海水變得更乾淨，加速生物多樣性的恢復，也減少了優養化所造成環境惡化，甚至於赤潮的問題。

(10) 當評估的資料不足，或是該漁業或該魚種的統計資料不夠詳盡正確，以致於難以進行可信的評估時，多半建議將其列入想清楚再吃的黃色名單中。

4. 捕撈時對生態或棲地的影響。不同的漁具、漁法會對棲地造成破壞或誤捕及棄獲的程度不同。特別是底拖網、三層流刺網、扒網、耙網或掘網、火誘網或是大型圍網等。因此應要多鼓勵消費者多選購以釣具漁業而非網具漁業所捕獲的海鮮。

5. 漁業管理是否到位。在不同國家或同一個國家內不同地區的漁業管理方式各有不同。譬如漁民執照的核發、漁業資源量的評估、捕撈配額的訂定、漁具漁法限制、IUU（非法、未報告、不受規範）及誤捕的監管、科學研究及資料統計的正確性、是否有規劃海洋保護區並落實管理等。美國阿拉斯加的漁業被公認是管理最嚴格也最能永續，因此，麥當勞的麥香魚餐所使用的食材就是阿拉斯加狹鱈。

結語

總之，大家除了要呼籲政府、監督政府推動一些限漁的措施和劃設海洋保護區並落實管理以及取締的工作外，每一位消費者也可以從自己買對魚和吃對魚來拯救海洋。過去，大家吃海鮮只注意到是否可口美味、價格是否合理和海鮮是否新鮮衛生，不要吃到污染或有毒的魚類；近年來，大家也開始注意到水產品特別是養殖的水產品的產銷履歷，在生產及運銷的過程中是否有被污染或添加有害的藥物或化學物。但是，更重要的也容易被大家忽略的，其實是要關注我們所享用的海鮮的種類是否符合生態保育的原則，是否吃到了稀有或瀕危的物種？換言之身為現代的國民，我們在選購海鮮的時候也要有食物的安全（food security）、永續的海鮮（sustainable seafood）以及綠色海鮮（green seafood）的概念。讓我們的海洋環境及海洋生態也能夠永續地被利用，不會真的淪入漁業科學家在 10 年前所預言的，到了 2048 年人類將沒有野生魚類可吃的窘境。

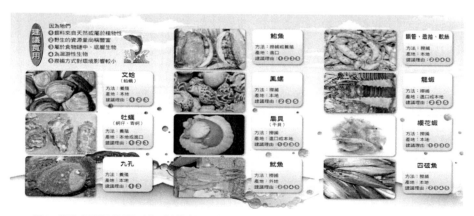

圖 2：節錄《臺灣的海鮮指南》「建議食用」的種類與理由，指南中以綠底標示。（臺灣魚類資料庫）

圖3：節錄《臺灣的海鮮指南》「想清楚再吃」的種類與理由，指南中以黃底標示。（臺灣魚類資料庫）

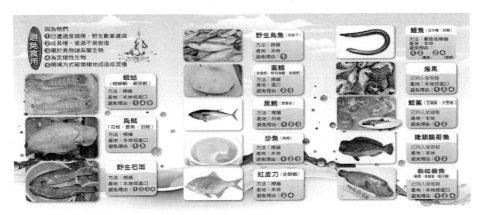

圖4：節錄《臺灣的海鮮指南》「避免食用」的種類與理由，指南中以紅底標示。（臺灣魚類資料庫）

分析

　　海洋文學家廖鴻基〈海鮮〉曾言：「海洋文化理應包含海鮮文化，是我們糊里糊塗吃魚，而且吃過頭了，才會使得海鮮文化扭曲變形而污名化。文章裡常常寫魚，或討論魚類生態或漁業種種，常被（質）問：『那你還吃不吃魚？』我的回答是：因為接觸魚、認識魚，所以

吃魚懂得有所選擇 --- 可以吃的魚才吃，不該吃的絕對不吃。」（〈海鮮〉，《腳跡船痕》，2006）因此，海鮮文化的關鍵在於「有所選擇」。職是，邵廣昭此文的重點即在於提供「選擇」海鮮的實用知識，主要內容即「臺灣海鮮選擇指南」與「各類海鮮選擇原則」兩節，而後者的篇幅較大，也是本文的主要重點所在。

首先，「臺灣海鮮選擇指南」這一節，將海鮮分為「建議食用」、「想清楚再吃」與「避免食用」三類。其中，第一類「建議食用」的海鮮具備來自天然或屬於植物性、野生的資源量尚稱豐富、屬於食物鏈中底層生物、洄游性生物與捕撈方式給環境影響較小等特點，包含：文蛤、牡蠣、九孔、鮑魚、風螺、扇貝、魷魚、透抽、龍蝦、櫻花蝦、四破魚等常見於餐桌的海鮮。第二類「想清楚再吃」的海鮮則具備養殖餌料需要來自小魚（魚粉或下雜魚）、撈捕的漁業管理未完善、需求增多或會帶來問題、屬於食物鏈高層的生物、定棲性生物、撈捕方式破壞棲地或造成混獲等幾種特質者，包含海蝦、紅蟳、三點仔、花市仔、海膽、赤筆仔、養殖石斑、鱸魚、海鱺、午仔等。而第三類「避免食用」的海鮮，與「想清楚再吃」的海鮮一樣屬於食物鏈高層的生物、定棲性生物、撈捕方式破壞棲地或造成混獲，此外牠們尚有已經過度捕撈與野生數量遽減、成長慢與資源不易恢復等特質，蝦蛄、烏賊、野生石斑、野生烏魚、圓鱈、黑鮪、沙魚、紅皮刀、鰻魚、海馬、鯨鯊、隆頭鸚哥魚、曲紋唇魚等。因此，依據這份指南「選擇」可食用的海鮮，無疑是最符合科學理性的精神。

邵廣昭又指出，目前已有 24 個以上國家推動永續海鮮（sustainable seafood）或海鮮指南（seafood watch、seafood guide），作者也曾致函世界自然基金會（World Wide Fund for Nature, WWF），希望他們在全球性海鮮指南的網站上把臺灣的也放上去，而對方告知希望能夠同時提供各種海鮮評等更詳細的資料及說明。因此，作者指出《臺灣的海鮮選擇指南》下一步應要進行的工作，除物種的增修訂，還需要再編撰每一種海鮮被評估為綠色、黃色和紅色的理由及科學依據，這也是本文之所以誕生的背景。成立於 1961 年的世界自然基金會（World Wide Fund for Nature, WWF），是目前世界上最大的環保組織，其最終目標是制止並扭轉地球自然環境的加速惡化，並幫助創立一個人與自然和諧共處的未來。世界自然基金會的海鮮指

南網站即提供了海鮮評估的表格，分成野生捕撈的漁業以及養殖漁業兩部分，其中並提及某項漁業是否申請海洋管理委員會（MSC）的標章認證，至關重要。成立於 1997 年的海洋管理委員會（Marine Stewardship Council, MSC）是一家非營利的國際組織，與漁業、海產公司、科學家、保育團體及社會大眾攜手推動環保海產食品。上述兩家非營利的環保組織，對於全球海鮮文化的正面提升具有一定的影響力。

泰拉斯・格雷斯哥（Taras Grescoe）《海鮮的美味輓歌：一位老饕的環球行動》（2009）論及我們享受的海鮮美味與海洋生態被破壞的關係，消費者如何吃與如何選購海鮮以確保健康，才能夠以「吃」影響漁業及養殖活動，達到永續海洋的目標。因此，消費者擁有維護海洋生態的力量，就要從改變「吃」海鮮的飲食活動開始。

因此，邵廣昭其次論及「各類海鮮選擇原則」並提到 5 點原則，包括 1. 海鮮的名稱應先求統一，以免雞同鴨講；2. 海鮮的來源是否符合永續的原則；3. 物種的生物及生態的特徵；4. 捕撈時對生態或棲地的影響；5. 漁業管理是否到位。

第 1 點海鮮的名稱應先求統一，目前中研院多樣性生物中心的《臺灣魚類資料庫》已有建議各種魚類應該最優先使用的俗名；2015 年由漁業署出版的《臺灣常見經濟性水產動植物圖鑑》（ebook）則涵蓋了海藻、貝類、甲殼類、頭足類及棘皮動物等及魚類，共 721 種的俗名。可見「識名」至關重要，先秦《詩經》的社會功能即有「多識草木鳥獸蟲魚之名」，而當代重要的海洋文學作家廖鴻基也認為「認識魚（及其名字）」很重要：「顯然，我們吃很多魚，但不認識魚；我們抓很多魚，但普遍沒有漁業常識。……，我們的海鮮文化因而長久停滯在最底層的生存需求 — 只為了滿足口腹的腸胃型思維。」（〈海鮮〉，《腳跡船痕》，2006）可見真正認識了魚（及其名字），才能將海鮮文化由底層的口腹之慾往海洋生態保育前進。

接著，第 2 點指出海鮮的來源是否符合永續的原則，非常重要。第 3 點則指出必須認識物種的生物及生態的特徵，因此（1）物種成熟的年齡越晚，越要避免去吃，如黑鮪魚、石斑，應優先選擇鯖、鰺。（2）族群的復原能力越快越好，如花腹鯖。（3）物種成長的速度愈慢愈不好，一般深海魚類因水溫低、新陳代謝慢，所以成長速度也慢，族群的恢復能力就慢。（4）

愈稀有的物種愈不能吃，稀有到瀕危的程度就更不應該去吃，如龍膽石斑，寧可吃養殖魚。又捕撈少數幾種數量仍多的水鯊，容易誤捕到其他稀有種鯊魚，造成物種加速滅絕。（5）地理分布範圍愈狹窄的物種，愈容易過度捕撈而滅絕。如紅斑魚（赤點石斑魚），因過漁而滅絕。

（6）有聚集產卵或覓食習性的經濟性魚類容易過度捕撈，如石斑魚或笛鯛，乃至已列入保育的龍王鯛（蘇眉），如過度捕撈就會迅速銳減。澎湖南方四島東西吉間海域的笛鯛魚類聚集產卵，最好能劃設完全禁漁區確保資源永續。（7）有大範圍遷移習性的魚類最好少吃，如跨域洄游的旗魚、鮪魚，很難進行跨國合作。（8）建議多吃草食性小型魚類，少吃肉食性的大型魚類。（9）多吃食物網下層而非上層的海鮮，即所謂「底食原則」，意即寧可吃食物網下層的鯡、鯷、鯖、鰺或秋刀魚科，甚至吃海藻或濾食性二枚貝類，如蚌及牡蠣等初級消費者海產。

（10）當評估資料不足，或該漁業或該魚種的統計資料不夠詳盡正確，以致難以進行可信評估時，多半建議將其列入想清楚再吃的黃色名單中。綜合言之，應捨棄食用鮪魚、黑鮪魚、石斑、龍膽石斑、紅斑魚（赤點石斑魚）、笛鯛、龍王鯛（蘇眉）、旗魚等。應優先選擇或建議食用鯖（花腹鯖）、鰺、鯷、水鯊鯡、秋刀魚科、海藻或蚌及牡蠣等。

接著第 4 點則是提及要注意捕撈時對生態或棲地的影響。不同的漁具、漁法會對棲地造成破壞或誤捕及棄獲的程度不同。因此消費者多選購以釣具漁業而非網具漁業所捕獲的海鮮。第 5 點是漁業管理是否到位。如漁民執照的核發、漁業資源量的評估、捕撈配額的訂定、漁具漁法限制、IUU（非法、未報告、不受規範）及誤捕的監管、科學研究及資料統計的正確性、是否有規劃海洋保護區並落實管理等。美國阿拉斯加的漁業被公認是管理最嚴格也最能永續，因此麥當勞的麥香魚餐所使用的食材就是阿拉斯加狹鱈。

最後，作者邵廣昭認為每位消費者可以從買對魚和吃對魚來拯救海洋。易言之，大家應開始注意到水產品的產銷履歷，但最重要的是要關注食用的海鮮是否符合生態保育的原則，是否為稀有或瀕危的物種？選購海鮮時要有食物的安全（food security）、永續的海鮮（sustainable seafood）及綠色海鮮（green seafood）的概念，讓海洋環境及海洋生態能夠永續地被利用，不致淪入漁業科學家預言的到了 2048 年人類將沒有野生魚類可吃的窘境。此說正好與廖鴻基

〈海鮮〉一文的結尾相互呼應：「認識魚、認識漁業，不是為了成為專家，但這是海島子民的基本常識，讓我們懂得有所選擇，不僅關係到自己的健康，也關係到採捕者的方向，更關係著我們將擁有怎麼樣的海洋。」（《腳跡船痕》）因此，「海鮮吃得對，有助於海洋保育」，誠哉斯言。

問題討論

1. 當我們食用海鮮時，如果能夠留意「永續海鮮」（sustainable seafood）或綠色海鮮（green seafood）的概念，不只吃到美味，同時也能兼顧海洋生態保育，請說明其核心內涵為何？

2. 「世界自然基金會」（World Wide Fund for Nature, WWF）的創立宗旨為何？選擇貓熊做為基金會的代表動物之意涵為何？而「海洋管理委員會」（Marine Stewardship Council, MSC）這家國際組織的內涵及主要職責為何？

3. 在「避免食用」的海鮮中，黑鮪與鰻魚一向為饕客所喜愛。臺灣甚至專為黑鮪魚這種高級海鮮食材舉辦活動，如「黑鮪魚的故鄉」屏東縣東港鎮每年五月舉辦的「黑鮪魚文化觀光季」。而臺灣身為鰻魚王國，常年捕撈的鰻魚多外銷至日本供應店家製作鰻魚飯，但產量豐收時農委會也會鼓勵國人多食用。請說明食用這兩種「避免食用」的美味海鮮之利弊得失。

延伸閱讀

一、專書

（一）漁業生物學

1. 行政院農委會漁業署：《臺灣常見經濟性水產動植物圖鑑》（ebook 網址：http://fisheasy.fa.gov.tw），行政院農委會漁業署，2015 年

（二）漁業／海鮮文化

1. 泰拉斯・格雷斯哥（Taras Grescoe）；陳信宏譯：《海鮮的美味輓歌：一位老饕的環球行動》（Bottomfeeder: How to Eat Ethically in a World of Vanishing Seafood），臺北：

時報出版 文化公司，2009。[新版：《海鮮的美味輓歌：健康吃魚、拒絕濫捕，挽救我們的海洋從飲食開始！》（Bottomfeeder: How to Eat Ethically in a World of Vanishing Seafood），臺北：時報文化出版公司，2018。]

2. 布萊恩・費根（Brian Fagan）；黃楷君譯：《漁的大歷史：大海如何滋養人類的文明？》（Fishing:How the Sea Fed Civilization），臺北：八旗文化公司，2021。

3. 李雪莉，林佑恩，蔣宜婷，鄭涵文：《血淚漁場：跨國直擊台灣遠洋漁業真相》，臺北：行人出版社，2017 年。

（三）海洋 / 漁業文學、繪本

1. 保羅・托迪（Paul Torday）；鄭明萱譯：《到葉門釣鮭魚》（Salmon Fishing in The Yemen），臺北：貓頭鷹出版公司，2008 年。

2. 張東君著；陳維霖繪：《爸爸是海洋魚類生態學家》（二版），臺北：小魯文化公司，2020 年

（四）飲食文學中的「海鮮」

1. 廖鴻基：〈海鮮〉，《腳跡船痕》，臺北：印刻出版社，2006 年。

2. 焦桐：〈論吃魚〉，《暴食江湖》，臺北：二魚出版社，2009 年。

3. 李黎：〈食有魚〉，焦桐主編：《八十八年散文選》，臺北：九歌出版社，2000 年。

4. 蔡珠兒：〈嶺南有嘉魚〉，《南方絳雪》，臺北：聯合文學出版社，2002 年。

（五）「建議食用」

1. 柯裕棻：〈蛤蜊的氣味〉，《甜美的剎那》，臺北：大塊文化公司，2007 年。

2. 詹宏志：〈珊瑚礁中的龍蝦〉，《人生一瞬》，臺北：馬可孛羅文化公司，2006 年。

3. 宇文正：〈夏綠蒂的修養〉[1]，《微鹽年代・微糖年代》，臺北：遠流文化公司，2017。

4. 蔡珠兒：〈蟹與蠔〉，《雲吞城市》，台北：聯合文學出版社，2003 年。

5. 張北海：〈紐約生蠔〉，焦桐主編：《2010 飲食文選》，臺北：二魚出版社，2011 年。

---

1 小說〈夏綠蒂的修養〉以龍蝦為主要隱喻，文後附上龍蝦料理食譜。

6. 《下百老匯上一紐約客夢》，臺北：新經典文化公司，2013 年。

7. M.F.K. 費雪，韓良憶譯：《牡蠣之書》，臺北：麥田出版社，2004。

（六）「想清楚再吃」

1. 詹宏志：〈驚喜的晚餐〉[2]，《人生一瞬》，臺北：馬可孛羅文化公司，2006 年。

（七）避免食用：

1. 曾郁雯：〈河豚與鰻魚〉，焦桐主編：《2014 飲食文選》，臺北：二魚出版社，2015 年。

2. 王宣一：〈Ahi Poke 夏威夷式鮪魚生魚片〉，《國宴與家宴》，臺北：時報出版社，2003 年。

3. 廖鴻基：〈拒吃吻仔魚〉，焦桐主編：《2008 飲食文選》，臺北：二魚出版社，2009 年。

二、 網站

1. 世界自然基金會（World Wide Fund for Nature, WWF），網址：https://www.worldwildlife.org/，非營利組織（總部在瑞士）。

2. 海洋管理委員會（Marine Stewardship Council, MSC），網址：https://www.msc.org/，非營利組織（總部在英國倫敦）。

3. 臺灣魚類資料庫（中央研究院數位文化中心 & 中央研究院生物多樣性研究中心），網址：https://fishdb.sinica.edu.tw/chi/home.php

主題書寫

1. 參考「建議食用」、「想清楚再吃」與「避免食用」三類海鮮，以其中一種海鮮為題，書寫一篇你曾經食用過的海鮮飲食散文，並於文中適度加入本文所提供的專業漁業生物學的知識，以完成一篇知性與感性兼具的文章。

2. 本文與廖鴻基〈海鮮〉主題雷同，請並讀兩文並寫下你對於這兩篇「海鮮」散文的觀察與解讀。

2　〈驚喜的晚餐〉前半部描述在日本北海道吃海膽的經驗。

參、劉克襄〈年輕的探索者——小狸〉

選文理由

　　人類活動的聚落，本來便存在著各樣的生命在活動，無論是家中豢養作為人類同伴的寵物，還是與我們共享相同空間野生或無飼養的動物，和我們人類相同，都擁有基本的生存權力，必須尊重而以平等以待，因而對「動物權」的重視，往往代表著社會思維的進步。長期關懷鳥類生態的作家吳克襄，繼以對自然生態、人文環境投注心力及目光，且在於嶺南大學駐校期間，開始觀察和記錄校內（虎地）街貓的日常活動，撰成《虎地貓》一書。本文選錄〈年輕的探索者——小狸〉，記錄著街貓出生後對於生命探索，及四年後劉克襄再次回到嶺南大學與小狸再見，所發現街貓所面臨的生命困境。藉由閱讀此文，可引導學生思考和體會對於不同生命關懷的意義和價值，進而激發對現在流浪動物問題的關注，以致於明白社會上各種的動保團體的理念及活動，由之，於生活中實踐著「民胞物與」的仁心，善待與我們邂逅而有情緣的生命，更期待達成與物合諧共處理想的社會。

導 讀

一、題 解

　　長期關注動物生活權益的劉克襄，除了描摹、書寫自然生態中的動植物，在受邀至香港的嶺南大學駐校時，也開始關注及記錄活動在校中的貓聚落，以文字、插畫和相片，呈現他所觀察的貓生態，最後集結成《虎地貓》一書。不同於劉克襄之前亦曾以遊人的身份，於猴硐觀察及書寫流浪貓，此書則是更以共同生活作為基礎，全面且細膩的敘寫流浪貓的生命旅程。虎地之名，據書中引當地居民的說法，原指當地爛泥的環境實名「糊地」，之後當地人又為討吉利

改稱「虎地」（虎與福諧音），於是劉克襄以貓和虎同為貓科當基礎記錄起虎地之貓，讓「虎」地有了真正的「小虎」活動著。

〈年輕的探索者——小狸〉選自此書的第五篇，記錄一隻擁有如狸般長尾故取名小狸的公貓，自幼貓長大為成貓的過程，並以為「或許也是最常見的虎地貓成長典型」。誠如在此篇中收稱的詩句：「一隻幼貓的養成／勢必包含不斷地探險和犯錯／也許，衝撞不出體制之外／但至少會悄然地／成為知悉規矩者」，此文寫下的是此地最習見貓成長的形式，並兼敘貓適應環境的過程，由之思考人類扮演的角色，以及當如何對待與我們共同分享相同環境的多樣生物。

二、作者簡介

劉克襄，臺中縣烏日鄉人，民國四十六年（1957 年）生。中國文化學院（現在的中國文化大學）新聞系畢業，曾任中國時報「人間副刊」編輯、主編，曾任中國時報人間副刊撰述委員、執行副主任，目前已退休，專事寫作。曾獲吳三連獎報導文學獎、時報文學敘事詩獎、自然保育獎、小太陽獎等。為臺灣重要的詩人與自然文學作家。

劉克襄長年進行自然生態觀察，通常上午花三到五個小時進行觀察，下午撰寫觀察報告，晚上進行報社工作。因為他年輕時期作品以禽鳥為主要題材，因此有「鳥人」的封號。劉克襄文筆清新流暢，感受細膩而真切，對於動植物與自然的書寫兼具廣度與深度，著有《隨鳥走天涯》、《風鳥皮諾查》、《永遠的信天翁》，近作為 2010 年出版的《十五顆小行星》。

本 文

第一次看到公貓小狸，牠正在北峰西側的樹林裡，鬼鬼祟祟地前進。那是正午，很少貓會在此時活動。這一窮極無聊的晃蕩行為，像人類青少年的到處遊逛。我因而確定，牠在閒逛，也在探險。

小狸的體態纖細，全身淨白，唯有一條狸般色澤的長尾，乍看已是成貓體型。但兩頰瘦尖，看來發育尚未完全。多數貓都在休息，只見牠躡足躡腳，緩步地張望，注意著每個角落的可能發

現。那行徑好像初次離家出走，什麼都感新鮮，到處亂探看，同時胡亂地想像著各種可能的危險。

結果一狩獵即見真章。善於捕食的貓，絕不會隨意走動。從第一眼，我便察覺牠的笨拙，猶帶孩子氣。那天，牠不斷地朝一堆落葉攻擊，假想那兒有一隻不易對付的厲害獵物，必須用盡全力。四五回撲擊後，依舊不甘心。突地沒來由，又轉身攫取，彷彿真有動物在那兒潛藏著。

後來，我繼續看到牠的探險。成貓若沒把握，不會隨便發動攻擊。小狸仍處於玩樂的狀態，凡有小昆蟲之類，都會試著挑釁，玩弄。

有一間，牠好運地撲著了一雙小灰蝶。只是明明都已捉到腳掌了，還是渾然不察。困惑地雙掌鬆開，只見那灰蝶完好如初，從牠眼前飛了出去。牠再躍起，撲著了的都是空氣。

太陽高照，眾貓皆瞌睡，牠獨自走在樹林裡，尋找樂子。玩得很興奮，卻不知自己在做什麼，又或者何以緊張地疑神疑鬼，衝來衝去。後來跟愛貓的學生們探問才得知，我遇見時，牠才半歲左右，這種行為不可能在其他大貓身上發生，只有像牠這樣甫長大的年輕幼貓，尤其是小公貓，才會展現這般失態和幼稚。

還有幾回，我看到小狸在吃野草。很多虎地貓喜歡在睡醒後，立即舔理皮毛，進而偏好去啃咬野草。市面有一種貓飼料，據說是針對貓愛吃野草的習性，製作為食物，但我想貓應該會比較喜歡吃新鮮的。有人視野草為貓的前菜，或者生菜沙拉，這一形容還頗生動。若按動物行為，貓吃草主要是為了腸胃的良好蠕動，順勢把難以消化的食物吐出。

虎地貓盤據的領域，並非每處都有許多野草。有些集團棲息的位置，草原處處，省去了尋找野草的麻煩。有時眼前一叢，隨便張口一咬就能啃到好幾把。但貓吃草並非亂咬，牠們應該有承傳經驗。某些植物含有毒性，諸如合果芋之類粗大葉子，多半不會去碰觸。牠們喜愛較為尋常的，諸如二耳草、牛筋草。

小狸習慣滯留的北峰，高大喬木頗多可下方多半被枯葉遮蓋，少有野草。小狸能咬到的野草，往往都只有一兩株，剛巧自枯葉堆中長出。吃草要有耐性，依草的彎曲，順勢咬食。好幾次，牠不斷地斜頭，以難看的姿勢猛咬好幾回，才能勉強啃著。有時咬不著，生氣了，不耐煩地對自己發脾氣。這一舉止，更證明牠的孩子氣尚未消失。

到處亂闖，難免惹禍。有一回，不知為何，牠惹毛一隻壯碩的棕色母貓，小紅線。牠大概是看不慣小狸到處胡亂走動，突地大發雷霆，追逐過來。把小狸逼竄到三公尺高的樹上，遲遲不敢下來。小紅線刻意在樹下趴躺、仰望，逼小狸困在樹上動彈不得，分明就是在教訓。小紅線的地位在北峰並不高，經常偷吃其他貓食。但小狸還被欺負，可見牠的階級勢必相當低微。

　　後來我觀察到，有陣子，牠很喜歡尾隨一隻叫褐嘴的母貓，結果也常被後者修理。但牠的畏懼不像遇見小紅線。再仔細追探才知，小狸乃去年在校園出生，褐嘴是牠母親。

　　我會查出，源自一位愛貓的學生，看到我日日在校園觀察記錄，拍攝了不少照片，因而寄來去年拍攝的幾張。她想知道，去年夏天拍到的一隻小貓長大後，如今棲息哪裡，目前的領域和地位情形。我一核對，隨即查出了小狸的身分。

　　更意外的是，從這張照片，我看到了小狸的母親，覺得分外眼熟。於是對照自己拍攝的。在中式庭園的區域，查到了一隻叫褐嘴的母貓。只是這一確定，反而有些感傷。

　　中式庭園因造景而有假山假池，泛稱余園。我則稱此地貓群為余園集團，褐嘴是集團的成員。三個星期前，我才在池塘邊看到褐嘴。那天牠如廁後，共未悉心處理排遺，只意興闌珊地走到一塊大石下。鑽進了一處狹小的地洞，露出尾巴。

　　那地洞，我一直視為不吉祥的位置。前幾星期，才有一隻嚴重染病的貓，鑽進那兒後就未再出來。看到褐嘴有此一動作，我自是隱隱不安。接下幾日，特別到那兒巡視，期待褐嘴出現。

　　結果，三四天後，我在大石不遠處，看到一隻貓橫死在草地上，幾十隻蒼蠅停駐在牠的嘴巴。仔細對照，確定是褐嘴。牠的身子看來相當健壯，毫無平常看到的腎臟病或貓愛滋。

　　褐嘴的死亡並未影響其他貓的作息，但那兒過去是余園集團經常集聚的地方。此後這一大石位置，虎地貓就少去了。

　　小狸並未到過那兒，牠繼續在對面湖畔孤單地生活，等待著餵食，偶爾繼續一隻年輕貓該有的好奇，到處探險。譬如走到池邊，嘗試捕捉錦鯉，探觸花叢的枝椏。小小池塘其實有明顯的界限，小狸不敢跨越到對岸，走進母親棲息的家園。

　　小狸最常出現的位置在余園南側的岩石上，屬於邊緣環境。牠經常在那兒趴臥，有時也跟

其他貓一起，但並未找到搭檔。或許還要經過長久的摸索，才能被其他貓認可。就像年輕的獅子在草原，遲早會遇見夥伴，等自己夠強大了，才能建立自己的領域和王國。此一階段，小狸仍在探險中成長，還在追尋被夥伴認可的階段。

四年後，我回到嶺南，遇見了好幾位老朋友，其中印象最深刻的是小狸。一接近余園，遠遠地第一眼，就看到牠雪白的身子，以及那根鮮明的狸尾。我隨即聯想初次遇見牠，在北峰的探險。那尾巴鮮明而興奮地搖擺著，跟潔白的身子形成鮮明的對比。

小狸仍棲息於老環境，北峰北面的山坡地，以及余園水塘南岸的環境。根據同學們的觀察，兩年前，牠早從被其他貓隻欺負的小弟，躍升為老大，現在更是大老。一隻貓從小慢慢成長，若能安然無恙，勢必會經歷這些階段。從一隻地位最低階的成員，慢慢進入核心，逐漸在生活的區域掌握較大的控制權。

換算一下年紀，從出生到此時，小狸應該接近六歲了。虎地貓過去在校園長大，曾有十一、二歲的長壽紀錄。一般巷弄的街貓，難有這樣的活存機會。余園集團的貓如今泰半不見，但小狸仍只待在過去生活的地方，生活圈一直在此不變。一群街貓若形成集團，假如沒人為干擾的因素，或者環境破壞，牠應該會永遠在此。

牠仍跟過去一樣，喜歡從岩石上觀看池塘裡的錦鯉，或長時趴躺在岩石。然而，四年前，青春美麗的身影，如今變得蒼老憔悴，臉頰更加削瘦，身子亦愈單薄。也可能患了什麼皮膚病，兩耳皮毛落光，紅通通地禿裸著，夾雜著一些搔癢的痕跡。身形有種說不出的懶洋洋，儼然是老貓的常態，不再是過去的年輕好奇和優雅。

年輕的小狸還沒找到搭檔。

我可以想像四年多來，牠在此生活的模式，慢慢地從階級地位最低的菜貓，逐漸爬升。生活原本即如此定型，現在愈加安穩。池塘旁，貓隻不多，還有一兩隻貓散落在周遭，我不識得。按過去對此一核心環境的認識，應該都是新進來的，這些棄貓會嘗試加入，逐一遞補消失的集團成員。牠們也會跟小狸一樣，慢慢地從菜貓的位階爬升。

小狸如是長大，或許也是最常見的虎地貓成長典型。

〈年輕的探索者——小狸〉乃由圖（照片）文所共構，在最末並附一首小詩，點明此篇的主旨。本篇可分為三個段落，以第一手觀察的視角，逐步引領讀者進入虎地貓聚落及小狸生命的世界裡，除了以抒情之筆寫下有情生命，並藉由實際的照片，更立體的將作者自身感受情感，傳達給讀者。在文字表現上，也依照作者自身的觀察和理解作為敘寫的次序：

一、初登場：簡介外型及性情

以一般人觀察流浪貓的視角開始描摹、及拍下故事主人翁小狸的外形，藉著客觀的敘寫一隻對外在世界陌生卻又好奇的幼貓舉動，已鮮明的表現小狸的動物特質及個別性格。而看似可愛幼稚而無意義舉動，據作者的理解，實是在此殘酷世界中求取生存的練習和探索，無論是存在於虎地貓社會的階級，抑或人類建造的環境。

二、新發現：連結家族之譜系

對小貓進一步的了解，則在發現了小狸的母親「褐嘴」後，觀察的視角則轉移至褐嘴的身上，開始記敘自牠的出現到死亡，以側寫的手法映襯出本文所描繪的主角小狸，在褐嘴仍活著時，牠是小狸情感和活動的寄託所在，但在牠死後，小狸被迫獨自面對環境。

三、生命史：描繪成長之過程

在故事最後的段落，則直接接續至四年後，作者離開並再回到虎地，劉克襄繼續觀察及比對小狸成長及改變。小狸性格改變不大，但外形卻清楚的留下歲月痕跡，而在在成貓社群中，地位亦有攀升。

此篇採取劉克襄最擅長的「親歷其境」的筆法與視角，細膩的以文字、圖片記錄動物的活動，讓讀者隨著作者的眼目，不僅看到動物的表象活動，依循同情的理解試圖描繪出動物的心理，更得以深入的認識生命，進而如同感同身受，尊重並關懷之心便油然而生。

問題討論

1. 台灣地區有不少動保團體，依照保護的對象不同，理念亦有所差異。請選擇自己有興趣的
   團體，以短講的形式陳介其理念、活動，並評議其得失。

2. 近來台灣虐待甚至虐殺自家寵物或流浪動物的新聞層出不窮，代表台灣社會對於動物權的
   漠視。請舉出一則相關新聞予以評論，並提出提升台灣重視動物權的方法。

延伸閱讀

1. 梁實秋：《白貓王子及其他》，九歌出版社。

2. 葉漢華：《街貓》，三聯出版社。

3. （日）哈喜鴨乃撰，卓惠娟譯：《貓味人生：101隻街貓自在的生活哲學》，尖端出版社。

4. （日）衫作撰，涂素芸譯：《為什麼貓都叫不來》，愛米粒出版。

5. 《遇見街貓 BOB》，采昌國際多媒體。

6. 《十二夜》（記錄片），原子映象。

作文寫作

1. 從小到大，家中、自己是否曾經養過寵物？試以〈我的動物寶貝〉為題，撰成作文一篇。

2. 中興大學的校園中活動著各種動物，無論是附近居民帶來校園運動的寵物，或是寄居在校
   園裡野生的生物，都是可以觀察的對象。請選擇一種動物並以觀察者的角度，撰成〈○○
   的一天〉。

肆、陳美汀〈與石虎在山林間同行〉

選文理由

　　臺灣物種多元，其中不少保育類動物正面臨生存危機，甚至瀕臨絕種，亟需大眾的關注，了解他們的生存處境。本文以臺灣石虎（亞洲豹貓，學名：Prionailurus bengalensis）為考察對象，石虎是生活在臺灣低海拔山區、丘陵的野生動物，因靠近人類活動與居住地區，而面臨各種人為的威脅，目前全臺僅剩約五百隻，屬於一級保育類動物。由於石虎主要在晨昏與夜間行動，兼之生性機警，很難透過肉眼觀察掌握其生態習性，因此作者持續多年的追蹤研究、野化訓練等紀錄，顯得格外珍貴。本文不僅協助我們了解石虎這一純肉食性貓科動物的生活型態，更能體察瀕危物種復育的重要性與實踐方式。期許同學學習尊重多元生命，培養親鄉愛土的情懷，並以維護生態永續為己任。

導讀

一、題解

　　〈與石虎在山林間同行：石虎的野化訓練、野放與監測〉一文，選自2018年7月《科學發展》第547期中的專題報導。《科學發展》月刊為國內政府出版品中唯一的綜合性科普雜誌，內容包羅萬象，含括生物、醫學、科技、地理、生態、財經、管理等各類別，以科學知識普及化、提升民眾科普素養為出版宗旨。

　　臺灣的原生貓科動物有兩種，分別為雲豹與石虎。雲豹在臺灣已絕種，石虎則為瀕危的一級保育類動物。石虎為豹貓屬，英文名是 leopard cat，故又稱「豹貓」；且因身上有類似錢幣大小的斑點花紋，也被稱為「金錢貓」；又由於在山區活動，有人稱為「山貓」。石虎體型與

家貓相彷，體重約 3-6 公斤，身體特徵乍看下也與一般虎斑貓相近，然而有幾點不同之處：石虎耳朵圓，虎斑貓耳朵尖；石虎額頭與眼窩內側有明顯的白色條紋，耳後有白色斑塊，虎斑貓則無此特徵；石虎尾巴稍短，長度約頭體長的 40-50%，且散佈黑色斑點，虎斑貓尾部末端則呈現黑色環節。

　　本文從石虎目前遭受的生存威脅出發，並聚焦於失怙的小石虎，經由相關單位救傷與安置後，由屏科大保育類野生動物收容中心進行野化訓練、軟式野放，以及後續追蹤監測。作者以質樸的文字，紀錄訓練過程、野放後觀察到的播遷行為、生態習性與繁殖狀況，其中尤以雌性石虎阿嵐的追蹤紀錄最為鮮明。全篇對瀕危石虎的復育情況描繪細膩，文末並以感性筆調勾勒美好願景——未來我們仍能與石虎同樣悠遊於山林間。作者對石虎保育的投入與熱情，瀰漫於字裡行間。

二、作者簡介

　　陳美汀，臺灣石虎保育人士、學者。成功大學歷史系學士、德州農工分校野生動物經營管理研究所碩士、國立屏東科技大學生物資源研究所博士。研究專長為石虎生態與社區保育。曾任職臺北市立動物園、屏科大保育類野生動物收容中心，現任臺灣石虎保育協會理事長。

　　陳美汀成長於臺南，自幼愛貓成痴。1998 年開始研究石虎，2004 年第一次在苗栗山區拍到石虎蹤跡。2005 年，她考進野生動物研究所，由於石虎晝伏夜出，陳美汀曾因入山放觀測相機，而在苗栗山區被虎頭蜂攻擊，螫了 100 多針。經此一劫，陳美汀更決心投身石虎研究和保育。2012 年開始，在苗栗縣通霄鎮楓樹社區推動友善耕作，因能保護石虎棲息地，種出來的米又被稱為「石虎米」。2017 年成立臺灣石虎保育協會，隔年（2018）陳美汀同協會與動保媒體窩窩社會企業合作發起「拯救臺灣石虎：吃雞，毒殺，衝突化解」的全民募資計畫，目標為改善一百間農家雞舍，避免石虎入侵與雞農發生衝突，從而導致傷亡。最終募資金額遠超過目標，更成功喚起民眾關注。多年來陳美汀努力奔走推動石虎保育，抵抗開發案危害石虎棲息地，讓她在生態圈獲得「石虎媽媽」的稱號。

食肉目動物，尤其是純肉食性的貓科動物，野放成功的門檻相對更高：野放前提供適當的野外體驗、野放後是否能持續地觀察個體狀況，以及適時給予食物上與醫療上的支持，是野放成功與否的關鍵。

瀕危的石虎

亞洲豹貓（Prionailurus bengalensis）是亞洲的小型貓科動物中分布最廣泛的物種，棲息在相當多樣的自然環境。台灣石虎為亞洲豹貓的 12 個亞種之一，早期文獻顯示石虎曾在台灣普遍分布於全島低海拔山區，1974 年的文獻提及"雖然石虎仍是全島性分布，但已逐漸減少為只有部分地區常見"。而近十年來，更僅有苗栗縣、台中市和南投縣仍有石虎記錄，警示著石虎的族群分布與數量不斷地縮小和減少，族群情況日趨危急，行政院農業委員會於 1989 年 8 月 4 日公告石虎為珍貴稀有保育類野生動物（第 II 類），更於 2008 年 7 月 2 日公告為瀕臨絕種保育類野生動物（第 I 類）。

在台灣，石虎的分布以低海拔淺山地區為主，特別是農地與森林鑲嵌的環境，相當靠近人類活動與居住地區，因此，石虎個體與族群的生存不斷面臨各種人為的威脅，包括：1. 各種開發所產生的棲息地減少、破碎化和族群隔離；2. 慣行農業造成的棲息地品質下降，例如除草劑、殺蟲劑、農藥和滅鼠藥的使用，導致石虎的獵物減少，或食入有毒獵物，產生毒物累積甚至中毒死亡；3. 道路開發所引起的路死，增加石虎的死亡率；4. 人虎衝突防治所發生的捕獵和毒殺；5. 市場需求所產生的捕獵；6. 犬、貓等外來種可能引起的食物競爭、疾病傳染、甚至獵捕。

失怙小石虎

淺山地區的各種開發，例如興建工業區、住宅區、文化園區、新建道路與拓寬、山坡地開墾為果園甚至露營區，以及農地和林地上不斷出現的(豪華)農舍等，不僅導致石虎的棲息地減少、破碎化和族群隔離，同時也會干擾石虎的棲息與活動，甚至破壞巢穴，導致石虎媽媽被

陳美汀《與石虎在山林間同行》

迫棄養小石虎。此外，石虎媽媽也可能因為車禍、誤食毒物、遭非法獵捕等因素死亡，也會讓小石虎失去依靠而死亡。2012 至 2015 年，苗栗地區共有 5 起民眾撿獲共 7 隻小石虎的案例（其中 3 隻為同一胎）。

在熱心民眾的協助和通報後，7 隻小石虎都陸續被相關單位協助救傷和後續安置，包括新竹林區管理處、苗栗縣政府、集集特有生物研究保育中心野生動物急救站和屏東科技大學保育類野生動物收容中心。每隻小石虎在確認健康狀況良好後，經由保育主管單位和專家學者進行專案討論後，最後再由屏東科技大學保育類野生動物收容中心，進行野化訓練、軟式野放（soft releasing）與追蹤監測。

7 隻野放的小石虎中，最前面兩隻個體因為野放經驗尚且不足，雖然都能確定小石虎已經能在野外獨立生存，卻未能在其探索領域時持續追蹤，無法掌握其後續行蹤。之後的 5 隻野放小石虎，訓練員不僅都能確定這些小石虎能獨立在野外生存，也都確定每隻個體都能在一段時間的探索環境後，建立自己的活動領域。

其中，目前已持續追蹤將近 1 年半的雌性小石虎（阿嵐），不僅成功地建立自己的領域，也在去年成功繁殖並哺育第一胎的小石虎，之後，她的小石虎也已獨立生活。由於石虎主要在晨昏和夜間活動，加上牠們的隱密和機警的行為習性，除了利用紅外線自相機設備、無線電追蹤和排遺等痕跡進行基本的生態研究，例如活動模式、活動範圍、棲地利用和食性等（請參考科學發展月刊 2014 年 4 月，496 期），一般很難直接觀察並研究更詳細的行為和習性，因此，藉由小石虎的野化訓練、軟式野放和後續的追蹤和監測，也讓訓練員收集到許多珍貴難得的石虎生態習性資料。

野化訓練

野化訓練的第一個重點是訓練小石虎的獵捕能力，要盡可能循序漸進地提供多樣化的活體，讓小石虎熟習獵物的行為並練習獵捕技巧，另一個重點是訓練小石虎對野外環境的適應力，盡早讓小石虎住在預定野放的野外環境相當重要。當小石虎 3 個多月齡就會移置到野外籠舍，

不僅可提供安靜、沒有人工聲音或人為設施的環境，並避免其他非野放訓練員與小石虎的接觸與互動，有助保持小石虎對人和與人相關設施的警覺心，同時，也可以讓牠認識野放區域內的動物（包括競爭者和被捕食物種），熟悉牠們的聲音、氣味和行為，更可以就近訓練捕捉當地各種獵物的能力，而整個訓練和野放過程都由同一訓練員負責，一來可增加小石虎對訓練員的信任感，也可保持對其他人類的防禦心。

　　在小石虎逐漸習慣環境後，就開始漸進式地帶牠到籠舍外活動，通常會先幫小石虎配戴臨時性的無線電發報器，預防臨時狀況發生時，能確定小石虎的位置。一開始，只是讓小石虎在籠舍外圍活動一小段時間，等牠慢慢習慣後，就開始在籠舍外給小型獵物，訓練打獵技巧，並且慢慢地增加在野外活動的時間。之後，訓練員開始利用晨昏和晚上帶牠到附近林地和溪流活動，同時注意觀察小石虎對四周動靜的反應，並且觀察小石虎自己打獵的能力。訓練過程中會觀察到小石虎自己追捕野外的獵物，例如攀木蜥蜴、鼩鼱、田鼷鼠、竹雞和其他鳥類等，但並非每次都有成功捕獲，有時，小石虎會追捕獵物出去一段時間，通常訓練員不會跟去，以免影響其捕獵過程。

軟式野放

　　軟式野放也可稱做漸進式野放，有別於一般傳統的硬式野放 (hard releasing)。後者僅在籠舍內訓練野放個體的獵捕能力，待個體長大後，就將野放個體帶到野放地點直接野放。軟式野放則提供野放個體更多時間來適應野外的動物與環境，以及建立領域，同時，在野放期間提供野放個體的食物和醫療支援。

　　當小石虎逐漸長大，開始偶爾讓牠獨立在野外數小時，甚至單獨整夜在外面活動，並用無線電追蹤監測，之後再定位找到牠後，帶回籠舍，也在回籠舍後觀察牠的進食，評估牠是否有成功捕獵。之後，在小石虎成長到成體體型時，就由獸醫麻醉進行健康檢查，此時才能配戴固定的無線電發報器，如此便可讓牠整日獨自在野外活動，由訓練員每日去進行無線電定位和餵食，並視狀況逐漸減少提供的食物量，或讓牠獨自在野外數日，逐漸增長餵食間隔日。

此時期的重點之一是觀察石虎獨自在野外捕食的狀況，主要由每次餵食時秤重（或目測）判斷，也要注意發報器頸圈大小是否合適，以及是否有受傷情形；有時有機會和石虎一起活動時，訓練員會沿路觀察牠對環境和其他動物的反應和獵食狀況。訓練員曾觀察到此時期的石虎在碰到山羌、藍腹鷴此類體型的動物，並沒有特別迴避的反應，但是，碰到其他食肉目動物（聲音、氣味），例如石虎、白鼻心和食蟹獴，還是會稍有迴避的行為，但不會像剛開始訓練時非常明顯緊張和逃離；有時，碰到鼬獾還會有追趕行為，甚至也曾觀察到石虎在訓練員還沒反應到有動靜前，就已經捕捉到田鼷鼠和珠頸斑鳩等野外獵物。藉由這些觀察，訓練員可以判斷野放訓練的石虎在野外捕食和生存的能力，因此，可以在適合的時間點，拉長牠獨立在外的時間，最後讓野放個體完全獨立。

亞成石虎的播遷（natal dispersal）和建立領域（territory）

野放時期的另一個重點是，經由無線電追蹤了解野放亞成體在學習獨立的過程如何探索、播遷和建立領域，當野放石虎的活動範圍逐漸固定，就可判斷牠已適應當地環境，並逐漸建立領域。目前有較多追蹤資訊的 5 隻野放小石虎的資料，大致可看出雄性和雌性亞成石虎的播遷行為是有些差異的，雖然所有野放訓練的石虎在獨自活動後都會逐漸往外擴散、探索環境，但是，雄性亞成體移動的距離都比雌性亞成體遠，範圍也比較大；探索期的時間也較長，這是許多哺乳動物常見的播遷行為上的性別差異。

播遷行為不僅有性別上的差異，也有個體差異。野放訓練的 2 隻雄性亞成體在向外擴散的過程中，都會在一個區域連續停留數天，然後再換到下一個區域，而且兩者都會利用山的稜線或稜線兩側的延續支稜做為移動的路徑，逐漸將探索的範圍連結起來，形成一個範圍，由此，可看出其播遷行為是有方向性的。然而，兩隻個體不同之處在於其中一隻往外探索一段時間後，又逐漸回到籠舍附近，而另一隻則是一開始便離開籠舍很遠，在另一區域展開探索行動。由於兩隻雄性亞成體是同一胎一起成長的小石虎，所以是否天生就有區隔領域避免競爭的本能，就不得而知。另外 3 隻不同時期的雌性亞成體的播遷行為，則顯示雌性傾向以野放籠舍為中心逐

漸探索外圍環境，但是個體間的最大的探索範圍和探索時期長短是有所差異的；不過，雌性的播遷行為也都和雄性一樣有方向性，會將探索的範圍連結形成一個範圍，並逐漸形成牠們的活動領域。

爬樹高手

雖然石虎不像白鼻心一樣是完全樹棲的動物，而且主要的活動和覓食應該是在地面上，但是，相較於一般家貓，石虎的爬樹能力很好，不僅可以爬到極高的樹冠層，大大的手掌在極細的樹枝上，甚至有些抓握能力。訓練員曾經好奇野放訓練的石虎如何能有如此優秀的方向感，能逐漸將探索過的路線連結，而不致迷失方向。逐漸累積的觀察紀錄解答了此一困惑：在野放訓練的過程中觀察到小石虎很喜歡爬樹，會不斷探索籠舍外圍的每棵大樹，尤其每到一個陌生環境也都會爬到大樹上活動和休息，因此研判小石虎一開始應該是要練習爬樹技巧，之後反而是到樹的高處觀察動物動靜，甚至觀察地形和相對位置。

持續的追蹤與監測

在確認野放的石虎能獨立在野外生存，自給自足後，野放工作大致結束，並開始長期監測，主要是利用無線電追蹤，收集石虎的活動地點和模式，以瞭解牠對棲地利用的情形；在此期間，訓練員也會視情況找到野放的石虎，確認牠的健康狀況，同時適時給予支持性照顧，包括：在野外受傷時給予治療、如果發現牠不適應野外環境或生病時，可以暫時中斷野放工作帶回照養治療，之後再次進行野放，如此，不僅能了解其適應野外狀況，同時能提高野放石虎的存活率。

雌性石虎的繁殖與育幼

目前野放的 5 隻雌性石虎中，僅有「阿嵐」是持續追蹤超過 1 年，牠在 2016 年初獨立生活並逐漸建立領域後，活動模式與過去追蹤的野外石虎一樣，幾乎每天或 1~2 天就會移動到下一個地點，不會在同一地點停留很久。然而，5 月 10 日之後，阿嵐就一直在同一地點停留，雖然夜間還是會離開此休息地點，但是距離不會很遠，經常會回到休息點，而白天則一直在同

一地點休息。讀文至此，大家應該能猜測到阿嵐正在哺乳育幼。在阿嵐育幼期間，訓練員在餵食監測時有觀察到牠會叼食物離開，應該是帶回給牠的小石虎進食，因此，根據牠叼走食物的行為判斷，小石虎應該是在 10 月中下旬離開母石虎獨立，也顯示野放訓練的石虎不僅能成功地適應野外、建立領域，也能像野外個體一樣，成功地交配、繁殖並哺育後代。而阿嵐的繁殖紀錄也與目前已知的石虎繁殖季節吻合，由於一般很難目擊到石虎，更別說是觀察到野外繁殖行為，因此，利用紅外線自動相機所拍攝的石虎幼體體型大小回推其出生月份，以及近幾年孤兒石虎的救傷資料，推估石虎一年四季都可繁殖，不過，冬末春初應該為出生高峰期。

野放成功的關鍵

食肉目動物，尤其是純肉食性，需要純熟的獵捕技巧和較大的領域範圍的貓科動物，野放成功的門檻相對更高，國外少數的野生貓科幼體野放的成功案例告訴我們：野放前提供適當的野外體驗、野放後是否能持續地觀察個體狀況，以及適時給予食物上與醫療上的支持，都是野放成功與否的關鍵，而這也是我們進行的失怙小石虎的軟式野放成功的關鍵。

傳統的野放訓練，雖然可以利用較大的籠舍，增加獵物捕獲的難度，讓野放訓練的掠食動物能有機會練習捕獵技巧。然而，無論多大的訓練籠舍，勢必都無法讓野放個體在一開始野放便能適應環境，尤其，對於有領域性的石虎而言，獵捕技巧只是最基本的條件，牠們需要一段緩衝期來探索周圍環境、建立其面對當地已有的同種和異種食肉目動物的能力，並且尋找合適的區域建立領域，因此，野放前的野外體驗和野放後的人為支持就非常重要。另外，當地社區的氛圍（social habitat）也是野放結果的關鍵影響因素，畢竟，野放個體仍然和一般野外個體一樣，可能會面臨人為威脅所造成的傷亡或疾病，因此，野放地點的選擇，也會是個體野放成功後能否長期存活的重要關鍵。

悠遊於山林的美麗精靈

石虎，美麗又神秘的山野精靈，是淺山生態系統中食物鏈最上層的消費者，牠的存續不僅影響其他的生物，也代表淺山生態系的健全與否。然而，全台僅剩約 500 隻的瀕危族群，每一

隻都非常重要。石虎的野化訓練、野放和監測，就是希望能協助小石虎回到野外、適應並存活於自然的環境，同時，**將其基因回歸至原族群，降低因人類干擾導致的損失**；當然，對於野放的個體進行持續的監測，更可以了解野放的石虎如何適應自然棲地環境，以及是否在野外成功繁殖。而這些野放的資料和技術都是未來在已滅絕地區重建石虎族群時的重要依據，對於石虎這樣瀕危物種的復育極為重要。因此，希望藉由這樣的野放訓練能讓石虎個體和族群回歸台灣山林，更期待的是：未來我們仍能與石虎同樣悠遊於山林間。

圖 1 石虎媽媽遭獵狗追捕失蹤後，民眾拾獲的失怙小石虎

圖 2 野放訓練期間，訓練員會利用晨昏或夜間帶小石虎到籠舍外的區域活動，小石虎會對野外環境和路徑逐漸熟悉，經常會沿路嗅聞的地上的氣味或探索洞穴

圖 3 尚未建立自己領域的小石虎，喜歡在水裡排便，應該是為了消除自己的氣味，在逐漸熟悉環境並建立領域後，就觀察到牠們會像野外石虎一樣，在明顯的路徑上或交匯處留下排遺

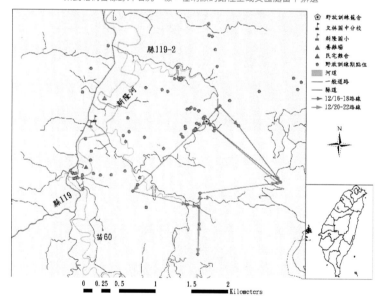

圖 4 野放的小石虎 " 阿嵐 "，在野放訓練期間，在野外數日獨自活動，分別往籠舍以東和籠舍以南方向探索，訓練員用無線電追蹤監測其活動路徑，最後再定位找到牠後，帶回籠舍。

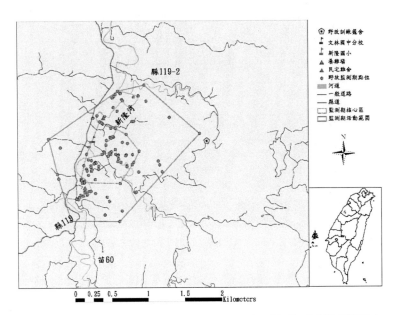

圖 5 野放後的"阿嵐"，在經歷一段時間的探索和播遷行為後，逐漸建立自己的領域，圖中的活動範圍（100%MCP）為 2.3km²，核心區（50%MCP）為 0.4km²。

圖 6 小石虎很喜歡爬樹，經常爬到樹上探索、活動和休息，同時可在高處觀察動物動靜和當地地形及相對位置。

圖 7　悠遊於山林的美麗精靈：野放訓練後的獨立生存的石虎

分析

　　本文共分三大部分。第一，說明石虎從全島普遍分布到銳減瀕危的原因，從而帶出屏科大保育類野生動物收容中心對於失怙的小石虎採取的一系列保育行動。第二，針對救傷安置後的小石虎進行野化訓練、軟式野放，以及後續追蹤與監測。第三，從淺山生態系統的食物鏈角度，總結石虎復育的重要性。

　　第一部分，從石虎面臨的生存威脅談起。石虎是除了家貓外分布最廣的貓科動物，分布區域包括中俄邊界、中國大陸、韓國、日本、台灣、東南亞、印度和巴基斯坦北部。臺灣早期文獻顯示石虎曾普遍分布於全島低海拔山區，近來則僅剩苗栗縣、臺中市和南投縣仍有石虎紀錄，且因靠近人類活動區域而面臨各種威脅。作者總共提出六點，其中第 1、3、6 點都是因各種開發破壞棲息地所致；第 2、4、5 則牽涉石虎與人類的利益衝突，例如偷襲農家飼養的放山雞，使農民採取陷阱捕捉或布放毒餌的防衛措施，抑或民間食補觀念、毛皮需求等，都使石虎面臨獵捕壓力。

然而，誠如作者在另一篇〈搶救石虎〉文章中提到，危及石虎生存最嚴重的是棲息地的破壞。近幾年農業形態改變、鄉村土地開發加速，造成野生動物可利用的面積快速減少與破碎化。不僅棲息地品質劣化，更加劇石虎路死的危險。此外，道路也會引入更多的人為活動，如各種汙染物質、噪音、寵物、外來種，甚至增加的人群也對石虎產生不同程度的新干擾。石虎媽媽因各種因素死亡或被迫棄養小石虎，也導致小石虎失去依靠而死亡。作者與屏科大保育類野生動物收容中心便是在這樣的情況下介入，為 7 隻經民眾通報救治的小石虎，進行野化訓練、軟式野放與追蹤監測。

　　第二部分又可細分為三階段。第一階段是野化訓練，這時期的兩個重點是訓練小石虎的獵捕能力，以及對野外環境的適應力。作者發現，此時尚未建立領域的小石虎喜歡在水裡排便，以便消除自己的氣味，待熟悉環境並建立領域後，就會像野外石虎一樣，在明顯的路徑或交匯處留下排遺。第二階段是採取漸進式的野放策略，逐步觀察石虎的獵食、播遷與領域建立模式。這時期的重點有二，一是觀察石虎獨自在野外捕時的狀況；一是經由無線電追蹤了解亞成石虎如何探索環境、播遷和建立領域。透過長時間的觀察紀錄，作者總結幾點發現：其一，雄性石虎移動的距離比雌性石虎遠，然而播遷行為有方向性，藉以建立自己的活動領域，則是雌雄一致的。其二，石虎是爬樹高手，透過爬到高處活動與休息，協助牠們觀察地形、相對位置，與獵物的動靜。第三階段是確認石虎能獨立野外求生後，展開持續的追蹤與監測，並適時提供食物與醫療等支持性照顧。作者舉雌性石虎阿嵐為例，野放後的阿嵐不僅適應野外、建立領域，且順利繁殖並哺育後代，為復育研究的階段性成果提供絕佳範例。

　　第三部分為全篇總結，作者從食物鏈觀點切入，呼應了他在〈搶救石虎〉這篇文章中的論述。在一個生態系中，如果缺乏高階的掠食者，則具競爭優勢的獵物種類很容易因為沒有掠食者的壓制而大量增加，以致排擠其他同屬獵物階層物種的生存空間，減少當地物種的多樣性而衍生諸多問題。石虎在食物鏈中扮演著高階消費者的角色，在這個生態系裡是控制鼠類數量的重要角色。因此，無論是鼠類對人類農作物所造成的損失，或是其所傳播的疾病對人類健康的威脅，都顯示人們應該重視大自然所賦予石虎的生態功能。而石虎的野化訓練、野放和監測，

目的就在將其基因回歸至原族群，這些資料與技術也是未來在已滅絕地區重建石虎族群的重要依據。綜言之，作者對石虎復育工作的規劃、執行，乃至超前部署的思維，都突顯這篇文章的指標性與前瞻性。

問題討論

1. 文中提及石虎的個體與族群不斷面臨各種人為的威脅，其中哪幾種是你認為現階段的自己有能力改善或盡全力避免的？請分享你的保育之道。

2. 當經濟發展與生態保育產生衝突時，該如何取捨？請舉一件近期臺灣發生的事件為例，提出你的看法，並思考尋求雙贏的策略。

3. 佛家說「眾生平等」，你贊成這種說法嗎？人類因具備語言優勢，而往往忽略了動物內心也有複雜的情緒。你是否曾在與家中寵物或其他動物相處時，感知對方流露的特殊情緒？請舉事例與我們分享，並分析你感知到的情緒是快樂、悲傷、自豪、羞愧、憤怒或者其他？這些感同身受是否提供你不一樣的啟發？

延伸閱讀

1. 陳美汀、裴家騏，〈搶救石虎〉，《科學發展》第 546 期，2014。

2. 劉克襄，〈石虎是我們的龍貓〉，《自由時報・自由評論網》，2014

3. 窩窩 Wuowuo，《黑熊再見石虎再見》，《窩抱報》第 13 期，2018。

4. 劉克襄，〈石虎剛剛離開〉，《早安，自然選修課》，臺北：玉山社出版，2018。

5. 陳美汀，〈由荒野到社區：石虎保育的在地實踐〉，《人社東華》第 18 期，2018。

6. 孫文臨，〈拾虎〉，第 9 屆新北市文學獎報導文學首獎，2019。

7. 許鴻龍導演，《搶救石虎 (DVD)》，臺北：財團法人公共電視文化事業基金會，2014。

8. 許鴻龍導演，《大地的孩子——小石虎返家之路 (DVD)》，視群傳播製作，行政院農業委員會特有生物研究保育中心出版，2015。

主題書寫

1. 請設想自己是一隻石虎，描繪你的一日生活，以及對人類的觀察。

2. 請以一種保育類動物為主題，為它設計一份引人關注的行銷文宣，可以是圖像搭配短文，或影音短片皆可。

伍、黃宗潔〈動物咖啡廳的療癒假象：寵物是家人，還是可取代的物品？〉

選文理由

　　人類、動物與環境之間要如何平衡共存是從古至今難以解決的問題。動物是與人類生活在共同環境下的個體，具有生命及意志，在傳統文化中，承認人是動物中的一類，唯最具靈性，應負起與時俱進及維繫環境和諧的責任。在偌大的生命空間裡，與人類有互動的動物不限於犬貓，如城市空間中還有其他的伴侶動物，如兔子、烏龜、天竺鼠、鸚鵡；野外空間如石虎、黑熊、獼猴、抹香鯨；農場裡有牛、羊、豬、雞等經濟動物；實驗室裡有實驗動物；展演場地有展演動物等等。藉由牠們的處境思考人、動物、環境之間的關係，還存在哪些可能性，引導我們開展動物議題思辨，調整自己的眼光，重新看待與所有生物共享的世界，並期許有更多的改變與行動。

導讀

一、題解

　　〈動物咖啡廳的療癒假象：寵物是家人，還是可取代的物品？〉選自《鳴人堂》，原刊登於 2020 年 6 月份《經典雜誌》第 263 期中的「動物人間」專題，原題為〈當代寵物文化：牠是家人，還是可以取代的物品？〉。《經典雜誌》是以「人」的角度觀察全球國際與臺灣社會文化各項議題，其目的在於傳遞「大愛與感恩、關懷與尊重、真誠與美善」，亦榮獲「2020年好書大家讀第 78 梯次好書推薦」、「第 43、44 屆金鼎獎」、「2019 年好書大家讀年度最佳少年兒童讀物獎」、「第 18 屆卓越新聞獎」、「社會光明面新聞報導獎」等多項肯定。[1]

1　「經典雜誌」網站中的「關於經典」、「榮耀與肯定」之介紹，http://www.rhythmsmonthly.com/?p=26696（2021.3.31上網）。

作者以「家人」與「物品」的辯證切入,探討人類與動物之間的共生關係,包含「人與動物的連結」、「人類親生命性的本能」、「飼養與棄養的拉扯」、「動物於城市空間的難題」、「看待可見生命的心態」,藉由上述論述,揭示人類觀察動物進而反省自身,再由自身回饋到動物個體,訴求彼此之間更合宜的互動關係,思辨「人之所以為人」深層涵義。

二、作者簡介

黃宗潔,國立臺灣師範大學國文學系博士,現任國立東華大學華文文學系教授,研究領域為臺灣及香港當代文學、家族書寫、自然書寫、動物書寫,長期關心動物倫理,關於人、動物、環境議題之研究發表於《東華漢學》、《中央大學人文學報》、《淡江中文學報》、《人社東華》等學術期刊。著有《生命倫理的建構:以台灣當代文學為例》、《牠鄉何處?城市‧動物與文學》、《倫理的臉:當代藝術與華文小說中的動物符號》,並曾於「鳴人堂」、「動物當代思潮」撰寫專欄。

本文

歲末時分,台北鬧區某間百貨公司一個與農產品相關的展覽中,卻有個看似另類的攤位,上面寫著「出租小雞」、「養雞不用清大便」。此一來自桃園某農場的出租方式,由農場提供整套的雞籠、飼料與小雞,並標榜以益生菌分解雞糞,讓民眾可以無臭養雞一個月再歸還,無須擔心小雞長大後缺乏足夠的飼養空間,吸引了不少民眾關注。

事實上,出租小雞的點子並非台灣獨有,國外亦有農場提供類似的租借服務。這類模式的出現,與都市生活造成人與自然、動物生命的疏離有著密切關係,因此無論是鼓勵透過小雞理解「由產地到餐桌」的生產鏈,或是把小雞當成寵物呵護,彌補公寓空間未必適合飼養犬貓的限制,進而主張民眾可在觀察小雞成長、和小雞互動的過程中學習愛護動物,甚至成為推廣生命教育的模式之一,都反映出雞這個既是經濟動物又可轉化為同伴動物的媒介,被寄託著某種重建人與自然連結的渴望。

但是，這種既無臭，又無痛的寵物飼養方案——為期一個月即可退還的方案，除非不當飼養，否則多半不會壽終，無須面臨同伴動物死亡的傷痛；究竟是重建了人與動物的連結，抑或只是強化了都市邏輯下對動物存在的排除？卻是值得進一步深思的問題。

誠然，該農場所致力的，不用抗生素、以益生菌分解雞糞、飼料不使用動物蛋白等等，以友善農業而言都讓養雞環境更理想，就公衛的考量來說也相當值得推廣。但當它成為飼養寵物的誘因時，這樣的生命教育，究竟是讓我們更接近動物，還是離動物／生命的真相更遠？

當食物變成寵物

無可否認地，毛茸茸、活生生、有溫度的生命，能勾起許多人內心深處柔軟的那部分，喚醒我們「親生命性」的本能以及內在與自然的連結。透過租借，小雞的生命得以延續，其中一部分也可能從此進入家庭，躋身於「同伴動物」的行列得到幸福。但是，無臭、不用清大便、只在動物童年期短暫飼養，享受牠們生命中最精華可愛的時光，然後再予以歸還的簡便方式，也形同剝奪了生物本身的存在本質。約翰・繆爾在《野羊毛》(Wild Wool) 中曾引用一位農民的話語：「文化是果園裡的蘋果，自然是野生的蘋果。」[2] 這句話放在當代，也許需要微調成「文化是超市裡的蘋果」——我們可能甚至不知道蘋果樹長什麼樣子。對於都市長大的孩子來說，雞就是餐桌上煮好的食物，或是超市裡一盒盒的生肉。租借小雞的方式，最理想的狀況是孩子對生命的認識，可以從超市裡的雞肉「還原」為野生的雞，但事實上，它會不會依然是一種「超市裡的蘋果」，只是換了不同包裝？

租借小雞的背後所凸顯的，是我們想「親近生命」，但不願或無力承擔「照顧生命」背後要付出的各種代價——包括動物會臭、會排泄、會生病、會有許多花費、需要足夠的活動空間、會發出聲音，以及會死亡。在短期租借的過程中，這些生命必然存在的現象，卻成為一個生命能夠存在於日常空間中，必須被排除的前提，而那些無法排除的部分，例如雞會鳴叫，就可能成為民眾認為不適合留下小雞的理由。

2　蓋瑞・斯奈德 (Gary Snyder) 著，譚瓊琳、陳登譯《禪定荒野》，台北：果力出版，頁295。

被「淨化」過的可愛

　　這樣的心態其實表現在當代寵物文化的各個方面，近年益發受到歡迎的寵物咖啡、寵物餐廳，亦是類似邏輯下的產物。除了日漸普及的犬貓咖啡店，近年更吹起野生動物咖啡風，日本與韓國不少商家紛紛以貓頭鷹、水獺、刺蝟、蜜袋鼯、狐獴、浣熊為號召，台灣也不例外，陸續出現飼養浣熊、刺蝟、小鱷魚等動物的咖啡廳。這類近距離觀賞與「體驗活動」對於消費者而言，比租借動物更接近「零成本」。零成本不是指無須付費，而是消費者和動物互動的整個過程，完全不必承擔動物飼養本身要付出的心力，就能滿足忙碌且空間有限的都市生活中，親近動物的渴望。

　　必須正視的是，任何商業模式得以風行，背後必然反映了消費者的心理，野生動物咖啡廳在本質上，和動物園「可愛動物區」的概念實為殊途同歸，只是寵物咖啡這種「微型動物園」，不只提供都市人更方便的休憩空間，也將動物縮限在少數幾種最受歡迎、最可愛或較罕見的，以一種更有「效率」的方式讓民眾可以直接與熱門動物接觸。由於互動時間縮短，前述那些動物會排泄、會生病等問題，也就無須尋求解決方案，因為在這種互動模式中，民眾所參與的並非動物的「生活」──咖啡館裡的動物，其實是被「淨化」過的存在，某程度上是一種想像的產物。

　　以水獺來說，牠們的形象宛如溫馴可愛的絨毛玩偶，但一如國際自然保護聯盟水獺專家工作組的主席尼寇・都卜雷（Nicole Duplaix）所強調的，水獺交易背後涉及的走私、盜獵，已經造成牠們野外族群的嚴重威脅；而事實上，這種生物完全不適合作為「寵物」，身為野生動物的牠們，有著「響亮的哨聲」以及「像縫紉機刺穿布料」的啃咬，「小狼崽或許非常可愛，但終究會長成一隻大狼，而水獺也是一樣的。」[3] 但租借寵物與寵物咖啡的模式所排除的，恰恰是牠們「終究會長成一隻大狼」的認知。

3　JANI ACTMAN 撰文，曾柏諺編譯〈可愛的水獺該被當成寵物飼養嗎〉，《國家地理》，2019.01.24 https://www.natgeomedia.com/environment/article/content-1057.html

飼養認知不足，加劇棄養效應

可以想像的是，當這種「想要親近生命，卻不願正視每種生物與生俱來的天性」成為人和動物相處的核心模式時，隨之而來的就是不當飼養與棄養案例的增加。飼主不只缺乏動物照顧的專業知識，甚至可能缺乏對生物習性的基本認知。尤其受到某些流行風潮影響而一時興起的飼主，更是棄養的高風險群。例如風靡一時的 HBO《冰與火之歌：權力遊戲》（Game of Thrones）播映後，由於劇中虛構的生物冰原狼神似哈士奇，遂引發民眾飼養潮，但哈士奇旺盛的活動力，則讓棄養潮同樣隨著劇集播放而擴散到各地的收容所。[4] 此外，寵物咖啡館的風潮背後，隱隱揭示出被「納入」寵物定義的動物種類開始產生變化，有些民眾在接觸之後也會萌生自己養一隻的念頭。又如在台灣獼猴被移出保育類之後，非法私養的狀況逐漸浮出水面，未來是否會開始出現「流浪猴」，並引發更多人與動物的衝突？顯然並非杞人憂天。[5]

飼養非犬貓寵物的人口逐漸增加，但擁有這些「寵物」相關醫療專業的獸醫仍然相當有限，亦成為非犬貓寵物產業背後的隱憂──只不過這個隱憂，目前還是相對末端的，需要更多飼主對飼主責任有所認知，願意帶寵物進行醫療時，才會凸顯出此一困境。目前更常出現的狀況仍然是，飼主在發現動物「不如預期」的時候，不是已經回天乏術，就是乾脆進行名之為「放生」的棄養──而所謂的「不如預期」，不外乎覺得照顧起來太麻煩、動物生病了、不想養了、長太大隻了等等。

因此，如果在網路上搜尋「棄養」這個關鍵字，可以看到各式各樣的新聞，動物種類五花八門，棄養地點不可思議。曾有民眾直接將寵物兔放在白色密閉置物箱內丟在路旁[6]；南投中興新村的廢棄鳥園內，亦曾成為民眾「放生」棄兔，任其自生自滅的場所，當動保團體介入救

4　王郁梅〈《冰與火》帶來全球哈士奇棄養潮 演員拍片呼籲粉絲別跟風〉，《信傳媒》，2019.06.14 https://www.cmmedia.com.tw/home/articles/16068?fbclid=IwAR1lXR46mwNhuYvcXuqC_8X1WUVttj-Raj7NOFJog82UhQ-C7GB3p83zLTo

5　關於此一議題可參考陳璽安〈非法飼養獼猴難抓難辦 埋「流浪猴」隱憂〉，《台灣動物新聞網》，2020.01.07 http://www.tanews.org.tw/info/18821

6　陳靜〈寵物兔被丟陽光下「曝曬逾6小時」　地「餓到啃報紙」環境惡劣〉，《ETtoday 寵物雲》，2019.08.03，https://pets.ettoday.net/news/1505138#ixzz6ASg7v9ww

援時，已有不少因虛弱致死。[7]而台灣近年苦於綠鬣蜥大量遭棄導致的生態問題，其數量的失控，同樣源於牠們童年時期看來「翠綠討喜」，隨著體型增加、外觀改變，對飼養空間有更大的需求，就成為業者與民眾棄養的對象。[8]

寵物咖啡、租借動物和外來種問題彼此看來互不相涉，實則環環相扣，但歸根究柢仍來自於我們對動物的認知，普遍建立在排除「生物真實性」的想像上。在這樣的情況下，寵物市場消費力的提升，未必等同於寵物生活條件的改善，許多人看待寵物的方式，仍然是排除真實性的邏輯，導致生命被物化與商品化。於是寵物的處境往往落在兩個極端，一種是大量繁殖的廉價市場中，可拋棄式、可以任意被替換取代的存在，例如曾風行一時的彩色小雞、彩繪烏龜。這些動物被有毒色素染色後，只能存活短短幾天，但由於價格低廉，對許多人來說死了也不心疼；另一種則是要價不菲的品種犬貓或野生動物，牠們表面上在家中「養尊處優」，實則必須滿足特定條件才能受到善待，一旦不夠可愛、乖巧、乾淨，或是太過吵鬧，還是可能遭到遺棄排除。要成為人類家庭中的一份子，對動物來說是有條件、有代價的。

因此，夜市裡的撈金魚，或被當成套圈圈等遊戲「贈品」的小兔子、小老鼠，和某些被染色打扮成各種奇怪造型的品種犬，看似待遇兩極，卻同樣是被「玩具化」的生命。精品化、高單價的高端寵物市場之周邊商品與相關服務，可能營造出某種寵物「地位」提升、「狗貓比人還好命」的印象，但事實上商品化的寵物市場，並不能做為評估社會看待動物態度的唯一指標，或者更精確地說，它的指標性意義不是在於表面上的消費潛力，而是背後看待「寵物」的心態。

都市空間的難題

但是，無論短期租借，抑或在咖啡廳中欣賞體驗，除了民眾看待生命的方式之外，尚有個共同的因素促成此類商機的出現，就是前文反覆提到的關鍵字：都市空間。「都市空間不適合養動物」不只是很多人的直覺，也是想在都市擁有寵物陪伴的民眾實際上可能遭遇的困境，租借與動物咖啡廳之所以盛行，即因為它們成為長期飼養的替代模式，但如果我們進一步思考都

7　〈南投中興新村廢鳥圍救出 14 棄兔　挖土找地洞發現兔骨骸〉，《ETtoday 寵物雲》，2016.03.17，https://pets.ettoday.net/news/664712#ixzz6ASjQvbc3

8　〈防治外來入侵種 屏縣呼籲全民一起來〉，《台灣動物新聞網》，2020.01.03 http://www.tanews.org.tw/info/18805

市空間與動物的關係，就會發現所謂「都市不適合養動物」，其實必須進一步分為物理空間與心理空間來討論。

在自然環境中，每種動物皆有維持其生存所需的最適空間，一定空間中能負荷的動物密度有其上限，這是從生態角度來談；若動物被人類所豢養，由動物福利的角度而言，也需要依其體型、需要的活動量與活動範圍去考量每個個別生物需要的飼養空間，讓動物能夠「生活在合理的自然環境中發展其天生的適應能力」。[9] 因此，都市不適合養動物，在某些條件下確實是成立的，例如狹小的公寓空間，就未必適合飼養大型犬種，而居家空間一旦飼養超過負荷量的動物，也可能同時影響人與動物的生活品質。

但更多時候，都市中的動物處境，是受到人們心理空間的影響。例如許多租屋族都曾遇過類似的狀況，就是房東不願租給飼養犬貓的房客；至於香港的公屋住戶，更直到 2016 年才終於可以透過醫生證明狗隻是「精神寄託」，而得到酌情同意[10]。之前曾在網路上引起譁然的「北京限狗令」，雖有部分內容不完全正確，但中國若干城市確實都有嚴格程度不一的養犬規定，其中對大型狗的限制更多。1994 年的《北京市嚴格限制養犬規定》中曾明令「重點限養區內帶狗出門時間只能在晚間 20 時至次日上午 7 時之間」[11]。這些考量無疑都與都市空間居住型態的改變有關，當社會型態改變，生活密度更高，鄰里之間的情感模式也愈發疏離時，「雞犬相聞」往往就成了難以忍受之事。此時，每個人家中能提供給動物的實際空間有多寬敞已無關緊要，因為對其他社區住戶來說，動物的存在本身就已對他們的心理空間造成（可能的）干擾與威脅，為此，動物必須排除在社區空間之外。

9 依動物福利考量的動物飼養標準可參考《動物權與動物福利小百科》，頁 58-59

10 香港公屋養狗議題可參閱【無狗之城】系列報導，特約撰稿：柯詠敏，攝：吳煒豪，《香港 01》，2018.4.10 https://www.hk01.com/%E7%A4%BE%E5%8D%80%E5%B0%88%E9%A1%8C/176276/%E7%84%A1%E7%8B%97%E4%B9%8B%E5%9F%8E-%E4%B8%80-%E5%85%AC%E5%B1%8B%E8%88%87%E7%8B%97%E4%B8%8D%E5%8F%AF%E5%85%BC%E5%BE%97-%E5%8B%95%E7%89%A9%E5%B0%B1%E7%AD%89%E6%96%BC%E6%B1%A1%E7%B3%9F-%E6%9C%83%E6%94%B9%E6%93%8A%E4%BA%BA

11 北京限狗令引發的討論及較詳細的規定，可參閱〈重磅廣播 / 北京限時消滅大型犬？中國「限狗令」的執法爭議〉，《轉角國際》，2019.12.21
https://global.udn.com/global_vision/story/8664/4238842?fbclid=IwAR2Z_SIpl7I4a_KUuu1ocN2nnjGyaTlfAYpxhh6GwMhRzm53HLW28BaQ7JM

同伴動物的流浪是種宿命嗎？

不見容於居家及社區空間的動物，下一步的命運就是成為流浪／遊蕩動物。當然，遊蕩動物也可能是鄉村的放養動物，而城市與鄉村的動物問題，存在一定程度的城鄉差距，難以一概而論。但其中仍有共通之處，就是這些動物自身要面臨充滿風險與危機重重的環境，而牠們求生的獵食本能，又可能對其他野生動物造成威脅。被棄養或放養的流浪／遊蕩動物，遂被視為造成社會問題的，不受歡迎的存在。

在這樣的情況下，動物成為需要被解決的「問題」。傳統的解決方式是最簡單的排除法，只要看見流浪動物並通報捕捉，捕犬隊就會出動再將其處死，處死方式不一而足，可以確定的是絕不「安樂」。隨著社會氛圍的改變，捕犬的傳統漸漸受到質疑，關注動物的呼聲讓政府朝向「零安樂」發展。收容所取消「十二夜」就將動物安樂死的方式，提高了走失動物被尋獲、流浪動物被認養的機會，收容所朝向軟硬體改善的目標亦值得肯定。但目前可見的現況是，民眾持續棄養與通報，導致許多收容所空間緊迫，膽小與體弱的犬隻在入所後或因壓力，或因難以爭食甚至遭到其他犬隻攻擊，時常難以善終。換言之，源頭的問題無法解決，不只身在末端的收容所，依然會持續苦於人力不足但入所犬貓源源不絕的狀況，許多進行動物救援的人士，儘管傾盡己力進行救傷或收養，對改善流浪動物困境亦是杯水車薪。

人與生物更合宜的互動關係

但是，源頭在哪裡呢？有些動保人士主張，全面結紮遊蕩犬貓才能杜絕動物持續繁殖的問題 [12]，避免更多生命受苦，TNVR(Trap（誘捕）、Neuter（絕育）、vaccination（疫苗施打）、Return（回置）) 也成為近年各縣市推動動保政策的核心之一。但若將絕育手術的「數量」等同於「成效」，這道流浪動物表面的護身符，反倒可能成為足以致命的傷害。近期有幾起幼貓

---

12 根據 2018 年全國遊蕩犬數量調查結果，遊蕩犬數為 146773 隻，較前期的 2015 年調查 128473 隻約增 14%。零安樂政策實施後捕犬數減少，但郊區及鄉村民眾放養犬隻的習慣並未改變，部分人士主張應全面將遊蕩犬貓予以結紮，方能讓遊蕩動物數量下降。相關數據可參見賴志昶〈3 年增 14%！全國共 15 萬流浪犬　農委會：儘速絕育〉，《今日新聞》，2019.07.18，https://www.nownews.com/news/20190718/3508393/

絕育後死亡的案例，就是絕育後直接原放造成傷口感染[13]，在領養動物需要先進行絕育的配套措施下，收容所內的犬貓絕育手術年齡提前至三個月；收容所外的 TNVR，也開始下修年齡，許多幼齡犬貓不到三個月就被帶去絕育。幼齡絕育的優缺點固然在醫學上仍有爭議，但為三個月以下的幼齡犬貓進行絕育後原放，無疑讓牠們暴露在相當高的風險中。[14]

因此，真正的源頭，仍然必須回歸到民眾的心態上。該如何看待遊蕩犬貓的存在？很難取得真正的社會共識。但「社會共識」本就是一種想像，任何議題都不可能有完全一致的共識，何況與人有互動的城市動物也不只限於犬貓。民眾是異質性的獨立存在，倫理的本質更在於不會有一體適用的簡單答案。但是，當更多人改變看待生命的心態，我們就有可能更接近問題的核心，並且從更全面的角度思考人與動物的關係。

無論如何，透過將野生動物納入城市的咖啡廳之中，或是想像小雞是一種無臭的生物，都只是凸顯了人與自然的斷裂，而非重啟連結的管道。寵物定義的改變不應是飼養物種的增加，而在於如何看待與我們一起生活的動物。莎伊·蒙哥馬利（Sy Montgomery）在《動物教我成為更好的人》書中，就有段生動的形容，呈顯了對寵物概念的新想像。她描述蜘蛛專家山姆在發現盆栽裡的一隻粉紅趾蜘蛛後，對大家宣布：「我想我們有隻寵物狼蛛了！」並將她取名為克拉貝兒。但他們和這隻被取名、「被寵物化」的蜘蛛相處的方式是，「每天早晨和傍晚都會去看看牠，確認牠沒事。」[15] 換言之，他們不是把活生生的動物抓來豢養，而是把原本就生活在同一空間中的生物視為同伴，每天探望關切。這是否可能成為物理空間有限的都市生活中，更合宜的人與動物互動關係？一如有些人主張將家中飼養的動物改稱為「同伴動物」或「伴侶動物」，減少「寵物」這個字帶來的物化聯想，但除了用詞的改變之外，更重要的仍在於心態上的調整。我們有沒有可能重新看見生活空間中必然存在的其他生命，並且與這些因為氣候變

13 何睿宜〈6 個月浪貓「絕育直接原放」脫水失溫亡　獸醫心疼：今年第 3 起〉，《ETtoday 寵物雲》，2019.12.10https://pets.ettoday.net/news/1598334

14 幼齡犬貓絕育的風險可參考翁浚岳〈獸醫師看台灣 TNVR 實行早期絕育的手術風險〉，《窩窩》https://wuo-wuo.com/report/57-comment/1065-danger-tnvr-191115

15 莎伊·蒙哥馬利 (Sy Montgomery）著，郭庭瑄譯《動物教我成為更好的人》，台北：高寶出版，頁 88。另，因食鳥蛛與狼蛛在英文中都使用 tarantula 一字，但兩者實為不同科，文中譯為狼蛛的兩種蜘蛛巨人食鳥蛛與粉紅趾蜘蛛都是食鳥蛛。

遷、全球化移動等種種因素發生「位移」的動物，重新磨合出新的互動關係？實為生活在當代這個劇變中的環境，無法迴避的課題。

蓋瑞・斯奈德 (Gary Snyder) 在其生態書寫的代表作《禪定荒野》一書中，曾指出：

生物區域意識以獨特的方式讓我們明白，只是「愛自然」或想「和蓋婭和諧相處」是不夠的，我們與自然界的相互關係是因為一個地方的存在而形成的，它必須根植於知識和經驗。……然而，如今很多美國人甚至不知道自己不「瞭解植物」，這的確是一個衡量異化的標準。[16]

如今，「生物區域意識」距離他為文之時更加複雜，宛如「『位置錯亂』的嘉年華」[17]，但人與自然卻彷彿朝向一個更為異化疏離的方向發展，寵物在這個複雜的生態系中，雖然只是少數物種，但由於牠們與我們距離最近，當我們開始調整自身與同伴動物、社區動物，或是生活中其他可見生命的「知識和經驗」時，或許能成為一個改變的起點，讓我們用不同的眼光，重新看待這個與其他生物共享的世界。

分析

文章以百貨公司裡農產品展覽攤位的新奇標語開頭，「出租小雞」、「養雞不用清大便」吸引民眾駐足，其方案為提供雞籠、飼料與小雞，一個月後歸還，無須擔心飼養空間。這樣的飼養模式，可讓人們和小雞互動的過程當中學習愛護動物，尊重與珍惜生命的價值，但作者提出另一角度的思辨：飼養動物卻無須負擔動物死亡的傷痛，究竟是加深人與動物之間的關係，還是將其視為商品，排除其生命的存在意義？確實，人與動物之間的關係取決於「人的意識形態」，無論是「生命」或是「商品」，都牽涉到對動物的接納與排除。我們接納的是與動物親近互動的過程，以及牠所帶來的「療癒感」，但排除的是照顧飼養必須付出的心力，如坊間的寵物咖啡、寵物餐廳等「微型動物園」，其存在只是滿足人們親近動物的渴望與想像。

16 蓋瑞・斯奈德 (Gary Snyder) 著，譚瓊琳、陳登登譯《禪定荒野》，台北：果力出版，頁94。

17 阿奇科・布希 (Akiko Busch) 著，王惟芬譯《意外的守護者》，台北：讀書共和國，頁32。

「微型動物園」的存在其實就是將動物「玩具化」，不需要對動物習性有基本認識，也不用了解動物專業照顧知識，只要有消費行為就不必承擔動物的生命需求。以動物視角來說，「微型動物園」幾乎沒有「動物福利」可言，例如沒有足夠的活動空間、適當的休息時間、不受到驚嚇、恐懼等心理情緒干擾。試想，當你在休息時，周遭環境有各種聲音及活動行為打擾，何嘗不是種巨大壓力？其次，促成「微型動物園」之商機來自於「都市空間不足」，都市繁榮程度通常與排除動物存在成正比，如文中所提的狹小公寓不適合飼養大型犬、房東不願意租賃房屋給飼養寵物的房客、周遭鄰居住戶擔心生活遭受的可能困擾與威脅。不過，也有幾個零星相反案例，例如日本奈良公園的鹿、臺灣侯硐的貓，藉由他們的存在推動觀光，甚至將之塑造為動物明星行銷各地，在此條件下，前述提及動物對於人的影響又隨之煙消雲散。這些矛盾的衝突，終究還是取決於「人的意識形態」，人們想和何種動物同行，該種動物就一直與我們同在。

都市空間不足的效應產生的是流浪動物問題，也是近年來不受歡迎的存在。政府 2015 年 1 月 23 日立法院通過「動保法」第 12 條修正案，禁止收容所對動物施行安樂死，如此發展值得肯定，但實務問題仍然存在，例如文中提及民眾因覺得照顧太麻煩、負擔醫療龐大費用、飼養空間不足、社區居民反彈等等，只好施行「棄養」，導致收容所的收容空間緊迫，收容動物彼此相互搶食攻擊造成傷害。這些問題的源頭還是在於人，即作者所言的「心態」，若能改變看待生命的心態，或許更能接近解決問題的核心。

每個人對於動物的接納與排除程度不同，很難取得社會共識，於是作者在文末呼籲，社會大眾若能從離我們生活最近的寵物開始思索，或許是一個改變的起點，除了用詞上改稱「同伴動物」、「伴侶動物」之外，更重要是調整看待動物的心態，思忖合宜的人與動物互動關係，進而擴展至其它物種，重新看待與所有生物共享的世界。

問題討論

1. 倡導動物議題時，有些人士會提出質疑：「人都自身難保了，還要顧及動物？」你對於這樣的話語有什麼看法？

2. 「以領養代替購買」是論及流浪動物議題時常見的呼籲，不必花費或是以低廉的價格，將你喜愛的動物帶回家。然而，看似無負擔的領養程序，同時也預告著未來亦有可能毫不猶豫地「棄養」。針對這個問題，你覺得可以改進的面向是什麼？

3. 在都市裡，物種最多、動物密度最高的場域當屬「動物園」，但所有物種都適合待在動物園嗎？動物園有存在的必要性嗎？請陳述你的看法。

延伸閱讀

1. 黃宗潔，《牠鄉何處？城市・動物與文學》，臺北：新學林，2017。

2. 黃宗慧，《以動物為鏡：12 堂人與動物關係的生命思辨課》，臺北：啟動文化，2018。

3. Moe Honjo，《世界的浪浪在找家：流浪動物考察與關懷手記》，臺北：木馬文化，2018。

4. Matthieu Ricard，《為動物請命：建立善待眾生的正見》，臺北：早安財經，2020。

5. 「十二夜」紀錄片，2014。

6. 「十二夜 2：回到第零天」紀錄片，2020。

7. 「動物。當代思潮」，https://thought-of-animal.com/。

主題書寫

1. 請搜尋時下關於「動物議題」的社會事件或現象，描述其發展脈絡，並針對此議題提出你的看法，題目自訂。

陸、 吳海音〈科評《苦雨之地》：我們的未來裡有沒有雲豹？〉

選文理由

　　文學與科學並非平行的兩門學科，尤其是文學中的科學知識或敘述無所不在，吳明益的小說《苦雨之地》即為佳例。該小說本身即蘊涵豐沛的科學知識，書評作者之一的吳海音以她的動物學專業，特別帶領讀者認識其中一個短篇小說〈雲在兩千米〉男主角所追尋的雲豹，藉此開展她對已被宣告滅絕的雲豹的了解與關懷。因此，閱讀吳海音這篇特別的小說書評，讀者可以在閱讀吳明益小說的同時，一同探討「我們的未來裡有沒有雲豹？」這個關乎人與生態的重要議題，可啟迪同學認識人與生態之間密不可分的關聯，符合第三單元「尊重接觸的生命」的主旨，也可藉此建構跨領域學習的廣度與深度。

導讀

一、題解

　　本文原刊於 [Open Book 閱讀誌](https://www.openbook.org.tw/article/p-34219；2019 年 1 月 28 日），為該刊專輯「科評《苦雨之地》：和科學家來場文學散步」五篇文章之一。另四篇為生理學者潘震澤〈生老病死原是生物的宿命〉、植物學者董景生〈感受冠層流動的風與陽光〉、神經科學研究者黃榮棋〈一個「自然者」的鄉愁〉以及小說家吳明益親自回應的〈為了小說〉。該專輯以吳明益的小說《苦雨之地》凸顯文學與科學的交會，分別由動物學、生理學、植物學、神經科學等學門的學者，以其科學專業與小說對話，不只凸顯了吳明益小說創作蘊涵的科學知識，也展演了文學與科學跨界合作的極大可能。

小說《苦雨之地 (The Land of Little Rain)》作者吳明益 (1971-) 為當代台灣知名的自然書寫作家，東華大學華文文學系教授，中央大中文所博士。興趣為寫作、畫圖、攝影、旅行與談論文學。著有散文集《迷蝶誌》、《蝶道》、《家離水邊那麼近》、《浮光》；短篇小說集《本日公休》、《虎爺》、《天橋上的魔術師》；長篇小說《睡眠的航線》，《複眼人》，《單車失竊記》，論文「以書寫解放自然系列」三冊。曾六度榮獲中國時報「開卷」中文創作類年度好書，入圍曼布克國際獎，愛彌爾・吉美亞洲文學獎，獲法國島嶼文學小說獎、日本書店大獎翻譯類第三名、Time Out Beijing 百年來最佳中文小說、亞洲周刊年度十大中文小說、台北國際書展小說大獎、台灣文學獎長篇小說金典獎、金鼎獎年度最佳圖書等。作品已售出十餘國版權。

二、作者簡介

吳海音，國立台灣大學動物學研究所博士，學術專長為保育生物學、野生動物生態學、生態學，現任東華大學自然資源與環境學系副教授。曾經執行相關計畫，包含「臺東縣東河鄉臺灣獼猴族群數量算計畫」(104 年，行政院農業委員會林務局臺東林區管理處）、「花蓮地區原住民族基於傳統文化祭儀利用野生動物之管理評估計畫」(102 年，行政院農業委員會林務局花蓮林區管理處）、「代表性生態系之合歡山高海拔生態系長期生態研究網計畫第三期」(100 年，太魯閣國家公園管理處）、「台東縣東河鄉台灣獼猴族群分布與民眾互動行為之調查」(99 年，台東林管處）、「花蓮縣平地造林區森林性動物監測計畫」(99 年，政院農業委員會林務局）等，探究議題包含臺灣獼猴、野生動物、生態學等均有相當豐富的研究。

本文

〈臺灣雲豹〉，媒材：色鉛筆、墨紙，手繪、影像後製：吳明益（新經典文化提供）

〈雲在兩千米〉是妻子在無差別殺人事件被殺後沮喪退休的律師，意外發現小說家妻子未寫成的小說檔案。因此開始一趟追尋雲豹、成為雲豹的旅程。——吳明益，《苦雨之地》後記

台灣真的曾經有過雲豹嗎？有過的話，現在還有沒有？還有的話，會在哪兒？沒有的話，有辦法帶牠回來嗎？

在台灣，雲豹是個謎樣的生物，是魯凱族的神獸、排灣族的聖物，是生態研究者心中的夢幻物種。這次，在吳明益新書《苦雨之地》的〈雲在兩千米〉一文中，雲豹成了主角循著雲端裂縫漏洩的線索，深入雲沉降為霧的潮濕森林裡樹冠上苦苦追尋的「獵物」。

近 20 年來，台灣多種野生哺乳動物的族群量回升，一些物種從罕見變成常見，一些從不少變成被覺得太多。但就只有雲豹和水獺，始終沒再現身。

2015 年，台灣雲豹被正式宣布滅絕，這項宣告是基於相關學者多年田野調查所得為數可觀的「零發現」紀錄。在宣布的同時，學者也由目前山區雲豹棲地的適宜性及獵物數量的角度評估，認為再引入雲豹是可行的。甚至有其他學者認為，以山林中野生動物數量回升的趨勢來看，如果雲豹沒真的滅絕，應該很快就要露面了。

台灣野生動物數量的變動、群聚組成的更迭，在考古和歷史文獻裡有記載。在我沾到邊的40年間，也目睹了野生動物們際遇的幾番波折。

　　大學年代，華西街還有好幾家蛇店，逛夜市不時看到籠中待宰的野味，中藥店裡裡外外堆放著各式骨啊鞭啊乾的，茶藝館用獼猴頭骨當擺飾，屋角還有幾箱要賣到國外。每個月從山產店買回一堆飛鼠來解剖的學長，偶爾會分幾隻讓我們烤來吃。

　　研究所時，介紹台灣野生動物的課堂上，教授說野生梅花鹿已經滅絕，要看長鬃山羊得爬到海拔3000公尺左右的碎石坡，還多半只能看到一堆堆的排遺。等到我自己進山觀察獼猴時，牠們總以為我舉起的望遠鏡是獵槍而閃躲奔逃……

台灣獼猴（Annie Liu 攝）

　　那幾年裡，躋身亞洲四小龍的台灣錢淹到了腳目，街市上有老虎被剝皮分屍，台北一度成為全球紅毛猩猩密度最高之處。之後，國際媒體和動保人士來了；之後，美國祭起了培利法案（Pelly Amendment）；之後，我們制訂並頒布了野生動物保育法。搭配在此之前開始設立的國家公園、在此之後宣布實施的天然林禁伐令，從此，泰半山林還給自然，其餘任人揮灑。

那麼，自此野生動物與人該可各自安居結界了……吧？

並沒有！

應該說，並不會！

首先，不是所有人都把這些法當回事。這倒還好，因為這些法也不真的認真把人當回事。關鍵的是，人與自然其實無法如此切分，無法互不相干地維持平衡。人始終在自然裡，也一直影響著自然，自然界其他成員的命運因此而和人的命運糾結纏繞著。

以哺乳動物為例：珍稀的放著可能多到不再珍稀，例如台灣獼猴；瀕危的圈地保護卻仍走向滅絕，例如雲豹；需求特別點的你想都沒想到，就搗毀了牠的家園，例如水鼩；還有一些就是緊鄰著聚落農地討生活，例如石虎或金門的水獺。光是這些已經把相關部門團體必須循多條火線救火的少數人力操到焦頭爛額，一旁還有原住民過去被強行剝奪的權益待清還。

上述種種，是台灣保育工作這些年走過的路，也是國際保育思潮演變的脈絡：從棲地與物種的保育和復育，到全面且期盼永續的生物多樣性保育，到更接地氣和系統性思考的社區保育、人與生物圈保留區、里山倡議、社會－生態生產地景與海景的韌性治理等。

除了這些，這幾年國際上還開始規劃及推動再野化計畫。此時，基於再野化的想法，雲豹再引入的提議再起：2018 年 10 月，台灣石虎保育協會主辦了一場雲豹再引入國際研討會。

「再野化」，字面意思是重新回復過去自然荒野的狀態，希望透過復育或引入特定物種，回復被人破壞之生態系的原有功能。美國黃石國家公園自 1990 年代起推動的灰狼再引入計畫，被認為是經典的成功案例。黃石國家公園的再野化是透過頂級掠食者灰狼的再引入，重建食物鏈的洩流（瀑布）效應，由上而下地調控各營養階層物種的分布與數量，以恢復生態系的原貌。

此後，國際間爭相推出（或推動）不同的再野化方案，採行的策略有：復育或再引入晚近滅絕的原生關鍵物種，或以與前者生態功能相近的其他物種來取代，或只是單純地降低人對生態系的干預與破壞，或讓自然過程接管生態系的運作等。

在這過程中，生技界也來插手，提議利用遺傳工程技術去滅絕化：再現百年到十餘萬年前滅絕的生物，或創造具特定功能的基改生物，以達再野化的目標。

等等！這些再野化計畫的目的，到底是想打造侏儸紀公園，還是想藉自然照顧自然，以重建並維繫生態系的功能？換言之，再野化的重點到底是要帶我們回到過去，還是要幫我們面對未來？台灣呢？學界此時重提雲豹再引入構想的期盼與目的又是什麼？

2015 年那篇文獻是以復育雲豹為目的，評估山野環境能否讓雲豹食住無虞。2018 年的會議則是以再野化的想法出發，討論將亞洲其他地區雲豹引入台灣的可能性，期盼部落族人與研究者心中的里古烙能重返山林，期盼雲豹能制衡數量日增的草食獸或甚至獼猴族群。看似同一回事，但卻有很不一樣的意義。

我沒參加 2018 年的會議，但從議程安排和後續報導中，感覺到主事者想牽著魯凱和排灣族人的手，一起回顧過去，再展望未來。時至今日，故事還沒結束，劇情仍在發展中……

回到〈雲在兩千米〉。這故事好真實，裡面許多場景、人物、事件和資訊，與我經歷或聽聞過的記憶那麼相似，其中部分被我寫在上面的段落裡。至於其他那些我不知道的，或許也都有所據、有所指——那麼，故事中的幾位主角，是否會因為被如此書寫而成真呢？比如說躲在巨檜裂縫裡的最後那隻雲豹。

我當然希望文字有魔力，能讓被寫出的故事成真。這樣，也許某天，雲豹真會從樹洞中跳出來，而島上的我們大家也能攜手檢視始終不願認真面對的過去，討論如何建構我們共同的未來。

分析

本文可分為五部分。第一，引用吳明益小說集《苦雨之地》中〈雲在兩千米〉的雲豹插圖與〈後記〉，由此帶出「雲豹」這種謎樣的生物，並發出「台灣真的曾經有過雲豹嗎？」的疑問。第二，作者分享自身接觸與研究野生動物 40 年來的經驗與觀察。第三，自從訂定野生動物保育法後，其實野生動物與人其實並未各自安居，相關保育工作仍舊有解決不完的問題有待處理。第四，近幾年來，台灣學界跟隨國際保育界倡議的「再野化計畫」，重提雲豹再野化的可能性，

作者提出她對計畫目的的質疑。第五,作者以動物學者的角度指出小說〈雲在兩千米〉那些很「真實」的雲豹描寫,確實存在或發生過;也期許書中描寫的雲豹有朝一日真的能再出現。

第一部分,由一幅臺灣雲豹的圖像開啟相關討論。作者引用吳明益小說《苦雨之地》的〈雲在兩千米〉中男主角追尋雲豹的故事,發出「台灣真的曾經有過雲豹嗎?」的疑問。雲豹曾經出現在清代來台外交官兼博物學家史溫侯 (Robert Swinhoe, 1836 ~ 1877,亦譯斯文豪;中文名:郇和) 的文獻中,同時地也是「魯凱族的神獸,排灣族的聖物,生態研究者心中的夢幻物種」。但近二十年來,許多野生動物已由罕見變為常見,只有雲豹和水獺始終沒再現身;甚至 2015 年雲豹被正式宣告滅絕。但也有學者認為再引入雲豹是可行的。由此,一步步引起讀者的好奇:吳明益小說〈雲在兩千米〉中的雲豹究竟是甚麼樣的生物?牠是否還存在臺灣這塊土地上?

接著進入第二部分,作者分享自身接觸與研究野生動物 40 年來的經驗與觀察。她說起大學時代對野生動物的「認識」,包括臺北華西街蛇店的野味、中藥店各式動物藥材、茶藝館的獼猴頭骨擺飾,這些都是日常生活中常見的野生動物的面目或「下場」。對就讀台大動物系的作者而言,還有學長從山產店買來解剖用的飛鼠,偶爾甚至烤來吃。念研究所時,作者在課堂上進一步認識了野生梅花鹿、長鬃山羊與獼猴等珍貴的野生動物。然而,當時也正是台灣躋身亞洲四小龍的時代,但顯然生態保育觀念沒有跟上「台灣錢淹腳目」的發展,老虎被剝皮分屍的新聞時有所聞,然而台北一度是全球紅毛猩猩密度最高之處。

1984 年,台灣第一座國家公園「墾丁國家公園」誕生,顯示台灣重視生態保育的重要里程碑。1989 年,〈野生動物保育法〉成立,更說明台灣的野生動物保育正式進入國家級事務的階段。然而,民間對於野生動物的濫捕、販售與產製等非法作為仍舊未曾消失,1994 年終於引來美國制訂〈培利修正案〉對台灣進行貿易制裁。同年 10 月,台灣通過〈野生動物保育法修正案〉,大幅提高濫捕與非法交易野生動物的罰則,並引進當時最新的「維護物種多樣性」的觀念。據此,台灣的野生動物應該可以被正常地對待了。

然而，「自此野生動物與人該可以各自安居結界了……吧？」作者的看法顯然沒那麼樂觀，因為人與自然的命運是無法分割的。是以，第三部分，作者談到自從訂定野生動物保育法後，相關保育工作仍舊有解決不完的問題，不只雲豹，包括台灣獼猴、水鴉、石虎或水獺等；更有原住民過去被剝奪的權益需要清還等複雜的問題牽扯其中。

　　但作者仍肯定台灣動物保育工作這些年的成績，認為大多符合國際保育思潮演變的脈絡，包括棲地與物種的保育與復育、永續生物多樣性保育；甚至更強調與人類生活相關的社區保育、人與生物圈保留區、里山倡議[1]、社會─生態生產地景與海景的韌性[2]等，可見台灣的動物保育表現已可以和國際同步了。

　　接著，作者特別提到近幾年來國際保育界開始倡議「再野化計畫」，此即第四部分，台灣學界於 2018 年 10 月由台灣石虎保育協會主辦的雲豹再引入國際研討會，受到美國黃石公園曾於 1990 年代成功再引入灰狼的例子的鼓舞。而再野化的型態有許多做法，如引進相近的物種或單純降低人對生態系的干預。而且生技界也提倡利用遺傳工程技術去滅絕化或創造基改生物。然而，再野化計劃的目的究竟為何？作者也提出她自己的看法，是要帶我們回到過去或是要幫我們面對未來？無論如何，這是需要長期關注的議題。

1　里山倡議，指的是以世界上類似日本里山地景的複合式農村生態系為對象，它是因人類的生活方式與大自然長時間交互作用所形成；願景是謀求兼顧生物多樣性維護與資源永續利用間的平衡。詳參行政院農業委員會林務局「自然保育網」https://conservation.forest.gov.tw/0002047(2021 年 4 月 9 日查詢)；李光中（東華大學自然資源與環境學系副教授）、呂宜瑾（陽明大學生理學研究所碩士）〈里山倡議的核心概念與國際發展現況〉，2012 年 07 月 18 日，社團法人台灣環境資訊協會電子報《環境資訊中心》https://e-info.org.tw/node/78570，2021 年 4 月 9 日查詢）。

2　〈社會─生態─生產地景 (SEPLS)〉：「在里山倡議中，把這類由農村居民與周圍自然環境長期交互作用下，所形成的生物棲地和人類土地利用的動態鑲嵌斑塊（馬賽克）景觀，稱為「社會─生態─生產地景 (Socio-ecological production landscapes and seascapes, SEPLS)」，意思是透過農林漁牧等農業生產地景的經營，達到經濟、社會和生態永續性的目標。這類「社會─生態─生產地景」分布在世界許多地區並賦予各種名稱，例如菲律賓的木詠（muyong）、烏瑪（uma）和大巴窯（payoh）；韓國的毛爾（mauel）；西班牙的德埃薩（dehesa）；法國和地中海國家的特樂裡斯（terroirs）；馬拉威和尚比亞的其特美內（chitemene）；日本的里山（satoyama）和里海（satoumi）；中國的風水林和田園等。這樣的耕作方式常稱為『生態農業』或『永續農業』，詳參：行政院農業委員會林務局「自然保育網」https://conservation.forest.gov.tw/0002048(2021 年 4 月 9 日查詢)。地景或海景受到各種壓力與干擾時，會直接、間接影響到當地社區的生計、基礎設施、農業多樣性和社會網路，地景或海景能夠以靈活的方式吸收、恢復和適應的能力就稱之為「韌性」。詳參〈社會─生態的生產地景與海景 (SEPLS) 之韌性指標〉，「社會─生態生產地景的韌性評估國際工作坊」，行院農業委員會水土保持局和中華民國自然生態保育協會主辦，108 年 1 月 16 日。

最後，即第五部分，作者以動物學者的角度指出吳明益小說〈雲在兩千米〉那些很「真實」的雲豹描寫，確實存在或發生過。期待文字的魔力，或許書中描寫的雲豹有朝一日真的會跳出樹洞。

問題討論

1. 雲豹曾經存在乃至滅絕，如今幾乎已無法再見，乃有論者認為應再復育或再引進，試說明雲豹對台灣的生態發展之意義為何？

2. 近年來國際保育思潮的重點，包括：棲地與物種的保育與復育、永續生物多樣性保育；甚至強調與人類生活相關的社區保育、人與生物圈保留區、里山倡議、社會—生態生產地景與海景的韌性等，試理解並說明這些概念的重點內涵，並舉出台灣保育界運用這些概念所實施的具體案例為何？

3. 除了雲豹，台灣獼猴、水鼩、石虎或水獺等也有類似的生存與瀕危問題，試說明近年來台灣對於前述野生動物的保育成果。

延伸閱讀

一、創作

1. 吳明益：《苦雨之地》，台北：新經典文化公司，2019 年 1 月

2. 奧威尼‧卡露斯 (魯凱族；漢名：邱金士) ：《雲豹的傳人》，台中：晨星出版社，1996 年 7 月

3. 亞榮隆‧撒可努 (排灣族；漢名：戴志強) ：《山豬‧飛鼠‧撒可努》，1998 年

4. 亞榮隆‧撒可努 (排灣族；漢名：戴志強) ：《山豬‧飛鼠‧撒可努 2：走風的人》，臺北：耶魯文化公司，2011 年 2 月

二、專書

1. 達西烏拉彎‧畢馬 (布農族；漢名：田哲益)：《魯凱族神話與傳說》，台中：晨星出版社，
   2003 年 8 月

2. 申賦漁：《逝者如渡渡》，臺北：信誼基金出版社，2017 年 5 月

3. 池边金勝：《水獺與朋友們記得的事》，臺北：時報出版公司，2021 年 3 月

4. 陳政三：《翱翔福爾摩沙：英國外交官郇和晚清台灣紀行》，臺北：五南出版社，2015 年
   11 月

三、繪畫、繪本、漫畫

1. 李賢文：《臺灣雲豹回來了：李賢文彩墨創作》，臺北：雄獅美術出版社，2021 年 4 月

2. 漢寶包：《雲之獸：來自遠古的守護者》，台北：蓋亞出版公司，2020 年 11 月

3. 王春子：《雲豹的屋頂》，台北：遠流出版公司，2016 年 8 月

四、影音

1. 《雲豹保育行動》(DVD)，采昌國際多媒體，2013 年 2 月

2. 《搶救石虎》(DVD)，台聖公司，2014 年 5 月

3. 《台灣生態探索》(DVD)，台聖公司，2005 年 3 月

4. 《Vu Vu 的故事》(2CD)，風潮音樂，2002 年 9 月

五、演講

1. 董光中（中興大學獸醫系教授）：「動物平權－珍奇動物五大權利」，中興大學大學國文「生
   命講座」，110 年 3 月 15 日，https://youtu.be/5B-N0QLsD0Q

2. 林良恭（東海大學生命科學系特聘教授）：「看見台灣野生動物－美麗與哀愁」，中興大
   學大學國文「生命講座」，110 年 3 月 16 日，https://youtu.be/tEgV-_3DONI

主題書寫

1. 請以自己就讀的科系,提供你對於「雲豹」的了解與觀察,書寫一篇作文,題目為〈OO人所了解的「雲豹」議題〉,OO 可以是動物科學、獸醫、生命科學、法律、財金、行銷、環工、化學等科系,你都可以提出自己獨到的觀點。

2. 參觀「特有生物研究保育中心」(南投集集)或一般動物園,並以〈OOOO—特有生物研究保育中心 (或 OO 動物園) 之旅〉為題,書寫一篇以特有生物為主題的遊記。主標題 OOOOO,自訂。

【第三單元】　尊重接觸的生命

生物多樣性為維持生態系正常運作的重要因素，所以生物多樣性的減少，將造成生態失衡，影響永續發展，關係著地球生物圈的生存。台灣因為複雜的地理、氣候等自然因素影響下，造就了多樣性的生態環境，舉凡海洋、島嶼、河口、沼澤、湖泊、溪流、森林及農田等。不過，臺灣也因為地狹人稠及高度的經濟開發，使得自然環境加速惡化，對物種、生態系造成巨大衝擊，期望藉由本單元選文，使同學思考人與動物之共生關係，讓彼此受益。

短講講題

此單元講述的核心概念為「善待動物，重視生命」，由此所開展出的講題有「生物多樣性的意義」、「海鮮飲食策略」、「動物零安樂死」、「我們與野生動物的距離」、「寵物商品化」等題目。

臺灣因氣候變遷與人為開發，造成生物多樣性的逐漸失衡，為了減緩生物多樣性的喪失，引導同學關心動物議題，思考生物多樣性對人類乃至於個人的重要性；海洋生物多樣豐富，但因過度捕撈，導致某些物種正面臨滅絕危機，如何改變長久以來的飲食習慣，海洋生物才能再生不息；臺灣施行「流浪動物零安樂死」已屆滿三年，但無限期的收容與安樂死間的權衡，值得全盤考量；野生動物雖不常出現我們生活圈內，但近年棲地破壞，使得牠們必須到人類的居住環境覓食，造成農作物損失，人與動物之衝突日益上升，如何改善亦是當務之急；近年坊間以稀有小型動物為號召的咖啡廳、餐廳逐漸增多，將其視為商品吸引客人消費，但忽略的是動物的活動空間、飼養品質以及對生命的尊重，如此現象值得同學深入辯證。

第四單元 關懷我們的社會

- 《詩經・七月》
- 漢樂府詩選
- 劉義慶《世說新語》選
- 杜甫〈茅屋為秋風所破歌〉

  （附）祁立峰〈居住正義—杜甫〈茅屋為秋風所破歌〉〉
- 蔣渭水〈臨床講義〉
- 鄭愁予〈清明〉
- 簡媜〈鎏銀歲月〉
- 張輝誠〈我的心肝阿母〉

壹、《詩經·七月》

《詩經·七月》描寫豳地農民四時的生活，在時序月令進展中，顛倒錯綜，亦實亦虛，夾雜敘事，衣食為經，月令為緯，草木禽蟲為色，具體真實而全面地向我們展示了一幅古代農民社會全景圖。

導 讀

《詩經》是我國最早的一部詩歌總集，也是古代六經之一。《史記·孔子世家》說：「古者詩三千餘篇。及至孔子，去其重，取可施於禮義，三百五篇，孔子皆弦歌之，以求合韶、武、雅、頌之音。」到了漢代，傳《詩經》者有魯、齊、韓、毛四家；魯、齊、韓三家為今文經學，都是三百零五篇，合於司馬遷《史記》的篇數。毛詩為古文經學，在〈小雅〉中增列有〈南陔〉、〈白華〉、〈華黍〉、〈由庚〉、〈崇丘〉、〈由儀〉等六篇，為三百十一篇；但此六篇為「有目無辭」，謂之「笙詩」，亦即吹笙的樂譜；因此，毛詩一家，有詩辭的也是三百零五篇。這三百五篇，自古以來都分為〈風〉、〈雅〉、〈頌〉三大類。〈風〉有十五國風，朱熹《詩經集傳》說：「凡《詩》之所謂風者，多出於里巷歌謠之作，所謂男女相與詠歌，各言其情者也。」以為是當時各地流傳的歌謠。這十五個國風，它們分別是：一周南、二召南、三邶風、四鄘風、五衛風、六王風、七鄭風、八齊風、九魏風、十唐風、十一秦風、十二陳風、十三檜風、十四曹風、十五〈豳風〉。若就作品產生的地域觀之，這十五國風都在黃河流域，周、召二南約在河南西半及河北一帶；豳、秦二風則在陝西、甘肅地區；王、檜、衛、鄭、陳五個風都在河南一地產生；唐、魏在山西；齊、曹在山東。整體而言，十五國風即是北方黃河流域一帶的民間歌謠。《詩經》中的〈雅〉分有〈大雅〉、〈小雅〉二類。朱熹說：「雅者，正樂之歌也。以

今考之：正小雅，燕饗之樂也；正大雅，會朝之樂，受釐、陳戒之辭也。」說明「雅」是貴族階層創作與使用的詩體。這種詩體所以分有大、小二種，經過歷代學者的考證，有的是從統治階層的不同來說明，如《毛詩・大序》說：「雅者，正也。言王政之所由廢興也。政有小、大，故有〈小雅〉焉，有〈大雅〉焉。」即是說〈大雅〉是王室的詩篇，〈小雅〉是屬於諸侯的詩篇；有的是從詩篇音樂使用於不同的場合來說明，南宋朱熹所說的，即是這樣的主張；有的則是從文體性質的不同說明它，例如南宋嚴粲說：「雅之小、大，特以其體之不同耳。蓋優柔委曲，意在言外者，風之體也。明白正大，直言其事者，雅之體也。純乎雅之體者，為雅之大；雜乎風之體者，為雅之小。」以至清代劉寶楠則說：「周室西都，當以西都音為正。平王東遷，下同列國，不能以其音正乎天下，故降而稱風；而西都之雅音，固未盡廢也。夫子凡讀《易》、《詩》、《書》，執禮，皆用雅言，然後辭義明達，故鄭以為義全也。後世人作詩用官韻；又居官臨民，必說官話，即雅言矣。」說明在周代用京畿地區官方語言所作的詩，是為雅；而王室使用的樂歌，也可稱雅。關於〈頌〉這類詩體，朱子說：「頌者，宗廟之樂歌，〈大序〉所謂美盛德之形容，以其成功告於神明者也。」清代阮元有〈釋頌〉一篇，解釋說：「〈風〉、〈雅〉但弦歌笙閒，賓主及歌者皆不必因此而為舞容；惟三〈頌〉各章皆是舞容，故稱為『頌』。若元以後戲曲，歌者、舞者全動作也。〈風〉、〈雅〉則但若南宋人之歌詞彈詞而已，不必鼓舞以應鏗鏘之節也。」倘如阮元所說，則〈頌〉是連歌帶舞，使用在宗廟的祭祖詩篇。關於《詩經》寫作的年代，可推定大約產生在西周初年至春秋的中期。倘若根據傳統舊說，以〈陳風・株林〉為最晚出現的詩篇，《詩經》時代約當在西元前 1120 年至西元前 599 年之間；另一說，是以〈曹風・下泉〉為最晚出現的詩篇，則《詩經》完成的時間即可下推至西元前 515 年。

　　本篇取自《詩經・豳風》。「豳」字又作「邠」。根據考證，周先祖后稷在帝堯時代為農師，有功於天下，百姓得其利，堯封之於邰（今陝西武功縣西南二十里之地）；到公劉時，徙邑於豳（今陝西三水縣西三十里有古豳城）；到太王時，再遷於岐（今陝西岐山縣東北五十里之地），因其南有周原，才改國號為周。《毛詩・大序》說：「〈七月〉，陳王業也。周公遭變，故陳后稷先公風化之所由，致王業之艱難也。」南宋朱熹《詩經集傳》、清馬瑞辰《毛詩傳箋通釋》

等都主張此說；唯民國梁啟超則以為此詩乃夏代民間的作品，但迄今仍無定論。

〈七月〉是《詩經・豳風》七篇詩中的首篇，也是十五〈國風〉篇幅最長的詩，全篇共三百八十四個字。內容所說都是有關農桑稼穡之事，描寫古代豳地農民四季的生活，非常詳備而生動。其詩第一章的前段說的是民生中的「衣」，後段說的是「食」；亦即在首章先以「衣」、「食」二事帶起全詩的內容。第二章至第五章，接續著首章談「衣」的內容，第六章至第八章則談「食」；寫衣的部分是春蠶秋織、冬日獵獸作皮衣，寫食的是春耕、夏實、秋收、冬藏，四時生活的秩序。詩篇的每一章，都在時序月令的進展之間夾敘雜事，用來點染風土人情，最後一章則以祭祀、飲酒、頌禱等活動作結，寫來真是錯落有致，是一篇反映古代農民生活的絕好詩篇。

本文

七月流火，九月授衣。一之日觱發，二之日栗烈；無衣無褐，何以卒歲！三之日于耜，四之日舉趾；同我婦子，饁彼南畝。田畯至喜。

七月流火，九月授衣。春日載陽，有鳴倉庚。女執懿筐，遵彼微行，爰求柔桑。春日遲遲，采蘩祁祁。女心傷悲，殆及公子同歸。

七月流火，八月萑葦。蠶月條桑，取彼斧斨，以伐遠揚。猗彼女桑！七月鳴鵙，八月載績。載玄載黃，我朱孔陽，為公子裳。

四月秀葽，五月鳴蜩，八月其穫，十月隕蘀。一之日于貉，取彼狐狸，為公子裘。二之日其同，載纘武功，言私其豵，獻豜于公。

五月斯螽動股，六月莎雞振羽。七月在野，八月在宇，九月在戶，十月蟋蟀入我牀下。穹窒熏鼠，塞向墐戶。嗟我婦子，曰為改歲，入此室處。

六月食鬱及薁，七月亨葵及菽，八月剝棗，十月穫稻。為此春酒，以介眉壽。七月食瓜，八月斷壺，九月叔苴。采荼薪樗，食我農夫。

九月築場圃，十月納禾稼。黍稷重穋，禾麻菽麥。嗟我農夫：我稼既同，上入執宮功！晝爾于茅，宵爾索綯。亟其乘屋，其始播百穀。

　　二之日鑿冰沖沖，三之日納于凌陰。四之日其蚤，獻羔祭韭。九月肅霜，十月滌場。朋酒斯饗，曰殺羔羊。躋彼公堂，稱彼兕觥，萬壽無疆。

鑒賞

　　本詩共分八章。首章從夏曆七月天氣開始寒涼，九月備衣度歲，說到來春耕作之事。本章前半用夏曆月份，後半則改用周曆日月。周曆建子，以十一月冬至為一年之始，是符合天文的曆法；夏曆建寅，以正月為一年的開始，則較適合農耕作息。二者有兩個月之差。夏曆七月，正當周曆的九月。火，指大火心星，六月昏時見於正南方，七月昏則漸向西沈，故說「七月流火」；九月霜始降，蠶績之功已成，則製寒衣授家人以禦寒。一之日，是周曆的正月，夏曆的十一月；以下「二之日」「三之日」「四之日」，可依此類推。觱發，《說文解字》云：「滭，風寒也。」，發是風聲。栗烈，為「凓冽」的假借，猶言「凜冽」。褐，是粗布衣服，貧賤者所穿著。此二句是說夏曆的十二月氣候極為寒冷，若無衣無褐，將何以度歲末而過新年呢？三之日，為夏曆的正月，農人這時開始修理農具，準備農耕。耜，是木製的農具，略似今之鐵鍬。四之日，是夏曆的二月，農人已舉足下田，開始耕種；農家婦女與兒童，則都送飯食供田間耕作者食用。饁，餉田食也。田畯，是主管農事的官員，即農正。「至喜」有兩種解釋：一曰極喜，指農正看到農民勤於農事，十分欣喜；一曰喜讀為饎，指酒食，謂農正之來到，農夫則設酒食款待他。此章，方玉潤《詩經原始》評論說：「首章衣食雙起，為農民重務。以下四章皆跟衣字。」牛運震評說：「無衣二語為謀衣作緣起，下卻插入于耜舉趾謀食之事。間段參差入妙。」

　　第二章寫女子在春日採桑採蘩的情景，末二句插敘其將婚的心事。「春日載陽，有鳴倉庚」二句，是說春日天氣開始和暖，黃鶯兒在樹頭鳴叫。載，始也；陽，溫暖。「有鳴」的特殊用法，在《詩經》中經常出現。清朝王引之《經傳釋詞》云：「有、狀物之詞也。若《詩·桃夭》：

『有蕡其實』是也。他皆倣此。」當「有」字加在動詞或形容詞之上，即成為副詞用法。有鳴，即鳴叫。倉庚，毛《傳》云：「倉庚，離黃也。」即黃鶯。「女執懿筐，遵彼微行，爰求柔桑」三句，朱子《詩集傳》云：「懿，深美也。遵，循也。微行，小徑也。柔桑，穉桑。」謂婦女手持深筐，順著小徑採嫩桑以飼蠶。「春日遲遲，采蘩祁祁」二句，朱子《集傳》云：「遲遲，日長而暄也。蘩，白蒿也，所以生蠶，今人猶用之。祁祁，眾多也。」蘩是菊科植物，即白蒿，用蘩飲蠶子，則易出。「女心傷悲，殆及公子同歸」二句，方玉潤《詩經原始》云：「曰公子者，詩人不過代擬一女心中之公子其人也。曰殆及者，或然而未必然之詞也。女當陽春閨情無限，又值採桑，倍惹春愁，無端而念及終身，無端而感動目前，不知日後將以公之公子為歸耶？抑別有謂于歸者在耶？此少女人人心中所有事，並不為褻，亦非為憯。王政不外人情，非如後儒之拘滯而不通也。」這章詩句之美，牛運震評云：「夾點倉庚一句，閒筆逸情」「女執懿筐三句，絕妙采桑圖，用字妍細有情」等；尤其對末二句的評析「敘農桑耕織，忽插入兒女情，媚語神趣飛動」，更是能深刻體會詩情之美。

　　第三章是繼上章採桑、採蘩，說紡績、染色、製衣之事。「八月萑葦」句，是說八月間萑葦已長成，可割取儲存預作明年蠶箔的用途。萑又作蒮，是成熟的蘆葦。「蠶月條桑」，蠶月是養蠶之月，通常是指夏曆三月而言。條桑，鄭玄《毛詩箋》云：「條桑枝落之，采其葉也。」；而《玉篇》引詩，作：「蠶月挑桑」，則「條」是「挑」的假借字，挑桑是修剪桑枝。「取彼斧斨，以伐遠揚，猗彼女桑」三句，斨是方孔的大斧頭。以伐遠揚，是取斧頭砍下生長太高太遠揚起的枝條。毛《傳》云：「角而束之曰猗。」則「猗」應是「掎」的假借字，是以繩子綑束所採的桑枝；但若作「猗」原字，解為「美好茂盛」，亦無不可。女桑，是桑樹小而長的枝條。「七月鳴鵙，八月載績」二句，是說七月伯勞鳥叫了，八月我們就開始紡紗織布。毛《傳》云：「鵙，伯勞也。」即伯勞鳥，或稱博勞鳥，其字又作「鵙」。王引之《經傳釋詞》云：「載，猶則也。」；「載」又有開始的意思，謂開始紡績。「載玄載黃，我朱孔陽，為公子裳」三句，《詩經》中的「載」字有單用的，如上句；也有句中疊用的，有數句疊用的，形成「載……，載……」的句式，則可解為：「且……，且……」「又是……，又是……」表示事物多樣並呈

的樣子，或兩個動作同時進行的情形。玄，是暗紅色。「我朱孔陽」，是說我所染的布匹，以紅色最為鮮明。方玉潤《詩經原始》在此作眉評，云：「此言紡績成裳，仍帶定『公子』字，妙！」此章末句若與上章「殆及公子同歸」連繫，則更有情致，韻味無比。

第四章說四月以至十二月大寒的物候，其間的耕織農事，與冬獵習武、取獸皮以助布帛之事。四月之時，遠志這種植物已經結子，五月樹林間的蟬兒又叫了！八月時農作物開始收成，而十月間草木都紛紛落葉了。十一月，我們前往打獵，取得狐狸皮，來做成公子的皮衣；十二月，我們會同藉著田獵講習武事，打獵所得，小山豬可以自己獲得，大山豬則獻給了公家。「葽」，是草名，今名「遠志」，其味苦，可入藥。植物不開花而結子，謂之「榮」。「隕蘀」，是說植物葉子掉落。「二之日其同」的「其」字，是副詞性用法。清王引之《經傳釋詞》云：「其，狀事之詞也。有先言其事而後言其狀者，若『擊鼓其鏜』、『雨雪其雰』、『零雨其濛』之屬是也。有先言其狀而後言其事者，若『灼灼其華』、『殷其雷』、『淒其以風』之屬是也。」又云：「其，猶乃也。……《詩·七月》曰：『八月其穫』，又曰：『二之日其同，載纘武功』又曰：『四之日其蚤，獻羔祭韭』」王氏所謂的「狀事之詞」，現代文法稱之為「副詞」；副詞可分為修飾動詞，與修飾形容詞，或修飾副詞三種用途。「言私其豵」的「言」字，胡適之有〈詩三百篇言字解〉一篇，曾經分析《詩經》中作語詞的「言」字，大致可分為：（一）言字位置在兩個動詞之間，作「而」字解；（二）作「然後」的「乃」字解。此處當「乃」字解較佳。「豵」是一歲的豬，「豜」則是三歲的豬。方玉潤評此章云：「此兼言田事，集腋以成裘，而『獻豜于公』，忠愛之忱可見矣。」牛運震則云：「私豵獻豜，只如家常處分，妙！妙在先說私字，更見真樸。」此詩之美，在於能公私兼濟，體盡人情。所以顧炎武評論說：「人之有私，固情之所不能免矣。故先王弗為之禁，且從而恤之。世之君子必日有公而無私，此後代之美言，非先王之至訓矣。」

第五章藉由大地昆蟲的移動，以見天候逐漸轉寒，於是農家塞穴墐戶，以保居室之溫，禦寒過冬。「五月斯螽動股，六月莎雞振羽」二句，「斯螽」即螽，是蝗蟲類昆蟲。《詩經》中稱此類昆蟲，或為「斯螽」，或為「螽斯」，或為「阜螽」。由「斯」字可在「螽」字的或前

或後，可見「斯」是指物詞，有時作前置的指稱，有時則是後位指稱；而「阜」是大的意思，是形容詞。動股，是兩股磨翅而作聲。莎雞也是昆蟲，陸璣《毛詩草木鳥獸蟲魚疏》云：「莎雞，色青褐，六月作聲，如紡絲，故又名絡緯，今人呼紡績娘。」振羽，振動其羽而作聲。鄭玄《毛詩箋》云：「自七月在野，至十月入我床下，皆謂蟋蟀也。言此三物之如此者，著將寒有漸，非卒來也。」「穹窒熏鼠」是說清除居室中窒塞之物，以煙火熏洞穴，迫使老鼠逃去。「塞向墐戶」，「向」是北開的窗子；墐，是以泥塗物。冬季寒風凜冽，故農民塗北窗以禦寒；又因農家多編荻竹為門，冬季則塗泥塞其縫隙。「曰為改歲，入此室處」二句，「曰」一作「聿」，發語詞，無義。為，將要；室處，猶言居家。牛運震評云：「此章言治屋室禦寒之事。本在十月，卻從五月、六月寒氣漸深說來，與上章映照入妙。」又云：「穹窒熏鼠二句，寫得樸細之甚。」

　　第六章敘寫各個月份適宜種的農產，與飲食、養老之事。鬱，是棠棣之屬的植物，類似李子。《本草綱目》云：「鬱，鬱李，一名雀李，一名車下李，一名棣。」亨，是古「烹」字。葵，菜名。菽，是豆子。「剝棗」的「剝」，是「扑」字的假借字，擊之使落的意思。「穫」是收穫；但此處疑是「濩」的假借字，是煮的意思。因為在第四章已說「八月其穫」，穫稻應是在八月；此處當與下文「為此春酒」承接，謂煮稻米以釀酒。「為此春酒」一句，馬瑞辰《毛詩傳箋通釋》云：「周制蓋以冬釀，經春始成，因名春酒。」言之甚是。「以介眉壽」句的「介」字讀為「匃」，即古「丐」字，求也。眉壽猶言長壽，鐘鼎文字多作「麋壽」，其本字應為「釁壽」，《說文解字》云：「釁，久長也。」是其證。「斷壺」的「壺」，為「瓠」字的假借，謂割取葫蘆作食物。「叔苴」，毛《傳》云：「叔，拾也。苴，麻子。」謂拾取麻實，以供食用。「采荼薪樗，食我農夫」二句，荼是苦菜，樗是惡木，即臭椿樹。鄭玄《毛詩箋》云：「瓜瓠之畜，麻實之糝，乾荼之菜，惡木之薪，亦所以助養農夫之具。」說明農家生活都是就地取材提供生養之需。清姚際恆《詩經通論》因此評云：「六章分寫老、壯食物，凡菜、豆、瓜、果，以及釀酒、取薪，靡不瑣細詳述，機趣橫生；然須知皆是佐食之物，非食之正品也，故為閒筆。」是也。

　　第七章寫農民終年操勞農事之餘，尚且還要治屋、服公家勞役之事。「九月築場圃，十月納禾稼」二句，毛《傳》云：「春、夏為圃，秋冬為場。」場、圃本是同一地點。故鄭玄《毛

詩箋》云：「物生之時，耕治以種菜茹；至物盡成熟，築堅以為場。」是也。「黍稷重穋，禾麻菽麥」二句，都是禾稼之名。黍是黃米，稷是高粱；重與穋是就稷之先後成熟不同，分別其品種。孔穎達《毛詩正義》云：「十月之中，納禾稼之所收穫者，黍、稷、重、穋、禾、麻、菽、麥之等，納之於囷倉之中。」是其義。「我稼既同，上入執宮功」二句，既同，言已收穫聚集。上入執宮功，是說尚且還要修葺房屋之事；一說：尚，上也，謂可以入都邑之宅治宮中之事，即為公家服勞役。「晝爾于茅，宵爾索綯；亟其乘屋，其始播百穀」四句，是說白天要前往割取茅草，夜晚須搓製繩索，而且要趕快登屋用茅草修補屋頂，因為很快地又將要開始播種，忙於次年的耕種之事了。姚際恆《詩經通論》云：「『稼同』以後，併及公、私作勞，仍點『播百穀』三字以應正旨。」可見農家的勞動，四季都不停頓。

第八章寫歲終農事已畢，休暇之時，農民殺羊作酒，登上公堂祝君之壽，上下一片和樂的情景。「沖沖」，是鑿冰的聲音。「凌陰」，是冰窖；「陰」是「窨」的假借字。「四之日其蚤，獻羔祭韭」二句，鄭玄《毛詩箋》云：「〈月令·仲春〉：天子乃獻羔開冰，先薦寢廟。」是說夏曆二月早朝，獻羔羊，用韭菜，舉行開冰之禮，以祭祀祖先。「九月肅霜，十月滌場」二句，朱熹《詩經集傳》云：「肅霜，氣肅而霜降也。滌場者，農事畢而埽場地也。」但王國維《觀堂集林》有〈肅霜滌場說〉一篇，則云：「肅霜，猶言肅爽；滌場，猶言滌蕩也。」言九月天高氣清；十月則草木搖落，天宇澄淨也。此說亦通。「朋酒斯饗，曰殺羔羊。躋彼公堂，稱彼兕觥：萬壽無疆」五句，毛《傳》云：「兩樽曰朋。」朱熹《詩經集傳》云：「〈鄉飲酒禮〉：『兩尊壺于房戶閒』是也。」饗是享用；曰，是發語詞，無義。是說在年終舉行鄉飲酒之禮，鄉人殺羊作酒，登上公堂，舉起牛角作的酒杯，祝福其君上長壽無窮盡。姚際恆評此章云：「併及藏冰之事，與食若不相關，若相關；而終之以田家歡樂，尊君、親上，口角津津然，使人如見豳民忠厚之意至今未泯也。」

歷代諸家對《詩經·七月》的總評佳選：

清姚際恆《詩經通論》云：「鳥鳴、蟲鳴、草榮、木實，似〈月令〉；婦子入室，茅、綯、升屋，似〈風俗書〉；流火、寒風，似〈五行志〉；養老、慈幼、躋堂、稱觥，似庠序禮；田官、

染職、狩獵、藏冰、祭、獻、執功,似國家典制書。其中又有似〈採桑圖〉、〈田家樂圖〉、〈食譜〉、〈穀譜〉、〈酒經〉。一詩之中,無不具備,洵天下之至文也。」

牛運震云:「此詩以編紀月令為章法,以蠶衣農食為節目,以預備儲蓄為筋骨,以上下交相愛為血脈,以男女室家之情為渲染,以穀蔬蟲鳴之屬為點綴。平平常常,癡癡鈍鈍,自然充悅和厚,典則古雅,真絕大結構也。有七八十老人語,然和而不傲;有十七八女子語,然婉而不媚;有三四十壯者語,然忠而不戇。凡詩皆專一性情,此詩兼各種性情。一派古風,滿篇春氣,斯為詩聖大作手。」

問題討論

1. 中、外文學都有「敘事詩」的體裁,而且傑出之作非常多。《詩經・七月》這首詩,全篇詩共八章,是以「反覆的」、「交錯的」次第敘述一年的農作流程,與農民生活的內容。此詩是否可作為「敘事詩」的作品?請在查考相關「敘事詩」的性質與理論之後進行討論。

2. 詩具有多義性質。歷代解釋《詩經・七月》大多以「四時農家樂」作為詮釋的觀點;然而坊間書籍亦不乏有以此詩為「在敘述客觀事實中,把自己的苦與恨蘊藏於其間,含而不露,真實地繪出了三千年前奴隸生活的圖畫」為議題的論述作品。其實情如何?請在參酌各家之說後,加以討論。

延伸閱讀

1. 《詩經・衛風・氓》
2. 《詩經・邶風・谷風》
3. 《詩經・豳風・東山》
4. 《詩經・小雅・采薇》

作文寫作

1. 本校風光佳美，以自然生態校園著名於外。請以「國立中興大學校園生態」，或「中興湖
　　遊賞記」為題，描寫校園的情景。

貳、漢樂府詩選

選文理由

　　漢樂府多出於民間，正如《詩經》中的國風一樣，呈顯的生活面非常廣闊，富有寫實精神。東漢何休《公羊傳解詁》說：「男女有所怨恨，相從而歌。飢者歌其食，勞者歌其事。」這說明了漢樂府是人民自己的聲音，歌詠的是人民的生活，表達的是人民的情感，廣泛且真實地反映社會各階層的現實生活與思想情感，以及人民生活的實況與心聲。本課選錄三篇漢代樂府，分別揭露了不同的社會現象及問題：〈公無渡河〉在短短四句中，反覆陳述了老人所遭遇之困境；〈孤兒行〉記錄下父母身亡後得不到家人關愛，反而受到兄嫂欺凌的家庭暴力；至於〈戰城南〉更控訴著戰爭對於人民的影響，自顯現著現今世界仍活動戰爭陰影下的人民。從這些樂府民歌中，除了使同學對兩漢時代的歷史風貌與社會現實有更深層的認識之外，更希望依序引導同學關懷周遭得見的銀髮人口，留意與體貼各種社會弱勢，且放眼世界，關注仍生活在戰爭及苦難中的人們。

導　讀

一、題解

　　在漢魏六朝時代，民間詩歌有非常突出的成績。其中許多優秀作品曾被當時中央政府的樂府機關採集起來，配樂演唱，我們稱之為樂府民歌。漢代樂府民歌大抵保存在樂府「相和歌辭」、「雜曲歌辭」和「鼓吹歌辭」中。其題材內容豐富廣闊，充分描寫封建制度下統治階級的剝削與罪惡，表現了人民的苦難和爭取美好生活的願望。《漢書‧藝文志》說漢樂府民歌是：「感於哀樂，緣事而發。」說明了其創作絕非無病呻吟，而是在現實生活中有深切感受，而形諸於歌詠。這是漢代樂府民歌之所以具有高度現實性的重要原因。

〈公無渡河〉描寫了霍里子高清晨撐船時，見一白髮狂夫披頭散髮，手提酒壺，亂流而渡。後常吟此詩來諷諭對方身罹險境，卻執迷不悟，苦勸不聽的情境。

〈孤兒行〉屬《相和歌辭》。此詩通過孤兒對自身悲苦命運和內心哀痛的陳述，真實有力地呈現了社會人情的冷漠與道德倫理的壓迫，並且描繪了宗法制度的弊害。從作為封建制度的嫡長子們來看，兄弟之間的威脅實則要比姊妹的大得多，因為他們不但長期消費著家產，並且也擁有共享與分配家產的權力。詩篇對兄嫂的殘忍苛刻、孤兒的孤苦伶仃的刻畫揭露了社會關懷與信任基礎的全然崩壞。兄嫂的黑暗與冷血以及孤兒的無助絕望，具有強烈人道主義之感染力。全詩語言淺俗質樸，句式長短不齊，押韻較為自由，具有明顯的口語化詩歌的特徵，另外詩中排偶句子達半數，也反映了東漢文體日趨駢偶化的風氣。

〈戰城南〉屬漢《鐃歌十八曲》之一，是西漢時期的作品。西漢武帝以後，為了擴展邊境，獲致國外財貨，往往發動對外戰爭。這首民歌是為戰場上的陣亡者而作，作者藉由戰士之口描寫戰爭的殘酷，道出人民只是戰爭的犧牲品，表現了濃厚怨恨情緒與反戰思想。

二、作者簡介

樂府作為中國傳統詩歌之一，與古詩、近體詩並列為古典詩歌中的精華。根據《漢書・藝文志》的記載，當時蒐集到的樂府民歌約有一百三十八首，地區遍及黃河、長江流域。漢人樂府最早稱「歌詩」，也就是可以歌唱的詩，其後文人也大量仿製民歌來寫詩，於是出現民間無名氏樂府和文人樂府的區別。作者來自不同階層，詩人的筆觸也更能深入到社會生活的各個層面，因此，社會成員之間的貧富懸殊、苦樂不均都在詩中得到了充分的反映。

本文選錄的三篇皆屬無名氏，兩漢樂府詩大多都是創作主體有感而發，表現的也多是當時人們普遍關心的敏感問題，因此具有很強的針對性。另外敘事性也是漢樂府的藝術特點之一，日常生活中的具體事件往往都激發創作者的熱情與靈感。樂府詩所道出了時代的苦與樂、愛與憎，以及對於生與死的人生態度。

胡應麟在《詩藪》提及漢樂府歌謠：「采摭閭淨，非由潤色；然而質而不俚，淺而能深，近而能遠，天下至文，靡以過之！」正說明了其樸素生動語言的特色；以及「矢口成言，絕無文飾，故渾璞真摯，獨善古今」則道出了其精煉的優點，往往能以少許筆墨生動有力地向我們展現其生活的圖像。漢樂府民歌一方面由於所敘之事大都是人民自身或切身相關之事，作者與詩中所描寫的人物往往有著共同的生命經歷命運與生活體驗，所以敘事和抒情便很自然地相融在一起，因而能達到「淺而能深」的藝術效果。

　　樂府作為專為帝王娛樂服務的音樂機構，不論後來如何地經過了官府的選擇與採集、如何為文人、樂工們所修改潤色，但畢竟是人民自己的創作，一定程度上還是很能反映他們的生活、苦難與願望。無論是民間歌謠抑或後來文人的仿作，樂府詩都有明顯的口語化特徵，充分展現當時平民百姓的日常生活和思想感情，深刻反映了社會現實。這種內容、形式十分新穎的民歌，為後代帶來清新風氣，使樂府得以繼詩經、楚辭之後，維繫了民間的生命力。

本文

〈公無渡河〉

公無渡河，公竟渡河。渡河而死，竟奈公何？

〈孤兒行〉

孤兒生，孤子遇生，命獨當苦。父母在時，乘堅車，駕駟馬。父母已去，兄嫂令我行賈。南到九江，東到齊與魯。臘月來歸，不敢自言苦。

　　頭多蟣蝨，面目多塵土。大兄言辦飯，大嫂言視馬。上高堂，行取殿下堂。孤兒淚下如雨。使我朝行汲，暮得水來歸。手為錯，足下無菲。愴愴履霜，中多蒺藜。拔斷蒺藜腸肉中，愴欲悲。淚下渫渫，清涕累累。冬無複襦，夏無單衣。居生不樂，不如早去，下從地下黃泉。

春氣動，草萌芽。三月蠶桑，六月收瓜。將是瓜車，來到還家。瓜車反覆。助我者少，啖瓜者多。願還我蒂，兄與嫂嚴。獨且急歸，當興校計。亂曰：裏中一何譊譊，願欲寄尺書，將與地下父母，兄嫂難與久居。

〈戰城南〉

戰城南，死郭北，野死不葬烏可食。為我謂烏，且為客豪。野死諒不葬，腐肉安能去子逃？水深激激，蒲葦冥冥；梟騎戰鬥死，駑馬徘徊鳴。樑築室，何以南，何以北，禾黍不獲君何食，願為忠臣安可得。思子良臣，良臣誠可思：朝行出攻，暮不夜歸。

鑑賞

〈公無渡河〉在短短四句十六字中，刻畫了一名老人無可奈何被大水沖走的故事。首句公無渡河，是老翁妻子在後頭追著別讓他獨自渡河的吶喊。第二句，公竟渡河，描述老翁依然故我的選擇渡河，不顧他人的阻止，顯示出老人家的固執，或是老人家對決心的堅持。渡河的老翁，免不了悲劇的發生，第三句的墮河而死，是老翁執迷不悟的結果，末句，當奈公何，說明了對老翁強行渡河無可奈何的心情。縱使老翁墮河而死的悲劇已然發生，我們也無法得知，是甚麼驅使老翁走上這條河。短短十六字，宛如電影畫面，能見到老翁在世上的最後一個瞬間，而在這四句中，也能感受到每個人對於老翁命運的不同看法。後代如劉孝威、張正見、李賀、溫庭筠等詩人都有同題之作。

〈孤兒行〉一文開頭即點出孤兒宿命的悲劇，命中註定天生受苦。短短三句以乘坐堅固華美的駕車顯示父母在時的美好，餘下幾句「父母已去」，開始了多舛的一生。像是漢代版的灰姑娘的故事一般，父母離世後，受盡屈辱。灰姑娘被後母和姊姊們欺負，〈孤兒行〉中的孤兒，卻是受到親兄嫂的使喚：先是令孤兒往來經商，漢時經商為低等行業，孤兒的兄嫂將他視為奴隸差遣，南到安徽一帶九江地區，東及山東齊魯境內。而在寒冬臘月歸來。卻不敢訴說自己吃的苦頭。

頭髮被蟣蝨盤踞，塵土佈滿面目。這樣的孤兒，回家後還沒來得及休息，就先被兄嫂找去做事。哥哥要他做飯，嫂嫂要他去照顧馬，之後還要忙走廳堂和邊屋之間，經商回來後的孤兒，在外奔走回來還不得休息，此時情緒崩潰、淚如雨下。孤兒想著自己受到的遭遇：兄嫂要他早上外出取水，晚上還要將水背回來，而長期勞作的他，身體早已羸弱不堪，手的皮膚凍裂、沒有鞋子可穿，腳上的皮肉被野草刺傷，孤兒寫實的交代可憐的遭遇，卻也悲從中來、淚流不止，還動了輕生的念頭，如果「居生不樂」為甚麼不趕緊到地下黃泉去呢？

「春氣動，草萌芽。」看似光明的未來到來，但對於孤兒，依然是無止盡的勞作，「三月蠶桑，六月收瓜。」推著瓜車出門，瓜車還不幸翻覆，翻覆後車子，瓜落一地，無人幫忙，反倒吃了孤兒辛辛苦苦收取的瓜。這時孤兒想得還是希望不願幫助他的路人們能還他瓜蒂，好向兄嫂交代。最末段，孤兒感慨的想著離世的父母，將自己委屈活在世間的悲苦，透過書信，和地下的父母訴說無法與兄嫂同居的苦水。

全文以第一人稱口吻，娓娓道來孤兒自己的生活。陸時雍於《古詩鏡》評：「是孤兒語，讀之覺啼淚萬行」；沈德潛在《古詩源》也談到：「極瑣碎，極古奧，斷續無端，起落無跡，淚痕血點，結綴而成，樂府中有此一種筆墨。」瑣碎片段的內容，略顯凌亂的成篇，猶如流水帳日記般，卻令人讀來百感交集。

第三首樂府〈戰城南〉在戰事頻仍的今日讀來，更覺感慨。首句就說到戰爭的慘烈，以「戰城南，死郭北」兩句表明戰爭的浩大、死傷的慘重，這樣的死傷是：隨地戰死在野外，沒人收屍，為烏鴉所食的。後三句作者替死者對烏鴉說話，先請烏鴉為戰死在異鄉上的戰士哭泣吧。這樣的死法，想必是無人得到安葬的，腐肉之軀如何逃離烏鴉們的饗宴？

清澈的水、幽暗的蒲葦邊，應是美麗的景緻，卻是戰士身亡，屍橫遍野。以健驍之馬「梟騎」代指戰死者，駑馬在戰場上的陣亡者，徘徊呦鳴，好似在為勇敢的主人哭泣。王夫之《船山遺書全集・古詩評選》即說此首樂府：「所詠雖悲壯而聲情繚繞」。而後五句提出三個問題，「樑築室，何以南？何以北？」、「禾黍不獲君何食？」、「願為忠臣安可得？」說到戰爭廣大的影響，對於國家的建設、人民的溫飽和將士所需的戰力提出疑惑。

末四句遙想對戰死者的思念，那些一早就出去戰鬥的人們，夜晚無法歸來，這樣勇敢的鬥士，的確是值得我們懷念的啊。胡應麟《詩藪》評此詩：「首尾一意，文意瞭然」。通篇扣著戰事描寫，野死不葬、駑馬徘徊、思子良臣、朝行卻無法夜歸的戰場二三事，篇幅雖短，意寓卻深。

問題討論

1. 〈公無渡河〉簡單四句描繪生動。同學們設想，如果主角並非白髮老翁，帶入他人，會是甚麼樣的情況？

2. 老年人的生活多半是寂寞的，如果此時父母提出想去養老院住，有伴且機構完善，你會選擇留下爸媽親自照顧，還是如他們所願？

3. 戰爭向來被認為是殘酷的，請同學們說說自己對戰爭的理解與看法？

4. 有許多書籍、電影皆試圖重現戰爭的樣貌，同學們能否分享一個？並講述自己的感觸。

延伸閱讀

1. 《拜訪革命：從加德滿都、德黑蘭到倫敦，全球民主浪潮的見證與省思》周軼君，八旗文化，2016。

2. 《假性孤兒：他們不是不愛我，但我就是感受不到》琳賽・吉普森，小樹文化，2016。

3. 〈上邪〉，《樂府詩集》，郭茂倩，里仁書局，2016。

1. 一個世代換過一個世代，對於「家庭」的組成人員和面貌已有多種轉變，請同學試著寫出你家庭的樣子，和描繪未來家庭是甚麼樣的。

2. 已逝作家林奕含曾言：「我的精神科醫師在認識我幾年後對我說：『妳是經過越戰的人』；又過了幾年，他對我說：『妳是經過集中營的人』；後來他又對我說：『妳是經過核爆的人』。」請同學們以：我是經過＿＿＿＿的人，為題，寫下自己曾經遭遇某種壓迫卻又無能為力的感受。

參、劉義慶《世說新語》選

　　「死生亦大」是人們面對時間流逝，卻只能處在無力挽回僅能接受的處境下，所產生的警悟和喟歎，且在不可抗力的災禍伴隨下，更加深個人對於生命消逝的疑懼和傷感。因此，藉由觀察前人在面對此課題的態度，可嘗試體察這所有人都要面對與經歷的過程，以祈共同學習坦然面對這嚴肅的生命功課。

一、題 解

　　四則短文選自《世說新語》的〈言語〉篇和〈傷逝〉篇，分別記錄下不同個體對年光流逝和親友死亡的悼念之情。是書由劉義慶集門客所編，原名《世說新書》，以鈔撮世間之說為著作旨要，作者或欲傳續劉向所撰《世說》又想和其區隔而題「新書」於後，《世說》即其簡稱。入宋後方有《世說新語》的新稱，後世竟成定名。《世說》面世後未久即有劉峻（字孝標）廣徵群書以注《世說》。全書分上、中、下三卷，按才性之品目分為三十六門，次序可略見才性的高低，然仍採賞譽品味的角度記錄，未寄有批評之意。首標孔門四科即〈德行〉、〈言語〉、〈政事〉、〈文學〉，而迄〈惑溺〉、〈仇隙〉止，每類下則收有若干則，則數差別甚多。其組成的觀點主要有三個面向，以內在的「性情」最多，其次為「才能」，〈容止〉、〈夙惠〉附之：

（一）內在才性

1. 性情：若〈德行〉、〈方正〉、〈雅量〉、〈規箴〉、〈豪爽〉、〈自新〉……等，多以闡發性情（性格）為要。

2. 才能：若〈言語〉、〈政事〉、〈文學〉、〈識鑒〉、〈捷悟〉、〈術解〉、〈巧藝〉……

等，側向欣賞個人的才能（含技藝）。

（二）外在特徵

以〈容止〉為主要代表。

（三）天生而成

無論內在或外在，此書重天生而成，故重〈夙惠〉。

此分法僅為理解當時品鑒風和《世說》門類上的方便而設，若〈賞譽〉、〈品藻〉等兼評內外在，另女性亦依此標準為評另有〈賢媛〉專章，皆不能單純的分在上述三項之中。全書共收一千多則，每則敘事方法、文字長短皆不一，或記言，或記事，有的數行，有的三言兩語，皆見筆記小說隨手而記的特質。是書流傳後歷代皆有仿作，若《大唐新語》、《唐語林》、《續世說》、《何氏語林》、《今世說》、《明語林》、《女世說》、《今世說》等皆習法此對，對後來文體影響甚為深遠，形成「世說體」。此書主要記述東漢末年至兩晉時期士人的生活和思想，反映了當時重視才性而好品題人物的社會風氣。

二、作者簡介

劉義慶（403～444），彭城（今江蘇徐州市）人，劉宋宗室為長沙景王劉道憐次子，年十三襲封南郡王，永初元年襲封臨川王。受任歷藩，無浮淫之過，唯晚節奉養沙門頗為毀費，招聚文學之士，近遠並至，後因疾病還京師，卒年四十一。義慶為人恬淡寡欲，愛好文史，不少文人雅士集其門下，當時名士如袁淑、陸展、何長瑜、鮑照等人都受到他的禮遇。匯集門客，著有《徐州先賢傳》，另編有《幽明錄》、《宣驗記》等，皆多散佚，但皆有佚文輯存；另編有《世說》一書，則大傳於世。

本文

〈木猶如此〉

桓公北征，經金城，見前為琅邪時種柳，皆已十圍，慨然曰：「木猶如此，情何以堪！」攀枝執條，泫然流淚。（出〈言語〉）

〈王戎喪子〉

王戎喪兒萬子，山簡往省之，王悲不自勝。簡曰：「孩抱中物，何至於此？」王曰：「聖人忘情，最下不及情；情之所鍾，正在我輩。」簡服其言，更為之慟。（出〈傷逝〉）

〈子猷弔弟〉

王子猷、子敬俱病篤，而子敬先亡。子猷問左右：「何以都不聞消息？此已喪矣！」語時了不悲。便索輿來奔喪，都不哭。子敬素好琴，便徑入坐靈牀上，取子敬琴彈，弦既不調，擲地云：「子敬！子敬！人琴俱亡。」因慟絕良久。月餘亦卒。（出〈傷逝〉）

〈阮籍母喪〉

阮籍當葬母，蒸一肥豚，飲酒二斗，然後臨訣，直言「窮矣」！都得一號，因吐血，廢頓良久。（出〈任誕〉）

鑒賞

漢末士風趨向於「激越」，來自於東漢以來標舉名教以治天下的士人，發現對外有著無法有效對政權予以規導的問題，對自我亦存在崇尚儒家名節而形成世風虛偽的流弊。於是面對權力的「非道」，東漢士人篤信道德而生清議，士風轉向「蹈義陵險」的「嫜直」之風，黨錮之禍後則動搖了士人對名教信仰，士人卻仍對世風的虛偽與偏執予以矯正，在一部分人中出現了

崇尚任率的生活態度。此態度即為《世說》中大量記錄的內容，欣賞個體的「率真任性」，並給予極高的評價。對以「入世」作為生活目的與價值的儒生而言，有了重新體察和理解個人自我意識的歸趨與意義，和由所有生命皆得開始和結束的鐵律裡，所衍生對情性的影響和干預。

在〈木猶如此〉的敘事中，建立起有知的個體即桓溫，與無知的外物即柳樹間的關係；因著人有知而樹無知，人在自我和外物的對照與觀察下，已目睹所有生命皆必然成長和變化，實踐著有開始（手植）、長成（十圍），並預見趨於枯朽結果的過程，此規律亦將會在自我的身上逐一發生，在其中道出所有人類共同面對的無解難題與深層疑懼，死亡究竟代表著歸於無有還是以另一種生命形態繼續生存？原有安置情感的社會關係能否依然存續？即使是身為武人且性格疏的桓溫，在得見手植柳樹已長十圍，親自觀見時間對萬物的無情催化後，也不得不心生感觸。人必物故，屬於理性的見解與判斷，但死別所伴有的愁緒，又非理性所能排遣和解決，若自我設限在決意不再思考和面對「死亡」，以求取心靈不為此所擾的定見中，就必困在此惆悵而無法自脫。

因而執著於死別的情緒，甚至企圖扭轉客觀環境，便難走出此一困境。〈王戎喪子〉記下王戎失去兒子後悲不自勝，來訪的山簡雖以「孩抱中物」相處日短以為寬慰，但王戎卻取用當時以為聖人才性得致中和的說法，認定下不及愚（無感知）、上不及聖人（有情然能應物而無累於物）的自己，為情所困而悲傷不已的必然，而這說法，引發山簡的共鳴。王戎道出人本來就無法無情也不能不對外物有感的事實，而死亡亦為自然中的鐵則，當發生在自己原來關係的親友中時便有了「死別」，情感受到的波動與影響就屬於自然了，何況發生在至親中，無法避免也不易走出，道出此屬人間必然經歷過程的事實。因而〈子獻弔弟〉中王徽之極力壓抑弟喪的感傷，讓言動喜怒不形於外以合自己的名士身分，至靈堂仍不免慟絕，〈阮籍喪母〉裡阮籍故意在母喪時飲酒食肉以顯任誕，也掩飾不了失去母親的至痛而廢頓，壓抑、否定既已發生的事實，無助亦無益於情感的排遣與安置。在〈雅量〉篇則收有同為喪子然表現卻迥異，足堪作為對照：「豫章太守顧劭，是雍之子。劭在郡卒，雍盛集僚屬，自圍棋。外啟信至，而無兒書，雖神氣不變，而心了其故。以爪掐掌，血流沾襟。賓客既散，方嘆曰：『已無延陵之高，豈可

有喪明之責！』於是豁情散哀，顏色自若。」同樣失去了兒子，顧雍最後用道德以為自勸，作為走出喪子之痛的動力，雖很難成為他人效法的榜樣，卻也說明走出傷痛的可能，與每位個體的獨特性。客觀上，「木猶如此」道出人生命的有限，而主觀上，「情之所鍾，正在我輩」，人自難逃脫因死亡所帶來的傷感。既不能改變此情境，唯可轉換態度觀看死亡的意義。鄭曉江在《中國死亡智慧》中所說：「一個人只有常常思索『死』的問題，常常感受死亡腳步的逼近，才能真正熱愛生活，珍惜生命，從而不斷補充人生的動力和衝力，也才能在人生的旅途中具備強烈的緊迫感和奮爭意識。」因著生命有限，才更能突顯生命的價值。

問題討論

1. 請找一部談到生死並且你深受感動的小說、電影甚至影集若《六呎風雲》、《冰與火之歌》等，談論當中「死亡」觀與一般習見的觀點有何異同。

2. 在你的生命中是否有親臨或目睹「死亡」的發生？所得見的過程為何？請用扼要的文詞予以記錄。

3. 在報章中常常報導有關「死亡」的新聞，若自殘、酒駕肇事而傷人命、尋仇等，請選錄你印象最深的報導，並依個人觀點予以評述事件中人對「死亡」的觀點。

延伸閱讀

1. 《詩經‧邶風‧擊鼓》。

2. 蘇軾〈江城子〉。

3. 梁實秋〈哀楓樹〉。

4. 白先勇〈樹猶如此〉，《樹猶如此》，聯合文學，2002。

5. 蔣勳〈肉身凋零：關於死亡美學種種〉，《此生：肉身覺醒》，有鹿文化，2011。

6. 米奇‧艾爾邦著，白裕承譯《最後十四堂星期二的課》，大塊文化，2006。

作文寫作

1. 你是否有到醫院幫助照顧家人或單純擔任志工的經驗？若有請以〈我在醫院得見的生命百
   態〉為題，撰成作文一篇。

2. 在我們生命的過程中，或有參與親友喪禮的經驗。若有相近經驗，請就此為題撰成〈與
   ○○告別〉一文。

3. 正因著生命有限，才能突顯生命的價值，活得精彩，更為重要。請就你個人最想完成的願
   望、並尋找一位已經完成和你相同願望的人，針對他成就的過程，撰成一篇報導。

肆、杜甫〈茅屋為秋風所破歌〉

（附）祁立峰〈居住正義──杜甫〈茅屋為秋風所破歌〉〉

選文理由

「安得廣廈千萬間，大庇天下寒士俱歡顏，風雨不動安如山！」在淒風苦雨之中，杜甫推己及人，想到成千上萬同樣遭遇苦境的「寒士」，希望能為他們找到千萬間廣廈，若得如此，自家獨破、凍死亦所不惜。這不僅是詩人遭遇天災、家居困厄之後的呼聲，更表現出令人感佩的偉大胸懷。

導 讀

一、題 解

本詩是杜甫於唐肅宗上元二年（761）秋八月所作。「草堂」是杜甫歷經長安十年到處潛悲辛、安史亂離五、六年之後，在親友的協助之下，於成都營建浣花草堂作為棲身之所，在草堂生活三年九個月，是杜甫一生顛沛流離歲月中比較安定的生活，也是創作的高峰期，此時期共成詩歌二百四十餘首。

本詩所描寫的茅屋即是草堂，敘述茅屋被秋風吹破，屋破雨漏，不能安眠的苦況，最後發抒推己及人的仁者襟懷。

二、作者簡介

杜甫（712～770）字子美，自號少陵野老，祖籍襄州（今湖北），生於鞏縣（今河南），身處唐代由盛轉衰之時代，是我國偉大的詩人之一，與李白（701～762）合稱李杜。因為身

歷唐代安史之亂，詩歌多反映時代風貌，故而有「詩史」之稱；又因懷有「致君堯舜上，再使風俗淳」的胸懷，遂有「詩聖」之稱。其人不僅人格高尚，有仁者之懷，且因詩藝高超，故自中唐以降，莫不推崇備至。

　　杜甫一生顛沛流離，大約可分作四個時期，第一時期屬南北漫遊，從先天元年（712）至天寶四年（745）約三十餘年，此一時期從二十餘歲始，展開以南北漫遊為主的生活，曾南遊吳越，北遊齊趙，過著清狂蕭散的生活，詩作較少。第二時期屬旅居長安覓食時期，從天寶五年（746）至十四年（755）約十年，過著應試落第、獻賦無成的貧困寄食生活，到了天寶十四載（755）時，玄宗任為河西尉，辭而不就，後改任右衛率府冑曹參軍。第三時期屬安史之亂的流離時期，從至德元年（756）到乾元二年（759）約四年期間，備嘗戰亂之苦，有名的〈三吏〉、〈三別〉等社會寫實的作品成於此時，曾任左拾遺，因上疏救房琯（唐？～？）被貶為華州司功參軍；第四期是兩川西南飄泊時期，從上元元年（760）到大曆五年（770）約十年期，先在成都營建浣花草堂，過了一段悠閒自得生活。其後，流離於兩川之間，迄大曆三年（768）乘舟出峽，漂泊於岳、衡、潭州等地，過著浮家泛宅的最後歲月。在蜀期間，嚴武（726～765）曾推荐為劍南節度府參謀，加檢校工部員外郎，故世稱杜拾遺、杜工部。一生創作三千餘首詩歌，今存一千四百多首，整體而言，各種詩歌體式皆能運用純熟，善用五古書寫個人感懷及亂離社會，七古長於抒情與抒發政治意見，五律精鍊，七律圓熟，是少數諸體賅備的偉大詩人，葉嘉瑩（1924～）尤其推崇其七律〈秋興八首〉是登峰造極的偉大代表作。

本文

　　八月秋高風怒號，卷我屋上三重茅。茅飛渡江灑江郊，高者掛罥長林梢。下者飄轉沉塘坳。南村群童欺我老無力，忍能對面為盜賊。公然抱茅入竹去，唇焦口燥呼不得。歸來倚杖自嘆息。俄頃風定雲墨色，秋天漠漠向昏黑。布衾多年冷似鐵，嬌兒惡臥踏裏裂。床頭屋漏無乾處，雨腳如麻未斷絕。自經喪亂少睡眠，長夜沾濕何由徹！

安得廣廈千萬間，大庇天下寒士盡歡顏，風雨不動安如山？嗚呼！何時眼前突兀見此屋，吾廬獨破受凍死亦足。

鑒賞

本詩屬歌行體，歌行體的特色是可歌可詠，沒有固定的體式，篇幅及句式可長可短，甚至押韻可一韻到底，亦可叶韻轉韻。全詩可分作四個小節來看，前二節及末節屬單行散句，中一節屬偶句，由於句式變化多端，長短錯落有致，故全詩朗讀起來，較一般律化詩歌更具靈活性與變化性。

全詩前二節以敘事為主，第一節敘寫茅屋被秋風吹破的整個歷程，第二節敘寫孩童搶奪茅草的過程，第三節由敘事轉為抒情，書寫屋漏苦況及自己離亂之後的感觸；最後一節為全詩最關捩之處，以抒情筆法敘寫自己因個人遭遇而興發仁者憂憫天下的襟懷。全詩章法結構如下所示：

屋漏 ├ 敘事兼寫景：五句敘寫秋風破屋過程
　　　├ 敘　　事：五句敘寫孩童搶奪茅草過程
　　　├ 敘事轉抒情：二句屋外天景六句屋漏不眠心境
　　　└ 抒　　情：五句敘寫推己及人之襟懷

第一節五句，寫秋風吹破茅屋的情況，被風捲走的茅草，灑在江邊的郊野，有的高掛林梢，有的飄轉塘坳。敘述的視野，有上有下，彰顯秋風之強勁有力，遂能吹破三重茅草。

第二節五句，生動地描寫群童強拿茅草的過程，孩童惡作劇，不知茅草是有主之物，而杜甫又因年老體衰無力追趕，繼以口乾舌燥呼喊不得，只能眼睜睜地看著屋上茅草被孩童們捲拾而去，歸來嘆息。

第三節共八句，二句敘寫屋外天況；六句細膩描寫屋內的情景。天色漸昏，歸來見床上棉被既不能保暖，又因兒女睡姿不佳，將棉被撕扯踏裂，再環顧住處，屋漏床上無乾處，而外面的雨勢卻綿密不斷，沒有停止的跡象。杜甫並自述，自從安史亂起，離亂之中，時懷憂國之心，甚少睡眠，再加上今夜屋破雨漏的漫漫長夜，將如何度過呢？

第四節五句，語勢一轉，從個人的悲愁，轉向仁者襟懷，希望有朝一日能廣建大廈，庇護天下的寒士有屋可住，不必像自己憂愁長夜屋破風雨侵襲的困境。

全詩敘寫的場景，先從外在的大景寫秋風破屋的過程，再進到屋內寫屋漏的景況，最後進入心境的深沉，寫憂懷天下的情懷，拋開了個人遭遇的苦難與不幸，而能將生命的高度提昇到關懷天下人的仁者風範。

根據上述，可再歸整全詩之結構。

其一，若從「句式表述」觀之，其結構為：

單行散句—— 單行散句—— 駢行偶句—— 單行散句

全詩四段，第一、二、四段採用單行散句的方式為之，僅第三段為駢行偶句，這在詩歌之中為例甚少，大都以偶句行文為主。

其二，從「敘寫結構」來觀察，其結構為：

敘事—— 敘事—— 敘事轉抒情—— 抒情

全詩四段，前二段以敘事為主，敘寫屋破過程，第三段由敘事轉成抒情，將外景帶入內心獨白，第四段再進行推己及仁的憂憫情懷之抒發。

其三，從空間場景的變換觀之，其結構為：

屋外—— 屋外—— 屋內轉心境—— 心境

全詩首二段先大筆寫屋外景緻與變化，第三段再轉寫個人的深沉心境，迄第四段將襟懷推至天下寒士的期望。

其四，從情境轉換來觀之，其結構為：

個人—— 個人—— 個人轉家國—— 天下

全詩四段，前二段先寫個人的遭逢與際遇，第三段由個人轉為家國之思，最後一段展現高闊宏思，大庇天下寒士的偉大情操令人動容。

杜甫之偉大，在於能超脫個人之悲苦，而能替天下人發抒時代的悲苦；同時，也因為個人不幸的遭遇而興發大濟天下人的憂憫情懷，使個人一時一地之悲情，轉換成憂國憂民的偉大情懷，此即黃徹《蛩溪詩話》云：「苦身以利人」的至情至性與推己及人的情操。

問題討論

1. 杜甫推己及人的襟懷，令人動容；請以個人或他人的經驗，說明一件推己及人的事例。

2. 如果你是杜甫，面對兒童拾奪茅草的情景，你的心情與態度如何？

3. 請就下列諸文，說明意蘊及自己的體會。其一：《孟子・公孫丑上》：「先王有不忍人之心，斯有不忍人之政矣。以不忍人之心，行不忍人之政，治天下可運之掌上。」其二：《孟子・梁惠王上》：「老吾老，以及人之老；幼吾幼，以及人之幼。天下可運於掌。」其三：范仲淹〈岳陽樓記〉：「不以物喜，不以己悲，居廟堂之高，則憂其民；處江湖之遠，則憂其君。是進亦憂，退亦憂；然則何時而樂耶？其必曰：『先天下之憂而憂，後天下之樂而樂矣！』」

延伸閱讀

1. 杜甫〈三吏〉、〈三別〉：〈新安吏〉、〈潼關吏〉、〈石壕吏〉、〈新婚別〉、〈垂老別〉、〈無家別〉。

2. 杜甫〈秋興八首〉。

3. 白居易〈新製布裘〉。

作文寫作

1. 請就自己或他人的生活經驗，描寫一件最難堪或最尷尬的情境或事件。

2. 人生有夢最美，什麼是您人生追求的夢想呢？請抒寫自己最想圓的美夢。

3. 人世有許多不圓滿的處境或事件，請就某事抒發自己的感發。

（附）祁立峰〈居住正義──杜甫〈茅屋為秋風所破歌〉〉

選文理由

本文透過唐代詩人杜甫〈茅屋為秋風所破歌〉一篇，講述當時詩人所生存的時代背景和生活狀況，並結合現今台灣社會議題──居住正義，提供多角度觀點來探討歷史社會變遷下，居住環境的異同。〈茅屋為秋風所破歌〉是杜甫為自己在成都浣花溪畔的茅屋因八月的強勁秋風捲走茅草，杜甫因冷被、屋漏徹夜難眠，且觀察屋外破敗環境，引發詩人感慨，遂作了此詩。這首看似「杜甫日常」的詩，卻寄託了杜甫內心的殷殷企盼，他希望天下的窮苦寒士都能有一座庇護之所，不僅見到自己的生活破敗不堪，還希望拿自己的爛房來換取天下寒士皆能擁有個安穩屋宅。可見詩人的「精神居所」已經十分完備，對比當今社會，雖有鋼筋水泥建築，已能對抗強風暴雨，卻在精神上逐漸喪失對社會發展的理想。

從課程關聯性來看，本篇主要從作者講授杜甫〈茅屋為秋風所破歌〉這一課延伸而來，先談社會住宅議題在社會上引發的爭議，進而從作者自身所居之公寓鄰居所見日常，抒發了自身對於這一課文的體貼，以及對周遭所見之居住正義的感受。文末談到杜甫以及古典詩歌如何自我表述，又如何回應慘酷的現實生活，對應課程的「社會關懷」議題，頗適宜作為對當代議題的文學性回應。

每個時代都有其社會問題，環境不斷在變化，也許我們無法想像杜甫的缺漏茅屋的景象，但只要環顧我們周遭的居住環境，總能發現社會上依然有許多居住條件不佳、生活水準下降等住宅問題。香港有廚廁同間的「劏房」特殊公寓，而台灣也因房價高居不下，正慢慢壓縮人民生活的空間。作者以個人生活經驗出發，於文中描述自家鄰居和生活環境，從平凡的日常，微觀台灣的現況。

導 讀

一、題解

〈居住正義——杜甫〈茅屋為秋風所破歌〉〉一文選自祁立峰《讀古文撞到鄉民：走跳江湖欲練神功的國學秘笈》。書中除集結了作者於網路及報章雜誌上發表的多篇文章外，更系統性的歸納了歷代古人故事，對比當今光怪陸離的社會百態與議題思潮。台灣當前現正面臨許多社會環境、文化等議題，網路論壇中亦充斥不少戰文組無用的言論，也許文學在時間內無法見其影響力，然此書卻證明了，經過時代的掏洗，文學在歷史洪流中依舊能持續發揮其影響力。

古代詩人在創作上，多半來自生活經驗，不論是政治仕途失意、或在愛情世界得不到溫暖，這樣的創作即使流傳到了當代，我們還是能從白話解釋中感受到創作背後的生命意義。如果能將古文詩詞貼近平民大眾，不再只是課文中一板一眼，看似與你我無關的陳年往事，那文學在應用上，也更能凸顯出時代的問題，且不論在哪個時代中，文學所反映的問題，都有其迫切性和共同性。

〈居住正義〉一文由杜甫〈茅屋為秋風所破歌〉出發，重新審視現今台灣在居住上的社會問題，同時也爬梳了許多網路和文化議題。此文於古今的差異視角中，體現作者對社會的關懷，並以簡單易懂、輕鬆且寄寓教育的筆調，重新解釋、超譯了古文中的思想。

二、作者簡介

祁立峰（1981 ～）現任國立師範大學國文學系教授，研究領域為六朝文學、文學理論，著有《相似與差異：論南朝文學集團的書寫策略》、《遊戲與遊戲之外：南朝文學題材新論》等學術專著。另也從事文藝創作，曾獲臺北文學獎、臺北文學獎年金、教育部文藝創作獎、人間福報文學獎、國藝會創作及出版補助等。著有散文集《偏安臺北》、長篇小說《臺北逃亡地圖》，以及近作《讀古文撞到鄉民：走跳江湖欲練神功的國學秘笈》，並曾於《中國時報‧人間副刊》「三少四壯集」、「UDN 讀書人」以及「Readmoo 閱讀最前線」撰寫專欄。

本文

　　鄉民喜歡譏訕台灣人健忘，無論什麼激昂生猛、沸沸揚揚的公眾議題，嚷嚷了一兩個星期，隨即又春夢無痕。我們重新挖掘另一個無關緊要的明星劈腿、影片外流或小貓受困事件。

　　但我總希望大家不是真的忘記，像《神隱少女》的白龍，只是一時想不起來。如前陣子喧騰一時的社會住宅議題。那些豪宅居民對於青年、弱勢者的排斥，夜宿帝寶的社運，以及幾經辯證的「居住正義」議題。到底房屋是必需品還是奢侈品，是住者有其屋？還是階級流動停滯的當前，如批踢踢所揭示的──魯蛇永遠無法翻身以成為人生勝利者？

　　就在社會住宅鬧擾擾的那時，我的大一國文課剛好教到杜甫的〈茅屋為秋風所破歌〉，那是一首字句數不限的歌行體樂府，文辭也相對清暢，杜甫敘述自己於安史之亂後，於四川營建棲身的草堂、不敵強勁秋風以致屋頂茅草被吹破掀翻的日常。於是我和同學談到了社會住宅的話題。

　　其中一個拒絕青年租賃的建案，就在我家對面一河之隔的水岸，我日日看著他們的摩天樓牆面點起氤氲霓虹燈。我問同學：「豪宅住戶拒絕（交遊複雜的）青年、（可能淪為偷拐搶騙的）弱勢家庭或前科者入住，那各位有否想過，這些人現下住哪裡？不瞞各位，他們就住在我家隔壁。」

　　我樓下信箱常貼著法院的傳票，員警也幾次上門問起左鄰右舍近況，但中低收入族群只能租得起這區。我和同學說不要以為前科者就是壞人，作一個低收入者，犯罪的機會太多了，這個社會制度與律法本來就不是為了保障他們。我常看到樓下情侶倆牽著抱著小孩四貼騎上機車，媽媽染著金髮、腳踩上刺青鮮艷挑逗。隔壁樓上住了個腦麻少年，每親總是緩緩牽他爬上沒電梯的五樓。對面租給科大學生的套房徹夜狂歡K歌。一樓酒精中毒的阿伯總喝到凌晨發酒瘋才驚動管區。這已經超乎布迪厄[1]的理論了。然後我們來看杜甫這首詩：

1　皮耶・布迪厄（Pierre Bourdieu，一九三〇～二〇〇二），著名法國社會學大師、人類學家、哲學家。

八月秋高風怒號，卷我屋上三重茅。茅飛渡江灑江郊，高者掛罥長林梢，下者飄轉沉塘坳。

南村群童欺我老無力，忍能對面為盜賊。公然抱茅入竹去，唇焦口燥呼不得，歸來倚杖自歎息。

這間位於浣花溪畔的茅屋，就是日後著名的杜甫草堂。從詩中的描述與工法，大概可想見草堂的殘破與簡陋。茅草被吹跑，又來一群小屁孩搶了茅草就跑。接下來杜甫寫一瞬烏雲密佈，落下連密雨滴，屋漏逢夜雨，這不僅是日常的禍不單行，更是杜甫行至哀嘆中年的人生寄寓。但最後一段話鋒一悴，他發了個悲天憫人的大願：

安得廣廈千萬間，大庇天下寒士俱歡顏？風雨不動安如山！嗚呼！何時眼前突兀見此屋？吾廬獨破受凍死亦足！

自己無房頂可避雨，杜甫想的卻是天下受凍之人，試想自己家被強制都更了，誰還能思及其他無家遊民？之前的八仙塵爆，鄉民反覆對「同理心」這個命題辯證。同理心一概念可追溯至儒家講的推己及人或民胞物與，但那終究是口號。最能承受的痛苦是加諸於別人身上的，旁觀他人之痛苦，我們很輕易就擺出自矜的姿態或給出施捨的同情。

我和同學說不要質疑杜甫是不是假掰，他這首詩不是為誰而寫，不過是日常生活的糗事，猶如臉書的動態更新。所以我們更能相信最末「吾廬獨破受凍死亦足」是出於誠意真心。你可以說杜甫房屋半倒沒去申請國賠，還在那邊練肖話，是深受儒家文化荼毒。但這就是繼承《倫語》、《孟子》道統，一心要「致君堯舜上」的儒者姿態，雖千萬人吾往矣。

中學時，我總以為李、杜並列為唐詩的代表作家，但體會詩歌流變更深，才深覺杜甫才是整個唐詩、以至於文學史中最核心的詩人。他吸納了六朝詩歌的養分，而影響了中晚唐到宋元明清大部分詩人與詩論。更重要的可能是他那種推己及人的襟抱是如此渾然，不為了什麼，有如膝反射般自然。

與西方藝術家相比——像深居地下室而寫出《追憶似水年華》的普魯斯特，或由弟弟供養最後終於瘋狂的梵谷，他們將創作技藝視為一種崇高的美學。朱天文為其父朱西甯的《華太平家傳》寫的序裡，引用了馬奎斯《百年孤寂》，將寫作比喻成邦迪亞上校以手工陶鑄的小金魚。

然而中國古典時期的作家，從來不將書寫視為什麼崇高的技術或賦予意義，他們秉持儒家文往，用舍行藏，通經是為了致用，是為了經世濟民，若真的懷才不遇、也不該露才揚己，只能抱著滿腔的鴻鵠大志，隱居著述，藏諸名山。

肉身即是道場，古典作者就是這限活生生、血淋淋存在於現實世界。藝術原本也就是來自於現實世界。這可能就是杜甫之所以為杜甫的意義與價值。

本文選自祁立峰：〈居住正義——杜甫‧茅屋為秋風所破歌〉，《讀古文撞到鄉民——走跳江湖欲練神功的國學秘笈》，2017。

鑑賞

文章以「鄉民喜歡譏訕台灣人健忘」開頭，說明在台灣許多公眾議題時常只是一時間躍上新聞版面，可惜卻無法長期追蹤，進而瞭解政策的執行成效，在短時間內容易忘記，又回到平日的小確幸中。

但這不是本文作者想要的樣子。第二段起，點出前陣子沸沸揚揚的社會住宅議題，關於年輕人、弱勢者、社運人士關心的居住問題探討。早在 1989 年，台灣的地價、房價高漲就是一個問題，當時也有著名的「無殼蝸牛運動」，在寸土寸金的台灣，有土斯有財的觀念依然存在，高昂的地價、房價使得貧富差距不斷拉大，當少數人「跟上時代的幸運」因土地而致富時，卻沒想到居住的問題，已擴大為「正義」的問題。難道階級的流動不再是仰賴教育？而是土地？還是真如網路鄉民所說的——魯蛇永遠無法翻身成為人生勝利者？

杜甫〈茅屋為秋風所破歌〉是作者講授大一國文課程時所選的文章，詩人杜甫顛沛流離的生活我們都耳熟能詳，「不敵強勁秋風以致屋頂茅草被吹破掀翻的日常」也許聽來好笑，但那不是只發生在唐代的事。如果我們能夠看見，社會正面臨杜甫〈自京赴奉先詠懷五百字〉詩所云：「朱門酒肉臭，路有凍死骨」。北京三里屯金融區有無家可歸的老人以紙箱恣意蔽體；台北車站外頭亦有許多街友拿著多疊報紙枕眠；台北信義區富麗堂皇的高樓表象外，那裡曾是一片農地和墳場，現在卻是瓊樓玉宇包裹著貧民窟。

「作為一個低收入戶者，犯罪的機會太多了，這個社會制度與法律本來就不是為了保障他們」，荒謬的是當前的制度不再是大家共同論述、取得的共識，法律成了保護懂法律的人之專屬律令。當作為一個社會中的弱勢，想要溫飽，還要得提出重重證明，讓國家試圖真的能保護到你。久居地下室，暗無天日的獨居老人還在生活著，而隔壁也許是因販毒、詐騙購得超跑或豪宅的真正歹徒惡人。如果當時杜甫悲天憫人的大願「安得廣廈千萬間，大庇天下寒士俱歡顏」能夠得以實現，而不是鋼筋水泥建築造出來，擋風避雨的建築卻能看不能用，那該有多好？

文章末段從居住正義的話題引申，拋出更多的問題——同理心的命題辯證、杜甫儒家文化角色的姿態、東西方藝術家的創作比較。並以藝術創作本於現實生活結尾，杜甫能為杜甫，正也是因為他血淋淋的生活經驗，給了他飽滿的創作能量，在歷史上，我們都能見到文學、藝術與生活的直接連結，這可能是東方的文人騷客，與西方的藝術家最大的差異所在。因為「肉身即是道場，古典作者就是這麼活生生、血淋淋存在於現實世界。藝術原本也就是來自於現實世界」。

問題討論

1. 文中談到 2015 年八仙塵爆事件，鄉民在網路上反覆辯證「同理心」為何？請說說自己對於「同理心」一詞的理解。

2. 對於「房屋」，人人有不同的看法。有人認為房子的功能是住所，只要住得舒適，有一間自己的房子即可。也有的人將房子視為財產，認為通過精準的投資，房子也是賺錢的一種方式。請同學表達自己對於「房屋」的看法。

3. 承上題，台灣目前房價多半不合理，如果是你，你會願意打拼一輩子買一間房？還是選擇租屋過一生？

延伸閱讀

1. 杜甫：〈茅屋為秋風所破歌〉，《全唐詩》。

2. 張金鶚：《居住正義：你我都能實踐的理想》，台北：天下雜誌，2016。

3. 陳又津：《少女忽必烈》，台北：印刻，2015。

4. 皮耶・布赫迪厄（Pierre Bourdieu）：《防火牆》，台北：麥田，2016。

作文寫作

1. 杜甫〈茅屋為秋風所破歌〉清楚描寫自己的生活住宅狀況，請同學以「我的生活住宅」為題，結合日常生活經驗，討論理想的居住狀況及自己目前的生活方式。

2. 作者在文末兩段提及西方和東方藝術創作間的差異，請同學以己身經驗，描述自己在創作上面的心得歷程，並說說自己對於藝術創作的看法。

伍、蔣渭水〈臨床講義〉

選文理由

〈臨床講義〉是蔣渭水於 1921 年所發表的一篇診斷書形式的散文，文中描述臺灣這位患者，慢性中毒達二百年之久；蔣渭水從「文化醫生」的角度，發揮悲天憫人的襟懷，為追求臺灣人的民主自由、政黨政治、社會公義，拿出聽診器，懸壺濟世，救助臺灣的病情。

導 讀

一、題 解

蔣渭水〈臨床講義〉，原文以日文撰寫，名為〈臨牀講義—— 臺灣と云う患者に就て〉（〈臨床講義——對名叫臺灣的患者的診斷〉），於 1921 年 11 月發表於臺灣文化協會《會報》第一期，後收入白成枝重編《蔣渭水遺集》（1950 年）以及王曉波編《蔣渭水全集》（1998 年）。

1921 年（日本大正 10 年），時任從業醫師的蔣渭水主導「臺灣文化協會」的創立，並以臨床診斷書形式寫下這篇知名散文。蔣渭水以醫師診察病患的角度，寫下殖民地臺灣社會的病歷，並開立根治的處方。其中所開立的五劑處方，也是往後「臺灣文化協會」所推動的文化運動之相關活動。

二、作者簡介

蔣渭水（1891 ～ 1931），字雪谷，宜蘭人。為日治時期的醫師、民族運動者，也是臺灣文化協會與臺灣民眾黨的創立者，被視為臺灣最重要的日治時期反殖民運動的領袖之一，被稱為「臺灣的孫中山」。

十歲受業於宜蘭宿儒張鏡光，十七歲入宜蘭公學校（小學），三年後考入臺灣總督府醫學校（1918 年改稱「臺北醫學專門學校」，即「臺大醫學院」前身）。受到同為醫師的孫中山革命成功的影響，充滿民族意識與改革的熱情。1912 加入中國同盟會臺灣分會。1913 年，與醫學院同學翁俊明與杜聰明密謀至北京暗殺袁世凱，但未能成功。

1915 年，蔣渭水以第二名成績畢業。次年在臺北大稻埕太平町開設「大安醫院」（今延平北路義美食品）。經常邀集醫師、學生與社會人士討論有關臺灣社會弊病與興革方法。1921 年起，蔣渭水開始參與臺灣議會設置請願運動。1921 年結識林獻堂，並於 10 月 17 日成立臺灣文化協會，並於這一年發表〈臨床講義〉，從醫師的角度針砭臺灣的各種「疾病」。

1923 年，蔣渭水因治警事件被判刑，為臺灣人因政治請願被拘禁的第一人。1925 年又因反抗總督政令被囚禁。蔣渭水一生受日本拘捕、囚禁達十餘次之多。1926 年，蔣渭水在大安醫院旁開設文化書局，販售先進思潮的書籍。1927 年，蔣渭水成立臺灣民眾黨，主張爭取地方自治、提倡言論自由。1928 年，他又籌組臺灣工友總聯。1930 年，與林獻堂、蔡培火、葉榮鍾等人籌組臺灣地方自治聯盟。1931 年 8 月 5 日，蔣渭水因傷寒病逝於臺北醫院，得年 41 歲。1952 年，蔣渭水的舊同志陳其昌、白成枝印刊《蔣渭水遺集》。

本文

關於臺灣這個患者

姓名：臺灣島

性別：男

年齡：移籍現住址已二十七歲。

原籍：中華民國福建省臺灣道。

現住所：大日本帝國臺灣總督府。

地址：東經 120 ～ 122 度，北緯 22 ～ 25 度。

職業：世界和平第一關門的守衛。

遺傳：明顯地具有皇帝、周公、孔子、孟子等血統。

素質：為上述聖賢後裔，素質強健，天資聰穎。

既往症：幼年時（即鄭成功時代），身體頗為強壯，頭腦清晰，意志堅強，品行高尚，身手矯健。自入清朝，因受政策毒害，身體逐漸衰弱，意志薄弱，品行卑劣，節操低下。轉居日本帝國後，接受不完全的治療，稍見恢復，唯因慢性中毒長達二百年之久，不易霍然而癒。

現症：道德頹廢，人心澆漓，物欲旺盛，精神生活貧瘠，風俗醜陋，迷信深固，頑迷不悟，罔顧衛生，智慮淺薄，不知永久大計，只圖眼前小利，墮落怠惰，腐敗、卑屈、怠慢、虛榮、寡廉鮮恥、四肢倦怠、惰氣滿滿、意氣消沉，了無生氣。

主訴：頭痛、眩暈、腹內飢餓感。

最初診察患者時，以其頭較身大，理應富於思考力，但以二、三常識問題試加詢問，其回答卻不得要領，可想像患者是個低能兒。頭骨雖大，內容空虛，腦髓並不充實；聞及稍微深入的哲學、數學、科學及世界大勢，便目暈頭痛。

此外，手足碩長發達，這是過度勞動所致。其次診視腹部，發現腹部纖細凹陷，一如已產婦人，腹壁發皺，留有白線。這大概是大正五年歐洲大戰以來，因一時僥倖，腹部頓形肥大；但自去夏吹起講和之風，腸部即染感冒，又在嚴重的下痢摧殘下，使原本擴張的腹壁急劇縮小所引起的。

診斷：世界文化的低能兒。

原因：智識的營養不良。

經過：慢性疾病，時日頗長。

預斷：因素質純良，若能施以適當療法，尚可迅速治療。反之，若療法錯誤，遷延時日，有病入膏肓死亡之虞。

療法：原因療法，即根本治療法。

處方：

正規學校教育	最大量
補習教育	最大量
幼稚園	最大量
圖書館	最大量
讀報社	最大量

若能調和上述各劑，迅速服用，可以二十年內根治。尚有其他特效藥品，此處從略。

大正十年（一九二一年）十一月二十日

主治醫師 蔣渭水

鑒賞

〈臨床講義〉以醫師診斷書的形式，扼要地勾勒了殖民地臺灣社會的歷史以及現狀，並謀求解決之道。

首先，蔣渭水介紹臺灣這位「患者」的基本資料，讓讀者瞭解臺灣的歷史，「原籍」為「中華民國福建省臺灣道」，「現住所」卻變成「日本帝國臺灣總督府」，簡單描繪了殖民地臺灣的政治歸屬。但臺灣的職業頗佳，為「世界和平第一關的守衛」，而臺灣的遺傳則「明顯地具有皇帝、周公、孔子、孟子等血統」，因此素質「為上述聖賢後裔，素質強健，天資聰穎」。但天生具備如此完美條件的臺灣，目前卻身陷沉痾。

接著，描述患者「臺灣」的「既往症」與「現症」，蔣渭水特別突顯其文化精神面向上的病徵，如「道德頹廢，人心澆漓，物欲旺盛，精神生活貧瘠……意氣消沉，了無生氣」。

再者，對於患者的「主訴」，經診斷後，判定為「世界文化的低能兒」。原因則是「智識的營養不良」。針對這種症狀，應以「根本治療法」規劃五種處方加以治療，即「正規學校教育」、「補習教育」、「幼稚園」、「圖書館」、「讀報社」，並且皆為「最大量」。這五劑藥劑處方，正是蔣渭水為「臺灣文化協會」所量身打造的一連串新文化運動。

綜觀蔣渭水一生四項深刻影響全臺的重要事業，包括史上第一個全臺性的文化組織「臺灣

文化協會」，第一份臺灣人的報紙《臺灣民報》，第一個具有現代意義的政黨「臺灣民眾黨」，第一個全臺性的工會組織「臺灣工友總聯盟」。其中便以「臺灣文化協會」對臺灣社會最具啟蒙意義。其一系列啟蒙民眾的活動，如發行文化會報、辦理文化義塾、舉辦文化講演團、設立文化書局、開辦各類知識講習會與夏季講習會等各活動，即為他在〈臨床講義〉中所開立的療治臺灣的最有效處方。由此觀之，所謂「良醫醫國」，蔣渭水不僅醫人也醫國，堪稱引導臺灣文化啟蒙的「新文化運動之父」。

問題討論

1. 當年蔣渭水所針砭的臺灣的種種病態，如今是否已痊癒？或宿疾依舊？或又有新的病症產生？如今最好最新的根治處方為何？

2. 請找出形式類似〈臨床講義〉的諷諭體散文，並比較其異同？（提示：林柏維：〈蔣渭水〈臨床講義〉的現代版——診斷臺灣：臺中臨床講義〉）

延伸閱讀

一、蔣渭水的作品

1. 白成枝、蔣先烈遺集刊行委員會編《蔣渭水遺集》，文化出版社，1950。

2. 王曉波編《蔣渭水全集》（上／下），海峽學術出版社，2005。

二、蔣渭水的傳記

1. 黃煌雄《蔣渭水傳——臺灣的孫中山》，時報，2006。

2. 邱秀芷《臺灣民族運動的火車頭：蔣渭水傳》，臺北市政府文化局，2011。

3. 黃煌雄《蔣渭水傳——台灣的先知先覺者》，臺北：前衛出版社，2006 年 3 月。

4. 國父紀念館《臺灣先賢系列：涇渭分明水長流──蔣渭水小傳》，國父紀念館，2009。

5. 賴佳慧〈蔣渭水〉，莊永明總策畫《台灣放輕鬆3──在野台灣人》，臺北：遠流文化公司，2001年2月。

三、蔣渭水的影像

1. 蔣朝根編著《蔣渭水留真集》（攝影附光碟），臺北市文獻會，2006。

2. 國父紀念館《自覺的年代：蔣渭水歷史影像紀實》，國父紀念館，2009。

四、蔣渭水的傳記影音、舞臺劇、網站

1. 公共電視臺《臺灣百年人物誌：熱血男兒──蔣渭水》（DVD），公共電視臺，2002。

2. 臺北市政府文化局《追念民主鬥士與文化先鋒蔣渭水》（DVD），臺北市政府，2005。

3. 冉天豪（音樂總監）：《台灣音樂劇三部曲──渭水春風》（2010年9月，臺北國家戲劇院演出實況錄音），臺北：音樂時代文化公司，2011年1月。

4. 楊忠衡（藝術總監）；符宏征（導演）：「台灣音樂劇三部曲──渭水春風」，2010年9月首次演出，行政院文建會指導，音樂時代劇場主辦，財團法人蔣渭水文化基金會、臺北市文化局協辦 http://impossibletimes.allmusic.com.tw/（2012.7.4確認）

5. 「蔣渭水文化基金會」網站 http://weishui.org/index-47.html（2011.8.1確認）

五、與蔣渭水同時代的醫學文學作品

1. 魯迅〈藥〉、〈狂人日記〉，楊澤編，《魯迅小說集》，洪範，1994。

2. 賴和〈蛇先生〉，林瑞明主編，《賴和全集》（卷一），前衛，2000。

3. 吳濁流《吳濁流──先生媽》（台灣小說青春讀本），臺北：遠流出版公司，2006年2月。

1. 以「良醫醫國」為主題,並舉蔣渭水、魯迅、孫中山或賴和等醫生的事蹟為例,寫一篇作文。

2. 以自己做為診斷的對象,以「臨床診斷書」的形式寫一篇類似的散文。

蔣渭水〈臨床講義〉

陸、鄭愁予〈清明〉

選文理由

　　享譽國際的詩人鄭愁予是本校台北法商學院統計系四十屆畢業校友。〈清明〉一詩為鄭愁予以死亡後的視角書寫自己接受千家萬戶的祭拜儀典。死亡，既是不可逆迴的生命課題，何妨曠達自適、瀟灑以對？透過本文讓讀者體會生命過程，終要面對銷亡殆盡的死生訣別，方能深刻體契存在的意義與價值。

導 讀

一、題 解

1. 清明節的由來

　　中國古代將一年十二個月分作二十四個節氣，用來反映氣候變化以利農耕。「清明」介於「春分」與「穀雨」之間，大約是冬至過後一百零六日，或是「春分」之後十五日，即國曆的四月四日或五日，此時萬物欣欣向榮，風景明麗，故名此節氣為「清明」。

　　而「清明」同時也是節日，相傳漢高祖衣錦還鄉欲祭拜父母之墳時，因連年戰事，榛莽遍生，遍尋不著，乃以手中紙張碎成小片，向蒼天禱祝，若紙片落在墳上，風吹不動，即為父母之墳。果真，碎紙落在一墳上，依稀是父母之名鐫刻其上，遂重新修葺墳墓。此後，演變為每年清明節氣即到墳上掃墓祭拜的節日意義。

　　節氣的「清明」是標幟時序流轉的日子，而節日的「清明」則具有風俗習慣與紀念意義。將節氣與節日結合，使「清明」具有標示節氣的變化，同時兼有慎終追遠的民俗意義。

　　與「清明」相近的一個節日是「寒食節」，是冬至之後第一百零五日。相傳是晉文公為紀念介之推功成不受祿且不幸被燒死於綿山，下令將介之推火燒當日定為寒食節，禁火三日，吃

冷食以示追悼懷念之意。因寒食節之後即為清明節，後來即將上巳、寒食、清明三個節日互相滲透紀念。

2. 清明節的習俗

清明節是中國人慎終追遠的表現，也是民俗活動之一。因各地風俗不一，大約有幾種活動：掃墓、掛紙、踏青、盪秋千、鬥雞、插柳、賜火、拔河等。在台灣還有掃墓、掛紙、吃潤餅等習俗流傳。

3. 歷代的寒食、清明詩

清明是中國重要的節日，詩人吟詠最有名的是杜牧的〈清明〉一詩：「清明時節雨紛紛，路上行人欲斷魂。借問酒家何處有，牧童遙指杏花村。」。寒食則以韓翃〈寒食〉：「春城無處不飛花，寒食東風御柳斜。日暮漢宮傳蠟燭，輕烟散入五侯家」最有名。

其他尚有許多名作，請參〈延伸閱讀〉。

4. 鄭愁予的〈清明〉詩

這一首〈清明〉是鄭愁予早年的作品，收錄於《鄭愁予詩集 I》（台北：洪範，1979，頁104）第一集中。書寫的視角是從死者的角度，也就是被祭拜的對象為出發，書寫自己死亡已久，一直接受人間飛幡祭典，同時也能達觀地面對回歸塵土的心情。這種寫法，在古典詩詞中運用甚多，陶淵明的〈挽歌〉（又作輓歌，送葬的喪歌）組詩三首是陶淵明自輓的詩歌，也是陶淵明以死者的身份書寫和親友死別的悲慟情感，深刻摹寫自己死後，親友為自己送殯下葬的整個過程，以及自己對死生抱持曠達的心境，真實能夠面對不可逆回的死亡一事。

二、作者簡介

鄭愁予本名鄭文韜，祖籍福建南安石井，（一說籍貫河北寧河），1933 年生於山東濟南，是鄭成功第十五代（十一代？）裔孫，出身軍旅世家，因戰亂遊歷大江南北，曾在北平崇德中學及北京大學暑期文學班就讀，1949 年隨國民政府遷居台灣。先後畢業於新竹高中、中興大學法商學院的統計系。1968 年應邀赴美參加愛荷華「國際寫作計畫」，1972 年獲愛荷華大學創作藝術碩士學位，留校任教中文系，1973 年轉任耶魯大學東亞語文學系擔任高級講師。1990

年曾返台擔任《聯合文學》總編輯，退休後，曾在香港大學中文系任教。2005 年返台擔任東華大學第六任駐校作家，並榮獲東華大學榮譽教授。後，落籍金門，現任金門大學講座教授。2006 年 9 月和白先勇等教授開辦碩士課程。2008 年以《旅夢專輯‧一碟兒詩話》榮獲第十九屆金曲獎傳統暨藝術音樂作品類最佳作詞人。

為何筆名為「愁予」呢？典故來自《楚辭‧九歌‧湘夫人》：「帝子降兮北渚，目眇眇兮愁予」，「愁予」，帶有一種淒美感傷的意味，迷惘、悵然、恍然。也因為這個筆名，總讓我們有一種婉然、淒美的感受，而鄭愁予的新詩，似乎也以此清婉的風格定調。

早慧的詩人，1947 年就讀崇德中學時，發表〈礦工〉曾獲北大師長讚賞，還為該詩詮釋，給鄭愁予很大鼓勵，啟發他對詩歌內涵的重視。1953 年在台灣發表第一首新詩〈老水手〉於《野風》雜誌，此後不斷地在《野風》、《新詩周刊》發表新詩。詩人 16 歲自費出版第一本詩集《草鞋與筏子》，其後陸續出版《夢土上》、《窗外的女奴》、《鄭愁予詩集》、《刺繡的歌謠》、1993 年《寂寞的人坐著看花》、《衣缽》、《雪的可能》、《燕人行》等詩集。享譽國際的詩人鄭愁予，曾榮獲救國團青年文藝獎、中國文藝協會文藝獎章、海外華人文學貢獻獎、中華民國家文藝獎新詩獎、時報文學獎推荐獎、國際藝術學院授予文學博士學位等獎項與榮譽，實至名歸。

浪跡天涯的鄭愁予，流轉大陸各地，再從大陸來台，再到美國留學任教，又回到台灣來，標幟著傳奇與不凡的一生。鄭愁予最有名的〈錯誤〉寫於 1954 年，從此，成為他的成名作，也是華人世界不可錯過的經典名作。據詩人自言，許多人聽他的演講，皆指名要聽詩人闡述這首詩的意境或本事。於是，詩人公開演講時，往往以〈錯誤〉作為開場白，同時，也讓聽眾鉤聯自己對該詩歌的想像意境是否與詩人的感受相符應。

鄭愁予的〈錯誤〉被台海兩岸選入教科書，香港則選入〈水巷〉一詩，從此，鄭愁予更是名滿天下，有華人的地方，似乎就能誦讀他的詩歌。然而，享譽國際的名詩人，居然與我們中興大學有了連結，原來，鄭愁予本名是鄭文韜，是我們中興大學台北法商學院統計系 40 年度畢業的校友。2013 年鄭愁予榮膺本校傑出校友。

2013 年四月二十二日，本校惠蓀講座邀請鄭愁予蒞校演講，演講題目是〈從游世到濟世，從藝術到仁術〉，詩人暢談自己心懷濟世之心，從早期詩作抒寫性靈的「游世」，到後來關懷社會，憂憫世情的「濟世」情懷，而寫詩的心境也由技巧的「藝術」層面昇華到「仁術」，不再只是自我表述情意的層次而已，更提昇到關心社會群眾的高度，這種胸襟，令人想起杜甫〈茅屋為秋風所破歌〉呈現出來的仁者襟懷，這種憂憫情懷，使杜甫不僅是詩史，也是詩聖的最佳典範。大凡一位偉大的詩人，總能夠從自己推擴到群眾，鄭愁予也從小我擴大到大我的關懷層面。詩人並當眾朗誦了八首詩歌，包括了《錯誤》、《水巷》、《客來小城》、《賦別》、《小小的島》、《無終站列車》、《煙火是戰火的女兒》、《雨說》等膾炙人口的詩歌。

本 文

我醉著，靜的夜，流於我體內

容我掩耳之際，那奧秘在我體內迴響

有花香，沁出我的肌膚

這是至美的一霎，我接受膜拜

接受千家飛幡的祭典

星辰成串地下垂，激起唇間的溢酒

霧凝着，冷若祈禱的眸子

許多許多眸子，在我的髮上流瞬

我要回歸，梳理滿身滿身的植物

我已回歸，我本是仰臥的青山一列

鄭愁予〈清明〉

275

鑒　賞

〈清明〉全詩分作二節。第一節書寫接受千家祭典後的寂靜；第二節書寫回歸塵土的曠達自適。

清明，應是斷腸斷魂的節日，然而本詩並不用悲慟的心情書寫，亦不採用死生契闊的悲感描寫，反而以一種平和喜樂的接受心情看待死後被膜拜的情事，對照清明的冷色調似是一種反差。

第一節，書寫「我」（死後之亡靈）在靜夜裡享受祭拜後的馨香並體會花香酒香被膜拜的至美奧秘。以歸寂靜謐的夜晚襯託著激蕩的心思流轉，以花香酒醉象徵被膜拜的喜悅。

「花香」，以有形喻無形，後代子孫以鮮花供奉，喻示馨香永流傳之意，沁出肌膚，象徵著德馨圍繞。

「醉著」、「流於體內」，是夜在我體內與我融攝，而我也與天地共化融攝。

「醉著，流於體內，奧秘迴響」，用以襯託祭典散後的寂靜，「我」仍然流醉在被祭拜的神聖奧秘境域之中。

「接受」即是不拒不斥，真實面對，而且是以享受的心情接受千家飛幡的祭拜，榮耀，熠熠生輝。

本詩第一節不從熙熙攘攘祭拜過程來烘托熱鬧的饗食，而是以靜夜，人群散後的靜夜，細細體會與天地同體大化的奧秘。夜，如同酒一樣流於體內，是形軀、精神皆與天地共化，融攝於體內、於夜之中；花香，沁出芬芳，這種馨香，不是一時一地的香氣，而是千秋萬世的流襲。如果「我」是千家萬戶的祖先，接受後世子孫的馨香膜拜與祭典是一種當然與必然；另外，還有一種可能，「我」可能有三不朽之偉業或德馨傳世，故而接受膜拜與祭典，是享受他人對我事功的肯定與贊美，以花香襯著流芳千古，所以是「至美的一剎」，死亡，只是形體銷歇，事功才能永垂不朽。無論是因為血脈關係而被膜拜，享受子嗣綿延香火不斷的欣悅，或是事功被肯定而能流芳千古，皆是至美的時刻，皆足以讓「我」感受生命的代代無窮無盡的存有。

第二節敘寫「我」體契與天地同化的曠達自適。也是從歸寂靜夜著墨。夜已深沈，星辰下垂與我對視，冷冷靜靜的星眸，如同祈禱的眼眸，理性而冷靜，清明夜裡多霧的節候裡，星辰

如酒溢滿天際，似乎也流逸在髮上。「我要回歸」，寫自己在靜夜中享受靜謐的星辰如祭酒、如祈禱的眼眸，回歸已與天地同化的身軀，方能梳理爬滿身上的植被；「我已回歸」寫回歸塵土的靜寂，原也是青山之一，早已為化為青山的一部份了。本節以日之祈禱、夜之垂臥，作日夜對照，也反襯在歸寂靜夜中仍有熱鬧繽紛的星眸與「我」對視而不顯寂寞，而我也能甘心自淡於歸寂之後的青山之中。

茲將本詩結構圖示之如下：

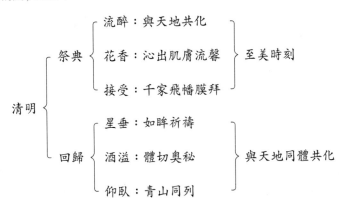

本詩沒有清明魂斷香銷的悲情，沒有死生訣別的感傷，更沒有面對親人依依難捨的深情流蕩。有的是，在靜夜中細細體會膜拜之後的馨香，契會祭拜之後的至美時刻，寂靜的夜裡，託體山阿，並無寂寞之感，欣賞星辰，如同對望眸子，梳理歸寂之後的滿身植被，讓我塵土歸寂，成為青山的一部份。透過本詩，可以重新體會，死亡也是一種存在的方式，與天地同生共化的存在方式。

莊子說，死生若環，生死相循環，生是死的另一種方式；死亡也是生的另一種方式；生生死死，死死生生，並無可怕，只要努力豁顯存在的價值即可。儒家三不朽的立德、立功、之言為我們留下千秋萬世的見證，讓死亡成為可以接受的事實，讓清明成為一種可以面對的情境。

鄭愁予的〈清明〉消解我們對死亡的懼怕，也成就我們對死亡的另一種體會，而這種心境早已在陶淵明的詩歌中示現出來了：「死去何所道，托體同山阿」。死生是生命的過程，在東

晉的陶淵明如此體會，在現代的鄭愁予重新演繹這樣的心情，而我們，又當如何演繹屬於我們的體會或故事呢？

雖然，鄭愁予寫了不少詩歌，皆足以撼動人心，但是，一曲〈錯誤〉可望成為千古名詩，更是他的代表作，無論後來的詩風如何轉變，讀者們仍然被青石向晚的詩句鉤攝心魂，被「達達的馬蹄聲」所魅惑，「我不是歸人，是個過客」遂成為所有流浪的符碼，也是等待的符碼，留在「離去」與「等待」之間。

外鑠的榮譽，終將化為塵土，如流風沫影銷歇在宇宙的邊際；然而，詩歌的成就，卻是永恆的；文學，可以跨古越今、橫度歷史亂流。歷史可以不斷更迭，故事可以不斷再造，然而，詩篇，卻可以傳世不朽、可以歷久彌新、可以讓後人冥契而體會作者之心。如是，如何將不朽的詩篇永世傳唱下去，是我們的責任。所有的故事也許可以中輟，而詩歌卻可以不斷地被後人傳寫與演繹。凝視前人典範與風標，似乎也應該傳寫屬於我們的詩歌，讓後世的人，因為閱讀詩歌，得以度越浮世亂流，而能展現清流與風標。

閱讀鄭愁予歌詩，遙契作者之意，是最美的心靈饗宴。活在當下，我們慶幸這是一個有詩的時代，讓我們得以閃躲人世的蹭蹬偃蹇、得以遁開忙亂如流的漩渦、得以在亂流中有一方浮木；讓我們可以撐過人世種種風霜雨雪。因為詩，而讓我們能有清徹澄淡的心境，浮遊在這個亂世之中。於是，閱讀，是我們存在的方式之一，藉由契會作者心靈，而能活出昂揚的生命風姿，因為文字如蓮，讓我們得以享受清芳的文學氛圍。如是，必能昂然自得，必能胸有詩書氣自華地睥睨群倫，讓傲骨涵蘊在胸而能增長雍容氣度，展現偉岸風標、展現泱泱氣象。除了〈錯誤〉之外，尚有一些膾炙人口的名作，例如〈偈〉、〈賦別〉、〈水巷〉、〈野店〉，令人鍾愛，歡迎選讀。

我們慶幸，詩人鄭愁予是我們的校友，讓我們得以薪火相傳詩歌的火種，在中興大學，綿延不斷。

也慶幸，這是一個有詩歌可以品賞的時代，不致讓我們在亂世浮流中盲動，而可以秉著一股清流，度越人世急流險湍。

接著，讓我們繼續不斷地書寫屬於我們的詩歌吧，如果，這是一個可以慶賀的時代，一個有詩有夢的時代，就讓我們繼續為文學編夢，為詩歌留下不滅的火種吧。

問題討論

1. 請分析陶淵明「死去何所道，托體同山阿」與鄭愁予〈清明〉之異同。

2. 西藏有一種喪葬習俗是天葬，即是讓禿鷹吃食死者屍體，請問您贊同嗎？與漢人墓葬意義有何不同？

3. 因環保問題，目前有提倡火葬、樹葬、海葬等，請說明您對這些喪葬的看法，並闡述這些喪葬方式是否影響清明節存在的意義？

4. 請說明自己家鄉清明節的風俗習慣，或自己參與清明節活動的感受。

延伸閱讀

一、影片欣賞

1. 《一路玩到掛》

2. 《在天堂遇見的五個人》

二、書籍閱讀

1. 米奇・艾爾邦：《最後 14 堂星期二的課》

2. 馬塞爾・普魯斯特：《追憶逝水年華》

3. 幾米繪本：《地下鐵》

三、古典詩歌文本欣賞

（一）死生相關歌詩

〈古詩十九首·今日良宴會〉

今日良宴會，歡樂難具陳。彈箏奮逸響，新聲妙入神。

令德唱高言，識曲聽其真。齊心同所願，含意俱未伸。

人生寄一世，奄忽若飆塵。何不策高足，先踞要路津？

無爲守貧賤，轗軻常苦辛。

潘岳〈悼亡〉詩，三首選其一

荏苒冬春謝，寒暑忽流易。之子歸窮泉，重壤永幽隔。

私懷誰克從，淹留亦何益。僶俛恭朝命，迴心反初役。

望廬思其人，入室想所歷。幃屏無彷彿，翰墨有餘跡。

流芳未及歇，遺掛猶在壁。悵怳如或存，迴遑忡驚惕。

如彼翰林鳥，雙栖一朝隻。如彼遊川魚，比目中路析。

春風緣隙來，晨霤承簷滴。寢息何時忘，沈憂日盈積。

庶幾有時衰，莊缶猶可擊。

陶淵明〈輓歌〉詩三首

其一：

有生必有死，早終非命促。昨暮同為人，今旦在鬼錄。

魂氣散何之？枯形寄空木。嬌兒索父啼，良友撫我哭。

得失不復知，是非安能覺？千秋萬歲後，誰知榮與辱？

但恨在世時，飲酒不得足。

其二：

在昔無酒飲，今但湛空觴。春醪生浮蟻，何時更能嘗！

肴案盈我前，親舊哭我旁。欲語口無音，欲視眼無光。

昔在高堂寢，今宿荒草鄉。一朝出門去，歸來良未央。

其三：

荒草何茫茫，白楊亦蕭蕭。嚴霜九月中，送我出遠郊。

四面無人居，高墳正焦嶢。馬為仰天鳴，風為自蕭條。

幽室一已閉，千年不復朝。千年不復朝，賢達無奈何。

向來相送人，各自還其家。親戚或餘悲，他人亦已歌。

死去何所道，托體同山阿。

杜牧〈清明〉

清明時節雨紛紛，路上行人欲斷魂。

借問酒家何處有，牧童遙指杏花村。

元積〈遣悲懷〉三首

其一

謝公最小偏憐女，自嫁黔婁百事乖。

顧我無衣搜藎篋，泥他沽酒拔金釵。

野蔬充膳甘長藿，落葉添薪仰古槐。

今日俸錢過十萬，與君營奠復營齋。

其二

昔日戲言身後意，今朝都到眼前來。

衣裳已施行看盡，針線猶存未忍開。

尚想舊情憐婢僕，也曾因夢送錢財。

誠知此恨人人有，貧賤夫妻百事哀。

其三

閑坐悲君亦自悲，百年都是幾多時！

鄧攸無子尋知命，潘岳悼亡猶費詞。

同穴窅冥何所望？他生緣會更難期！

惟將終夜長開眼，報答平生未展眉。

蘇東坡〈江城子‧十年生死兩茫茫〉

十年生死兩茫茫，不思量，自難忘。千里孤墳，無處話淒涼。縱使相逢應不識，塵滿面，鬢如霜。

夜來幽夢忽還鄉，小軒窗，正梳妝。相顧無言，惟有淚千行。料得年年腸斷處，明月夜，短松岡。

元好問〈摸魚兒‧雁丘詞〉

問世間，情是何物？直教生死相許。天南地北雙飛客，老翅幾回寒暑。歡樂趣，離別苦，

就中更有痴兒女。君應有語，渺萬里層雲，千山暮雪，隻影向誰去！

橫汾路，寂寞當年簫鼓，荒煙依舊平楚。招魂楚些何嗟及，山鬼暗啼風雨。

天也妒，未信與，鶯兒燕子俱黃土。千秋萬古，為留待騷人，狂歌痛飲，來訪雁丘處。

（二）明寒食名作欣賞

（唐）宋之問〈途中寒食〉

馬上逢寒食，途中屬暮春。可憐江浦望，不見洛橋人。

北極懷明主，南溟作逐臣。故園腸斷處，日夜柳條新。

（唐）張斷〈閶門即事〉

耕夫召募愛樓船，春草青青萬頃田；

試上吳門窺郡郭，清明幾處有新烟。

（宋）王禹偁〈清明〉

無花無酒過清明，興味蕭然似野僧。

昨日鄰家乞新火，曉窗分與讀書燈。

（宋）吳惟信〈蘇堤清明即事〉

梨花風起正清明，游子尋春半出城。

日暮笙歌收拾去，萬株楊柳屬流鶯。

（宋）楊萬里〈寒食上冢〉

逕直夫何細！橋危可免扶？

遠山楓外淡，破屋麥邊孤。

宿草春風又，新阡去歲無。

梨花自寒食，進節只愁余。

（宋）程顥〈郊行即事〉

芳草綠野恣行事，春入遙山碧四周。

興逐亂紅穿柳巷，固因流水坐苔磯。

莫辭盞酒十分勸，只恐風花一片紅。

況是清明好天氣，不妨游衍莫忘歸。

（明）高啟〈送陳秀才還沙上省墓〉

滿衣血淚與塵埃，亂後還鄉亦可哀。

風雨梨花寒食過，幾家墳上子孫來？

（明）王磐〈清江引·清明日出游〉

問西樓禁烟何處好？綠野晴天道。

馬穿楊柳嘶，人倚秋千笑，探鶯花總教春醉倒。

四、鄭愁予名作欣賞

1. 〈水巷〉

2. 〈賦別〉

3. 〈偈〉

4. 〈野店〉——邊塞組曲之二

作文寫作

1. 請模仿鄭愁予〈清明〉獨白的方式，創作一篇清明的散文。

2. 請以超越死亡的方式，站在天堂觀看親人為您送別，哀唱輓歌的情景，抒發自己對來探視的親友之心情流轉。

3. 請寫一封信給死後的自己，說明此生此世的作為、心境變化，或理想與抱負的踐履。

4. 死亡不可避免，請預為自己立下想完成的生命清單，並說明為何？應如何實踐。

附錄一：〈鄭愁予活動簡表〉

參考檢索網站：http://www.tpocl.com/content/writerTimeline.aspx?n=E0159

年歲	西元	事蹟
1 歲	1933	出生於山東濟南；愁予父親為鄭曉嵐將軍，因此他從小就跟著父親不斷遷徙的軍旅生活，從濟南、北平、南京、漢口、武漢、衡陽、桂林、陽朔、柳州、梧州到廣州，行遍大半個中國，飽覽大陸各地的風土人情，山水風光；愁予幼年時值抗戰末期，經歷兵荒馬亂的流離生活，中國遭逢的巨大破壞與災難，逃難時親眼所見的悲慘狀況一直深烙於他心中，這也是他堅持人道關懷詩魂的原因之一。
14	1947	入北京大學文學班學習；在校刊上發表〈礦工〉一詩，為第一首對外發表的詩。
16	1949	在衡陽的道南中學與同學組織了「燕子社」，創辦並發行了油印的刊物《燕子》；並在五月以「青蘆」的筆名，自資出版了第一本詩集《草鞋與筏子》；後來跟著家人到了台灣新竹，就讀新竹中學；此時他十分愛好體育，曾任台灣青年登山協會常務理事、滑雪委員會委員，還是台灣省的田徑代表和台灣陸軍足球代表隊隊員；後來考上中興大學法商學院，畢業後在基隆港務局工作，這一工作為他寫下大量優美的航海詩提供了條件。
19	1952	《現代詩》主編紀弦約他到台北會面，並給予讚揚勉勵，此後他用筆甚勤，陸續在《野風》、《現代詩》、《公論報》、《自立晚報》發表詩作，開始了他正式的詩人生涯，在台的第一首詩〈老水手〉。
22	1955	在台第一本詩集《夢土上》出版。
33	1966	《衣缽》出版。
34	1967	《窗外的女奴》出版，任中國青年寫作協會總幹事時，曾與朱橋合編過「幼獅文藝」，當時想了很多新點子，辦活動、座談，搞專題策畫。
35	1968	赴美愛荷華大學，成為聶華苓主持的「國際寫作計劃」成員。
36	1969	進愛荷華大學東亞語文學系任教。
37	1970	轉入愛荷華大學人文學院「詩創作坊」就讀，並獲創作藝術碩士學位；後來又進入該校「大眾傳播學」博士班研讀。
40	1973	轉赴耶魯大學東方語文學系任高級講師。
41	1974	《鄭愁予詩選集》出版（志文出版社）。
46	1979	《鄭愁予詩集 1951～1968》出版（洪範出版社）。
47	1980	《燕人行》出版。

年歲	西元	事蹟
49	1982	入選《陽光小集》「當代十大詩人」。
50	1983	入選《台灣詩人十二家》之一。
52	1985	《蒔花剎那》（香港）、《雪的可能》出版。
53	1986	《長歌》出版（自印）。
57	1990	《刺繡的歌謠》出版。 1990 至 1992 年擔任《聯合文學》總編輯，共 36 期；在他擔任總編輯時，使《聯合文學》產生了一些異於以往的風格，原本以散文、小說與評論為主軸的雜誌，加入了一些詩的園地，如 64 期的「近代著名情詩選粹」、66 期的「詩之旅」專欄、70 期的「詩世界」及 71 期的「詩潮」，此後，更立「詩」為一專欄，開闢了更多新詩作品發表的空間，使文壇將更多目光投向詩，由此可見愁予對詩的努力與貢獻。
60	1993	《寂寞的人坐著看花》出版。
63	1996	獲國家文藝獎；《隨身讀——夢土上》出版。
64	1997	詩作〈錯誤〉編入台灣高級中學國文課本，為自五四以降首次入選的兩首白話詩之一，亦為台北國立編譯館多年來之首次改版。
66	1999	被選為台灣文學三十位「經典作家」之一，得票為詩歌類之冠；此項選舉係由台灣文建會與台北聯合報共同主辦。
67	2000	《鄭愁予詩的自選 II》出版（北京出版社）。
68	2001	受聘為耶魯大學「駐校詩人」；獲頒北美華文作家協會第五屆傑出會員獎。
71	2004	《鄭愁予詩集 II 1969～1986》出版。
80	2013	榮獲中興大學傑出校友蒞臨中興大學演講。

柒、簡媜〈鎏銀歲月〉

選文理由

　　生老病死乃是人生必經階段，然而我們往往感受到鮮明強烈的生之喜悅，卻對於人生終端的「老」與「病」，除了恐懼與無助之外，認識的仍然非常淺薄。簡媜〈鎏銀歲月〉即從年長者所遭遇的實際課題出發，探討人類文明、生命到了最後段，在死亡之前必然經歷的老與病。死亡或許能從容或慷慨，但面對生命最終階段的難堪，又要何以因應？這是本課最足以同學深度思考的面向。

導 讀

一、題 解

　　本文選自簡媜於 2013 年出版的作品《誰在銀閃閃的地方，等你：老年書寫與幻想凋零》，本書榮獲 2013 年博客來十大暢銷書，全書共分為六輯：「肉身是浪蕩的獨木舟」、「你屬於你今生的包袱」、「老人共和國」、「病，最後一項修煉」、「誰在銀閃閃的地方，等你」。在書介中提到：「這是一本生者的『完全手冊』，老者的『百科全書』，病者的『照護指南』，逝者的『祈福禱文』。五十歲以上的人應該要隨身一本攜帶以防萬一，五十歲以下則應該每晚睡前翻讀一章，日日砥礪」，生老病死，是我們人生必經之途，而進入初老的作者，透過本書觸及生命終端最神聖而莊嚴的課題。活著是珍貴的，而死亡也同樣珍貴，從初老到耄耋、到疾病，作者希望透過《誰在銀閃閃的地方，等你》勾勒出老人共和國的百態，千難萬苦，悲歡離合。而在選章〈鎏銀歲月〉中，作者以幽默而輕快的文筆，寫出了老年生活的階段，以及他對老人共和國的制度建言。如果「老」是生命的必經之路，何不正視它、並讓它充實溫熱，閃閃發光？

二、作者簡介

簡媜，1961年生，宜蘭人。台大中文系畢業。曾任職聯合文學、遠流出版公司、實學社，目前專職寫作。曾獲中國文藝協會散文創作類文藝獎章、梁實秋文學獎、吳魯芹散文獎、中國時報散文獎首獎。以散文專家聞名，文字華麗而洗練，百轉千迴、細膩而溫柔，有「文字精靈」、「文字鍊金術師」之稱。大學時即以《水問》受文壇著名，書中寫大學女孩纖細而善感的心靈途徑，絲絲入扣。其他著名尚有《只緣身在此山中》、《月娘照眠床》、《夢遊書》、《胭脂盆地》、《紅嬰仔》、《天涯海角——福爾摩沙抒情誌》、《好一座浮島》、《微暈的樹林》、《老師的十二樣見面禮》等。

本文

「老年是我們人生的一個階段，就像其他階段一樣，老年有其自己的容顏，自己的氛圍與溫度，自己的哀與樂。就像較我們年輕的其他人類手足一樣，我們這些白髮老翁也有責任把意義帶給自己的人生。」

德國小說家赫塞寫下對老年的期許，歷五十多年於今讀來仍然中肯。他認為當一個老人就像當年輕人一樣，都是一件「漂亮且神聖的工作」，而學會如何面對死亡，其價值不亞於學會其他任何技能，這種學習，更是尊敬人生意義與其神聖性的表現。

老，固然有年齡指標、體能狀態之分，但更關鍵的是自我感覺。六十五歲至一百歲都叫老，細分卻有霜紅之葉與枯木的差別；即使處於同一年齡層，一個充滿活力視退休為第二個人生的開始，遂積極規劃、學習、籌備，展現出探險隊員一般的遠征樂趣，與一個自覺日漸衰老、鑽入蝸牛老殼自怨自艾的人相比，其差異之大宛如星際。

赫塞所言不假，老，是一門高深奧妙的學問，必須學習。我們將三歲幼童送到幼稚園、七歲進小學、十三歲上國中接受不同階段的教育，但是，我們從不認為滿六十五歲的人也應該到「老年學校」報名，學習如何面對緊接而來的「老病死聯合課程」，且每年應該通過一次老年

基測。我們有充裕的時間學習「生」之課題，但用來學習「老病死」的時間被壓縮得極為緊迫，常常是採放牛吃草的方式步入老年，任由時間摧殘，終將成為屋簷下苦澀的負擔。

　　根據衛生署二〇一〇年資料，台灣男性平均壽命七十六點二歲，女性是八十二點七歲。專家研究，台灣於一九〇五年日據時代首次有平均壽命推算，當時男性的平均壽命是二十八歲，女性為三十一歲。百年之間，台灣人壽命增長了五十歲。這真是值得感謝的天堂般的賞賜，跨過二十一世紀的我們有機會吹六十五歲、七十五歲、八十五歲蠟燭，擁有健全的社會、開放的知識、平等且完善的醫療、豐沛的資源以規劃自己的鎏銀歲月。是以，若不能懷藏恩典般的喜悅享受醇醪人生，鎮日地混吃賴活喊病等死，實在對不起曾祖輩，他們正值青壯、躍過溪澗如野鹿，常常毀於渴飲澗水而得到急性腸胃炎。

　　回溯歷史，放眼從古早到現今這島嶼的演進，即使是小小一條命，也因社會腴厚而腴厚起來。比上或許不足，比下卻綽綽有餘，這島從未有過這麼多老人，也從未有過如此優渥的條件讓人放心地老著（當然，還可以更好）。思及此，跨過六十五歲門檻的人，應該先合掌稱頌一聲「感恩哪」！

鎏銀第一階段

　　六十五歲至七十五歲，或可粗稱為第一階段的鎏銀歲月。對保養得宜、規劃得當的銀髮人士而言，是晶鑽級日子；身心尚健、資財有餘，足以重拾志趣、調整生活，畫出自己特有的銀色生活地圖。擺脫了職場上的業績壓力、卸下人生各種角色扮演的責任（父母故去、兒女飛去），正是創辦「一人公司」或成立「個人工作室」的時候，其最重要的業務就是實踐意義與創造愉悅。

　　法國大哲學家盧梭有言：「青年期是增長才智的時期，老年期則是運用才智的時期。」然而，我得多添一點意見；青年期所增長的才智、習得的技能，恐不足以應付當今瞬息萬變、猶如跳竹竿舞般眼花撩亂、腳步跟蹌的社會，所以，老年期第一階段，仍應保持學習的熱忱。人，失去學習的熱勁，猶如失水植物，終將枯萎，而完全停頓了學習的銀齡者，有如心智癱瘓，最

終只能鑽入微小而狹仄的事件一再複誦一再怨憤，極奢侈地以十年或更久的時間只賑述屋簷下某幾件家務事，或是全神貫注地鑽研肉身之小病小痛小憂小懼，不得解脫。這樣的活法，不僅不能做為後輩範本，反而像熬了一池塘餿粥，自己慢慢吃到嘔了氣。

感受服務的召喚，化為行動，即使只是做一名默默維護公園花木的志工，不間斷地付出，也能讓自己覺得仍是有用之身——對社會有用，而非抱持我勞苦功高，社會理應養我到老死。

此外，萃取生命哲學、冶煉人生經歷，去蕪而存菁，使內在清芬敦厚，境界崇高，無處不顯出睿智與修養，更是銀齡者的閉門功課。文人，最怕窮酸，老人，最忌滿腹牢騷。修養比透早運動更重要，亦是鎏銀歲月裡的快樂之泉。運動可延壽，修心足以喜樂，樂比壽珍貴多了。蘇東坡〈哨遍〉：「……君看今古悠悠，浮幻人間世。這些百歲光陰幾日？三萬六千而已。醉鄉路穩不妨行，但人生要適情耳。」拭亮意義卻不患得失，品味人生但不貪求，行藏於悲喜之間已能釋然，隨緣布施無須回報，記取或遺忘不足以掛懷，能行則行、當止則止，隨順自然。霞彩幻化依然美不勝收，但已無刺眼的光芒。「江水風月本無常主，閒者便是主人。」山川尚如此，此一小小肉身又怎能永遠為我所有呢？人生適情耳！

儉樸的生活將帶來舒適，盧梭描述了晚年的自我反省，除了保持興趣盎然地尋求精神上的安寧，對物質也做了整理：「我丟開了上流社會和它的浮華，我把所有的裝飾品都丟開了，不帶佩劍，不揣懷錶，不著白襪，不佩鍍金飾品，不戴帽子，只有一副極為普通的假髮，一套合身得宜的粗布衣服。更重要的是，我從心底摒棄了利欲與貪婪，這就使得我所拋開的一切都變得無關緊要了。我放棄了當時所占有的、於我根本不合適的職位，開始按頁計酬抄寫樂譜，對這項工作，我始終興趣不減。」

大思想家願意抄寫樂譜，我老時江郎才盡，自宜蘭三星洗蔥，按把計酬，孰曰不宜。

鎏銀第二階段

七十五歲左右進入鎏銀歲月第二階段，大多數人在此時迎接命中注定的流星雨——病，一一來襲，嚴峻的極限考驗自此開始。

絢爛的霞彩漸被野風吹散，銀齡者的體能下滑方式不是以階計，是驟降一層樓。銀齡老舟搖到七十五號碼頭邊上，野風怒號、怨浪喧騰，舟中人豈能不濕？

　　當然有例外，且是令人瞪大眼睛現出驚嚇表情的例外。

　　瑞士有一位六十六歲女士（在我們這兒，這歲數的叫法是奶奶或阿嬤，書面文字稱為：老婦、老嫗或是我最討厭的老媼，我強烈建議改稱為老夫人），竟然不畏年事已高，順利產下一對雙胞胎，成為瑞士歷史上第一高齡產婦。但是，瑞士嬤輸給印度嬤，世界上最高齡產婦是印度老婦人，七十歲時產下雙胞胎。不過，報導上沒說這兩對雙胞胎健康否？若六七十歲工廠出品的小寶寶跟二三十歲工廠出產的一樣活蹦亂跳，那麼天下女性都應自揌肚子以表敬意。若孩子的健康堪憂，要這紀錄做什麼？

　　另一個銀齡濤浪裡的衝浪高手是一百一十六歲的馬來西亞老......老（該怎稱呼？）......「老祖媽」，絕大多數女性的一百一十六歲指的是冥誕，而且當「顯妣」很多年了，門前小樹苗已長成兩人合抱。更別提那動作快的，已輪迴兩次又剛出生了。這位好厲害的老祖媽正等待第七春緣分到來，她有過六次婚姻，育有四名子女、十九名孫子及四十七名曾孫。想必那六個前夫都墓木已拱。

　　人必須為自己負起完全的責任，亦即是預先規劃人生最後一段旅程，面對老病死課題。我們年幼時不得不依靠父母成長，但老來，不宜抱持依靠兒女的心態。今之社會，他們已無法像舊時代重土安遷、父母在不遠遊，恰好相反，像一顆種子被野鳥帶到天涯海角落地生根。舊時子女多，總有一兩個在身邊，於今多的是單根獨苗，跑到地球另一端成家立業。是以，老病歲月僅能靠自己打點。嬰兒潮世代是最同情父母的一代，也是最不想麻煩子女的一代。新舊社會結構活生生地在他們這一代身上拆解、重組，老來，也得靠自己搭起帳篷，在尚未準備好迎接老者的社會露營。

　　理想的第二階段老年生活要有「四有」：「有錢」、「有空間」、「有人」、「有事」。

　　每月有一筆十萬元退休金可以領到老死，定存二千萬，股票珠寶不計。住在自己的房子，生活機能健全、離大型教學醫院只有兩百公尺的無障礙電梯大廈，中庭花園草木扶疏，管理員

親切和善。離捷運、公園、河堤甚近。身邊有個二十四小時本地阿嫂伺候起居，出門有車有司機，還有個不必上班、可信賴的年輕人聽候差遣。老伴走了，但有個紅粉知己（或銀粉知己）像畫眉鳥繞在身邊，陪著一起出國旅遊。兒女事業有成，孫輩頭角崢嶸。老朋友正好一桌十個，酒品人品牌品俱佳。小狗汪汪一隻，靠在腳邊，小貓喵喵也一隻，抱在懷裡。每週上太極拳一次，看表演聽戲一次，與女友近郊小遊一次，與老友牌聚兼祭五臟廟一次，與兒女餐聚一次，做禮拜（或誦佛經）一次。知名的江浙小館是乾女兒開的，每月持慢性病連續處方箋領藥一次，兒子、媳婦都是醫生。

每天既充實又快樂，且奉勸每個人都要像他一樣快樂。他忽略了一點，有時候，快樂好比是嬌滴滴的名貴蘭花，不是每戶人家的屋簷下都長得出來的。

不理想的第二階段銀齡生活只有四個字：貧病交迫。有了這四字，等著領「晚景淒涼」證書了。每月僅敬老金三千元，兒女遠在天邊（或膝下空虛），獨居在五十年老公寓五樓，下樓買便當猶如出國一般工程浩大，罹患重病無人陪同就醫，最後由相關單位安排至安養院。

在理想與不理想之間，存在著老年陸塊，每個人領到哪個住址、安居何處，端看壯年期以降是否做好規劃使倉廩富足。老年，是人生中最不浪漫的一個階段，且是最孤軍奮鬥的一段路。壯碩健康的身體可以為一切難關尋得出路，但老病的肉體本身就是沒有出路的難關，旁人能提供的協助極為有限，即使子女也不可能全天候褓抱提攜，替父母擔下衰老、病苦。若壯年時以一句「沒打算活那麼久」或抱持「時到時擔當，沒米煮番薯湯」逃避了儲備老本——經濟老本與精神老本——的責任，一旦邁入老人國，在窮山惡水處落籍，成為家庭與社會的負擔，又能怨誰？從何怨起？

生活日誌

相較而言，「金錢老本」易於儲存，「精神老本」的觀念則被忽略甚至毫無察覺。人之愉悅，源自內在富足，非豪宅珍饈所賜。銀齡者的物質慾望降低，單車環島、高空跳傘、浮潛、攻頂等冒險之樂早已是陳年往事，連數小時鐵道之旅都不堪負荷了，活動所及，住家方圓數百公尺

範圍而已。活動少，睡眠少，唯有時間變多——像故障的吃角子老虎機器，嘩啦嘩啦掉出小山丘銅板，所有你抱怨過、推辭過「沒時間」的話語，如今回來跟你結帳了，連本帶利還你好漫長好難熬的時間感。若一個人一生重心僅是工作與家庭，從未建構自我主體，從未學會獨處（這一點要用紅筆圈起來劃上三個星號，乃老年學測、指考必考題），當這兩根大柱移開，老年生活猶如汪洋孤舟，不知何去何從？雖說老年的終點是墳墓，但墳墓也不是那麼容易就進得去的。飄搖的老舟，所言全是昔年之職場公司同事工作，兒女媳婿孫輩，或是報告一身病歷，日復日，月復月，焉能不讓人木然以對？老而精神無所寄託，其窘困之狀不下於阮囊羞澀。

以下，恐是大多數老者不陌生的生活起居注。

（週一）

凌晨 4:30 獨居的八十歲有心臟病老媽媽醒來了。

4:30-5:00 做室內甩手運動五百下。

5:00-5:30 梳洗，聽收音機，做踏步運動五百下。

5:30-6:30 量血壓，做記錄。公園散步，與鄰居聊天，買早餐或水果。

6:30-7:30 早餐，吃藥，刷牙，大號。

早上的重要事情在七點半都做完了。發呆了會兒，抹一抹桌上的灰塵，其實灰塵昨天就抹完了。開電視，看一看氣象，關掉。如此花去半小時。

8:00-8:30 抄一段經文。

8:30-9:00 小瞇一會兒。打電話給女兒珍珍，此時的珍珍剛進辦公室不久，坐定等老媽電話。

談話內容為：我這裡下雨，妳那裡有沒有下雨？早餐吃過了沒？吃過了，妳呢？吃過了。吃什麼？談話時間約三分鐘。

9:00-9:30 室內走動。到後陽台看衣服乾了沒？

9:30-10:00 看電視，胡亂轉台。看股票台。

10:00-11:00 空白。室內走動。自言自語。打電話給朋友。通電五十分鐘。

簡媜 《鎏銀歲月》

11:00-11:30 去前陽台曬一曬鞋子。

11:30-12:30 打電話給女兒珍珍，問她中午吃什麼？珍珍說，不知道耶，看同事要吃什麼請她們一塊兒買吧。她說了自己的午餐內容，冰箱冷凍庫還有三隻珍珍上次買的蝦子，放半個月了，打算中午吃一隻蝦。珍珍說，妳乾脆全煮掉算了，她說不行不行，膽固醇太高了不行，今天的血壓有點高真是糟糕。珍珍問，高多少？她答，一百三十八，九十一。珍珍說，還好啦。

掛斷電話。午餐，吃藥。

12:30-14:00 午睡，斷續。

14:00-15:00 空白。走動。自言自語。

15:00-16:00 看電視劇。

16:00-16:30 空白。打電話給朋友，沒人接。

16:30-18:00 公園散步，聊天。看學生打球。

18:00-19:00 晚餐，吃藥。

19:00-20:00 洗澡。

20:00-21:00 看電視。打電話給珍珍。此時珍珍已拎三個便當回家與丈夫小孩吃過，老媽報告公園聽到的街坊事，有個老太太在家裡暈倒，她兒子下班回家發現她走了。珍珍說，喔。

21:00-21:30 固定看談話節目。甩手三百下。

22:00 就寢。

24:00 如廁。

（週二）

3:00 如廁

4:00 醒來，又躺了一會兒。

4:30-5:00 做室內甩手運動五百下。

5:00-5:30 梳洗，聽收音機，做踏步運動五百下。

5:30-6:30 量血壓，做記錄。公園散步，聊天，買早餐或水果。

6:30-7:30 早餐，吃藥，刷牙，大號稍少。

早上的重要事情在七點半都做完了。開電視，看一看氣象，關掉。看全聯寄來的特價目錄。

8:00-8:30 抄一段經文。

8:30-9:00 小瞇一會兒。打電話給珍珍，問她昨晚幾點睡，報告自己昨晚看談話節目迷迷糊糊在椅子上睡著了一陣子，上節目的有誰誰誰，談的是大概什麼事。昨晚睡不好，十二點多起來小便，又睡著了一會兒，三點又起來小便。睡到四點就怎麼也不能睡了，唉，怎麼這樣呢？今早血壓還好，高的一百二十五，低的八十，大便少了一點。珍珍一面吞早餐一面聽電話，嗯、嗯、嗯，一面把今天要辦的檔案拿出來，一面操作滑鼠瀏覽郵件。老媽問，妳現在才吃早餐喔？珍珍說，早上晚起，來不及在家吃。老媽報告自己早上吃了半片土司，一杯高鈣低脂零膽固醇牛奶，半條香蕉。又說，土司沒有了，今天陳太太會幫她買來。好啦，不講了不講了。

9:00-10:00 空白。看電視。把要陳太太洗的衣物拿出來。

10:00-12:00 一週來二次、每次二小時的鐘點居家看護員陳太太來，採買、洗衣、清掃、做餐。與陳太太相談甚樂。此人做事的細膩度稍嫌不足，但性情開朗，笑聲洪亮。專攻街坊八卦、鄰里小道消息。老媽與之相談甚歡。共用午餐，收拾畢，陳太太離去。

12:00-14:00 午睡。

14:00 打電話給珍珍，報告陳太太買了半條土司來，上次買的全麥不好，這次要她買葡萄乾的，全麥五十五元，葡萄乾的也是五十五元。聽樓下鄭媽媽講，橋頭新開一家麵包店，正在打折，一條白土司才三十五元。今天叫陳太太下次到橋頭買。珍珍肩夾電話，一面看資料，嗯嗯發聲。又提及今晨大便不順，較少，不知怎麼回事？珍珍答：「正常的啊，有時多有時少。」老媽說，陳太太也這麼說，但她覺得不是，前天、昨天吃的東西一樣多，為什麼一天多一天少？此時，珍珍的主管走來，珍珍說：「我要掛了，再打給妳。」老媽掛好電話，如廁，微有大號。回坐椅上，等電話，等了半小時，回撥，珍珍一說「喂」，老媽口氣稍急：「妳說要打來怎沒打？」珍珍答：「忙忘了」，此時珍珍正檢閱相關法規、合約，一活動甫結束，與廠商有付款紛爭，對方欲提告違約，珍珍被指派去「擦屁股」。老媽繼續報告剛剛上廁所不知怎地肚子一陣咕嚕，

大號就出來了,稀了一點,是否陳太太買的魚不新鮮,中午吃了鱈魚,語氣憂慮。珍珍稍不耐煩:「再觀察看看嘛,要不然妳吃表飛鳴,家裡還有吧!」有是有,大概快過期了。珍珍說:「我星期六再買一瓶新的給妳。媽,不講了,我要去開會。」珍珍掛完電話,心浮氣躁,不慎掃倒水杯,自罵一句粗話。心裡覺得彷彿在罵自己的媽,愧疚不已,思及老媽一輩子為家犧牲,鼻頭為之一酸,捲起資料衝進電梯,不知怎地,情緒忽然下降。她想週六去做諮商,想到恐怕得加班,想到要記得買一瓶表飛鳴,想到兒子沉迷電玩功課鴉鴉烏覺得所有的辛勞都是白費的,又想到老媽關心自己的大便多過關心外孫的功課,一時情緒飆升,繼而想到老媽這麼認真照顧身體就是在幫她的忙,自己剛剛的念頭很可恥。老媽並不知道,女兒做心理諮商已經半年了。

15:00-16:00 空白。走動。自言自語。看電視劇。

16:00-16:30 空白。打電話給朋友,沒人接。拿起電話想打給珍珍,放下。

16:30-18:00 公園散步,聊天。看學生打球。

18:00-19:00 晚餐,吃藥。

19:00-20:00 洗澡。

20:00-21:00 空白。走動。自言自語。

21:00 固定看談話節目。甩手三百下。打瞌睡。珍珍打來,正在捷運上,加班到現在,明天要去南部出差。

22:00 就寢。

⋯⋯⋯⋯⋯

空虛與寂寞,慢慢地對一名老人銷骨蝕肉,終於墜入毫無生活品質與品味的老年黑淵。站在黑淵裡,更著戀生命,更計較點點滴滴的生命滋味,在腳邊游來游去的黑鰻魚隨手可抓取,每一條都叫長壽。

鑒賞

　　本文從赫塞對於「老年」的定義與詮釋出發，先將年老的鎏銀生活，分為「六十五歲至七十五歲」的第一階段，和「七十五歲以上」的第二階段。在第一階段，作者引用了蘇軾的詞，引用盧梭晚年抄寫樂譜的故事，「江水風月本無常主，閒者便是主人」，在這樣的境界之中作者說山川尚且如此，更何況是我們的一介小小肉身。

　　到了第二階段，鎏銀歲月大多數得迎接命中注定的流星雨，也就是疾病的考驗。在這樣的以肉身為道場，充滿考驗、沉重、不便與疼痛的階段，生命的終段也有了階級和貧富的落差。「在理想與不理想之間，存在著老年陸塊，每個人安居何處，端看壯年期以降是否做好規劃使倉稟富足」，然而即便有「金錢老本」，精神層面若不提昇，也無法得到真正的與愉悅與富足：「老而精神無所寄託，其窘困之狀不下於阮囊羞澀」。

　　因此，文章後半段，作者列出了一虛構中年長者的「生活日誌」，獨居的老媽媽閒散生活，就在無意義、無用心且無人聞問的寂寞與瑣碎中虛度。那對於青壯年來說積極、充實，充滿奮發、理想與目標的火炬，變得黯淡無光。那動漫裡經常出現的，熱血、朝向夕陽奔跑的雄心壯志，到了鎏銀歲月，成為了夕陽斜照下空氣中飄揚著起的紛紛粉塵，脆弱而不透光。

　　作者形容這種生活就像是站在黑淵裡，腳邊盡是游來游去的黑鰻魚。長壽是我們追求的，但生活的高純度品質與品味呢？大概在醫療發達、高科技現代性的當代，已經無須費心刻意去追求長壽。誠如作者所說──國民平均壽命已經較一百年前增加了五十歲，然而「生活品質」卻是年長生活中亟待提昇的鍛鍊。

　　因此最後一節，作者提議或許能設置「老人學校」，令年長者依據年齡進入不同學制，針對智育、體育、美育等項目進行學習，勿一生寶礦最後化為煤渣。全文章法謹嚴，環環相扣，且作者文字洗練，細膩動人，不同於過去文字煉金師的華麗繽紛，而在直截淺白之中，透露出汨汨暖流。

簡媜〈鎏銀歲月〉

在本文最後，作者說到「我不禁幻想有一天，每個社區都有一所媲美小學規模的『老學校』，專收六十五歲以上學生……這學校為銀齡者量身規劃各年級課程：智（知識）、體（運動）、美（藝文）、聖（信仰）、養生保健、財務規劃、家政美勞、疾病醫療、生死學……，課程多元」，這儼然是《禮記・禮運大同》篇所說得：「老有所終，壯有所用」的大同世界翻版，把艾略特的詩用非概念的邏輯來解釋，人生不僅止燃燒於最美的一瞬間，而是一段漫長、而每一段節點都應當閃閃發亮的旅程。

問題討論

1. 每個人都有年老的一日，你是否對於日後自己年老的歲月有過什麼想像？又，對於作者指的貧／富兩種極端的年老生活，有什麼體會與感想？

2. 你家中或周遭必定有年長者，就你對他們的認識與理解，他們的日常生活與簡媜本文所描繪的年長者生活流程表有何異同？若你也進入了這樣的流程之中，你感受如何？

延伸閱讀

1. 廖玉蕙《老花眼公主的青春花園》，天下。
2. 張輝誠《離別賦》，時報。
3. 駱以軍《遠方》，印刻。

作文寫作

1. 請以「昨日情懷」為題，試揣想時過境遷，你回憶起了自己青春而輝煌的一代，有什麼值得紀念與懷想的事物和存在？

捌、張輝誠〈我的心肝阿母〉

選文理由

在張輝誠〈我的心肝阿母〉一文中，鋪陳著許多親子間有趣的互動場景，顛覆了原先我們想像中刻板的親子關係，張母的妙言妙語在張輝誠筆下寫來格外生動，也突顯出了兒子張輝誠的一片孝心。張輝誠的「孝子學」對於出生在都市、長在都市的年輕一代而言，可以說是一道橋樑，連結了青年世代與銀髮世代的代間差距，透過課程的教授與引導，也能使得閱讀本課同學體驗銀髮世代所經歷過的苦與甜，並進而賦予青銀對話更積極的意義。

導 讀

一、題 解

本文選自《我的心肝阿母》，是作者延續《離別賦》後的親情書寫。在一系列親情書寫中，《離別賦》追緬嚴父，筆調哀慟，充滿孺慕之情；《我的心肝阿母》則寫慈母，承歡膝下之種種互動情事與趣事。張輝誠筆下的母親，是一位雲林鄉下目不視丁的老嫗，終其一生，育兒養女，操持家務。至臨老喪偶，身多病痛，出入醫院，竟成晚年日常風景，此一老婦風景，女兒離巢、牽手撒手、身心疲病，宛若人間孤島，實為臺灣即將邁入老年化社會後可能會經常出現的殘酷景象，如何「老有所安」，也將成為重要的社會與倫理議題。簡媜為《我的心肝阿母》書序提到這種老景，如同遭逢一生最嚴重的土石流災難，但「輝誠的阿母卻非常幸運且『好命』，她的銀髮期不僅不必獨守鄉間老宅變成一天打十通電話給兒子的寂寞老嫗，反而能與兒子同住，朝夕有親人伴隨，晨昏定省，更在寶母么子『導航』之下，開啟『第二度童年』」，肯定張輝誠為當代孝子典範。張輝誠之孝，翻轉傳統刻板苦勞的二十四孝形象，轉孤老無依的

老年殘景，而以老萊子娛親的精神，一整個偏心、寵愛、溺愛唯一的老母，轉老母為小孩般寵愛，能如此亦全因立基於濃血親情，故以我的心肝阿母立題，為全文精神所在。

二、作者簡介

作者張輝誠，1973年生於雲林縣，原籍江西黎川。從小於雲林鄉間長大，虎尾高中畢業後，資賦優異保送台灣師大國文學系，後又就讀國研所，獲文學博士。目前任教於台北市立中山女高，創立「學思達教學法」，象徵學習、思辨與表達，也是首位隨時開放教室觀課的老師，致力於翻轉教育，期望改變臺灣傳統填鴨教育的弊習。作品曾獲時報文學獎、梁實秋文學獎、全國學生文學獎等，著有《離別賦》、《相忘於江湖》、《我的心肝阿母》、《毓老真精神》與近作《祖孫小品》等書。

陳芳明指出張輝誠的書寫，集中抒寫小事、小情、小事情、小言語、小變化、小遊戲、小飲食、小逍遙，而此，也正是其語言藝術的特色。籤當代書寫的脈絡中來看，陳芳明說：「當整個傳統文學或現代作家都在強調目光如炬時，他反其道而行，永遠保持著目光如豆的觀察。真正能夠嘗生活樂趣的人，從來不會去追求大敘述，更不在乎場面開闊的情節。他寧可珍惜小情小愛，在大城市的小小角落，穩穩守住他與世無爭的家庭生活。」由此來看，這些親子之間的小情小愛，反而彌足珍貴，透顯出深厚人情。

本文

老人家難免大大小小長長短短的病痛，大而長的像糖尿病、高血壓，小而長的像暈眩、關節酸痛，大而短的像白內障開刀，小而短的像感冒、掉牙、肚子痛等等，我阿母自從領受老人年金以來，好似善盡義務似的這些個老人病端得要一應俱全才行，隨年逐一收攏在身上頂受著，只是她老人家不可能通曉這些個正經八百的病名，經常用台語嚷嚷：「頭很暈，暈到快要昏倒了！」我便得趕緊抄出電子血壓計量測血壓，若是血壓太高，就得加顆降血壓藥，若是血壓正常，就得改換測血糖，空腹八小時，把針扎進指腹擠出幾滴鮮血，老人家還在連珠砲地抱怨「痛

死人、我父我母、這樣歹命」不迭時，我已經把血滴在量紙上塞入機器測完血糖，把降血糖藥塞進她的口裡，——我常想要是可讓老人家迅速知道病痛癥結所在的儀器，可立即解除老人家痛苦，又可免除醫院大排長龍的漫長等候折磨，只要是價格合理、家裡空間有限，哪怕是 X 光機、核磁共振，身為兒子的都會樂於添購。

我阿母不頂愛上醫院，或者應該說其實是沒人樂意上醫院的，只是我阿母特別誇張些，好比說牙痛上個診所，她都可以緊張兮兮的。我幼童時有一回牙疼，她帶我看牙醫，看見牙醫用旋轉磨針吱吱吱地在口腔裡琢蝕，難免血絲流淌，我阿母立在一旁觀看，直滴咕：「醫生，流血了！流血了！」牙醫和我都說沒關係啦，我阿母還在一旁坐立難安、念念有詞。最後輪到洗牙，牙齦流血更屬正常，沒想到我阿媽護子心切，居然拉住牙醫師的手，邊喊道：「我子會乎你害死，流這麼多血。停咧！不通再弄！」絕不肯再讓牙醫師繼續治療。我躺在治療椅上哭笑不得，趕緊請護士小姐帶她出去，以免過度焦慮。後來輪到我帶她去看牙醫，她只會生氣地瞪著我說：「要看你自己去看！要痛乎死喔！我就沒咧空咧！」等到不得去看時，一口牙齒早已蛀光，只能拔掉了。

如此便可想像，後來我每回帶她看完家醫科門診，拿妥一個月份糖尿病與高血壓的藥之後，為確定血糖控制與腎臟健康狀況，每兩、三個月都須驗血一次。頭一回我帶她去抽血，她還不知道要幹嘛，也就跟著一起進到檢驗科，等針頭插進手肘靜脈，血才抽了一半，她就急忙喊說：「唉，唉，唉，好囉好囉，血乎你抽了了！唉唉唉，停、停、停！」等抽了兩針之後，她壓著針口棉花，對我嚷說：「我父我母，我會乎你害死。」無論我如何向她老人家解釋人體內有很多血，抽出來還是會再生，她只作結論道：「我聽你咧講古！」這樣就能知道，後來的每一回抽血，我是怎樣費盡心思哄她說是要帶她外出去吃早餐、去逛街、去運動、甚至是去買衣服或鞋子，只有等她發現車子已經到達萬芳醫院，她猛然驚覺，嘟著嘴躬著身子不肯往前走，幾幾乎就是我架著她走才能順利進入檢驗科，害得旁人都以為發生什麼挾持事件哩。

莫要以為驗血就是最大難關，我阿母連照個 X 光都可以緊張兮兮。換妥連身衣之後，進到檢驗室，我同她說：「不會痛啦！」她還不信，不肯讓我出去，要我在裡頭陪她，我只好穿起

重鉛衣陪她照 X 光。結束後，她才笑嘻嘻地說：「真正沒痛咧！」有一回醫生怕高血壓太久，有心室肥大問題，安排檢查心臟，得照心電圖，我因照過，知道不會痛，但我阿母不相信，躺在檢驗床，手腳夾上塑膠夾、胸前吸住氣球狀儀器、甚至最後塗上潤滑液時，她都要全身抖一下又抖一下，害怕地說：「唉喲，會痛未？」等全部結束了，她才如釋重負地說：「真正沒痛咧！」我搖搖頭，說：「不是說過不會痛了嗎？」她會略帶歉意地答說：「沒試過，我哪會知。」還有一回我阿母和醫生說小腿麻麻的，醫生怕神經病變，安排檢查神經系統，我因沒試過，不知是否痛或不痛，只好讓我阿母忐忑不安地躺上檢查床，原來是和心電圖檢查一樣，手腳夾上塑膠夾，我阿母也以為不會痛，想不到準備妥當後，我阿母就一聲接一聲地唉叫起來，原來塑膠夾會放電，藉以測試神經反應，起先只是小電流，我阿母每放一次電流就唉了一聲，隨著電流越大她的唉叫聲就越大，直弄到整層樓都聽見她的唉叫，慘不忍聞。沒想到檢查只作了一半，她阿母就受不了了，氣呼呼地把夾子全部扯落，跳下床來，罵道：「我會乎你們害死！」連鞋子都沒拿，轉頭就走了，我趕緊向醫護人員點頭道歉、彎身拎起鞋子趕將過去，只聽見我阿母在走道上喃喃自語：「要給我電乎死是否！」

再有幾回是檢查眼睛，為了確定糖尿病是否讓視網膜產生病變，但看視網膜之前得先作一些視力、眼壓等基本檢查，我阿母大字不識一個，教了好久才教會怎麼比 C 字缺口，接著量眼壓時，問題就來了。我阿母眼睛小，又經常閉眼，望著測量鏡頭好不容易才撥開她的眼皮，直愣愣望著鏡筒中圖片，直到鏡頭猛地噴出一口氣，讓她嚇一大跳又把眼皮給閉得牢緊，再也撥不開。別人檢測一分鐘就搞定，我阿母已經檢查了十五分鐘才沒好，檢驗師的表情越來越難看，我阿母脾氣也越來越大，便耍脾氣說：「啊，我不要看囉，轉來厝去，不要看囉！」我趕緊安撫兩方，好不容易才兩安其人。醫生順利檢查眼底正常後，卻發現白內障到了必須開刀的程度，遂安排了手術時間。我因之前照顧過父親開白內障手術，知道現在技術已經很先進，開完刀後傷口極小，且當天就能回家，便拉著我阿母去開刀。我阿母進到手術室前，還一直拜託醫生要讓我一起進去，不然她會害怕，但是手術室閒雜人等不得進入，我阿母只能依依不捨地獨自前

往。順利開完刀之後，醫生同我說：「才開到一半，令慈就說要尿尿，沒辦法只得讓她去尿尿，開的過程很辛苦。」我趕緊苦笑賠禮道：「謝謝，謝謝，辛苦您呢！」

後來，我阿母右手大拇指長了一顆疣，疣是會傳染的，偏偏她又愛自己用指甲剪亂剪一通，結果越剪越大顆。在鄉下我們都叫疣是「魚鱗巴」，當時都以為是魚鱗不小心黏在皮膚上才長出來的，我阿母如今也說：「早知就不要買魚，市場殺魚沒處理清淨，害我生魚鱗巴！」我後來當然知道疣不是魚鱗造成，但無論我怎樣解釋，我阿母也不會相信我，正如同我摸她的肥肚鬧著玩時，她會生氣地說：「叫你不通摸我的腹肚，你講不聽，會害我漏尿，你知無。」或著當她耳朵癢時，她會趕緊吩咐我：「敲電話叫你二姊不通唸我，害我耳仔癢得這厲害。」（我自然是不相信這些，只是有一回和我阿母同性情的二姊居然同時也打電話來說：「阿誠，叫阿母不通唸我啦，害我耳仔癢動動！」或許母子連心就是這個道理也說不定。）我擔心疣越長越大，就同我阿母說你不去給醫生看，以後去逛街我就不牽你的手了，我阿母很是吃味，只好老大不情願地到皮膚科看診，當年輕男醫師拿出液態氮槍出來，她便緊張地問：「會痛未？會痛未？」沒想到液態氮槍的冷凍治療是先甘後苦，起先沒什麼感覺，回到家後指腹漸漸痛將起來時，我阿母一改走出診間說「不會痛啊」的輕鬆口吻，再又使出她的驚天動地口頭禪：「我父我母，我會乎你害死！」

我阿母吃醫院的藥，是治治標，糖尿病和高血壓都只能控制，無法痊癒，但為了保本，不讓病情惡化，得吃些保養品。說也奇怪，這些保養品大多所費不貲，如專門給糖尿病喝的營養奶品，一罐索價九百，約可吃一個月；綜合維他命 B 群（B6、B12 特多）防止糖尿病神經病變，二百顆要價一千八；維骨力補充軟骨營養，避免退化性關節炎，正牌一罐千元左右，他牌一罐七八百元，只能吃一個月；更不用說偶爾補充些雞精，或者擔心便秘而時常買的蔬菜精力湯……，不過，那都沒關係，只要能讓我阿母舒服一些、輕鬆一些、開心一些我可是半點猶豫皆無，海派地買、買、買。

我如此疼愛我阿母，經常讓旁人覺得我實在太過溺寵我阿母了，以至於讓她覺得這是理所當然，常告訴她說「人在福中不知福」，這話當然不對，因為旁人只看到現在，沒看到過去，

不知道她老人家過去對待她這個么子我，打從她小兒子一出生娘胎，完完全全就是一整個偏心、寵愛、溺愛，到了超乎尋常的狀況。而我當然也不是什麼懂得知恩圖報這類大道理使然，單單只是母子連心，忽然我就長大了，我阿母忽然就變成小孩了，母子變成了子母，我開始也是對她一整個偏心、寵愛、溺愛，完完全全捨不得她有任何病痛難過，因為她一旦病痛難過了，我可也是一點兒開心不起來，那或許就是──因為我是她的心肝兒子，她是我的心肝阿母。

鑒賞

作者以「老人家難免大大小小長長短短的病痛」破題，說明老人家的生理常態。文中歷述母親大而長的糖尿病、高血壓；小而長的暈眩、關節酸痛；大而短的白內障開刀，小而短的感冒、掉牙、肚痛諸病，以上醫院就診、檢測、服藥等等求醫瑣碎細節貫穿全文，此與「心肝阿母」的題目何關？正是從這諸多微末求診服藥的紀事中，看出作者與母親的互動關係，此一互動，不像一般人慣常熟悉的母親照顧孩子的模式，而是完全反轉為孩子如何細細密密，軟言好語善慰母心，文章最後才提出何以寵溺母親至極，並不全然是知恩圖報，而是因為母子連心，母親所受病痛一如在兒身，出乎至情相感，故以「心肝」稱呼。

第一段，從備量血壓、測血糖的經驗開始，仔細而生動的記錄母親面對疾病、面對儀器的臺式話語，如「暈到快要昏倒了」、「痛死人、我父我母、這樣歹命」，生動而傳神。其中，寫兒子不捨母親病痛，而希望若有可迅速知道病癥、立即解除病隊，又免醫院漫長等待的儀器，兒子一定不顧一切添購回家，正面說明子女不忍父母受苦的心情，另一面也道出現今臺灣老人面臨老病之際，所承受的種種不便與痛苦實況。

接下一段，欲寫母親不愛上醫院，筆力遏開回寫幼兒求醫經驗，自己是坐在治療椅上的病患，但母親卻在一旁此起彼落地發出哀痛呼告聲，顯見母親對於醫院的憂慮由來已久。順下四段，寫種種帶母親上醫院的經歷，或是看家醫科拿糖尿與高血壓藥，或是照 X 光、照心電圖、作神經系統檢查，乃至赴眼科量眼壓、到皮膚科以流態氮槍治療拇指疣等求醫經驗。寫母親的

驚恐，寫母親的疑慮，乃至寫母親的迷信，將煩瑣無奈的求醫求病歷程，轉化為幽默之語，令讀者莞爾。接續一段寫服用保養品，此一為時下老人特殊景況之一，種種維他命、維骨力、精力湯種種老人喜愛之營養品，皆所費不貲，但作者一句：「只要能讓我阿母舒服一些、輕鬆一些、開心一些，我可是半點猶豫皆無，海派地買、買、買」，「海派」一詞，以臺式豪邁語調，呼應母親母語，一掃母親老病帶來的種種陰霾，又不同於傳統盡孝的卑順之詞，可以看出作者詼諧應對母親老病困境的解決妙方。

最後一段，假設旁人將質疑自己對待母親的方式，何以如此疼愛、寵溺阿母，有違常理。作者則認為回溯自己成長的經驗，母親從自己一出生即完全偏心、寵愛、溺愛到了超乎尋常的狀況，不認為自己是服膺「知恩圖報」的教條而知恩反哺，而是因為「母子連心」的緣故，昔日母子，轉為子母，也因此對母親完完全全的偏心、寵愛、溺愛，完完全全捨不得母親有任何病痛難過，此一緊密關係，以「因為我是她的心肝兒子，她是我的心肝阿母」作結，呼應「心肝阿母」立題之意。

父母愛護、照料、乃至寵愛子女，自為天性，視子女為心肝，自為易事。但子女要反視父母為心肝，無厭無煩、甚至寵愛父母為心肝，實為不易，甚至有違常理。作者在書序中曾說「家有一老，如有一寶」的俗語，得在「家中成員相處合宜，各安其位的前提下，才能譜出『老來寶』的幸福交響曲，否則不幸相處不善，兒女看待老人家，時時隔閡；老人家看待兒女，處處不順眼」，終至「家有一老，如有一害」的變調曲。顯現作者對時下老人問題，乃至老人悲劇頗有所感。因此，作者以此一違情違理的新視角，不唱反哺盡孝之陳言老調，而以「心肝」視老母，此一新曲，帶來的新意，似乎也為當代提供孝道倫理的新創思。

問題討論

1. 作者提出「家有一老，如有一寶」的前提，是家中成員相處融洽、各安其位，才能譜出「老來寶」的幸福交響曲。若不幸相處不善，兒女看長輩，時時隔閡，老人看晚輩，處處礙眼，

反而成為家庭失和的變調曲。你平日如何與家中爺爺、奶奶等長輩互動,有特別的方法討老人家歡心嗎?祕訣是什麼?或是常常惹長輩生氣,要如何改進?

2. 台灣老年人口在 1993 年占總人口比例超過 7%,成為「高齡化社會」,而 2017 年 2 月近 15 個縣市老化指數破百,意味台灣超過五成的縣市老人數超過小孩。國發會推估未來人口趨勢,2026 年台灣即將成為「超高齡社會」。子路問孔子之志,子曰:「老者安之,朋友信之,少者懷之」,若有機會向政府提出政策建議,你會提出何種安老政策,以因應未來社會發展問題。

延伸閱讀

1. 張輝誠:《離別賦》,臺北:印刻,2011 年。

2. 張輝誠:《祖孫小品》,臺北:印刻,2017 年。

3. 余光中序:〈耿耿孺慕──讀張輝誠的親情文集〉,《我的心肝阿母》,臺北:印刻,2010 年。

4. 簡媜序:〈「如何當一個孝子」教學示範手冊〉,《我的心肝阿母》,臺北:印刻,2010 年。

5. 簡媜:《誰在銀閃閃的地方,等你:老年書寫與凋零幻想》,臺北:印刻,2013 年。

6. 岸見一郎著,李依蒔,陳令嫻:《面對父母老去的勇氣》,臺北:天下文化,2016 年。

7. 中華民國家庭照顧者關懷總會等／合著:《有一天你也會變老:父母最需要你做的 39 件事》,臺北:大樹林,2011 年。

作文寫作

1. 你與爺爺和奶奶家中長輩相處的情況為何?有什麼有趣的故事,以「我和我的○○阿媽」或「我的○○爺爺為題」書寫作文一篇。

2. 老人家不免有病痛,身為晚輩,如何幫忙照顧老人家身體,以「陪病記」書寫陪伴照顧家中長者的經驗。

【第四單元】 關懷我們的社會

　　人無法自外於社會獨自存活，每個個體都與其他個體連結進而形成社群。大學生除了認識自我，學習各科系領域的知識與技能之外，又該如何擴大胸懷與視野，省思社會問題，發揚社會關懷精神。同時，亦針對不同關懷弱勢議題，讓同學藉由省視自己的社會位置，提出自己的見解，進而付諸行動，期許從中興大學畢業之後，能真正福益於社會。

短講講題

　　此單元講述的核心概念為「懷抱知識分子的社會責任」，由此所開展出的講題有「同理心，如何成為可能」、「關懷弱勢族群」、「居住，為何需要正義」、「現今臺灣之病症」、「陪你老去」、「長照議題之我見」等題目。

　　「懷抱知識分子的社會責任」首要傾聽社會中的「他人」，具有「同理心」是社會關懷中非常重要的態度，其概念為「身處對方立場思考，體會他人情緒和觀點，才能站在他人角度理解與處理問題」，就此出發，關懷扶助弱勢族群，發掘並同理這些群體內個人的生命故事；近年高房價、低月薪導致買房不易，遑論是弱勢族群的居住權，政府高呼「居住正義」之口號，意圖健全社會保障制度，但終究難以落實，這是同學未來必須面對的議題；現今社會資訊傳播快速，文化豐富多元，但隨之而來的社會「病症」非常複雜，期望同學能夠聚焦病症，提出解方；本於「老者安之」的理念，與家中長者互動和照顧，且規劃自己的老年生活，亦是急切重要的課題。

國家圖書館出版品預行編目資料

中興國文／國立中興大學中國文學系編著.－
五版.－ 新北市：新文京開發出版股份有限
公司, 2021.09
　　面；　公分

ISBN　978-986-430-777-7（平裝）

1. 國文科　2. 讀本

836　　　　　　　　　　　　　110015075

中興國文（第五版）　　　　　　（書號：E382e5）

編　著　者	國立中興大學　中國文學系
出　版　者	新文京開發出版股份有限公司
地　　　址	新北市中和區中山路二段 362 號 9 樓
電　　　話	(02) 2244-8188（代表號）
Ｆ　Ａ　Ｘ	(02) 2244-8189
郵　　　撥	1958730-2
初　　　版	西元 2012 年 09 月 15 日
二　　　版	西元 2013 年 09 月 15 日
三　　　版	西元 2017 年 06 月 15 日
四　　　版	西元 2017 年 09 月 15 日
五　　　版	西元 2021 年 10 月 01 日

New Wun Ching Developmental Publishing Co., Ltd.

New Age · New Choice · The Best Selected Educational Publications — NEW WCDP